Evelyn Bä

Dämonenlicht

Die Stimmen der Natur

Allein der Wind streicht meine Haut und spielt mit meinem Haar.

Keine Wolke schwimmt im Blau.

Tannenduft umhüllt meinen warmen Körper, der im Schatten des Grünes die

Weiten von oben beschaut.

Auf einem Berg stehe ich und sehe in die sonnige Ferne.

Am Horizont tanzen leuchtende Farben über die Silhouette der Stadt.

Die provisorische Anfangsszene:

Ein Lied spielt zu Beginn dieser Szene. Vielleicht ist es ein Song aus der Kategorie Deep Dark Indi? Sonnenflecken und Schattenpunkte glitzern im Wechselspiel auf dem Asphalt. Das rascheln der Blätter ist nicht zu hören. Ausgeblendet. Nur die Musik spielt. Und ein Auto fährt. Gedanken kreisen: Was soll das werden? Wo führt das hin? Was wird passieren?

Die Sekunden vergehen. Minuten? Stunden?

1 Ein neuer Anfang

Als der Duft von Harz und Reisig mir früh am Morgen entgegenwehte, wurde mir erst richtig bewusst, was passiert war. Ich war nicht mehr in der Stadt, ich trat nicht aus unserem luxuriösen Penthouse im Zentrum, um als eine der bekanntesten und beliebtesten Schülerinnen mit der Limousine zur Schule gefahren zu werden. Nein, hier war es anders. Mein Vater war schon bei der Arbeit und einen Fahrer hatten wir hier nicht. Ich musste laufen. Nicht dass, mir das groß etwas ausmachte, aber es war schon seltsam. Ich sah nicht die hohen Gebäude und die gut oder weniger gut gekleideten Business-Leute. Den Lärm und den

Gestank des morgendlichen Verkehrs gab es hier nicht. Hier gab es nur das Zwitschern der Vögel, den Duft des Waldes und das rauschen der Blätter im Wind.

Ich schloss die Augen und dachte an alles, was ich zurücklassen musste. Mein Ruf und mein Ansehen, meine Freunde. *Nina, beruhige dich! Hier wird es auch nicht anders, nur die Personen werden andere sein.*

Mein erster Tag, an meiner neuen Schule: Die Sommerferien waren vorbei und die elfte Klasse hatte begonnen. Mir gefiel das alte das alte abgewrackte Schulgebäude überhaupt nicht.

Meine alte Schule war groß, modern, innovativ, fortschrittlich und luxuriös.

Doch hier schien alles sehr überholungsbedürftig. Von außen nichtssagend und von innen unansehnlich, gewöhnlich.

Es gab eine kleine höfliche Begrüßung für mich, durch den Mathematiklehrer. Ich hatte den Kurs mit erhöhtem Leistungsniveau gewählt. Mathe war mir eigentlich schon immer leicht gefallen, allgemein, die Schule war nie ein Problem für mich.

Es gab nur drei Mädchen in diesem Kurs. Vier mit mir. Damit hatte ich schon gerechnet. Jedenfalls schenkte mir niemand wirklich Beachtung. Es schien auch keinen zu stören, dass der Unterricht bereits begonnen hatte. Jeder führte seine ‚Hört mal, was ich alles in den Ferien erlebt hab!' - Gespräche. Ich hörte Dinge über ‚furzende Schweine' und ‚ich hab dich ja soooooo vermisst'.

Keine Bewunderung, nur schüchterne Blicke von der Seite. Ich war vollkommen gelangweilt von den ganzen Durchschnittsprovinzlern, mit denen ich es die nächsten Jahre aushalten sollte.

Eine Stimme klang von hinten an mein linkes Ohr:

„Willkommen im Irrenhaus!".

Ich drehte mich um. Ein Kerl mit zotteligen, blonden, halblangen Haaren grinste mich an. Wahrscheinlich hatte er diesen Schrott auch gehört. Dann verzog er sein Gesicht. „Was?!", fragte ich genervt. Seine Antwort: „Du sieht aus, wie eine Nina."

„Schlau! das hat der Lehrer ja auch eben gesagt." Seine Miene verfinsterte sich, wahrscheinlich war er sauer, weil seine Anmache nicht funktioniert hatte. „Dreh dich um Prinzessin, wir haben Unterricht", noch einmal holte er Luft, „Ich bin übrigens Christian, danke der Nachfrage!"

Im Unterricht passierte erst einmal nicht viel. Ich hoffte, dass sich meine Langeweile mit der Zeit geben würde.

Es folgten zwei Stunden Musik. Da sah es schon etwas besser aus mit potentiellen neuen Freunden. Die Anzahl von Mädchen und Jungen war im Verhältnis ungefähr gleich. Zwei oder drei Gesichter erkannte ich aus meinem Mathekurs wieder. „Hey, bist du neu hier?", fragte mich ein zierliches aufgewecktes Mädchen. Sie hatte einen wilden Zug um den Mund und sehr intensive grüne Augen.

„Ja. Ich bin Nina", sagte ich. Nachdem sie sich neben mich gesetzt hatte fragte sie: „Oh! Sorry! Darf ich mich überhaupt setzen? Ich heiße Lina"

„Ja, ist ja sonst kein Platz mehr frei."

„Danke!", sagte sie und grinste mich an. Wir hielten einen kleinen Smalltalk über: ‚Wo wohnst du?' und ‚Wie lange wohnst du schon hier' und so etwas. Sie fragte mich, ob es mir hier gefällt. Ich konnte darauf nicht so richtig antworten. *Gefallen?* Mir gefiel es nicht, dass alles so anders und unbekannt war. Das Schulgebäude gefiel mir nicht. Ersteres würde sich noch ändern und an Zweiteres würde man sich gewöhnen.

„Mach dir keine Sorgen! Du lebst dich hier schon noch ein! Ich jedenfalls sage: `Herzlich willkommen in Winnis!`", Lina lächelte. *Ja ja, wird schon!* Der Schultag rauschte an mir vorbei. Rechtzeitig den Raum zu finden, in dem ich meine nächste Stunde hatte, war nicht schwer. Immer fand sich jemand, der mir bereitwillig half.

Wie auch in der Natur, ist gibt es in der Schule eine Art natürliche Auslese. Jede Tier- und Pflanzenart wird über Generationen hinweg von seiner Umwelt so angepasst, dass er am besten überleben kann. Die einen sind die Raubtiere und stehen ganz oben in der Nahrungskette. Einige sind schnell und andere sind Meister der Tarnung, um den Raubtieren zu entkommen und unauffällig zu sein. Manche Pflanzen brauchen viel Licht, in dem sie sich Sonnen können, andere wiederum ziehen es vor im Schatten zu bleiben. Zu erkennen in welche Kategorie man gehört und welche Möglichkeiten man besitzt, kann einem oft das Leben retten. Ich jedenfalls gehörte zu denen, die ihre Möglichkeiten kannten und ich wusste, wie ich damit umgehen musste.

Mein Vater liebte meine Mutter sehr, doch ihre Depressionen trieben ihn fast in den Wahnsinn. Der letzte Versuch die Ehe zu retten, war der Umzug in eine „natürliche" Gegend. Ein neues Leben sollte das sein, ein neuer Anfang. Meiner Meinung nach war das alles total unsinnig. Meine Mutter war bestimmt bei acht verschiedenen Therapeuten, alles hatte nichts genutzt. Der offensichtlichste Grund für das alles war mein fünfzehn jähriger Bruder Max, ein Autist. Er sprach nicht und lebte mit seinen Gedanken in einer ganz anderen Welt als wir, so hatte ich das Gefühl. Caroline, so hieß meine Mutter, kam einfach nicht damit zurecht. Umarmungen oder Küsse hatte ich, seit ich mich erinnern kann, von ihr nie erlebt. Ich wusste auch gar nicht, ob sie für Max überhaupt etwas empfand. Wahrscheinlich war sie innerlich tot. Aber das war mir eigentlich ziemlich egal. Wir hatten Geld, ich sah gut aus und ich hatte jede Menge Freunde. Letzteres zumindest vor dem Umzug.

Wir kauften uns eine kleine Villa im Wald, am Rande der Kleinstadt Winnis. Obwohl es für mich eher ein verkafftes Kuhdorf war. Die Villa war sehr schön. Ich hatte ein eigenes Badezimmer und ein sehr geräumiges Wohn-/Schlafzimmer mit Balkon für mich alleine. Mein kleines neues Reich befand sich im 2. Stock, also unter dem Dachboden. In unserem großen Garten befanden sich ein Swimmingpool, ein Teich mit einer Brücke und eine kleine Blockhütte mit LCD-TV und Kamin. Obwohl wir schon seit Anfang der Sommerferien hier wohnten, hatte Caroline das große Gewächshaus noch nie betreten. Dabei hatte es mein Vater extra für sie bauen lassen. Es war sehr schön, doch da wir im Wald wohnten, gab es viele Mücken und so weiter. Kabbel- und Fliegengetier. *Bäh!*

Als ich am ersten Schultag nach Hause kam, war mein Vater schon zuhause. Wahrscheinlich wollte er meine Mutter nicht so lange alleine lassen. Er saß in seinem Arbeitszimmer und fragte, wie es denn in der Schule gewesen sei. Meine Antwort klang etwas trocken: „Ich dachte, ich würde auf eine Schule gehen und nicht in eine Irrenanstalt!"

„War es wirklich so schlimm?", fragte er mich, wobei er mich mitleidig ansah.

„Na ja, es ging so. Es ist einfach nur so anders"

„Mach dir nichts draus, du gewöhnst dich schon noch ein. Immer hin war es ja dein erster Tag. Der erste Tag ist immer schwer."

Mein Vater arbeitete in der Stadt in einer Werbeagentur. Im Grunde war er der Boss. Er war oft nicht da, aber ab und zu konnte er seine Arbeit auch von Zuhause erledigen.

Auf dem Weg in mein Zimmer sah ich, dass meine Mutter in der Küche versuchte, Kuchen zu backen oder so was ähnliches. Ein Debüt! Dabei wollte ich sie nicht stören. Allgemein redeten wir nur sehr wenig miteinander. Ich glaube sie interessierte sich überhaupt nicht für mich oder Max oder sonst irgendetwas. Sie war schon immer so.

Max durfte überall hin, denn er kannte seine Grenzen und wusste, was er durfte. Jedoch war der Umzug nicht leicht für ihn. Er war sehr unruhig. An diesem Tag traf ich ihn an, wie er etwas mit meinem Lippenstifft auf meinen Fernseher kritzelte. „Nein! Man! Muss das sein Max?" Ruhig nahm ich ihm den Lippenstift weg. *Nicht auch noch der*

Gute!

Auf einmal klingelte mein Handy.

„Ja!"

„Bist du zuhause?"

„Mutter?"

„Ja, wir haben keine Eier mehr da. Bist du schon zu Hause? Kannst du mir welche holen?"

„Ja, aber..."

„Danke, ich gebe dir das Geld."

War es schon so weit gekommen? Musste ich jetzt ernsthaft einkaufen? Warum holten wir uns keine Haushälterin, die das erledigen konnte? In der Stadt, hatten wir eine.

Um nicht allzu alleine zu sein, nahm ich Max mit. Zu Fuß dauerte es etwa zehn bis fünfzehn Minuten bis in die Stadt. So ein Kaff war das! Keine Geschäfte, keine Clubs, kein gar nichts. Nur einen Bäcker, einen Supermarkt und ein paar Gaststätten oder Kneipen oder so was. Ich konnte mich noch nicht daran gewöhnen, dass es hier nicht die Clubs oder Diskotheken gab, wie ich es aus der Großstadt gewohnt war.

Auf dem Weg lief uns Lina entgegen, mit einer Zigarette in der Hand und ihre dunklen langen Locken wippten bei jedem Schritt. „Hey, ich wollte gerade zu dir", sagte sie strahlend.

„Zu mir? Warum denn das?"

„Ich wollte dich fragen, ob du was mit uns machen willst, also mit mir und ein paar Freunden. Damit du dich bei uns eingewöhnen kannst. Darf ich fragen wer das ist?", sie schaute zu Max.

„Danke, das ist sehr nett von dir, vielleicht klappt es ja ein andermal, aber heute geht es leider nicht. Das ist Max, mein Bruder." Sie schaute mich fragend an, weil er gerade dabei war Steine in Kreiseln auf den Weg zu legen. Ich ersparte ihr die Frage: „Autismus"

Im Grunde hätte ich Zeit gehabt für eine weitere Unterehmung. Aber das war mir dann doch zu viel. Neue Schule, neue Leute und gleich abhängen und Smalltalk über Smalltalk halten... Nein danke! Dazu hatte ich keine Lust.

„Oh! Davon hab ich schon mal etwas gehört", sie nahm den letzten Zug ihrer Zigarette und schnippte sie weg, „Ich finde es hier immer wieder schön. Du hast es gut, am Wald zu wohnen, ich wohne mitten an der Hauptstraße. Ach ja, wir wollen nächsten Freitag eine Gartenparty bei Stella machen. Wenn du Lust hast, dann kannst du auch kommen. Kennst du Stella schon? Sie ist auch in unserem Jahrgang." „Keine Ahnung.", ich schüttelte den Kopf und zuckte mit den Schultern, „Vom Sehen vielleicht. Was Freitag angeht: Ich würde gerne mitkommen. Irgendwann muss ich mich ja mal mit den ganzen Freaks hier anfreunden." Es folgte ein schelmisch böser Blick. „War nur ein Spaß."

Wir gingen zusammen zum Supermarkt. Max schien sie nicht abzustoßen oder zu stören. Wir redeten noch ein wenig und dann gingen Max und ich wieder heim.

Lina war nett und auch wenn sie ab und zu auch ohne Punkt und

Komma reden konnte, fand ich sie sympathisch.

Als ich wieder zuhause war legte ich mich auf mein Bett. Mein Schlafzimmer war echt gemütlich: Cremefarbene Wände mit einer dunkelbraunen Bordüre, ein Mahagonibett, 160 cm breit, Schränke und Abstelltischchen sowie ein Couchtisch aus Mahagoni und ein Sofa in Beige. Inmitten der dunkelbraunen Balken fühlte ich mich ziemlich wohl.

Ich stand auf und warf einen Blick in den Spiegel. *Eigenartig*. Ich fand schon immer, dass ich gutaussehend war, aber an diesem Tag fühlte ich mich besonders schön. Glatte, hellbraune, lange Haare. Sie waren glänzend und geschmeidig. Mein Gesicht: ebenmäßig, mit wohlgeformten Lippen und einer schmalen Nase. Das Hellgrün meiner großen Augen wirkte fast schon gelb. Ich schminkte mir die Augen etwas dunkler, trug knallroten Lippenstift auf. Dann schminkte ich mich wieder ab und daraufhin das Ganze noch einmal von vorne. Es war mir nicht peinlich, dass ich mich so in mich selbst vertiefen konnte. Gut, dass es zum Glück keiner mit bekam. Also nahm ich eine Bürste und begann meine Haare zu kämmen.

Ich hätte noch ewig dasitzen und mich ansehen können.

„Sei doch nicht immer so eingebildet! Also ehrlich!"

Ich zuckte zusammen. Mein Vater stand grinsend in der Tür, mit einer Schüssel voller Kekse.

„Sag deiner Mutter bitte nicht, dass sie nicht schmecken."

„Danke. Wenn ich sie mir nicht rein zwingen kann, dann spüle ich sie im Klo runter. Sie wird es nie erfahren!"

Er sah mich dankbar an: „Also dann, bis später. Ich ruf dich dann zum Abendbrot." Dann trottete er wieder ab.

So übel waren die Kekse gar nicht. *Moment mal!* Wie lange hatte ich denn vor dem Spiegel gesessen, wenn meine Mutter schon fertig mit backen war? Die Uhr verriet mir, dass ungefähr eine Stunde vergangen war.

Nina! Du bist ganz schön eitel!

Noch ein Schultag, noch einer und noch einer. Schon seit zwei Wochen hatte ich keinen Kontakt mehr zu meinen alten Freunden. Sie hatten mich wahrscheinlich längst vergessen. Aber das störte mich nicht. Ich dachte selbst kaum an sie. Ich vermisste niemanden wirklich. Nur die Gesellschaft insgesamt fehlte mir ein wenig. Darum freute ich mich nun sogar ein wenig auf die Party, zu der mich Lina eingeladen hatte.

Der Freitag der Party begann entspannt. Zwei Stunden Sozialkunde und danach noch zwei Stunden Ethik. Das beanspruchte meinen Geist so wenig, dass ich genug Zeit hatte, mir Gedanken über mein abendliches Outfit zu machen. Es war sehr warm, also würde ich mir bloß ein dunkelblaues, grob gestricktes Jäckchen von in meine Handtasche packen. *Vielleicht ein Kleid?*

In Ethik saß Lina vor mir. In der letzten Stunde drehte sie sich um und versuchte unauffällig zu flüstern: „Und? Weißt du schon, was du heute Abend anziehst?"

„Genau darüber hab ich mir gerade Gedanken gemacht", ich musste mich ein wenig nach vorne beugen, „Weißt du es denn schon?"

„Ja, ich denke ich werde etwas Rückenfreies anziehen und dazu eine schwarze Röhrenjeans. Oder so, na ja genau weiß ich es noch nicht."

Auf einmal war es ganz still im Raum. Ein paar Schüler und die korpulente alte Frau Kroppla schauten uns an. Lina bemerkte diese ungeheure Stimmung und drehte sich schnell wieder um. Es genügte Frau Kropplas Blick, sie musste uns nicht extra tadeln. Ich musste mir ein leichtes Grinsen verkneifen. In meiner alten Schule hatte ich alle Lehrer auf meiner Seite. Alle vertrauten mir, denn ich wusste genau das meine intelligenten Antworten, innovativen Ideen und mein nettes Lächeln ebenso viel Eindruck schindete, wie das Ansehen und das Portmonee meines Vaters. Hier musste ich mir einiges wohl erst erarbeiten.

Auf dem Heimweg sagte Lina mir, sie würde mich gegen 8 Uhr abholen.

„Ach ja!", meinte Lina, „Du kannst Stella übrigens noch gar nicht kennen gelernt haben, weil sie die ersten Tagen noch schulfrei hatte. Sie war noch in Irland mit ihren Eltern. Cool, was? Man ich wünschte mir, meine Eltern würden mal in der Schulzeit mit mir wegfahren. Ich glaube allerdings, dass meine Noten das nicht so ganz zulassen."

Den Rest ihrer Ansprache bekam ich nicht mehr mit. Wenn dieses Mädchen den Mund aufmachte, dann sprudelte alles, was sich unter ihren dunklen Locken abspielte einfach nur so aus ihr heraus. Das konnte kein normaler Mensch auf Dauer aushalten. Ich sah mir lieber die Umgebung an und sog den blumige Duft ein. Es war so angenehm warm. Links und rechts die Häuser strahlten Ruhe aus und der Wind raschelte sanft in den Sträuchern und den Blättern der Bäume. Die Sonne strahlte auf mein Gesicht. Es war anders, als in der Stadt. Alles um mich herum war vergessen und ganz weit, weit entfernt. Dieser Ort hatte etwas Besonderes. Leise flüsterte die Natur meinen Namen: „Nina"

„Nina?!" Mit einem Schlag wurde ich aus meiner Idylle gerissen.

„Sorry, ich hab dir gerade nicht zugehört."

„Das hab ich gemerkt. Du bist übrigens daheim. Ich wollte dich gar nicht heimbringen, aber der Weg war so schön."

Sie grinste mich an. „Also dann bis heute Abend! Trödel bitte nicht, ich werde pünktlich sein."

Ich musste mich zusammenreißen, um überhaupt zu verstehen, was sie von mir wollte. *Voll geistesabwesend! Komm mal wieder klar!*

„Ja, bis dann! und danke fürs Heimbringen!"

Fertig! Ich betrachtete mich noch einmal im Badezimmerspiegel. Ja, in diesem dunkelgrünen Sommerkleid fühlte ich mich wohl. Ich wollte, dass meine Sachen Qualität hatten und Stil, und sie mussten mir gefallen.

Ah, mein Smartphone klingelt! Telephon, wo bist du? Couchtisch!

„Ja?"

„Hey, ich bin's Lina. Bist du fertig? Ich steh draußen."

„Bin sofort da!"

Noch schnell eine schwarze Tasche, mit passend grünen und silbernen Pailletten geschnappt, Handy, Lipgloss, Make-up, Haarbürste, Deo, Strickjacke, ein bisschen Geld und losgegangen. Als ich im Flur in ein paar paillettenbestickte schwarze Ballerinas schlüpfte, kam mein Vater aus seinem Arbeitszimmer.

„Wann hast du denn vor heimzukommen, Süße?"

Ich rollte mit den Augen: „Das weiß ich jetzt noch nicht. Das kommt ganz auf die Party an."

„Du kennst dich hier noch nicht so aus. Ich will, dass du spätestens um 12 daheim bist!"

Mein Smartphone begann wieder zu klingeln.

„Papa, das ist Lina, ich muss los. Und ich komm bestimmt noch nicht um 12 heim, wenn es mir auf der Party gefällt. Können wir den Deal machen, dass es egal ist, wann ich heim komme, solange nicht alleine heim laufe?"

„Hrrm! Was bleibt mir anderes übrig?! Aber übertreib es nicht, klar!"

Ich fand es immer lustig, wenn er versuchte, mich drohend und autoritär anzuschauen. „Tschüssi!"

Ja, ich hatte ihn gut im Griff, doch manchmal tat es mir Leid, dass er mich nicht so im Griff hatte, wie er wollte. Zum Glück war ich nun wirklich kein Problemkind. In große Schwierigkeiten war ich noch nie geraten. Und ich hatte auch noch nie „schlimm" verbotene Sachen gemacht.

Lina führte mich einen kleinen Feldweg entlang, der direkt den Garten hinter Stellas Haus ansteuerte. Die Musik war schon von weitem zu hören.

Als wir eintraten sah ich, dass massenweise Leute da waren. Einige davon kannte ich von der Schule.

„Lina! Hey!", ein Mädchen mit einer unglaublichen langen blonden Lockenmähne kam auf uns zu.

„Hey Stella! Schön, dass du wieder da bist!"

Küsschen links, Küsschen rechts. *Total aufgesetzt!* Sie schaute zu mir und fragte mit bittersüßem Lächeln: „Und wer bist du?!"

„Ich bin Nina. Neu hergezogen."

„Sie ist meine Begleitung", warf Lina schnell ein, „Du hast doch kein Problem damit?"

„Aber nein! Umso mehr geile Schnecken, umso mehr freuen sich die Kerle. Es sollen sich doch alle gut amüsieren", sie grinste mich an. Ich hätte am liebsten gekotzt. *Was ist das für eine blöde Kuh!* Sicher war sie der Traum aller Männer, ihr Körper, ihre Haare, ihr Gesicht, ihre saphirblauen Augen. Alles schrie nach Sex.

„Wir werden sicher gute Freundinnen, Süße!" *Mit Sicherheit! SüßE!* Ich versuchte überzeugend zu nicken. Doch so wie Lina mich ansah, war es mir nicht gerade gelungen. Sie drehte sich um und widmete sich ein paar anderen Partybesuchern.

Es gibt Menschen, die sind einem von Grund auf unsympathisch. Stella war so ein Mensch für mich. Und wenn auch nicht äußerlich, ich fand sie ekelhaft. Dabei kannte ich sie vielleicht gerade mal eine Minute.

Ich sagte Lina, dass ich uns etwas zu Trinken holen würde. Auf halben Wege fiel mir ein, dass ich gar nicht wusste, wo es etwas gab. *Ah, die Gartenhütte.* Aus einem schönen kleinen Pavillon kamen mehrere Leute mit vollen Flaschen und Bechern. Christian aus meinem Mathematikkus war einer von ihnen. Er sah zwar nicht unbedingt schlecht aus, aber in meiner früheren Schule hätte man ihn als Freak abgestempelt, so wie er lief, redete, allgemein seine Art. So Typen wie er interessierten mich nicht die Bohne. Er schielte zu mir herüber und fing an zu grinsen. *Unangenehm!* Ich verkniff es mir, zurück zulächeln und schaute schnell weg. *Er soll bloß nicht denken, er hätte irgendeine Chance bei mir.*

Mit zwei Wodka-Cola in der Hand ging ich zu Lina zurück.

Christian berührte von hinten unsere Schultern: „Nina und Lina, zwei echt süße Mädchen!"

„Hallo Christian", ihr Blick verriet mir, dass Lina sich sehr freute, ihn zu sehen.

„Na, hättet ihr Lust auf einen kleinen Joint?"

Aha, alles klar! So einer ist der also. Nein! Ich wollte nicht abgestempelt werden. Doch wenn ich nein sagen würde, würde ich als liebes Mädchen abgestempelt werden. Ein liebes Mädchen-Image war jedoch in jedem Falle besser, als Kiffer, Alkoholiker, Schlampe oder ähnliches.

Ich wartete ab, was Lina sagte. Sie sah mich an: „Hast du schon mal?"

„Nein! Das hat sie bestimmt nicht, so wie sie aussieht.", Christian wollte mich reizen. Zu meinem Bedauern muss ich eingestehen, es funktionierte. „So offensichtlich?" Ich spitzte die Lippen und kniff die Augen ein wenig zusammen, dann schaute ich ihn mit gesenktem Kopf an. *Flirte ich etwa gerade?* Lina bemerkte das kleine Spielchen, welches ich versuchte zu spielen. „Also ich würde schon gerne, aber ich lasse Nina nicht alleine, wenn sie nicht will."

„Schon okay. Ich komm mit."

„Na, sieh einer an!", sagte Christian. Er schien dies als einen Triumph zu betrachten.

Da hatte ich mich aber schnell auf etwas eingelassen. So kannte ich mich gar nicht. Lange ärgerte ich mich allerdings nicht über meine entschwundene Standhaftigkeit. Denn ich kam nur mit, ich hatte nicht vor, mich darauf wirklich einzulassen.

Christian drehte einen Joint in seinem Van hinter Stellas Garten. „Was schulden wir dir?", fragte Lina.

„Ich habe heute meinen Spendablen, also das ist nur eine Ausnahme, klar!?"

„Wow! So kenne ich dich gar nicht!", Lina klang ganz erstaunt.

„Tja, das ist nur für euch zwei Süßen und weil Nina noch einen kleinen Sonderstatus hat, den Neuen-Mädchen-Bonus."

Wie auch immer! Ich fand ihn für einen kurzen Moment ein wenig cool, doch mit dieser Aussage war das wieder hinfällig.

Er zündete den Joint an zog ein paar mal und reichte ihn weiter. Als ich an der Reihe war lehnte ich ab. „Sorry hab es mir doch anders überlegt, aber ich erfreue mich an eurer Gesellschaft"

Es störte nicht, dass ich nicht mit kiffen wollte. Ich blieb bei Alkohol, der mit der Zeit auch sein Übriges tat. Wir standen ungefähr zwei Stunden an seinem roten Van und redeten über viel, viel Zeugs. Lina gestand Christian ungefähr 10 Mal, dass sie auf ihn stand. Er und ich nahmen das allerdings nicht für voll. Wir redeten ziemlich viel Mist, auch viel Wirrwarr und sinnlosen Scheiß, was zu unkontrollierten Lachanfällen führte.

Irgendwann sind wir dann zurück auf die Party gegangen.

Gegen 12 Uhr war ich dann total besoffen. Ich habe mich dann sogar dazu herabgelassen, mit Christian zu tanzen. Lina hatte das, das sah man an ihrer düsteren Miene, nicht so sehr gefallen, aber zu diesem Zeitpunkt war mir das vollkommen egal.

Ich musste mir am nächsten Tag eingestehen, dass ich nicht gedacht hätte, wie viel Spaß man in so einer ländlichen Gegend doch haben kann.

Aber für den massigen Konsum an Alkohol, ging es mir erstaunlich gut. Keine Kopfschmerzen, keine Übelkeit. Dazu kam noch, dass ich erst gegen halb, um 4... halb 5... oder so... heimgegangen bin.

Mein Vater hatte keinen Grund zu schimpfen, denn ich bin in Begleitung nach Hause gegangen. Christian wollte mir nicht alleine den Heimweg zumuten. Ich glaube, wir haben uns sogar geküsst. Ein wenig schüttelte es mich bei dem Gedanken. *Ach und wenn schon.* Ich war betrunken, das zählte ja wohl als Entschuldigung.

2 Definitiv mein Geschmack

Am Sonntag nach der Party setzte ich mich mit meinem Laptop in unser Gartenhäuschen, um ein wenig Internetrecherche für eine Biologiehausaufgabe zu machen. Diese konnte ich überraschend schnell und zu meiner Zufriedenheit beenden.

Ich hatte eine neue Freundschaftsanfrage und eine neue Nachricht bei Facebook von einem gewissen Chris Tian. *Oh nein!*

„Hey Nina,

wollte nur mal fragen, wie es dir so geht nach Freitag?

Ich hoffe, du kannst dich noch an alles erinnern, was du getan und gesagt hast.

Meine Meinung: Es war sehr schön!

Wir können das gerne noch mal wiederholen, wenn du magst.

Vielleicht das nächste Mal auch ohne Kotzen!

Wäre schön, wenn du mir antworten würdest.

Liebe Grüße

Chris"

Viele Lach-, Heul-Emojis unterstützten diese Nachricht.

Oh nein! Was hab ich getan? Was hab ich gesagt? Ich hab gekotzt?

Okay, jetzt bloß die Ruhe bewahren! Was sollte ich da bloß antworten?

„Hi, tut mir echt wahnsinnig leid, aber ich kann mich an absolut gar nichts mehr erinnern.

Ich hoffe, dass ich nichts Unüberlegtes getan habe.

Oder dich in irgendeiner Weise verletzen werde, wenn ich sage, dass das nicht so schnell wieder vorkommen wird.

Ich mag dich echt total, aber mehr wird da nicht draus.

Liebe Grüße

Nina"

Normalerweise hatte ich mich doch immer beherrschen können, egal wie betrunken ich war. Diese Ungewissheit über meine Taten quälte mich sehr.

Die Antwort allerdings war leicht beruhigend:

„Keine Sorge Süße,

wir haben uns nur einmal kurz geküsst und danach hast du gekotzt. Damit hast du mir wahrscheinlich gleich gezeigt, was du von mir hältst.

Eigentlich meinte ich auch nur unsere schönen Gespräche über die Welt und das Leben und so.

Wenn du nicht willst, ist das auch in Ordnung.

Schade!"

Keine Emojis.

Na da! An die „schönen Gespräche" konnte ich mich zwar nicht erinnern, war mir aber auch egal. Ich überlegte kurz, ob ich ihm noch einmal antworten sollte, ließ es dann aber sein.

21

Es war keine Ausnahme, dass Kerle etwas von mir wollten. Als ich noch in der Stadt wohnte, hatte ich viele Verehrer. Allerdings war nie einer dabei gewesen, mit dem ich eine längere Beziehung hätte eingehen wollen. Meine längste Beziehung war ein halbes Jahr mit Jacob. Er sah gut aus: Groß, braune kurze Haare und dunkle Augen. Nach drei Monaten schlief ich das erste Mal mit ihm, das war mein erstes Mal. Es war nicht schlecht. Auch in den darauf folgenden drei Monaten hat es immer wieder Spaß gemacht. Die Beziehung an sich, war jedoch voll für den Arsch. Er war nicht besonders helle. Zwar hatte er ab und zu einen lichten Moment, doch so wirklich auf einem Niveau waren wir nicht. Also hatte ich beschlossen, ihn in den Wind zu schießen.

Ich hatte nie einen Jungen getroffen, der mich aus der Fassung gebracht hätte. Noch nie hatte ich dieses Gefühl der Verliebtheit erlebt, so wie dies immer in Teenie-Filmen oder meinen Freundinnen beschrieben wurde. Ich konnte nicht verstehen, wie man sich wegen einem Kerl verrückt machte. Aus meiner Sicht betrachtet, war es immer anders herum. Mann machte sich wegen mir verrückt. Und ich wollte, dass es auch so blieb, denn damit hatte ich weniger psychische Krisen zu durchleiden und kam zu dem auf meine Kosten. Bis dahin dachte ich, dass mir nichts dabei fehlen würde. Nur ein winziger Teil in mir bewunderte die anderen, die sich so in eine Sache vertiefen und für etwas oder jemanden schwärmen konnten. Doch im Großen und Ganzen taten sie mir leid, wenn etwas sie dadurch beherrschte und einschränkte, bis sie nicht mehr sie selbst waren. Das ekelte mich an.

Das Auto meiner Gedankenwelt machte an dem Montag Morgen eine Vollbremsung und sofortige Kehrtwendung, als ich Daniel zum ersten Mal begegnete. Ich hatte ihn schon des Öfteren auf dem Schulhof oder in den Schulfluren gesehen, aber nie so richtig bemerkt. Seinen Namen kannte ich zu diesem Zeitpunkt noch nicht, aber ich wusste, dass er eine Klasse über mir war.

Lina, Stella, ich und noch zwei andere Jungen aus unserem Jahrgang standen vor dem Tor der Schule und rauchten. Daniel stellte sich zu uns und zündete sich auch eine Zigarette an.

„Na, schwänzt wohl wieder?", Stella sah ihn böse an. *Blöde Zippe!* Sie war ja nun auch keine von denen, die regelmäßig die Unterrichtsstunden besuchten. Das hatte mir Lina erzählt.

„Nein! Hab jetzt Schluss und fahr gleich nach Hause", seine Stimme klang rauchig, tief, aber angenehm. Jeans, schwarzes T-Shirt mit irgendeinem Weißen Gesicht als Aufdruck und schwarze Chucks: Definitiv mein Geschmack. Die langen schwarzen, glatten Haare allerdings

verdeckten viel zu viel von seinem perfekten, makellosen Gesicht.

Er schaute die ganze Zeit nach unten auf den Boden, während er an seiner Zigarette zog.

„Warum warst du am Freitag nicht auf meiner Party?", jetzt klang Stella zuckersüß.

„Ich hatte keine Zeit. Tut mir sehr leid."

„Gut so! Verrückter", murmelte Stella so leise, dass es nur Lina und ich verstehen konnten, da wir unmittelbar neben ihr standen. *Was geht denn hier ab?*

Und in dem Moment hob er sein Gesicht und schaute erst Stella finster an (vielleicht hatte er es doch gehört) und warf mir dann einen kurzen Blick zu.

Mein Herz setzte einen Schlag lang aus, als ich in diese Augen sah. Es war keine Farbe zu erkennen. Trotzdem waren sie ganz hell und glänzend. Grau wäre eine viel zu hässliche, fast schon scheußliche Beschreibung. Sie waren silber. Ein kurzes Kribbeln durchlief meinen ganzen Körper. *Wahnsinns-Augen! Wahnsinn.* Ich wollte sie noch einmal sehen, noch viele Male und sie lange anschauen, darin versinken.

Es ist eine Nacht, die keine einzige Wolke trübt. Die Wellen brechen sich mit sanften Rauschen an der Bucht. Es ist nichts weiter hörbar, als Wasser und Wind allein. In der Luft liegt ein kühler Hauch, der Atem rauben könnte. Die Sterne funkeln klar und die dünne Sichel des Mondes lässt den Schaum der Wellen silbern glitzern.

„Kommst du zu meinem Geburtstag am 08. November?", warf Lina ein und zerrte mich aus meinem Traum.

„Klar! Wenn du willst, das ist aber noch lange hin. Da musst du mir einfach nochmal Bescheid sagen", er lächelte.

„Cool! Klar mach ich!", sagte Lina und lächelte zurück.

Schau mich noch mal an! Sieh mich an!

Doch er tat es nicht, er trat seine Zigarette aus und ging. Ich fühlte mich richtig schlecht, als hätte ich etwas verbrochen. Das war ungewohnt für mich und es stellte sich Neugier ein. Ich wollte wissen, warum er nicht bei Stella gewesen war. Ich wollte wissen, was Lina mit ihm zu tun hatte. Wer war er? Was hatten sie miteinander zu tun? *Da muss ich doch gleich mal Lina fragen.*

Ich wusste mittlerweile, dass Stella so etwas wie Linas beste Freundin war.

Ich fragte Lina in der nächsten Biologie Stunde:„Sag mal, wer war das eigentlich in der Pause? Kann er Stella nicht leiden?"

„Das war Daniel. Stella und er waren mal zusammen. Hat aber nicht lange gehalten."

„Und warum?", ich wollte mehr wissen.

„Wenn ich das wüsste. Stella hat immer abgeblockt, wenn es um das Thema ging."

Mehr Informationen!

„Ist sie fremdgegangen? Hat er eine andere?"

„Ich glaub nein und nein, hat er nicht. Bist du interessiert?", sie schaute mich mit großen Augen und einem breiten Grinsen an.

„Ach Quatsch. Hat mich nur gewundert. Aber was ist mit dir?"

„Daniel ist nett und man kann sich gut mit ihm unterhalten, aber mehr ist da nicht", dann verfinsterte sich ihre Miene ein wenig, „Und was läuft da zwischen dir und Christian?"

„Gar nichts, der ist nicht mein Typ!"

„Sicher?"

Ich nickte.

„Gut!", und ihr Gesicht war von einer Sekunde zur anderen wieder entspannt. Sie war offensichtlich erleichtert. Ich musste nicht fragen, um zu merken, dass sie etwas von ihm wollte. „Ich bin nämlich in ihn verliebt, musst du wissen." *Ach was! Da wäre ich nie drauf gekommen!*

Plötzlich überkam mich ein Gefühl von Übelkeit. Sie fing an mich zu nerven. Ich wollte niemanden zuhören, der Beziehungsprobleme hatte, niemanden, der verliebt war. Mich kotzte das an und ich wusste gar nicht warum. Das Gefühl verliebt zu sein hatte ich noch nie gehabt und ich glaubte sogar, dass es das gar nicht gab. Wobei ich wohl damit eine sehr große Ausnahme war. Alles nur Verlangen, bloß Einbildung. Das sah ich alleine an meinen Eltern. Meine Mutter konnte doch gar nicht lieben, sie war dazu nicht in der Lage. Und mein Vater war einfach nur zu gutmütig und wollte ihr helfen. Das war keine Liebe. Ja, er hatte mich und meinen Bruder gern. Konnte man das aber Liebe nennen? Dabei ging es um das Beschützen von Menschen und um etwas, was man selber erschaffen hat.

Und dennoch rumorte etwas in meiner Darmgegend und meine Brust zog sich zusammen, wenn ich an diese silbernen Augen dachte. *Wie dumm! Nina, du hast noch nicht einmal ein Wort mit ihm gewechselt!*

Das ganze Thema ging mir einfach nicht mehr aus dem Kopf. Ich hatte es mir zum Ziel gesetzt herauszubekommen, was zwischen ihm und Stella vorgefallen war. Nicht etwa, weil er mich „interessierte", sondern weil es mich einfach interessierte.

Ich war es gewöhnt, dass die Jungs mir nachsahen, wenn ich vorbei lief. Er jedoch schien sich absolut nicht von mir beeindrucken zu lassen. Vor diesem einen Tag war er mir nie groß aufgefallen, aber seit er mich angesehen hatte, mit seinen wunderbaren Augen, sah ich ihn ständig auf dem Schulhof oder in den Fluren oder in der Cafeteria.

Allein schon sein Aussehen war besonders. Welcher Kerl sieht bitte mit schulterlangen, schwarzen Haaren gut aus? Außer vielleicht Hugh Jackman, Viggo Mortensen und Johnny Depp. Allerdings sind das auch richtige Männer mit Dreitagebart, die sich verschwitzt und total sexy aus den unmöglichsten Situationen heldenhaft herauskämpfen. Somit gelten diese Ausnahmen für die allgemeine Regel nicht! Daniel jedoch tat es und das empfand ich als ein sehr eigenartiges Phänomen. Irgendetwas Übermenschliches war an ihm, was ich nicht beschreiben konnte.

Immer wieder trafen wir uns in den Gängen der Schule oder auch vor dem Tor beim Rauchen. Er würdigte mich keines Blickes. Jedes Mal wenn ich ihn sah, bemühte ich mich extra, gerade zu stehen. Oder ich versuchte mit Bewegungen oder leisen, aber bestimmten Geräuschen seine Aufmerksamkeit auf mich zu lenken. Kein Räuspern, kein Haarezurückwerfen half. Dabei wollte ich doch nur einen Blick. Ich wollte in seine Augen sehen.

Ich freute mich schon richtig auf Linas Geburtstag auch wenn es noch ein bisschen Zeit war bis zu ihrer Feier. Vielleicht würde ich ja außerschulisch eine Gelegenheit bekommen mit Daniel zu reden, oder ihn zumindest davon zu überzeugen, dass ich interessant war.

Christian wusste das ganz bestimmt. Er hatte mich zwar nicht noch einmal direkt auf dieses Thema angesprochen, aber seine Körpersprache war eindeutig. Bei jeder Gelegenheit, war er in meiner Nähe. Ständig berührte er mich, natürlich nur ganz „zufällig". In gemeinsamen Unterrichtsfächern starrte und grinste er mich andauernd an. Lina blieb das nicht verborgen. Auch wenn ich selber davon angeekelt war, so wollte ich ihr trotzdem nichts verderben.

Bei der nächstbesten Gelegenheit würde ich ihn darauf ansprechen und ihm sagen, er solle das lassen.

Eines Nachmittags, wollte ich gerade nachhause gehen und trat durch das Schultor.

„Lass das! Ist ungesund!", schon als ich die Stimme von Christian hinter mir hörte, wollte ich weglaufen.

„Was meinst du? Wenn du rauchen meinst, das tue ich gerade nicht. Außerdem musst du das gerade sagen", ich verdrehte die Augen und versuchte es so aussehen zu lassen, als würde ich sein Geplapper als amüsant empfinden.

„Verrätst du mir was?"

„Nein! Was denn?"

„Verrätst du mir, was mit dir los ist?"

„Was soll mit mir los sein?", entgegnete ich.

Du gehst mir auf die Nerven! „hätte ich am liebsten gesagt. „Du gehst mir auf die Nerven!" *Oh!* Ich hatte es gesagt. Umso besser, dann wusste er es wenigstens.

„Alles klar! Meinst du das gerade ernst?", seine Miene verfinsterte sich total.

„Pass mal auf! Du bist viel zu einfältig um zu checken, dass Lina total auf dich steht und deswegen nervst du mich", *warum kommen diese Worte aus meinem Mund? Halt einfach deine Klappe!*

Sein fragender Blick verlangte nach weiterer Erklärung. Ich gab ihm aber keine und machte mich auf den Heimweg.

3 Umschwung

Das Wetter wurde langsam immer schlechter. Obwohl ich das Wort „schlechter" nicht ganz passend fand. Es wurde immer kälter und es regnete oft. Mir gefiel dieses Wetter. Wenn ich in meinem Zimmer saß und Musik hörte und dann sah, wie es draußen neblig war oder der Regen in unseren Garten prasselte, dann fühlte ich mich richtig gut. Als wir noch in der Stadt wohnten, war mir noch nie so aufgefallen, wie schön das war. Da hatte mich schlechtes Wetter immer genervt. Doch nun fand ich diese Facetten eher interessant. Ich liebte es im Grünen zu wohnen, zu sehen, wie alles wuchs und wie es wieder starb. Der Herbst gefiel mir noch besser als der Sommer. Und ich fragte mich, wie wohl der Winter werden würde. *So langweilig, dass ich mich schon mit dem Wetter beschäftigen muss!*

Unerklärlicher Weise kreisten meine Gedanken nicht ausschließlich um mich und meine Gegenwart, meine Zukunft.

„Du hast was verloren" *Ja, ich weiß schon! Meine Haare! Ha ha, total witzig!* Ich hatte meine Po-langen Haare etwas abschneiden lassen, damit die Spitzen wieder gesünder und gepflegter aussahen. Ich drehte mich um. Es war Daniel. Von ihm hätte ich nicht so einen unlustigen Scherz erwartet. Und doch, da es von ihm kam, fand ich es auf einmal gar nicht so schlimm. War es vielleicht doch ein cooler Witz? Ich war irgendwie verwirrt und ich glaube, er sah mir das auch an. Ich wusste in diesem Moment gar nicht, was ich sagen sollte. So lange hatte ich auf einen Blick von ihm gewartet, eine Geste, die mir zeigte, dass ich nicht vollkommen Luft für ihn war und jetzt hatte es funktioniert. *Antworte!* Ich brauchte eine Antwort, etwas nicht vollkommen dummes. *Cool bleiben und antworten! Aber was?*

„Das hier gehört dir oder etwa nicht?", er schien auch verwirrt zu sein.

Er streckte mir seine Hand hin und öffnete sie. *Mein Ohrring!* Er war also doch kein Freund von stupiden Scherzen. Ich spürte Erleichterung.

„Oh ja, danke. Hatte gar nicht bemerkt, ähm, dass ich ihn verloren hab", mein Versuch gleichgültig und cool zu klingen misslang gründlich. Meine

Stimme überschlug sich einmal und das letzte Wort klang total abgehackt, da sich in meinem Mund so viel Speichel angesammelt hatte, dass sich ein sofortiges Schlucken nicht vermeiden ließ.

„Du hast ihn am Mittwoch in der Turnhalle im Umkleideraum liegen gelassen."

Und wie kommt er dann da ran? War er ein Spanner? Wieso hatte er meinen Ohrring, wenn ich ihn in der Mädchenumkleidekabine hatte liegen gelassen? Ich nahm ihn ungläubig aus seiner Hand. Ich versuchte dabei, nicht seine Haut zu berühren. Aus mir unerfindlichen Gründen hatte ich Angst davor.

„Danke! Und woher hast du ihn?" ,fragte ich leicht skeptisch.

„Ich habe gesehen, wie ein paar Mädchen aus der Mittelstufe sich gefragt haben, wem der gehört. Ich glaube, sie hatten gleich die Stunde nach euch Sportunterricht. Jedenfalls sah ich diese Mädchen auf dem Schulhof. Eines der Mädchen hielt ihn hoch und ich hab mich erinnert, ihn an dir gesehen zu haben. War also absoluter Zufall", er lächelte. Er lächelte mich an und er erinnerte sich daran, was ich für Ohrringe trug. Das bedeutete, er hatte mich angesehen. *Jawohl!* Er hatte also auf mich geachtet. Ob ihm meine Haare gefielen?

„Achso", ich lächelte zurück. *Sag doch noch was Nina, los, sag was zu ihm! Los!* Aber ich konnte nicht. Mir fiel echt nichts ein. Jetzt schämte ich mich, dieses Gefühl kannte ich kaum.

Das letzte Mal, als ich Scham empfand, war ich sechs Jahre alt und

meine Mutter hatte mir ein neues Kleid gekauft. Es gefiel mir. Es war knielang und dunkelblau. Darauf schlängelte sich ein Muster von hellblauen Rosen und Ranken. Es schlug leichte Falten. Der sanfte Stoff ließ mich nicht schwitzen, das fand ich wunderbar, denn es war Sommer und mindestens 30 Grad. Hand in Hand schlenderte ich mit meiner Mutter durch den Park, nahe unseres Apartments. Es war eher selten vorgekommen, dass meine Mutter etwas mit mir unternahm. Schon alleine deshalb fand ich diesen Tag so schön. Ich wollte unbedingt mit ihr Fangen spielen oder Verstecken. Sie sagte mir noch, ich sollte nicht rennen, damit das Kleid nicht schmutzig würde. Doch Kraft meiner Wassersuppe, riss ich mich von ihr los und setzte meinen Willen durch. Ich rannte los und schrie: „Fang mich Mama! Komm schon!" Das war das Ende des blauen Rosenkleides. Der Grund dafür waren rote Rosen. Da ich mich beim Rennen mehrmals nach hinten drehte, um mich zu versichern, dass meine Mutter auch rannte, sah ich die Hecke nicht auf mich zukommen. Diese begrenzte einen Fahrradweg. Ich rannte direkt darauf zu, wartend darauf, dass mich meine Mutter endlich verfolgen würde. Sie tat es nicht. „Bleib endlich stehen!", schrie sie wütend von der Ferne. Doch es war schon zu spät. Ich lag in der Hecke, umgeben von schönen roten Rosen, verfangen in schmerzenden Stacheln. Ein älterer Mann, der nach Zigarrentabak stank, packte mich und zerrte mich aus dem Meer aus Schönheit und Schmerz. An meinen Armen und Beinen lief ein wenig Blut von den vielen kleinen Kratzern, die die Stacheln hinterlassen hatten. Das Kleid zerriss, von der Mitte meines

Rückens bis ganz nach unten. So ein sanfter leichter Stoff konnte dem nicht stand halten. Als meine Mutter dazu kam, packte sie mich so fest am Arm, dass es schmerzte. Der alte Mann und sie sahen mich böse an. Ohne weitere Worte zog sie mich hinter sich her, nach Hause. Der Ausflug war beendet. Ich schämte mich, weil ich schrecklich aussehen musste. Ich schämte mich, weil ich nicht auf meine Mutter gehört hatte. Ich schämte mich, weil ich einen Teil der Rosen zerstört hatte, weil ich heulte, weil ich ein kaputtes Kleid hatte und man wahrscheinlich meinen Schlüpfer sehen konnte.

Und nun schämte ich mich wieder, weil mir die Worte fehlten, weil ich den Ohrring vergessen hatte. Ich wollte vor ihm perfekt erscheinen. Das gelang mir bei weitem nicht. Wo war meine Selbstsicherheit hin? Sollte ich meine Haare nach hinten werfen oder mir mit den Fingern durch fahren? Sollte ich meine Beine überkreuzen? Und was sollte ich denn nur sagen?

„Übrigens, deine neue Frisur steht dir echt gut", er machte eine kurze Pause. Wusste er selbst nicht, was er sagen sollte? Wollte er noch was sagen? Wartete er darauf, dass ich noch etwas sagte? In meinem Kopf überschlugen sich die Fragen. „Ich geh jetzt erst mal rein", dann drehte er sich weg, ging über den Schulhof und stieg die Treppen zum Eingang hoch. Er machte die Tür auf und lies noch ein paar jüngere Schülerinnen in das Gebäude gehen, bevor er mir noch einen kurzen Blick zu warf, den ich absolut nicht deuten konnte. Dann ging er hinein. Mit einem komischen Gefühl, was ich nicht beschreiben kann, folgte ich. Dabei schloss ich meine Hand um den Ohrring mit dem silbernen Blättergehänge, so fest, bis es anfing weh zu tun.

In Mathe spürte ich Christians Blicke hinter mir. Die ganze Stunde empfand ich es als störend und unangenehm, vielleicht bildete ich es mir auch nur ein, dass er mich anstarrte. Doch meistens lag ich bei solchen Vermutungen richtig. Die Gänsehaut, die dieses penetrante Geglotze verursachte, lenkte mich von meinen Gedanken über Daniel ab und natürlich auch davon, dem Unterricht folgen zu können. Ich wollte aber über ihn nachdenken (Daniel, nicht den Unterricht). Es fiel mir nur sehr schwer mich zu konzentrieren, wenn ich wusste, dass ich angegafft wurde.

Die Pause war meine Rettung. Ich stürmte aus der Klasse, um auf die Toilette zu gehen. Als ich zurück kehrte, erwischte mich Christian leider doch.

„Ich habe lange über deine Worte nachgedacht und ich glaube, ich sollte Lina mal fragen, ob wir was zusammen machen wollen. Oder was meinst du?", er sah nachdenklich aus und mir gefiel dieser Ausdruck. *Da hat wohl etwas Klick in deinem Strohkopf gemacht?!* Er war ehrlich. Auf einmal wurde mir Christian ein wenig sympathischer. Endlich hatte er begriffen. Obwohl ich glaubte, dass er Lina nicht verdient hatte.

„Wow, das hat aber lange gedauert! Wie viele Tage waren das? oder vielleicht auch Wochen?", ich lächelte ihn an.

Reumütig antwortete er: „Ich weiß ja. Aber ich bin mir halt nicht so sicher."

„Doch, doch! Frag sie nur! Sie wird nicht nein sagen."

„Meinst du?"

„Ich bin mir absolut sicher."

Die zweite Stunde konnte ich mich ganz auf Daniel konzentrieren, da ich jetzt wusste, dass Christian sich gedanklich mit dem Mädchen beschäftigte, was ihn wirklich mochte. Zumindest dachte ich mir das so und das beruhigte mich.

Ein inneres Grinsen überkam mich. *Ich bin eine gute Kupplerin.* Ich würde die zwei zusammen führen und Lina damit glücklich machen. Das war eine Genugtuung für mich. Der zweite Punkt, der mich zufrieden stimmte: Daniel hatte mit mir geredet und trotz mannigfaltiger Patzer meinerseits, hatte ich das Gefühl, einen nachhaltigen Eindruck bei ihm hinterlassen zu haben.

Später an diesem Tag erzählte mir Lina in hysterischer Begeisterung, dass Christian sie ins Kino einladen wollte. Das hatte ich super angestellt.

„Wie bist du eigentlich auf die Idee gekommen, dir die Haare abzuschneiden?", sie musterte mich mit einem skeptischen Blick.

„Spliss abschneiden und so", ich zuckte mit den Schultern.

„Aha! sieht aber echt gut aus!"

„Danke", ich grinste. Ich fühlte mich so gut. Ich war so gut. *Man! Danke*

Gott oder Schicksal oder Universum oder Zufall oder was auch immer: Danke, dass ich ich sein kann. Komplimente und eine so gut wie gelungene Verkuppelung: Ich fühlte mich sehr zufrieden mit mir selbst.

Alles was ich mir wünschte, bekam ich auch so gut wie immer. Da es bei uns keine großen Geldsorgen gab, konnten wir uns sehr viel leisten. Ich glaube meine Eltern, hauptsächlich mein Vater, versuchte sich mit Geschenken und Zugeständnissen zu entschuldigen, dass er nur sehr wenig Zeit für mich hatte. Ich war, umso älter ich wurde, immer dankbarer dafür, meine Ruhe zu haben. Doch schlug ich nur selten etwas aus, was man mir schenken wollte. Ich war sozusagen eine verwöhnte Göre. Trotzdem kam ich alleine zurecht, ich musste viel selbstständig erledigen, was beispielsweise die Schule betraf. Außerdem gab es ja meinen Bruder Max in der Familie. Seine Behinderung brachte mir bei, nicht zimperlich zu sein und mit dem als nicht als Standard angesehenem zurecht zu kommen.

„Ach meine Kleine! Wie läuft es denn in der Schule?", fragte mein Vater beim Abendessen. Ich lies mich nur selten dazu breit schlagen, mit meiner Familie zusammen zu essen. Die Gespräche waren häufig oberflächlich und uninteressant, deshalb zog ich es vor, mein Essen mit in mein Zimmer zu nehmen.
„Du erzählst in letzter Zeit so wenig. Hast du dich denn gut eingelebt hier?", fügte er hinzu.

„Solange ich nichts sage, ist alles in Ordnung. Ich hab doch noch nie viel über die Schule erzählt, aber danke, dass du mal fragst."

Es gab Hackbraten, Rosmarinkartoffeln und Buttererbsen zu essen. Etwas worüber sich meine Geschmacksnerven freuten, obgleich ich normalerweise Fettiges zu vermeiden versuchte. *Macht schlechte Haut und Hüftspeck! Aber über gut zubereitetes Fleisch geht eben fast nichts!*

„Wir machen uns Sorgen um dich, wenn man Probleme nur in sich hineinfrisst, kann man ernsthafte psychische Probleme bekommen!"

Das war echt unnötig Mutter!

„Erstens, ich hab keine Probleme. Zweitens, musst du das gerade sagen.", alle gute Laune, wenn ich denn überhaupt welche hatte, war nun komplett verflogen.

„Bitte Max, iss und mach kein Kunstwerk daraus!", ich klang eher bettelnd als fordernd, als Max gerade sein Essen verschob und einen Baum auf seinem Teller damit formte. Es sah eigentlich ganz interessant aus, aber in dem Moment nervte mich das. Ich wusste nicht, ob meine Mutter das ernst gemeint hatte, oder ob das eher so eine Art Phrase war, um den Anschein bei mir zu erwecken, dass es ihr hier besser ging und als ob sie sich wirklich für mich interessierte. Sie versuchte in letzter Zeit sehr stark, sich als gute Hausfrau und Mutter zu betun. Früh am Morgen lag jetzt sogar immer ein Frühstück für die Schule vor meiner Zimmertür. Das fand ich zwar gar nicht so schlecht, denn dann musste ich mir keinen Kantinenfraß kaufen, aber das war nicht die Frau die ich kannte. Dann wollte sie auch, dass wir jeden Abend zusammen aßen, wobei ich mich jedoch, wie schon erwähnt, oft davon ausschloss. Das mit dem Kochen gelang ihr, umso mehr sie es übte, immer besser.

Wenn ich sie mir in diesem Moment so ansah, war ihr Äußeres wirklich das einer guten, netten, gesunden Hausfrau. Sie hatte keine Augenringe mehr, wie zu der Zeit, als wir noch in der Stadt lebten und sie war auch nicht mehr so blass. Vom Aussehen waren wir beide uns ähnlich. Nur dass sie ihre Haare immer in einen dunklen Rotbraunton färbte. In ihren Augen war dasselbe hellgrün, mit leicht gelben Akzenten. Auch meine zarte, schlanke Figur für die ich nicht viel arbeiten musste, hatte ich von meiner Mutter. Ich hatte nur den dunklen Teint von meinem Vater geerbt. Doch unsere Charaktere waren vollkommen unterschiedlich! Ich war stärker als sie. Meine Mutter verkraftete keine Tiefschläge, ich schon. Bei jedem kleinen Stress sich überfordert fühlen, oder bei den simpelsten Dingen, die daneben gingen, gleich zu heulen und zu verzweifeln, das war nicht meine Sache. Wahrscheinlich hatte sie in ihrem Leben mehr durchmachen müssen als ich. Mir ging es von klein auf gut, ebenso wie meiner Mutter. Sie hatte eine unkomplizierte Kindheit, aber als Max geboren wurde, hat sie angefangen durchzudrehen. Doch wenn mir so etwas passieren würde, das schwor ich mir, würde ich stark bleiben. Und so schlimm und ungewöhnlich war es ja auch nun wahrlich nicht.

Bevor ich nach Winnis gekommen war, kreisten meine Gedanken weniger um so etwas. Es gab Partys, Gossip und anderes, mit dem ich mich beschäftigte. Aber nun überkam mich ein wenig die Angst, wenn ich öfter über Probleme des Lebens nachdachte, dass ich mir dann die Probleme selber schaffen würde. Ich zwang mich solche Gedanken abzubrechen um nicht in irgendetwas zu fallen, aus dem ich mental nicht mehr herauskommen würde. Ich wollte an etwas anderes Denken, etwas Produktives, Aktives. Und dann überkam mich eine plötzliche Eingebung: „Wisst ihr was? Wenn der Winter vorbei ist und der Frühling beginnt, dann werde ich anfangen das Gewächshaus zu bepflanzen. Außer natürlich, du", damit meinte ich meine Mutter, „möchtest das alleine übernehmen."

„Mach nur, mach nur. Es ist so groß, das reicht auch für uns beide."

Ein kleiner Hoffnungsschimmer überkam mich, dass wir zwei mal etwas zusammen unternehmen würden. Doch so richtig konnte ich nicht daran glauben.

4 Etwas zu schnell

Am Ende der Schulwoche, setzte ich mich mal wieder in die Gartenhütte. Es war leicht kühl und ich versuchte mich an einem Feuer. Zu meiner eigenen Verwunderung schaffte ich es, den Kamin in Gang zu setzen. Irgendwann einmal hatte ich unserer Haushälterin in der Stadt zugesehen, wie sie uns ein Feuer machte. Nun hatten wir keine Haushälterin mehr und wir mussten selber saubermachen. Das gelang uns aber recht gut. Ich war vielleicht ein wenig faul und verwöhnt, aber irgendwie ging das schon. Da meine Mutter nicht arbeitete, hatte sie Zeit, jeden Tag etwas zu machen. Wäsche, Putzen, Aufräumen. Es ging. Es funktionierte. *Das Leben ist in manchen Sachen für manche zu leicht und in anderen Situationen wieder zu schwer. Echt merkwürdig.*

Mein Feuer jedenfalls brannte gut. Ich lehnte mich zurück um einfach nur zu entspannen. *Und jetzt noch eine Zigarette!*

Ich rauchte so gut wie nie, im Grunde nur auf Partys. Doch in diesem Moment packte mich die Lust eine zu rauchen. Ich hatte aber keine Zigaretten.

Nun musste ich mich entscheiden: Würde die Faulheit siegen und mich auf dem gemütlichen Sofa bei Kaminfeuer und Fernsehen dösen lassen oder würde ich mich aufmachen, um welche zu besorgen? Zu guter Letzt besiegte ich die Faulheit.

Zu Fuß erreichte ich den Supermarkt nach fünfzehn Minuten. Ich hatte zwar keine Eile, trotzdem trippelte ich die Stufen zum Eingang schnell hinauf. Das war eine Angewohnheit von mir. Treppen langsam hinauf oder hinunter zu gehen, fühlte sich für mich falsch an. Zuhause übersprang ich auch sehr gerne ein paar Stufen.

Dieses Mal war ich wohl etwas zu schnell.

„Hey!"

Ich wollte mich umdrehen und in dem Moment blieb ich an der letzten Stufe mit meinem Fuß hängen und fiel geradewegs auf den harten Betonboden.

„Nina! Ist dir was passiert?", es war Daniel. Das war mir so peinlich. Ich fühlte das Blut in mein Gesicht und meine Ohren schießen.

„Nina? Ist alles okay?", fragte er, als er mir aufhalf. Eine schöne Geste, aber ich hätte mich wohler gefühlt, wenn ich schneller gewesen und alleine aufgestanden wäre.

„Ja, alles in Ordnung. Danke!", antwortete ich. *Sag nochmal meinen Namen!*

Er hielt meinen Arm fest und sah mich besorgt mit seinen glänzenden Augen an. Wahrscheinlich war ich von dem „schlimmen Sturz" noch etwas benommen, aber ich spürte statt Schmerzen ein Wohlgefühl, welches sicherlich durch die wunderbare Nähe dieses sonderbar anziehenden Typen verursacht wurde. *Das ist so klischeehaft!*

„Wie peinlich!"

„Na ja, Hauptsache du hast dir nichts getan!"

„Nein, alles okay. Mir tut nichts weh"

Die zwei, drei Leute, die mein Hinfallen ebenfalls mitbekommen hatten, wendeten ihre Blicke jetzt ab, das Spektakel war vorbei und es war nichts Großartiges passiert. Mich nervten solche Gaffer, aber wahrscheinlich würde ich in gewissen Situationen selbst dazu gehören.

„Was treibt dich denn hierher, wenn ich fragen darf?", *klar darfst du fragen. Alles, was du willst!*

„Ich wollte … nur... einfach Zigaretten kaufen."

„Mh", er klang irgendwie angewidert und ich musste mich wundern.

„Oh!", er schien sich selbst über seinen Laut zu wundern, „Das sollte jetzt nicht so böse klingen, ich rauche ja selber. Ich hab nur schon länger mit dem Gedanken gespielt, es sein zu lassen. Ist nur nicht so leicht." Er lachte heiser.

„Alles gut! Ich denke selten Schlechtes", das entsprach zwar nicht so ganz der Wahrheit, klang aber gut.

„Wow!"

„Was denn?"

„Das klingt echt vorbildlich. Ich hab das Problem, dass ich immer gleich das schlimmste vermute", er lachte wieder. Und das war ein so wunderbar tiefes und melodisches Lachen.

„Na da kannst du dir ja eine Scheibe von mir abschneiden!" *Mist!* Jetzt hatte ich das gesagt, was ich eigentlich nicht sagen wollte. Ich wollte vor Daniel nicht so überheblich wirken.

„Heute Abend so gegen 8 oder 9 wollen wir bei mir grillen. Nur Robert und ich und Stella, deshalb war ich jetzt noch kurz einkaufen. Wenn du Lust hast kannst du ja auch kommen, vielleicht bringst du noch Lina mit, natürlich nur, wenn du willst."

Er hatte mich gerade gefragt, ob ich mit ihm etwas unternehmen möchte. Ich brauchte keine Millisekunde, um zu überlegen. Etwas anderes Bedeutendes hätte ich an diesem Abend sowieso nicht vor gehabt.

„Klar! Ich frage Lina. Soll ich noch etwas mitbringen?"

„Du musst nichts mitbringen, nur dich selbst!"

„Okay"

„Na gut, dann sehen wir uns bei mir? Ich muss los, noch ein wenig aufbauen und aufräumen und so."

„Alles klar, bis dann."

Als er ging, versuchte ich ihm nicht hinterher zu schauen, deshalb zwang ich mich, in den Supermarkt zu gehen.

Mein Herz pochte. Fragen keimten in mir auf. *Warum ist Stella auch da, ich dachte, die zwei können sich nicht leiden? Wie kommt er darauf mich einzuladen, obwohl wir uns kaum kennen? Findet er mich vielleicht doch interessant und erhofft sich etwas?* Ich war richtig aufgeregt und nervös, wie in so einem schlechten Teeniefilm, in dem die schüchterne, vermeintlich unscheinbare Hauptfigur von dem super-mega-coolen, tollsten Typen der Schule zu einem Date eingeladen wird.

Ich holte, weshalb ich da war und ging so schnell wie möglich nach Hause zurück.

Daheim angekommen wählte ich sofort Linas Nummer.

„Hey Line-Bine, ich bin's Nina."

„Was gibt's denn?"

„Wollen wir heute Abend bei Daniel grillen?"

„Bei Daniel? Nina, wie kommen wir denn zu der Ehre?"

„Er hat mich gefragt, ob wir Lust hätten. Und was sagst du?", ich hoffte, sie würde nicht nein sagen, da ich nicht wusste, ob ich mich alleine trauen würde hinzugehen.

„Warum eigentlich nicht! Ich hab dir sowieso noch etwas zu erzählen", sie klang sehr freudig. Ich kombinierte, es musste etwas mit Christian zu tun haben.

„Alles klar, ich danke dir. Alleine hätte ich mich sicher nicht hin getraut. Um 8 oder 9 geht es los. Soll ich so kurz nach 8 bei dir sein?"

„Gut Nina, bis dann!"

Ungefähr zwei Stunden hatte ich noch Zeit, um mich fertig zu machen. Benötigen würde ich diese Zeit nicht, also machte ich den Fernseher an. Als ich so durch die Programme schaltete, fiel mir auf, dass ich schon lange kein großes Interesse am Fernsehprogramm mehr hatte. Netflix macht`s möglich. Mich nervten die immer wiederkehrenden Gesichter der schrecklichen Soaps und die scheußlichen schauspielerischen Leistungen der täglichen Serien. Komisch, dass ich in diesem Moment auf die Idee gekommen war.

Ich sah mir die Nachrichten an. Es ging um Krieg, Politik und um die Umwelt. Ich sah Bilder von toten Fischen und Robben und Ölteppiche schwammen im Meer. Es hatte wieder mal einen Unfall mit einem Öltanker gegeben. Ich hatte nicht richtig aufgepasst und somit nicht mitbekommen, wo es passiert war. Doch mir taten die armen Tiere leid. Ich bekam wirklich Angst, dass sich der Ölteppich noch weiter ausbreiten würde. Arme kleine Gesichter, mit Öl und Dreck überzogen, blickten traurig in die Kamera. Fische wälzten sich elend und sterbend an einem Steinstrand. Schon oft hatte ich solche Bilder gesehen, doch noch nie hatten sie mich so traurig gemacht und so mitgenommen. Klar kamen oft sogar die Gedanken, dass die Reporter diese Bilder extra traurig und mitleiderregend zusammenschnitten, vielleicht sogar, dass das gar keine originalen Aufnahmen waren. *Die haben ja heutzutage Mittel und Wege um alles manipulieren zu können.* Doch in diesem Moment spürte ich sogar fast den Schmerz und die Trauer durch den Fernseher. Diese armen Geschöpfe, sie wussten gar nicht, was mit ihnen geschah. Ich war geschockt als ich bemerkte, dass ich weinte. Warum nahm mich ein Tankerunglück so sehr mit? Ich schaltete den Fernseher ab. Ich wollte das nicht mehr sehen.

Eine Stunde noch. Ungefähr zehn Minuten legte ich mich auf mein Bett und versuchte mich wieder zu fangen. *Echt eigenartig.* Warum diese extreme Sentimentalität? So oft hatte ich ähnliches schon gesehen. *Seltsam.* Als ich mich beruhigt hatte, stand ich auf und begann langsam, mich fertig zu machen.

An meinem Kleiderschrank angekommen, kreisten meine Gedanken bereits wieder um Daniel. Ich musste etwas anziehen, was nicht zu aufreizend und nicht zu bieder wirkte.

Schließlich entschied ich mich dafür eine dunkelblaue Röhrenjeans, ein einfaches anliegendes schwarzes Top und darüber einen dunkelblauen anliegenden Strickpullover mit Kapuze und V-Ausschnitt zu tragen. Noch ein blauschwarz-kariertes Tuch um den Hals, einen schwarzen Gürtel und Sneakers, das war nicht zu auffällig, wirkte sportlich und gut für das Grillen in einem Garten oder in einem Hof. Da es ein wenig kälter draußen war, nahm ich noch eine Jacke mit. Make up, Haare, fertig.

Ich ging langsam los, obwohl ich noch ein wenig Zeit hatte, aber Lina würde es verkraften. Zur Not würde ich auch noch ein paar Minuten bei ihr Zuhause warten, bis sie fertig war. Ich konnte einfach nicht länger zuhause rumhocken. Dafür war ich viel zu hibbelig.

Schnell verabschiedete ich mich von meinen Eltern. Ich war so aufgeregt wie noch nie. Dadurch fühlte ich mich so unschuldig, wie in einem Jane Austen Roman, in dem ein junges Mädchen sich gerade für einen Ball zurecht gemacht hatte und nun hoffte, dort ihrem Mr Right zu begegnen.

Ich nahm, obwohl Daniel gesagt hatte, dass ich es nicht bräuchte, eine Flasche Weißwein mit. Es gehörte sich einfach so, ich wollte ja auch nicht wie ein Schmarotzer wirken.

Bei Lina angekommen, war es 19:50 Uhr. Glücklicherweise war sie schon bereit zum Losgehen.

„Nina, ich muss dir was erzählen! Christian und ich sind so gut wie zusammen, würde ich sagen", erzählte sie mir mit voller Euphorie.

„Das freut mich für dich. Ich hoffe er macht dich glücklich."

„Davon gehe ich mal schwer aus. Wollen wir los?"

„Na klar", *weniger Chistian-blabla, mehr Daniel-gehen!*

„Nina, wann habt ihr das denn heute ausgemacht?", fragte sie neugierig, nachdem wir einige Schritte gegangen waren.

„Heute beim Supermarkt haben wir uns getroffen und da hat er mich gefragt", ich wollte ihr die Umstände nicht unbedingt genauer erklären. Da ich weitere Fragen von ihr vermeiden wollte, redete ich schnell weiter: „Und du weißt wo er wohnt, Lina?"

„Logisch!"

Er wohnte auch in der Nähe vom Wald, am Rande der Stadt, aber nicht in meiner Nähe. Ich wohnte am nordwestlichen Rand von Winnis und noch mehr von der Außenwelt abgeschirmt und er am nordöstlichen Rand. Sein Haus stand am Ende einer Häuserreihe, alles sah sauber und fein aus. *Eine schöne Gegend.*

Wir standen vor Daniels Haus und wollten gerade die Klingel am Tor betätigen, da öffnete sich auch schon die große Holztür. Ein großer Typ mit dunkelbraunen kurzen Haaren stand vor uns. Ich hatte ihn schon bei uns in der Schule gesehen, wahrscheinlich war er in Daniels Jahrgang.

„Hi, wollt ihr zu uns?", sagte er in einem ernstgemeinten und leicht unsicheren Ton. Seine Stimme klang etwas kehlig, aber freundlich.

„Aber immer doch!", antwortete Lina.

Unsicher entgegnete ich: „Hi, ich bin Nina."

„Ich bin Robert. Kommt doch rein, die anderen sind schon im Garten."

Er war sehr gut gebaut, das sah man durch sein eng anliegendes T-Shirt. Dass er nicht fror, wunderte mich, da er zum Shirt nur kurze Shorts trug. Wir wurden von ihm durch den Hof, am Haus vorbei, eine Steintreppe hinauf in den Garten geführt. Mir gefiel es sehr, wie Daniel wohnte: modern, sauber und man sah, dass seine Familie zwar nicht super reich war, jedoch einen gewissen Lebensstandard besaß.

Daniel stand am Grill und Stella saß daneben auf einer Hollywoodschaukel. In ihrer Hand hielt sie ein Sektglas. „Wire to wire" spielte die Anlage.

Robert löste Daniel am Grill ab, dieser kam zu uns und begrüßte erst Lina und dann mich. Es war eine zaghafte kurze Umarmung. In diesem Moment fing mein Herz ganz schnell zu klopfen an und ich bekam Gänsehaut im Nacken. Sein Duft wehte in einem sanften Hauch zu mir.

Wenn ich seinen Geruch einer Landschaft zuordnen sollte wäre es ein Tal, welches eingeschlossen von halbhohen Bergen und Felswänden ist. In seiner Mitte schlängelt sich ein Bach, nicht zu breit und auch nicht sehr tief. Das Wasser ist so klar, man sieht die kleinen Steine auf dem Grund. Er fließt so sanft und langsam, dass man hindurch laufen kann. Überall wachsen Farne und Moos und verschiedene Blumen. Die klare Luft weht sanft und die Vögel zwitschern um die Wette.

All das vereinte er in seinem Duft... *Wahnsinn!* Dass ich dies nicht schon bemerkt hatte, als er mir den Ohrring gab. Ich holte tief Luft und grinste einmal kurz über mich selbst und meine kitschigen Gedanken.

Es wurde langsam dunkler, also machte Daniel die Laternen an.
„Die Fackeln sind für später. Setzt euch doch und schenkt euch etwas ein. Das Essen ist vielleicht in einer halben Stunde fertig", sagte er.
Lina und ich taten wie uns geheißen. Nachdem wir Stella begrüßt

hatten, packte ich das Trinken aus, welches ich mitgenommen hatte.

„Du hättest doch nichts mitbringen müssen!", sagte Daniel, als er es bemerkte.

Als das Essen fertig war, war die Stimmung aufgelockert. Wir kamen in lustige Gespräche und mir fiel auf, wie sympathisch und witzig Robert war. Er war ein angenehmer Typ und ich war mir sicher, wir würden uns schnell anfreunden. Es wurde immer dunkler und die zwei Jungs zündeten ein paar Fackeln an.

Umso später es wurde, umso lustiger wurde es auch. Mit der Zeit bemerkte ich allerdings, dass Stella sich aus dem Geschehen ein wenig distanzierte. Sie saß nur da, trank Sekt und lächelte ab und zu, wenn wir laut lachten oder kicherten. Ich wollte wissen, was da los war: Warum sie da war, obwohl ich dachte, Daniel und sie können sich nicht mehr leiden und warum sie so ruhig war. Wie konnte ich mit Daniel alleine sein, um ihn zu fragen? War es vielleicht dumm und unangebracht, ihn so etwas zu fragen? Wir kannten uns immerhin so gut wie gar nicht. Doch ich wollte es gerne. Ich wollte, dass wir uns näher kennen lernen würden. Aber wie ich die Sache so sah, würde ich auf eine andere Gelegenheit warten müssen. Außerdem war die Runde, so wie sie war, echt schön und ich wollte sie nicht unnötiger Weise sprengen.

Es war gegen 23:00 Uhr, da verabschiedete sich Stella. Daniel bat sie noch zu bleiben, aber sie entschuldigte sich und meinte, sie sei sehr müde und beim nächsten Mal würde sie auf jeden Fall länger bleiben.

Ich war nicht böse darum, dass sie ging.

„Sag mal, sind deine Eltern gar nicht da?", fragte ich. Wenn ich bei mir mit Freunden grillen würde, würden meine uns sicher auch in Ruhe lassen, aber ich kannte andere Eltern, die zu solchen Anlässen zirka alle halbe Stunde dazu kamen, um zu schauen, ob auch alles in Ordnung war.

„Die sind übers Wochenende nicht da." Daniels Blick verriet, dass er das Thema Eltern wahrscheinlich lieber nicht weiter vertiefen wollte. Also fragte ich auch nicht weiter nach. Da sich Robert in diesem Moment so eifrig mit Lina unterhielt, konnte ich vielleicht mit Daniel in ein interessantes Gespräch kommen und ich lief nicht Gefahr, mir irgendwelche Geschichten über Christian anhören zu müssen, auf die ich absolut keine Lust hatte.

„Ihr wohnt hier sehr schön", sagte ich, um ein Gespräch anzufangen.

„Danke, ich hab gehört du wohnst in der weißen Villa Richtung Maura." Maura war ein Nachbarort von Winnis, etwa 13 Kilometer entfernt.

„Ja, schon fast im Wald. Es ist echt total schön da, hätte ich nicht gedacht, dass es mir mal so gut hier gefallen könnte, als ich hergezogen bin."

„Gefällt dir die Natur?"

Er saß mir gegenüber und sah mich direkt an. Seinen Blick konnte ich allerdings überhaupt nicht deuten. Ich fand, er war schwer zu durchschauen.

„Meinst du allgemein oder die Natur hier?"

„Beides", er zuckte kurz mit den Schultern.

„Ich habe vorher in einer großen Stadt gewohnt und da gab es nicht viel Natur, aber seit ich hier bin finde ich mehr und mehr Gefallen daran. Was die Natur hier angeht: Es gefällt mir sehr. Das einzige was daran nervig ist, sind die Spinnen und Mücken und so was!"

„Ja nervig vielleicht, aber es sind auch Lebewesen mit einer Daseinsberechtigung."

Oha! Ein Moralapostel.

Reumütig gab ich zu: „Du hast ja recht. Aber warum gibt es dann tausend verschiedene Arten von Spinnen, Fliegen oder was-weiß-ich? Eines von jeder Sorte reicht doch!"

Er zuckte wieder mit den Schultern und machte einen hilflosen Gesichtsausdruck. *Süß!*

Jetzt ergriff ich meine Chance, um ihn nach Stella zu fragen. Ich wusste nicht, wie das bei ihm ankommen würde, aber meine Neugier war zu stark.

„Daniel?", fing ich an.

„Ja?"

„Darf ich dich was fragen?"

„Klar."

„Also, Stella war ja heute auch da und Lina hat mir erzählt, dass ihr mal zusammen wart. Habt ihr euch wieder vertragen oder warum?"

Schon wieder fühlte ich diese Scham. Mir war es peinlich, dass ich nicht die richtigen Worte fand. Zudem wurde ich auch noch nervös.

„Wir hatten ein klärendes Gespräch", half er mir und dafür war ich ihm echt dankbar.

„Tut mir leid, dass ich gefragt habe."

„Kein Problem."

„Und warum ist sie heute so früh gegangen?"

„Ich denke...", er hielt kurz inne und sah auf den Boden, „...weiß nicht."

Die Antwort stellte mich nicht zufrieden. Ich runzelte die Stirn und wir sahen uns eine Weile an. Ich wusste nicht wie und ob ich weiter nachfragen sollte. Ich wollte nicht zu neugierig erscheinen. Er bemerkte meine offensichtliche Verwirrung, schien aber keine weiteren Erklärungen abgeben zu wollen. Somit machte ich mir meine eigenen Gedanken. Vielleicht hatten sie miteinander geschlafen. Das wollte ich mir eigentlich gar nicht vorstellen.

Lina machte sich so gegen 1 Uhr auf den Weg nach Hause. Ich glaubte sie war sauer, dass ich nicht mitwollte und sie alleine gehen musste. Als Robert kurz vor zwei ebenfalls die Heimreise antrat, wollte ich auch gehen. Ich dachte mir, dass Daniel sicher müde sei. Somit wollte ich ihn nicht länger belästigen. Wir räumten noch zusammen auf.

„Du musst noch nicht gehen, wenn du nicht willst", meinte er, „Oder wenn du willst, kann ich dich auch heimbringen. Es ist spät und ich würde mich wohler fühlen, wenn ich dich sicher zuhause weiß."

„Das ist echt lieb, aber Lina hast du auch alleine gehen lassen."

„Ihr Heimweg war auch nicht so weit!"

Wenn er sich wirklich Sorgen um mich machte, dann wollte ich ihm natürlich den Gefallen tun. Mir war auch wohler bei der Sache, nicht im Dunkeln alleine laufen zu müssen. Außerdem konnte ich so das Versprechen gegenüber meinem Vater erfüllen. Ich grinste in mich hinein und mir kam der Gedanke, dass dies der perfekte Abschluss für einen so schönen Abend war.

Die Nacht war kühl. Am Himmel hingen die Wolken tief und es konnte jeden Moment anfangen zu regnen.

Er befragte mich über meine Familie und über meine alte Heimat. Vor ihm darüber zu reden war mir unangenehm, da ich nicht gerade stolz auf die Oberflächlichkeit war, die dieses alte Leben beherrschte. Ich erzählte ihm, dass man hier in Winnis mehr Zeit und auch Gelegenheiten hat, über sich selbst nachzudenken und auch über die Menschen.

„Und was denkst du über mich?", fragte er, ich konnte nicht erkennen, was er mit dieser Frage bezweckte. Wollte er nur wissen ob ich ihn nett fand oder hatte er Interesse an mir gefunden oder wollte er hören, wie toll er sei? Ich entdeckte eine analytische Seite an mir, die ich vorher nicht kannte. Was war die Absicht hinter bestimmten Handlungen anderer? Diese Fragen machten mich auf einmal vollkommen unsicher, brachten meine Gedanken und Überzeugungen ins Wanken. *Mensch, das hat mich doch noch nie so unangenehm tangiert!*

„Ich weiß nicht? Die Frage ist irgendwie komisch."

„Ja. Schon seltsam. Ich dachte auch gerade, dass das voll dumm war. Vergiss es einfach okay? Bitte bitte denk nicht weiter darüber nach. Peinlich!"

Ich war innerlich amüsiert, dass er vielleicht genauso unsicher war, wie ich.

„Schon gut. Dann mach ich mal mit den Peinlichkeiten weiter: Sag mal, am Anfang hast du mich überhaupt nicht wahrgenommen. Aber jetzt schon. Wie kam der Sinneswandel?"

„Das ist auch eine komische Frage! Man! So reden doch keine normalen Menschen! 'Was denkst du über mich? Warum nimmst du mich wahr?' Ha! Außerdem hast du meine gar nicht beantwortet", er musste Lachen. Wir waren vielleicht in eine seltsame Gesprächssituation geraten. Komischerweise war es mir gar nicht so unangenehm. Vielleicht lag es am Alkohol?

Wir liefen einen Moment lang schweigend nebeneinander her. Allerdings empfand ich diese Stille nicht als peinliche Schweigepause, sondern eher als ein stilles Genießen meinerseits. Wie es ihm erging wusste ich nicht, aber ich hatte nicht das Gefühl, dass es ihm irgendwie unangenehm war.

Sein Blick ging in die Dunkelheit und leicht abwesend fragte er mich: „Hättest du Lust, mit mir und Robert morgen eine kleine Wanderung zu machen? Ich würde dir gerne ein paar schöne Fleckchen hier in der Umgebung zeigen."

„Geht das auch nächste Woche? Morgen wollen meine Eltern zu Bekannten in die Stadt und ich soll auf meinen Bruder aufpassen."

„Kein Problem. Wenn du Lina mitnehmen möchtest, kannst du sie ja fragen."

„Ach nö."

„Nö?", er lachte laut. *Was ist denn daran bitte so witzig? Meine Art das zu sagen? Macht der sich über mich lustig?*

„Nö!", entgegnete ich ihm trotzig, so dass er merkte, dass ich seine Reaktion nicht so toll fand.

„Sorry, das klang nur gerade echt niedlich."

Niedlich?

„Ach man! Sie muss doch nicht überall dabei sein oder?"

„Nein! Ist doch schon gut! Ich dachte ja nur."

„Das ist ganz schlecht!", erwiderte ich mit ernster Stimme.

Er sah mich verwundert an „Was?"

„Denken!"

Wieder lachten wir gemeinsam. Leider war damit auch unser gemeinsamer Weg zu Ende und wir standen vor meinem Haus.

„Ich wünsche dir eine gute Nacht. Schlaf gut!", sagte er und ich umarmte ihn kurz.

„Und du Armer musst jetzt einsam und alleine wieder zurücklaufen."

„Ich bin schon groß, ich packe das. Mach´s gut, Nina", er ging. Mein

Name in seinem Mund klang so süß.

Ich fühlte mich fantastisch.

5 Traum

Frühmorgens 8:00 Uhr klingelte mein Wecker und das an einem Samstag. Ich wollte liegen bleiben, schlafen, träumen. Nur fünf Stunden Schlaf, das war eindeutig zu wenig. Zum Glück konnte ich später einen Mittagsschlaf machen. Wir wohnten noch nicht sehr lange in dem neuen Haus, somit wäre es unverantwortlich gewesen, Max längere Zeit ohne Beaufsichtigung zu lassen. Zum Glück beschäftigte sich wunderbar selbst. Die Türen waren nicht verriegelt. Max wusste, dass er nicht alleine hinaus gehen durfte. Manchmal wünschte ich mir, die Welt mit seinen Augen sehen zu können.

Nahm er die Dinge anders wahr als wir oder nahm er ganz und gar andere Dinge wahr? Max hatte ein unglaubliches Gespür für Farben und Formen. Sein Gedächtnis war fantastisch. Er konnte sich Gesichter und Tiere über Tage so detailgetreu merken, dass er sie nach einer Ewigkeit noch eins zu eins aufmalen konnte. Was er malte, war so wahnsinnig realistisch. Ich beneidete ihn um dieses Talent.

Max war nicht zurückgeblieben. Er war einfach anders, ruhig, träumte viel, redete nicht.

Ich dachte mir, ich würde diesen Tag einfach nur mit Gammeln verbringen. Auf dem Sofa liegen, fernsehen, schlafen. Ich legte mich mit meiner Bettdecke auf das weiße, große Ledersofa und schaltete den Fernseher ein. Max war auch da und aß gerade Frühstück. Meine Eltern verabschiedeten sich von mir, um in die Stadt zu fahren. Ich wünschte ihnen viel Spaß und sie gingen. Nach ungefähr einer halben Stunde schlief ich tief und fest.

Ich liege auf einer Wiese und schaue in den Himmel. Er ist hell und hin und wieder fliegen kleine Wölkchen über mich hinweg. Es weht ein sanfter, warmer Wind. Trotzdem bin ich angespannt, fühle mich unwohl. Ich schließe nur kurz meine Augen, danach ist der Himmel ganz dunkel und der Wind ist stark, kalt, feucht. Ich stehe auf. Viele, viele Menschen stehen um mich herum. Sie erwarten etwas, aber ich weiß nicht was. Sie schauen sich alle bittend, fragend und flehend an. Manche weinen. Sie haben Angst. Aus der Menge schauen mich siberglänzende Augen an. Am Horizont sehe ich etwas auf uns zu kommen. Es ist groß und es macht mir Angst, doch ich kann es nicht erkennen. Eine Hand drückt mir eine Schusswaffe in die Hand. Andere sind mit Gewehren, Pistolen, Baseballschlägern oder anderem bewaffnet. Ich fühle mich so hilflos. Ich sage, dass ich nicht weiß, was ich tun soll und dass ich nichts tun kann. Die Menschen werden immer unruhiger und ES kommt immer näher. Ich will wegrennen, aber ich kann nicht. Ich gerate in Panik. Doch dann weiß ich plötzlich: Es ist nur ein Traum! Ich kann jeder Zeit

aufwachen, wenn ich das will.
Wach auf!!! Wach auf!!!! Na los!!!!!!

Ich schreckte hoch. *So ein mistiger Traum!*

Max saß vor dem Sofa auf dem Boden und starrte mich an. Er hatte einen A3 Zeichenblock vor sich und zeichnete. Ganz schnell bewegte sich seine Hand, ohne auch nur einen Blick auf das Blatt zu richten. Dann legte er den Block hin, schmiss den Bleistift darauf und rückte sitzend einen halben Meter zurück. Er wippte im Schneidersitz vor und zurück. Mich durchlief ein beängstigender Schauer. Als ich es ansah bekam ich Gänsehaut an der man bildlich gesprochen ein Handtuch hätte aufhängen können.

Er hatte mich gezeichnet, das war eindeutig zu erkennen, auf einer Wiese. Die Wiese aus meinem Traum. Meine Augen wurden größer und mein Herz schlug schneller, als die Flügel eines Kolibris. *Ach du Kacke!*

Auf seinem Bild war ich allerdings alleine, ich hatte diese silberne Knarre aus meinem Traum in der Hand. Das war so was von gruselig und beunruhigend. Auf Max´s Bild hatte ich einen bösen, wütenden Gesichtsausdruck.

„Max?!"

Ich wusste absolut nicht, wie ich diese Situation beurteilen sollte, was ich denken sollte. Ich starrte abwechselnd meinen Bruder und dann das Bild an. Es sah wirklich genau wie in meinem Traum aus, nur ich war anders. Mein Gesicht zeigte, wie sicher ich mir war und ich wusste, was ich tun musste. Im Traum hatte ich absolut keinen Plan.

Vielleicht war das nur ein Zufall, vielleicht hatte das absolut keine Bedeutung, vielleicht hatte ich im Schlaf geredet und Max hat das nur irgendwie auf seinem Bild verarbeitet. Wer weiß, was ich gesagt hatte. *Ja, so muss es sein: Ich hab geredet.* Anders konnte ich mir keinen Reim darauf machen.

„Max? Hör auf zu malen, was ich im Schlaf so rede, klar!" Und damit war die Sache für mich erledigt - vorerst.

Doch im Hinterstübchen behielt ich ein Unbehagen, da die Zeichnung so detailgenau die Umgebung und die Schusswaffe zeigte, wie ich sie im Traum gesehen hatte.

Mein Smartphone klingelte - zum Glück, denn sonst hätte ich noch länger darüber nachdenken müssen und wäre wahrscheinlich daran verzweifelt.

„Ja?"

„Hey Nina, hier ist Daniel."

Yey! Mein Herz macht Luftsprünge!

Er stotterte etwas ungelenk herum: „Ich wollte nur mal so hören wie es dir geht. Robert hat nämlich den Kartoffelsalat irgendwie nicht vertragen. Der hängt den ganzen Morgen schon vor dem Klo und muss sich übergeben."

Igitt!

„Oh, das klingt nicht so schön. Aber nein danke, mir geht es gut."

„Das freut mich zu hören! Und, sind deine Eltern schon weg?"

„Ja, seit heute Morgen. Sie kommen heute Abend so gegen 9 Uhr wieder." *Das klang doch jetzt wie eine Einladung von mir?!*

Wie spät war es eigentlich? So lange hatte ich bestimmt nicht geschlafen. Ich schaute auf die Uhr. Es war 10:30 Uhr.

„Ich hoffe dir wird nicht langweilig. Dann wünsche ich dir noch einen schönen Tag!", sagte Daniel. Wollte er, dass ich ihn frage, ob er vorbeikommen will?

„Danke, ich dir auch."

Mist! Das war doch sicher alles nur ein Vorwand und ich hatte nicht reagiert.

Der Rest des Tages verlief ruhig. Punkt 12 gab es Mittag, denn Max brauchte feste Strukturen. Ungewohnte oder unbekannte Situationen machten ihn nervös und brachten ihn aus seiner Routine. Vor allem nach dem Umzug, was es sehr wichtig, ihm durch bekannte Regelungen und Rituale Geborgenheit und Gewohnheit zu schaffen.

Ich kochte sehr ungern, somit schob ich einfach eine Tiefkühlpizza in den Ofen. Den Nachmittag verbrachte ich damit, „In meinem Himmel" zu lesen. Es geschah nichts weiter Sonderbares. Trotzdem hatte ich den ganzen Tag ein mulmiges Gefühl. Die Gedanken an die Zeichnung von Max und mein Traum kamen immer wieder Zeit wieder zurück.

Meinen Eltern erzählte ich nichts davon. Warum auch? Das interessierte sie sowieso nicht.

Ich nahm mir das Bild und legte es unter mein Bett. Bevor ich schlafen ging, betrachtete ich es noch eine Weile. Der Glaube an meine Theorie, dass ich im Schlaf geredet haben musste, kam und ging abwechselnd. Da ich aber keine andere Erklärung dafür fand, versuchte ich das Denken sein zu lassen und zu schlafen. Nach zirka 2 Stunden herum Wälzen im Bett gelang es mir schließlich.

Über die Schulwoche hinweg verging das Interesse an dem Bild und dem Traum langsam. Ich versuchte mich, auf andere wichtigere Dinge zu konzentrieren. Zum Beispiel freute ich mich sehr darauf, am Samstag mit Daniel und Robert wandern zu gehen.

Der Grund dafür, dass ich Lina nicht dabei haben wollte, so sehr ich sie auch mochte, war der, dass ich ihr Gerede nicht haben wollte. Sie war nicht ganz so schlimm, aber ähnlich oberflächlich wie meine alten Freundinnen aus der Stadt. Anfangs kam sie mir anders vor, aber mit der Zeit hatte ich bemerkt, dass mich das ständige Tratschen, Lästern und vor allem das Reden über die (ach so) große Liebe zu Christian extrem anfing zu nerven.

Am darauffolgenden Samstag machten wir (Daniel, Robert und ich) uns dann auf den Weg. Es war schwül, leicht neblig. Sie wollten mir die schönen Fleckchen in den Wäldern zeigen, wo sich die Leute von Winnis Legenden über Räuber, Hexen, Feen und andere Gestalten erzählten. *Tolles Wetter für schöne Fleckchen!*

Sie holten mich bei mir zu Hause ab und mit Rucksäcken und Wanderkleidung ging es Samstag früh halb acht los. Es war angenehm, mit den beiden unterwegs zu sein. Sie waren unkompliziert. Die Wälder dieser Gegend, waren sehr dicht und bemoost. Ungefähr eine halbe Stunde liefen wir einen alten Weg entlang. Anfangs ging es nur ein wenig bergauf, doch mit der Zeit wurde der Weg immer steiler. Große Laub- und Nadelbäume standen dicht aneinander. Ich wohnte jetzt schon ein paar Monate hier und hatte noch nie einen Erkundungsausflug gemacht, deshalb war ich sehr dankbar für das Angebot der beiden. Wir unterhielten uns über die Landschaft und wie schön wir es alle in so einem Mittelgebirge fanden. Die Jungs führten mich immer tiefer in den Wald. Mystische, romantische Eindrücke strömten auf mich ein. Wir kamen an eine Einmündung. Durch den sanften Nebel konnte ich gerade noch sehen, was es zu sehen gab. Wir bogen ein. Der Weg war sehr steinig und wirkte verwildert und unberührt. Links und rechts erhoben sich riesige Felswände. Sie waren mindestens 50 bis 60 Meter hoch. Auf kleinen Absätzen sah man kleinere Bäume wachsen und überall wucherte es von grünen Ranken und Moos. Einzelne Vögel zwitscherten und hier und dort knackte es im Gehölz. Es lagen ein paar braune Blätter von den wenigen Laubbäumen auf dem Boden.

„Es ist wunderschön hier!", ich konnte nur leise flüstern. Die Achtung vor dieser gewaltigen Natur, dieser Unberührtheit ließ mich fast vollkommen erstarren. Ich spürte jede Felsspalte, an denen ein leichter kühler Wind vorbei säuselte. Wie kleine Kristalle sammelte sich der Nebel an den Steinwänden zu kleinen schimmernden Tropfen zusammen. Manchmal wurde einer zu groß und zu schwer, dass er in schlängelnden

Bewegungen herunter lief, bis der Tropfen von einem Moosbett aufgenommen wurde. Ich traute mich nicht, mich auch nur einen Millimeter zu bewegen, jedes kleinste unnatürliche Geräusch würde diese Perfektion zu Nichte machen. Der Weg zwischen den Felswänden verlief in einer Kurve nach rechts und ging weiter bergauf. Ich hob meinen Kopf ein wenig und sah riesige Bäume, hauptsächlich dichte Tannen, die weit in den Himmel ragten. Ich wollte die Felsen hinaufklettern und dann in den Bäumen den Wind fühlen. Ich wollte meine Schuhe ausziehen, um sie in die lehmige, aufgeweichte Erde zu versenken. Am liebsten hätte ich mich drehen wollen, tanzen. Den Rucksack weg schleudern - ganz frei - ohne alles Beklemmende, ohne meine graue Windjacke, deren Klettverschluss am Kragen schon die ganze Zeit an meinem Kinn scheuerte, ohne die schwarze Schildmütze, unter der mein Kopf zu ersticken drohte. Ich wollte jeden Lufthauch, jedes Nasse, jedes Geräusch fühlen - mit jedem Körperteil - Ein eigenartig beklemmendes Gefühl, es in diesem Moment nicht ausleben zu können. Beinahe hätte ich vergessen, dass die zwei Jungs dabei waren und mich einfach ausgezogen und getanzt und mich in das Moos gelegt und einfach hin gehört und gefühlt und mich mit der Natur verbunden.

Dieser Ausflug war so anders, als alles, was ich bisher erlebt hatte. Nur laufen und die Natur betrachten, das war befreiend. Ich wusste zwar nicht von was, aber es befreite mich. Vielleicht war das für andere Leute normal, aber ich hätte das ein halbes Jahr zuvor wahrscheinlich als langweilig und ätzend empfunden.

Nach einiger Zeit allerdings bemerkte ich, dass Robert und Daniel sich eigenartig verhielten. Sie schauten sich an und schienen ab und zu miteinander zu tuscheln. Ich dachte mir anfangs nichts dabei und versuchte es zu ignorieren. Mit der Zeit ging es mir allerdings immer mehr auf die Nerven. Ungefähr eine halbe Stunde redete ich mir ein, dass ich bloß unter Verfolgungswahn und Paranoia litt. Aber ich wurde das Gefühl nicht los, die zwei würden mich beobachten, über mich reden oder sich über mich lustig machen. Es fing an mich richtig anzukotzen. Also beschloss ich sie darauf anzusprechen.

Sie liefen ein paar Meter hinter mir. Ich blieb stehen und drehte mich um.

„Was ist los?"

„Was soll denn los sein?", sagte Robert, als wüsste er nicht, was ich meine.

„Jetzt tut doch nicht so! Ihr tuschelt wie kleine Mädchen und schaut euch ständig an. Also, was ist los?"

„Wir wollen dir was zeigen"

„Du bist doch bescheuert!", sagte Daniel zu Robert in einem halb wütenden und halb belustigten Ton.

„Ist doch wahr. Alles wegen Stella. Man, da hast du dich aber auch doof angestellt", entgegnete ihm Robert. Er schien sich über Daniel lustig zu machen.

Moment! Was ist hier mit Stella? Ich versteh gar nichts mehr!

„Das war eine vollkommen andere Situation!", er wurde ernster, „Außerdem müssen wir, dank dir, Nina jetzt eine Erklärung geben", dann richtete er sich an mich, „Oder würdest du dich einfach damit zufriedengeben und das fürs erste vergessen?"

Er legte ein zuckersüßes, bittendes Grinsen auf. Doch das half nichts.

„Es tut mir leid, aber jetzt will ich schon wissen worum es geht!", sagte ich.

„Ist später okay? So nächstes Jahr...zehnt?"

„Daniel, wenn du es nicht erzählen willst, dann mach ich das", meinte Robert, „Ich hab noch eine bessere Idee: Wir gehen zum Anlage und zeigen ihr einfach, was wir meinen."

Anlage?! Was denn bitte für eine Anlage?

Der Sarkasmus sprudelte aus Daniel heraus: „Super! Und wenn dort nichts ist oder Nina nicht sieht was wir meinen, dann erklären wir ihr alles in Ruhe. Ich bin mir sicher sie wird uns nicht als total kranke Freaks abstempeln!"

„Mal ehrlich!", entgegnete ich, „eigenartiger als jetzt kann es ja kaum noch werden."

„Oh doch!", sagten Daniel und Robert wie aus einem Munde.

„Na gut, dann riskieren wir es doch einfach. Bringt mich zu dieser mysteriösen Anlage!", während ich das sagte, rollte ich mit den Augen und fügte murmelnd hinzu: „Ich bin ja so aufgeregt!"

Schweigend setzten wir unseren Weg fort. Ab und an bekam ich einen schweren Seufzer zu hören oder ein angestrengtes Räuspern. Der Weg

zog sich elendig lang dahin und die Zeit wollte einfach nicht vergehen.
Was ist denn das jetzt bitte nur für eine dämliche Aktion?

Irgendwann blieben die beiden stehen. „Wir sind da", sagte Robert und schaute Daniel erwartungsvoll an.

„Ich glaub, das war eine dumme Idee! Wenn jetzt nichts kommt sind wir total am Arsch", murmelte dieser zurück.

Ich fühle mich total veräppelt und genervt.

„Nina?", Robert schaute jetzt mich an.

„Ja?"

„Wir sind jetzt da."

„Wo sind wir?"

„Das ist eine Müllverbrennungsanlage."

„Und wo genau soll die sein? Ich sehe nichts." Sie winkten mich zu sich und ich sah, dass der Wald zu Ende war. Alles sah ziemlich verlassen aus.

Warum führen die mich zu einer Müllverbrennungsanlage?

„Ja, jetzt sehe ich es."

„Wir sind ungefähr 8 Kilometer von Winnis entfernt."

„Gehört das hier zu Winnis? Ich wusste gar nicht, dass es hier so etwas gibt."

„Teilweise, aber hauptsächlich zu Maura."

„Arbeitet hier keiner? Das sieht alles so leer aus."

„Doch schon, aber sie ist kurzzeitig geschlossen, wegen einer … na ja

... Ungezieferplage."

Das verstand ich zwar nicht so ganz, aber ich nahm es hin.

Wir liefen zum Tor und ich war sehr verwundert, dass die zwei einen Schlüssel dabei hatten. Ich hatte ein ungutes Gefühl, als wir das Grundstück betraten.

„Könnte mir mal jemand erzählen, was hier los ist?...Was ist das?"

Da war irgendwas hinter einem Haufen zertrümmerter Steine, wie ein erst kürzlich zerstörtes Gebäude. Ich konnte es nicht genau erkennen, aber etwas sehr seltsames ging hier vor.

„Was? Wo?", rief Daniel aufgeregt.

„Das da! E-Es bewegt sich u-und... Ist das alles hier atomverseucht???! Ihr wollt mich doch veräppeln?!"

Hinter diesen Steinen leuchtete etwas. Ich dachte zuerst an radioaktive Flüssigkeiten oder so was. Aber es schien sich irgendwie zu verändern, zu bewegen.

Daniel und Robert rannten beide los wie angestochene Schweine.

Es bewegt sich... ach du Scheiße... das ist ja groß. Was tun die da? Was ist das? Ich hatte auch den Drang zu weg zu rennen. Aber die beiden flohen nicht. Sie rannten schnurstracks darauf zu. Groß. Schwarz. Leuchtend. Pulsierend. Mein Herz raste vor Angst.

Doch dann wurde mir klar, dass ich träumen musste oder ich hatte Halluzinationen.

Es hat Ranken, Fangarme? Was passiert da?

Ich trat zurück. Langsam. Einen Schritt nach dem anderen. Aber wenn es sowieso nur ein Traum war, dann musste ich ja keine Angst haben.

Daniel holte eine Pistole aus seinem Rucksack. *Eine Pistole!?* Meine Augen weiteten sich. *Ein Traum! Wach auf! Wach auf!* Aber es ging nicht. Sie töteten es. Erschossen es. *Verschwindet es? Löst es sich auf?*

Ich verstand das alles nicht und es ging auch viel zu schnell. Dann war es weg. Zum Glück war das nur ein Traum!

„Es tut mir leid", sagt Daniel, „Es ist jetzt vorbei."

Dann erinnerte ich mich an den Film „Inception" mit Leonardo Di Caprio. Eine Aussage in diesem Film war, dass man sich in einem Traum nicht daran erinnern kann, wie man in eine Situation hineingekommen ist. Doch ich konnte es, ich konnte mich an meinen kompletten Tagesablauf erinnern. *Scheiße!* Mein Herz fing an wie wild zu klopfen, ich hyperventilierte und wurde ohnmächtig.

Als ich langsam zu mir kam, lag ich am Rand eines Weges und Robert kniete über mir. Mein Kopf lag auf einem Rucksack. Es dauerte eine Weile, bis ich wusste, wo ich war. Was war passiert?

„...Was ist das?"
„Was?"
„Das da... Es bewegt sich ...!"
Sie rennen beide, sie sehen was ich gesehen habe und sind beunruhigt, das macht mir auch Angst.

68

Es bewegt sich... ach du Scheiße... das ist ja groß. Was tun die da? Hat das Ding das Gebäude zerstört?

Groß. Schwarz. Leuchtend. Pulsierend. Ich bin nervös. Mein Herz rast.. Angst.

Ranken, Fangarme schlängeln sich Meterlang in die Luft. Es versucht sich gegen die Angriffe zu wehren... oder greift es selber an?

Ich trete zurück. Langsam. Einen Schritt nach dem anderen. Nicht wegrennen! Doch wegrennen?

Er holt eine Pistole heraus. Meine Augen weiten sich. Ein Traum.

Wach auf! Wach auf! Es geht nicht... sie töten es. Erschießen es. Es verschwindet. Keine Worte mehr!

Ich versteh das nicht. Ich muss nicht weinen. Durcheinander.

Es ist weg. Doch ein Traum!

„Es tut mir leid", sagt er, „es ist jetzt vorbei."

Erst jetzt kann ich aufwachen.

6 Bereit für eine Erklärung

Als ich wach wurde, wusste ich nicht mehr, was Realität und was ein Traum war.

Daniel sah, dass ich die Augen wieder aufgemacht hatte und er setzte sich neben mich. „Hier nimm einen Schluck Wasser!" Ich trank schnell und hastig, sodass ich mich verschluckte. „Langsam!", ermahnte er mich. Robert saß auf der anderen Seite. Ich wollte aufstehen und die beiden halfen mir dabei.

„Wie geht es dir?", Daniel sah mich besorgt an. Ich konnte nur die Stirn runzeln: „Ich bin mir nicht sicher." Nachdem ich noch einmal etwas getrunken hatte, versicherte ich, dass es mir gut ginge.

„Wollen wir nach Hause?", fragte Robert. Ich hatte Angst etwas zu fragen, weil ich mir nicht sicher war, was passiert war. Also beschloss ich mich nicht zu rühren, bis ich von selbst eine Antwort bekam. Skeptisch schaute ich zwischen Daniel und Robert hin und her. Sie sahen ebenfalls etwas hilflos aus. Schließlich unterbrach Daniel das seltsame Schweigen: „Möchtest du fragen, was passiert ist? Kannst du dich an alles erinnern? Oder sollen wir einfach loslegen und erzählen?"

Ich wechselte meinen Blick von Daniel zu Robert, ohne dass sich dabei etwas anderes bewegte, als meine Augen. Von ihm bekam ich lediglich ein Schulterzucken. Was so viel hieß wie, ich solle mich selbst entscheiden.

„Macht einfach! Legt los!"

„Also", wollte Daniel beginnen, doch es folgte nur ein kurzes Seufzen.

„Also? Ist es wirklich so schlimm?"

„Nein, ich weiß nur nicht wo ich anfangen soll..."

Jetzt musste ich grinsen: „Am Anfang, würde ich mal sagen."

„Es tut Robert und mir leid, dass wir dich heute so radikal damit konfrontiert haben, aber als ich es damals Stella erzählt hab, hat sie mich für verrückt erklärt. Es war nicht so geplant. Wir wollten nur mit dir wandern, aber es hat sich einmal so angeboten. Es ist so: Es gibt nicht viele Menschen, die sie sehen können."

„Was sehen können?", fragte ich, um mich zu vergewissern, dass wir das selbe meinten.

„Die Dämonen."

„Dämonen!?", mir fiel alle Schminke aus dem Gesicht bei diesem Wort. *Ich kann mir schon vorstellen, dass Stella dich für verrückt gehalten hat.*

„Es war also echt? Ich hab es mir nicht eingebildet?" Robert schüttelte mit dem Kopf.

Daniel fuhr fort: „Diese Kreaturen sind Wesen, die durch den nachlässigen Umgang der Menschen mit der Natur entstanden sind. So schön sie auch aussehen, so gefährlich sind sie auch. Sie zerstören die Natur und verletzen Menschen. Sie entstehen durch Verschmutzung, wie Smog, oder ökologisch fragwürdige Abfälle oder ähnlichem."

„Aber so ganz genau, wissen wir auch nicht, was diese Dinger eigentlich sind", fügte Robert hinzu. Daniel sah ihn mit einem Blick an, den ich nicht recht deuten konnte. Mir war immer noch etwas schummerig im Kopf.

„Es wird aber daran gearbeitet, sie forschen noch. Es steht nur fest, woraus sie entstehen", meinte Daniel ernst.

„Moment mal! Wer sind SIE? Und woher wusstet ihr das da so was ist bei der Müllverbrennungsanlage?", fragte ich. In meinem Kopf ratterte alles. Das klang so unwirklich und seltsam.

„Ein Mitarbeiter ist Anfang der Woche durchgedreht. Ar hat behauptet, dass er immer wieder ein unheimliches Leuchten sehen würde. Mein Vater ist gut im Augen und Ohren offen halten. Wir haben also die Lunte gerochen und uns der Sache angenommen. Es hat sich dann tatsächlich herausgestellt, dass die Dämonen dafür verantwortlich sind. Wir mussten die Anlage schließen lassen, weil immer wieder ein Dämon dort auftauchen. Die erste Säuberung war zwar erfolgreich, aber hin und wieder kommt es doch vor, dass ein Dämon dort erscheint. Nächste Woche kommt dann ein Team, das sich um die Anlage kümmert und sie so weit herrichtet, dass keine Dämonen mehr kommen. Wir werden sehen, ob die Anlage wieder in Betrieb genommen werden kann. Und was SIE angeht. Es gibt eine Organisation, die sich mit den Dämonen beschäftigt. Wissenschaftler, Forscher und auch Leute wie wir. WNSO: World Nature Safety Organisation", erklärte Daniel.

„Klingt wie so ein typischer Öko- Verein", diese Bemerkung konnte ich mir leider nicht verkneifen. Robert lachte kurz laut auf, „So was in der Art ist es ja auch".

„Wisst ihr, wenn ich es nicht selbst gesehen hätte, würde ich euch einweisen lassen!", und das meinte ich Ernst, „Was ist denn das Ziel?"

„Was meinst du damit?", fragte Robert

„Ja, ich meine, was damit erreicht werden soll? Sollen irgendwann alle Dämonen vernichtet sein? Auf irgendwas muss das Ganze ja hinauslaufen. Und warum können nur manche Leute sie sehen und warum hab ich denn vorher noch nie einen gesehen?", ich wunderte mich darüber wie schnell diese Fragen entstanden waren und wie schnell ich sie ausgesprochen hatte.

„Das Problem ist, dass wir ja noch nicht genau wissen, aus was sie bestehen. Im Moment ist unser Ziel einfach, so viele wie möglich zu vernichten. Wir vermuten, dass dass das Sehen der Dämonen eine Gabe ist, die Denjenigen geschenkt wird, die die innere Stärke besitzen, gegen sie ankommen zu können und die die Natur im Innersten schätzen. Ich weiß, das klingt ganz schön geschraubt", entschuldigend lächelte Daniel. „Geschenkt? Von wem?", wollte ich wissen.

„Gott? Mutter Natur? Keine Ahnung", sagte Robert beiläufig.

„Meine Mutter und mein Vater können sie auch sehen und sie jagen sie. Robert auch und Stella seit kurzem", sagte Daniel, „Nina, ich muss dich das jetzt fragen und ich lasse dir natürlich genug Zeit darüber nachzudenken: Würdest du uns dabei helfen, die Dämonen zu vernichten? Es gibt nicht viele Menschen, die sie sehen können und nur diese können sie auch vernichten. Jeder der Helfen kann sollte helfen..."

„...Daniel! Halt mal die Luft an!", unterbrach ihn Robert und rollte mit den Augen, „Die arme Nina! Jetzt überfordere sie doch nicht gleich! Ich würde sagen, wir gehen jetzt gemütlich nach Hause. Der Weg ist ja ziemlich weit und wenn wir zum Abendbrot daheim sein wollen, müssen wir jetzt los." Daniel warf Robert einen ärgerlichen Blick zu.

„Eine Frage hab ich aber noch", sagte ich schnell, „Was hat es mit dieser Knarre auf sich?"

Daniel erklärte: „Das ist eine Entwicklung der WNSO, damit kann man sie töten: Die Damon-Kill-Gun."

„Und was ist das genau?"

„Die DK schießt mit Patronen, die bewirken, dass sich die Dämonen auflösen", meinte Robert.

„Und wie funktioniert das?"

„Das werde ich demnächst mal recherchieren!", sagte Daniel und sah mich mit seinen wunderbaren silbernen Augen direkt an. Ich konnte nicht mehr denken. Garnichts.

Der Heimweg verlief äußerlich entspannt. Aber ich war innerlich vollkommen aufgewühlt. Immer wieder kamen mir die Bilder dieser Kreatur in den Kopf. Ein paar mal fragte ich, ob das wirklich passiert war. Die beiden Jungs schienen sich nicht zu wundern, dass ich mich mehrmals versichern musste, ob alles real war, was sie mir erklärt und was ich gesehen hatte. Die letzten Kilometer schwiegen wir.

Das erschreckende Erwachen kam erst, als ich wieder zu Hause war, nachdem mich Robert und Daniel gebracht hatten.

In meinem Bett wurde mir erst richtig klar, das ich mit der Gabe, von wem auch immer geschenkt, eine riesige Verantwortung hatte. Eine Verantwortung für meine Umwelt, meine Natur, meine Erde. Konnte man das überhaupt als Gabe bezeichnen? Vielleicht wollte ich damit aber gar nichts zu tun haben. Das war mir viel zu viel. All meine Gedanken und Gefühle spielten verrückt und ich musste weinen. Nicht laut schluchzen, aber die Tränen rannen aus meinen Augen. Was sollte ich machen!? Ich konnte doch nicht einfach durch die Gegend laufen und irgendwelche Monster töten. Das war alles so lächerlich. Ich wollte nicht, dass diese Dinger für mich wirklich real wurden. Außerdem fühlte sich alles so furchtbar falsch an. Ich konnte mir zwar nicht erklären warum, doch irgendwie war für mich das „Richtige" gar nicht so richtig. Es ergab keinen Sinn, dass aus den Abfällen der Menschen Monster entstehen sollten. Würde die Welt sterben, wenn ich ihr nicht helfen würde? Kam es denn auf mich, eine einzige Person, überhaupt an?

Ich spürte immer wieder diese Blicke auf mir ruhen. Es waren keine fragenden Blicke, sie waren auffordernd und sie kamen von Stella. Klar war ich verwirrt wegen dieser ganzen Weltrettungsgeschichte und es wäre sicher von Vorteil gewesen mit jemanden zu reden, der in einer ähnlichen Situation steckte oder gesteckt hatte, doch Stella war nicht diejenige die ich mir dafür wünschte. Allerdings schien sie das anders zu sehen und mit mir sprechen zu wollen. Ich saß mit Lina auf einer Bank auf dem Schulhof. Es war zwar ziemlich kühl, aber es regnete nicht und es war eine angenehme Abwechslung zu den stickigen Klassenräumen.
„Und Nina, wie war dein Wochenende?"
Ach Lina! Wie gerne hätte ich diese Frage ignoriert. Lina war auch nicht die Person, mit der ich über mein Dämonenproblem reden konnte, wahrscheinlich gab es die perfekte Person gar nicht. Ich wünschte sie mir nur.

„Ganz normal eigentlich. Ich war mit Daniel und Robert wandern. Das war ganz lustig. Es ist aber nichts Außergewöhnliches passiert", ich hoffte, dass diese Antwort ihr keine große Chance zum Weiternachfragen gab. Ich wollte nur dasitzen und an nichts denken.

„Mh. dann ist ja gut", sagte sie, „Du wirkst so bedrückt?"

„Nö nö, ich träume nur ein bisschen"

Schon wieder diese Blicke. Ich musste wohl doch mit Stella sprechen.

„Ich komm gleich wieder, ich will nur Stella etwas fragen."

„Okay", Lina klang verwundert, das war mir aber egal. Ich war nur total froh, dass sie nicht mitkommen wollte und brav auf der Bank sitzen blieb.

„Hi", sagte ich zu Stella, als ich über den halben Schulhof gelaufen war und den großen Kastanienbaum erreicht hatte, an dem sie lehnte.

„Willst du mit mir reden? Willst du mir irgendwas sagen?", ich versuchte emotionslos und lässig zu klingen.

Stella fasste sich in ihre wunderbar glänzende Haarpracht und schaute beschämt nach unten. Ich glaubte fast nicht, was ich sah: Stella war nervös.

Ziemlich leise und unsicher antwortete sie. „Können wir uns irgendwann mal unterhalten? Nicht jetzt, sondern irgendwann mal, wenn wir mehr Zeit haben, ganz in Ruhe?"

Ich erinnerte mich, dass sie schon bei dem Grillabend bei Daniel so ruhig und nachdenklich gewesen war. Sie wirkte, als hätte sie ein großes Problem und in diesem Moment empfand ich Mitleid.

„Soll ich vielleicht... oder kann ich vielleicht heute Nachmittag zu dir kommen? Ginge das?", fragte sie.

„Mach das, das ist kein Problem. Ich werde dann mal zurückgehen, der Unterricht fängt auch gleich wieder an."

„Ja, ich weiß."

„Also... bis dann." Als ich mich umdrehen und gehen wollte sagte Stella etwas lauter als vorher: „Danke, Nina! Bis dann."

7 Überwindungssache

Bis auf Linas fragende Blicke, die ich alle erfolgreich abwimmeln und ignorieren konnte, war der restliche Schultag sehr langweilig. Daniel hatte ich nicht einmal gesehen, was ich sehr schade fand. Meine Welt veränderte sich so schlagartig. Doch irgendwie blieb mir ja nichts anderes übrig, als hinzunehmen, dass es so war. Im Grunde konnte ich sowieso nicht ändern.

In der Zeit in der ich auf Stella wartete, brachte mich die Nervosität fast um. Wir hatten ja keine konkrete Uhrzeit ausgemacht, außerdem hasste ich es wie die Pest, warten zu müssen. Ich malte mir alle verschiedenen Möglichkeiten des Geschehens aus und das machte mich verrückt, denn umso mehr ich darüber nachdachte, desto schlimmer und bescheuerter wurden meine Fantasien. Ich fand sie hochnäsig und eingebildet. Alles in allem: Ich mochte sie nicht und ich dachte ihr ging es ähnlich wie mir. Vielleicht sah sie mich als Konkurrenz, bevor ich kam hatte sie ja keine nennenswerten Rivalinnen an der Schule. Um was es dabei so wirklich ging war schwer zu sagen. Macht (um andere kontrollieren zu können), Ansehen bei Jungen, Mädchen, Lehrern, Schönheit, Blicke (die man auf sich ziehen konnte)? Alles auf einmal?

Sie war sehr höflich, als sie kurz vor 5 Uhr vor unserem Tor stand. Sie begrüßte meine Eltern mit einem freundlichen „Guten Tag!", ihr Lächeln dabei wirkte allerdings ein wenig gezwungen.

„Willst du etwas trinken?", fragte ich sie, als wir in meinem Zimmer auf dem Sofa saßen, „Ich kann uns Tee machen oder Kaffee oder was du willst."

„Nein danke", sagte sie.

„Na gut. Wenn du was möchtest, musst du es nur sagen."

„Sie haben dich eingeweiht."

Es ging also um die Dämonen.

„Ja, sie haben mich auf eine Wanderung mitgenommen und dann haben sie sie mir gezeigt."

„Du scheinst das alles ganz gelassen hinzunehmen. Ich finde das verstörend." Und das sah man ihr auch an.

„Nur nach außen, glaub mir. Eigentlich bin ich total verwirrt", sagte ich.

„Ich brauche unbedingt jemanden, mit dem ich darüber reden kann und ich dachte, du seist dafür besser geeignet als Robert oder Daniel, die das alles schon gewohnt sind. Verstehst du was ich meine?"

Mir ging es ähnlich wie ihr. „Ja, das verstehe ich."

„Ich weiß das echt zu schätzen Nina. Wir hatten ja nie viel miteinander zu tun. Und wenn ich ehrlich sein darf, ich hab mir nie wirklich Mühe gegeben, dich zu mögen. Das tut mir auch leid, wirklich!"

„Schon gut, ging mir nicht anders mit dir. Sorry."

Was war das eigentlich für ein Gespräch? Ich dachte wir wollten über diese Dämonensache sprechen.

„Ich war sogar ziemlich eifersüchtig auf dich. Du hast mir meine beste Freundin weggeschnappt und warst auch noch... oder bist Hauptthema der meisten Gespräche in der Schule. Das war sonst immer mein Part. Doch mittlerweile ist mir das egal geworden, du brauchst dir also keine Gedanken zu machen und das ist ja auch nicht der Grund, warum ich mit dir reden wollte. Das musste nur mal gesagt werden."

Toll! Das war doch Absicht! Erst mir ein schlechtes Gewissen machen und dann auch noch so tun als ob es dich nicht mehr kratzt!? Dann hättest du es auch nicht erwähnen brauchen. Kuh!

Da wusste ich wieder, warum ich sie nicht leiden konnte. Ich glaubte nicht, dass es ihr ganz und gar egal geworden war. „Mh. Okay." Ich wusste nicht was ich in diesem Moment sagen sollte.

„Na ja. Ich fang am besten an, als es für mich angefangen hat. Letztes Schuljahr waren Daniel und ich zusammen, fast vier Monate, bis er es mir erzählte. Natürlich hab ich ihn für verrückt erklärt. Aber du musst wissen, ich habe ihn wirklich geliebt." Das musste sie mir ja unter die Nase reiben.

Sie schluckte: „Ich bin nicht so gemein, wie du vielleicht denkst. Ich habe ihm, bevor er es mir gesagt hat, versprochen, niemanden davon zu erzählen. Ich hab es auch keinem erzählt, aber ich habe ihn verlassen. Als er dann Robert zu mir schickte um mir zu sagen, dass Daniel nicht verrückt sei, hab ich gedacht, die wollen mich total verarschen. Ist ja auch verständlich, oder?"

Ich nickte, das konnte ich sogar wirklich nachvollziehen. Was soll man auch in so einer Situation sonst denken?

Ihre Stimme wurde von Wort zu Wort zittriger. „Ich möchte das jetzt nicht allzu sehr ausführen, aber in der Zeit danach begann ich oft darüber nachzudenken und ich stellte mir vor, wie es wäre, wenn das alles stimmen würde. Verrückt, oder? Nach und nach verdrängte ich dann die Gedanken wieder. Im Nachhinein betrachtet, echt blöd. Zwei Tage bevor wir bei Daniel gegrillt haben, ist es dann passiert: Ich hab es gesehen, eines dieser Dinger. Ich war mit meiner Mutter in der Stadt einkaufen und auf der Heimfahrt sind wir an so einer Fabrik vorbei gefahren und ich hab es aus dem Fenster genau gesehen. Es war lang und riesig. Es hat sich wie eine Schlange um einen Schornstein geschlängelt. Ich dachte, das wäre irgendwie ein Werbegag oder so was. Keine Ahnung. Ich wollte es meiner Mutter zeigen, sie hat das allerdings nicht gesehen. Wenn ich mich nicht zusammengerissen hätte, wäre ich wahrscheinlich total ausgeflippt. Ich hab Fotos davon gemacht. Willst du mal sehen?"

„Ja, von mir aus", sagte ich.

Sie holte ihr Smartphone aus ihrer königsblauen Lederhandtasche und zeigte mir das Bild. Es war echt beängstigend, wie riesengroß dieser Dämon war. Er sah wirklich aus, wie eine Schlange oder mehr noch wie ein chinesischer Drache, allerdings ohne richtigen Kopf. Es leuchtete dunkelgrün mit grau-blauen verschwommenen Flecken. Ganz anders als der, den ich gesehen hatte.

„Du siehst es also?", fragte Stella.

„Das sind super Bilder, da sieht man es doch ganz deutlich."

„Nein, das mein ich nicht. Die meisten, denen ich dieses Bild gezeigt habe, konnten darauf nichts sehen."

„Ach so", sagte ich erstaunt.

„Ich dachte, ich muss durchdrehen. Dann hatte ich eine Idee, ich postete das Foto an dem Abend bei Instagram ohne weiteren Kommentar. Ich hatte die Hoffnung, dass es vielleicht irgendjemand auch sehen konnte. Und tatsächlich rief mich am nächsten Tag Daniel an. Er erzählte, dass er es noch an dem vorherigen Abend vernichten musste. Ich musste mich natürlich schrecklich entschuldigen, weil ich es ihm damals nicht geglaubt hatte. Wir haben uns getroffen und er hat mir das mit dieser WNSO nochmal erklärt und mich gefragt, ob ich ihnen helfen wolle. Ja und dann, an dem Samstagmorgen, bin ich mit gegangen", sie starrte gerade aus und atmete tief ein. „Ich fand das schrecklich!", Stella lachte leicht hysterisch auf.

„Und wo?", fragte ich.

„Wir sind in die Stadt gefahren und waren in einem Hinterhof eines kleinen Handwerkerbetriebes, da waren noch andere Geschäfte und ein

China Restaurant. Wir haben die Zeit zwischen Frühstücks- und Mittagspause abgepasst."

Ich schaute aus dem Fenster, es begann zu regnen. Das Wasser prasselte stark auf meinen Balkon. Ich beobachtete, wie die großen Tropfen, auf dem Geländer, in ganz viele kleine zersprangen.

„Warum war dort denn ein Dämon? War es da so schlimm dreckig?", fragte ich.

„Die Mülltonnen waren so voll, dass sie schon überquollen und allgemein war es eklig dort. Da war eine kleine Rasenfläche, die auch zugemüllt war und an einem Busch hingen sogar Teebeutel und Schlimmeres. Daniel und Robert haben trotzdem gemeint, dass es eher untypisch gewesen ist. Ein Gast aus dem Restaurant musste wohl etwas eigenartiges bemerkt und es gepostet haben. Die WNSO hat viele Augen und Ohren hat Robert erzählt und deshalb bekommen die das meistens mit. Daniel und Robert bekommen dann eine Nachricht mit den Koordinaten und allen Infos, die sie brauchen."

„Wie praktisch! Eine Dämonen-Töter-Nachrichten-Gruppe!"

Jetzt sah sie mich direkt an. Zum ersten Mal konnte ich sie wirklich ernst nehmen.

„Nina, ich komm damit nicht klar! Das ist mir irgendwie zu viel und zu hoch. Wie geht es denn dir dabei? Es kommt mir so vor, als würdest du das so einfach hinnehmen, als wäre das etwas ganz Normales für dich. Das verstehe ich nicht."

„Ich weiß nicht, vielleicht habe ich das noch nicht so ganz geschnallt...

Egal! Was machen wir jetzt?"

„Keine Ahnung", antwortete sie und spielte dabei unruhig mit ihren langen Locken.

Sie hatte so unglaublich schöne Haare, so dick, hell, glänzend und voluminös, kein Spliss, kein Haarbruch, keine Schuppen: Wie ein verspielt zusammengenähtes Tuch aus mondfarbener Seide.

„Also wenn wir nicht wollen, dann können wir die Sache ja einfach lassen!? Oder? Sie können uns ja schließlich nicht zwingen bei ihnen mitzumachen", sagte ich.

„Ich könnte das aber nicht vergessen, immer werde ich daran denken müssen, dass es sie gibt. Wenn du das kannst, dann bewundere und beneide ich dich von ganzem Herzen."

Da hatte sie allerdings recht. Wir würden sie trotzdem sehen.

Ich musste wieder an Max´ Bild denken und mir lief ein Schauer über den Rücken. Wenn es nun unser Schicksal war, unsere unausweichliche Zukunft, ein höheres Ziel, unsere Bestimmung. Daran wollte ich nicht glauben. Ich hatte die Hoffnung, dass das nur eine Phase sei und bald alles wieder normal und undämonisch werden würde.

Wir kamen zu keinem Ergebnis und somit fand unser Gespräch ein offenes und für uns beide unbefriedigendes Ende.

Als ich Stella zur Tür brachte fragte sie mich nach einer Wiederholung. Nicht ganz ehrlich antwortete ich mit: „Sehr gerne." Ich war froh, dass es für heute vorbei war und ich sie nicht nach Hause begleiten musste. Sie fragte nicht, ich bot es ihr auch nicht an. Ich hätte natürlich meine Eltern gefragt, ob sie Stella heimfahren würden, wenn es noch geregnet hätte. Aber da es weder regnete noch dunkel war, konnte sie auch nach Hause laufen.

Ich fing an sie etwas besser zu verstehen und mein Bild von der hohlen, zickigen, tussigen, dummen Nuss fing an, sich etwas zu wandeln.

Ich setzte mich mit meinem Laptop auf mein Bett und spielte eine meiner Playlists ab. Klaviermusik von Ludovico Einaudi und ein paar andere Komponisten.

Neue Nachricht von... Christian.

Hi Nina,
ich wollte mich mal wieder bei dir melden.
Hast du Lust dich mal mit mir zu treffen?
Keine Angst, nur freundschaftlich natürlich.
Ich möchte mich mal bedanken, dafür, dass du mir mit Lina geholfen hast, also, dass du mir den Gedankenanstoß gegeben hast.
Vielleicht könnte ich dich ja mal auf einen Kaffee einladen oder so?
Lg
Christian

Emoji, Emoji, Emoji.

Nein, da schreib ich jetzt nicht zurück! Auf den hatte ich mal so gar keine Lust. Zumindest nicht in dem Moment. Ich fand es ja nett, dass er sich bedanken wollte, trotzdem war das für mich an diesem Abend zu viel Anstrengung. Ich wollte an gar nichts denken und mich und meine Seele (wenn ich denn so etwas besaß) baumeln lassen. In der Schule würde ich mit ihm darüber reden.

Ich schlief ein... mit Klamotten...ungewaschen...*bäh!*

Diese Nacht hatte ich wieder einen merkwürdigen Traum:

Ein kleines rundes, rosafarbenes, leuchtendes Etwas hüpft herum, wie ein Flummi. Der Himmel ist blau und es ist sehr warm, das Gras unter meinen Füßen ist weich. Ich stehe einfach nur da und freue mich über die kleine, ulkige Kugel. Ich habe keine Angst davor. Es hüpft und fliegt um mich herum als würde es mit mir spielen wollen.

„Kleine Kugel, was bist du?"

Das lustige Wesen macht niedliche leise Quietsch-Geräusche.

„Möchtest du, dass ich mit dir spiele?"

Es fliegt einige Meter von mir weg und hüpft dann auf einer Stelle.

„Soll ich dir folgen? Willst du mir etwas zeigen?"

Ganz aufgeregt fliegt es hin und her und hüpft in Hacken... links, rechts, vor, zurück... immer schneller... dann weit hoch in den Himmel... dann ganz nah zu mir...

Ich lege den Kopf schief... wundere, freue mich über die kleine, niedliche Gestalt. Ich möchte es anfassen, doch ängstlich schreckt es ein wenig zurück.

„Hab doch keine Angst! Ich tu dir nichts."

Vorsichtig hüpft es zu mir. Als ich es berühren will, fliegt es einfach durch mich hindurch. Es fühlt sich warm an. Ich drehe mich um und wundere mich.

Es ist noch da und hüpft lustig weiter....

Ich hatte keine Ahnung, was ich davon halten sollte. Sollte das ein Dämon gewesen sein?

„Guten Morgen Nina!"

„Guten Morgen Christian!"

Es war Pause und Christian setzte sich zu mir und noch ein paar anderen unseres Jahrgangs an den Tisch in der Cafeteria. Lina war noch nicht aus dem Unterricht gekommen Ich wusste genau, gleich würde er mich auf die Nachricht ansprechen. *'Warum hast du nicht geantwortet? Magst mich wohl nicht mehr oder bist du nur zu schüchtern Bla bla bla laber bla bla...'*

„Ich wollte nur fragen, ob du meine Nachricht gestern bekommen hast?"

Er klang eigentlich ganz normal, was mich überraschte. *Kein blöder Kommentar?*

Dankbar für das Unterlassen dummer Sprüche, versuchte ich zu erklären: „Ähm... ja hab ich, aber ich war gestern zu müde, um noch zu antworten."

„Und? Was hältst du von meinem Angebot?"

„Klar, von mir aus."

Oh nein! Mist! Warum hab ich das gesagt? Jetzt fand ich das ziemlich eigenartig. Warum sollte er mit mir Kaffee trinken wollen, wenn er doch mit Lina zusammen... oder fast zusammen war und etwas von ihr wollte? Ich traute ihm nicht über den Weg und wenn er etwas anderes im Sinn hatte als nur ein freundschaftliches Dankesagen, dann würde Lina durchdrehen.

Da bemerkte ich, dass Daniel und Robert ganz in der Nähe am Nachbartisch saßen. Hoffentlich hatten sie das nicht gehört, vor allem nicht Daniel.

Ich wollte doch mit ihm Kaffee trinken und nicht mit Christian!

„Das ist klasse! Passt dir heute Nachmittag?"

„Hast du nichts mit Lina vor?"

„Heute nicht."

„Oh okay... dann...mh..."

„Nina!", Daniels rettende Stimme.

„Ja?"... *Ich meine natürlich: Hol mich hier weg!*

Er winkte mich zu sich. Als ob er meine Gedanken gelesen hätte.

Ohne zu zögern stand ich auf, um zu ihm zu gehen.

„Hey! Nina?", Christian wollte mich zurückhalten.

„Oh sorry! Wir reden nachher nochmal, okay?"

Ohne ihn weiter zu beachten verließ die Lady den Hofnarren und schritt zum König.

„Ich wollte nur fragen, wie es dir so geht?", sagte er mit einem

Schmunzeln.

„Und dafür reißt du mich aus einer so wichtigen, interessanten Unterhaltung?", sagte ich und versuchte dabei überzeugend unsarkastisch zu klingen.

Jetzt grinste er noch mehr und zeigte seine strahlend weißen gepflegten Zähne. Er hatte die Ellenbogen auf den Tisch gelehnt, seinen Kopf aufgestützt. Wie er mich ansah mit diesen silbernen Augen. Eine Strähne seinen Haares viel ihm ins Gesicht. Am liebsten hätte ich mich nach vorne gebeugt, um sie ihm ganz langsam nach hinten zu streichen. Ich musste einmal tief durchatmen, bevor ich ihm auf seine Frage antworten konnte.

„Danke, mir geht es sehr gut. Und euch?", mir viel nichts Besseres ein als dieser Standardspruch.

„Alles gut", antwortete Daniel.

„Mir auch, danke", schloss sich Robert an.

„Sag mal, was willst du eigentlich mit so einem?", Robert wies mit dem Kopf in Richtung Christian.

„Wieso interessiert dich das?", sagte ich gleichgültig.

„Habt ihr euch nicht eben verabredet oder so etwas?", Robert klang etwas belustigt.

„Belauscht ihr mich etwa? Nein, er ist Linas Freund und er will sich nur bei mir für das Verkuppeln bedanken." Ich fügte flüsternd hinzu: „Eigentlich hab ich keine Lust darauf und ihr habt mich für den Moment gerettet."

„Dann ist es ja gut", sagte Daniel.

„Ich dachte schon du leidest an Geschmacksverirrung!", meinte Robert immer noch mit einem schelmischen Lächeln auf den Lippen.

Ich bemerkte, wie Christian uns beobachtete. Sollte er etwas gehört haben? Ach und wenn, es war mir egal.

Stella und Lina betraten die Cafeteria. Als sie in unsere Richtung kamen, sah Stella unentschlossen aus.

Bitte setzt euch nicht zu uns! Macht mir jetzt nicht diesen Moment kaputt!

Lina bog ab, winkte mir kurz zu und setzte sich zu Christian. Stella kam zu uns. Ich hätte mir das auch denken können.

„Hey", sagte Stella lächelnd.

„Na, alles klar bei dir?", fragte Robert sie.

Sie nickte kurz, schüttelte dann aber den Kopf.

„Ich hab nachgedacht und ich kann das noch nicht. Gebt ihr mir bitte noch ein paar Wochen oder Monate, um mir über das alles und auch mich selbst klar zu werden?"

Daniel plusterte die Backen auf und stieß einen kleinen „Pfff"- Laut aus.

„Monate?", brach Robert laut heraus. Ein paar Köpfe von den umliegenden Tischen drehten sich zu uns um.

„Was sollen wir machen!?", sagte Daniel leise, „Wir können dich weder zwingen, noch wollen wir dich drängen."

„Ihr müsst das verstehen: Es ist eine große Entscheidung und eine riesige Veränderung in unserem Leben. Wir sind wahrscheinlich auch zarter besaitet als ihr. Das fällt nicht leicht, so etwas einfach zu akzeptieren", ich sagte das nicht, weil ich Stella überhelfen wollte. Es war eher, weil ich sie verstand und selbst auch viel, viel Zeit wollte, vielleicht auch nur, um die Entscheidung vor mir herschieben zu können. Eine kurze Zeit lang herrschte Stille.

Robert beugte sich vor und unterbrach flüsternd das Schweigen.

„Das ist doch Schwachsinn! Es gibt sie, das ist nun mal so und damit müsst ihr euch abfinden. Nehmt es hin. Bitte tut nicht so als wäre das jetzt so schlimm zu glauben, was man sieht. Ihr habt die Dämonen doch gesehen. Ihr habt mit eigenen Augen gesehen, dass es sie gibt, also macht da jetzt bitte nicht so eine Selbstfindungskrise daraus. Ich bitte euch!"

„Aber... das kann ich nicht! Ich WILL das nicht wahr haben!", Stella war so laut geworden, dass ein paar Leute an den Nachbartischen ihre Köpfe erschrocken zu uns herumdrehten.

Stella schreckte von ihrem Stuhl auf und verließ im Sturmschritt die Cafeteria. Viele Blicke folgten der blonden, auffälligen Schönheit.

„Die ist doch dumm!", murmelte Robert vor sich hin, „Bitte Nina, nimm diese Meinung nicht auch an! Ich weiß doch, dass du vernünftiger bist. Bedenke: Einsicht ist aller Weisheit Anfang."

„Einsicht ist der erste Weg zur Besserung und Gottesfurcht ist aller Weisheit Anfang. Außerdem hat das nichts mit Vernunft zu tun oder mit Einsicht, Robert. Es geht um Überwindung. In diesem Fall sogar eine große Überwindung für jemanden, der in seinem bisherigen jungen

Leben nicht an Zauberwunder oder Geistergeschichten geglaubt hat oder glauben wollte. Diese Sache ist eine Grenzüberschreitung von allem, was einem in seinem Leben begegnen sollte: Normale Dinge eben. Und es ist auch ein großer Unterschied ob man weiß, dass es unerklärliche Dinge gibt oder ob man sich dazu noch ständig damit auseinandersetzen muss. Ich muss das auch erst mal wirklich verstehen, bevor ich da irgendetwas aktiv dazu beitragen kann", sagte ich und war im gleichen Augenblick stolz darauf, dass ich diesen Gedankenfluss ohne stottern aussprechen konnte.

„Du hast recht", sagte Daniel. Er war so verständnisvoll.

„Aber Robert hat noch mehr Recht."

Hä?! Was soll das denn jetzt bedeuten?

„Es bringt nichts, sich in Gedanken zu verlieren, was normal ist und was nicht. Die Überwindung fällt schwer, das ist keine Frage, aber hast du dich erst einmal überwunden, dann kannst du es auch akzeptieren" ,sagte er ruhig und nicht so fordernd wie Robert.

„Außerdem wirst du ja blöde im Kopf, wenn du weißt dass es SIE gibt, du hast Angst, SIE könnten in deiner Nähe sein. Du siehst SIE, kannst aber nichts dagegen tun. Die Angst wird immer größer und entweder die frisst dich auf oder SIE werden es tun", fügte Robert mit einer Stimme hinzu, als würde er kleinen Kindern eine Gruselgeschichte erzählen.

Ich musste leicht schmunzeln.

Es klingelte zur nächsten Stunde. Nach einem kurzen Seufzer stand ich auf, um in den Unterricht zu gehen.

„Na ja, bis später", sagte Robert, während er sich langsam von seinem Sitz erhob.

„Bis dann", gab ich zurück und winkte den beiden zu.

Daniel stand auch auf und lief hinter mir her.

„Nina!", sagte er. Ich blieb stehen und drehte mich zu ihm um.

„Ja?"

„Wenn dein Date mit Christian nicht so gut laufen sollte, dann sag mir einfach Bescheid und ich komme und rette dich!"

Sein Lächeln entführte mich für kurze Zeit aus der Wirklichkeit und ich stellte mir vor, wie er mit einer riesigen Explosion die Scheibe eines Cafés zerspringen lässt, in dem Christian und ich sitzen. Er reißt ihn vom Tisch weg und trägt mich heldenhaft davon. *Damit muss ich sofort aufhören, das ist ja grausam kitschig!*

„Erstens: Ich habe kein DATE mit ihm. Zweitens: Ich kann mich selber retten, wenn es brenzlig wird. Und Drittens: Ich hab doch kein Date mit IHM!"

„...ich komme und rette dich!"

Es klang so wunderbar, den ganzen Tag konnte und wollte ich das nicht vergessen. Es war mir klar, dass er es nicht direkt so gemeint hatte, aber das war mir dann doch egal. Daniel wollte mich retten. Und wenn es auch nur vor Christian war.

Doch dann plagte mich das schlechte Gewissen und nach dem Unterricht ging ich zu ihm hin, um mich zu entschuldigen, dass ich ihn einfach so hatte sitzen lassen.

„Sorry wegen vorhin. Tut mir echt leid, dass ich einfach weggegangen bin", ich versuchte einen treudoofen Dackelblick hinzubekommen.

„Brauchst dich nicht zu entschuldigen. Wegen so einem tollen Typen wie Daniel, würde ich auch alles und jeden links liegen lassen", das war der pure Sarkasmus. Er schien echt ein wenig beleidigt zu sein.

„Ach Mensch, ich war doof und das kommt nicht nochmal vor! Versprochen! Wie kann ich das wieder gut machen?"

„Mh gut, wenn ich dich heute einladen darf, dann verzeih ich dir."

„Okay", sagte ich schnell.

Wir verabredeten uns für 5 Uhr. Er wollte mich mit seinem Auto abholen. Zum Anziehen brauchte ich etwas, das sagte: 'Du bist ein guter Kumpel' Nicht zu schick und nicht zu gammlig. Ich wählte eine klassische Jeans und dazu ein pinkes T-shirt mit schwarzem Aufdruck, es hatte einen runden Ausschnitt, der nicht zu viel blicken ließ, schwarzer Gürtel, schwarze Lederjacke und schwarze Sneaker: bequem, sportlich, passend.

8 Meine Freundin

„...ich komme und rette dich!"
Oh bitte tu das, rette mich!

Wir saßen nun schon fast eineinhalb Stunden in diesem Café (es gab nur das eine in Winnis) und hielten eine gequälte, mit peinlichen Schweigepausen erfüllte oberflächliche Unterhaltung. Das war so gezwungen, nicht wie in der Schule oder bei Stellas Party. Wir waren nur zu zweit und das verpflichtete uns, uns zwanghaft miteinander zu beschäftigen.

Christian war absolut nicht mein Typ, das wusste ich nun umso mehr. Er versuchte immer irgendwelche Witze zu reißen und sich über die anderen Leute im Café lautstark lustig zu machen. Er war ein Typ, bei dem man sich in der Öffentlichkeit automatisch fremdschämen musste.

Wie konnte es Lina nur mit ihm aushalten?

„Ich geh schnell auf Toilette", sagte ich.

Eigentlich musste ich gar nicht, aber kurz Luft holen würde mir sicher gut tun.

Aus Spaß tippte ich eine Nachricht in mein Smartphone ein:

„Rette mich, bitte..."

Ich wollte wissen, wie Daniel reagieren würde, wenn ich sie tatsächlich abschicken würde. Vielleicht fand er es ja total dumm, oder auch nicht.

Ich fasste allen Mut zusammen und schickte die Nachricht ab.

Keine Minute später bekam ich die Antwort:

„Wo bist du?"

Mein Herz raste wie verrückt. Hatte er wirklich vor, hierher zu kommen?

Bevor ich wieder zu Christian ging schrieb ich schnell:

„Im Café mit Chistian"

Ich konnte es fast nicht glauben, als er wirklich ungefähr zehn Minuten später durch die Tür spaziert kam. Mein Herz springt, rennt, setzt aus. Daniel war wirklich gekommen um mich zu retten. *Was hat er jetzt vor?* Daniel kam auf uns zu.

„Hallo ihr Zwei! Tut mir leid Christian, aber ich muss Nina jetzt entführen. Du verstehst sicher, dass ich das nicht so toll finde, wenn sich meine Freundin mit anderen trifft."

Er war so charmant und doch bestimmt und vor allem klang er so glaubwürdig. Ich kapierte schnell, dass ich mitspielen musste.

Er küsste mich zart auf die Wange. *Mach das nochmal!*

„Ich wusste gar nicht, dass ihr zwei...", sagte Christian verblüfft und fast sprachlos.

„Wir wollen da keine große Sache draus machen! Geht ja auch keinen was an", sagte ich schnell, bevor er auf die Idee kommen konnte, es herum zu erzählen. Trotzdem vertraute ich nicht darauf.

„Okay!"

„Ich würde sagen, wir gehen jetzt! Wir haben noch was vor", sagte Daniel und fasste meine Hand.

„Tut mir leid Christian, das muss ich ihm jetzt erst mal erklären. Ich hab vergessen es ihm zu sagen. Mach's gut!", ich versuchte so überzeugend zu klingen, wie ich konnte.

Beim Hinausgehen sagte ich zu Daniel: „Er ist nur ein Freund und er wollte sich nur bedanken, dass ich ihn sozusagen mit Lina verkuppelt hab..."

Irgendwie tat Christian mir schon leid, aber andererseits hatte er ja Lina und wollte nicht mich.

Als wir das Café verlassen hatten, hörte ich auf zu reden und Daniel legte seinen Arm um mich. So geborgen hatte ich mich lange nicht gefühlt, vielleicht sogar noch nie. Es wurde mir bewusst, dass ich mir ein wenig wünschte, die Szene wäre echt und nicht nur gespielt.

Außer Reichweite des Cafés und aus Christians Blickfeld verschwunden fing ich an zu kichern.

„Das war dein Rettungsversuch?"

„Versuch? Ist doch geglückt!", er nahm seinen Arm nicht von mir weg.

„Stimmt! Aber du weißt schon, dass ich in Erklärungsnot kommen könnte, wenn er das Lina erzählt."

Er zuckte mit den Schultern und lächelte hilflos.

„Schon gut", sagte ich, „...dann lass ich mir was einfallen."

Seinen Arm hatte er immer noch um mich gelegt. Es fühlte sich irgendwie verdammt gut an, wenn wir so nah nebeneinander und aneinander liefen. Sein Duft umspielte meine Nase, ich versuchte extra tief einzuatmen, um so viel wie möglich davon aufzunehmen.

„Was hast du eigentlich gemacht bevor du mich retten musstest?", fragte ich.

„Nichts Besonderes. Um ehrlich zu sein hab ich sogar an dich gedacht."

Er hat an mich gedacht!!! „Und auch an das, was du heute Morgen gesagt hast. Ich versuche das Problem zu verstehen. Robert kann sich nicht in jemanden wie euch hineinversetzen, weil er nie dieses Problem hatte. Ihm ist es von Anfang an leicht gefallen, verstehst du. Ich glaube ihm macht das sogar Spaß. Mir viel es auch nicht unbedingt schwer mich da hinein zu finden, aber ich denke oft darüber nach: Warum? Wie kann das sein? Und so was und deshalb glaube ich sollten wir euch die Zeit geben, die ihr braucht."

„Das ist sehr rücksichtsvoll von dir!"

Etwas zögerlich legte ich meinen linken Arm um seinen Rücken. Wie sehr ich mich in diesem Moment sehnte, er würde mich noch einmal küssen, aber diesmal auf den Mund und nicht nur auf die Wange.

Ich erkannte mich nicht wieder. *Was ist nur los?* Diese dämlichen kitschigen Gedanken, dieses bedrückende Gefühl in der Brust. Verzweiflung und Glück so nah beieinander. Der Kloß im Hals. All das, was ich eigentlich immer verteufelt hatte.

Ich zwang mich das Gespräch weiter zu führen: „Und dir macht es keinen Spaß, diese Dinger abschlachten zu können?"

„Nein! Ganz und gar nicht, ich wünschte es gäbe eine andere Möglichkeit.", sagte er ernst.

„Vielleicht gibt es die, nur ihr wisst es noch nicht."

„Das wäre schön."

Ich bemerkte, dass wir den Weg zu mir nach Hause eingeschlagen hatten.

„Ist es sehr gefährlich?"

„Sie sind leicht zu töten, wenn du sie erwischst, aber wenn sie dich erwischen, dann kann das ziemlich schmerzhaft werden. Jede Berührung brennt wie Feuer. Es ätzt einem die Haut weg."

Er entzog mir langsam seinen Arm und blieb stehen. Wir waren jetzt schon etwas außerhalb des Ortes. Daniel zog sein linkes Hosenbein nach oben. Über sein komplettes Schienbein und seine Wade zogen sich Narben. Sie schlängelten sich wie Ranken oder eine Schlange, vom Fuß bis zum Knie um sein Bein.

„Das ist vor ein paar Monaten passiert. Dieser Dämon hatte so was wie Tentakeln und ich hatte nur eine Hose an, die über den Knien aufhörte. Das war nicht eine meiner besten Ideen, wie du siehst."

„Hast du manchmal noch Schmerzen?", fragte ich vorsichtig.

„Es hat nur die Haut getroffen. Zu lange hat die Berührung zum Glück nicht gedauert."

Wir liefen weiter, nur nebeneinander ohne Berührung.

„Und hast du dich kundig gemacht, wie die DK funktioniert?", fragte ich nach einigen Schritten.

„Ja, das funktioniert deshalb, weil die Patrone etwas in sich hat. Ein bestimmtes Material, was aus toten Tieren gewonnen wird."

„Wie geht denn das?"

„Es ist schwer zu erklären, es hat wohl etwas mit der Energiestruktur zu tun oder so ähnlich."

„Aber warum tote Tiere!?"

„Anders geht es nun mal leider nicht. Es ist ein Extrakt aus deren Blut, welches kurz nach ihrem Herzstillstand entnommen wird. Das Blut beinhaltet eine ganz bestimmte Art von vernichtender oder auch `toter` Energie."

„Ich schätze irgendwann versteh ich das. Aber mir tun die Tiere leid.", ich fand die Vorstellung grausam und widerlich. Das gefiel mir überhaupt nicht. Aber wenn es nun mal nicht anders gehen sollte, dann musste ich mich wohl daran gewöhnen.

„Das verstehe ich", sagte Daniel. *Natürlich verstehst du das, du bist ja perfekt.*

„Und was wäre, wenn du jetzt in diesem Moment mitbekommen würdest, dass hier einer irgendwo ist? Hast du die DK dabei?"

„Nein, jetzt gerade nicht."

„Und wenn jetzt einer auftauchen würde?"

„Dann müsste ich schnell nach Hause und sie holen."

„Da musst du dich aber beeilen. Kann es nicht auch sein, dass der Dämon wieder von alleine verschwindet?"

„Ja, das könnte auch passieren."

„Also immer Augen offen halten und schnell sein. Und am besten DK immer griffbereit haben."

„Eins Plus mit Sternchen. Da denkst du ja schon viel vorbildlicher als ich!"

„Und wer hat sich diesen Mist ausgedacht? Ist das bewiesen, dass nur das funktioniert?", fragte ich.

„Das ist doch kein Mist!", er schaute mich entgeistert an, „Es hat sich jedenfalls bewährt."

So jemand wie er war mir noch nie begegnet, jemand bei dem ich noch nie das Gefühl bekommen hatte, dass er mich mal nerven könnte. Er war jemand, den ich immer um mich haben wollte. Selbst alleine, wenn ich träumte und sonst auch niemanden gebrauchen konnte, er würde nicht stören. Daniel war kein offenes Buch, wie Lina, trotzdem wusste ich, dass er ehrlich war: Jemand, dem ich vertrauen konnte. Normalerweise wollte ich, dass man mich ansah, mich begehrte, um anderen und mir etwas beweisen zu können und weil ich mich in der Rolle der beliebten, coolen, sexy Schönheit wohlfühlte. Doch er sollte mich wollen, alleine meinetwegen. Er sollte mich begehren, weil ich ihn begehrte. Ich wollte ihn beeindrucken, ihm aber nichts vorspielen. Keine Fassade sollte zwischen uns stehen. Doch wusste ich überhaupt noch, wie es war ich selbst zu sein? Wer war ich überhaupt? Nur ich, ohne Berechnungen, Absichten, Anstrengung.

Als wir bei mir daheim ankamen, fragte ich mich, warum Christian mich mit seinem Auto abgeholt hatte. Der Weg war schön, das Wetter nicht schlecht und wir hätten zu Fuß vielleicht zwanzig Minuten gebraucht, mehr nicht.

„Willst du noch mit rein kommen?", fragte ich in aller Hoffnung Daniel würde 'ja' sagen.

„Nein ich... vielleicht das nächste Mal. Ich muss noch etwas für die Schule machen."

Ich glaube, ich war sichtlich enttäuscht. „Ach was soll´s, das kann ich auch morgen früh von Robert oder jemandem abschreiben, der es gemacht hat."

Ich grinste, nahm seine Hand und zog ihn zum Tor hinein. „Da fällt mir ein, ich würde dir gerne ein Bild zeigen, was mein Bruder gemalt hat, als ich auf ihn aufpassen musste, nachdem wir bei dir gegrillt haben. Es hat mich ein bisschen beunruhigt."

„Okay."

„Ich erkläre es dir dann."

Wir gingen in den Hausflur und zogen Jacken und Schuhe aus. Er trug wieder das Schwarze T-Shirt mit dem weißen Aufdruck, der aussah wie ein Gesicht. Gut sah es aus, gut sah ER aus! Ich wünschte mir, ich hätte etwas schöneres, süßeres, schickeres angezogen als diese stino Jeans und das durchschnittliche T-Shirt. Aber damit musste ich mich nun abfinden.

„Gut, dass du kommst. Wir haben extra mit dem Essen auf dich gewartet. Es gibt Nudeln und Tomatensoße", rief meine Mutter aus der Küche.

„Ich hab Besuch!", sagte ich, ohne genau zu wissen ob ich damit sagen wollte: 'Wir haben einen Gast zum Essen' oder 'Lasst uns einfach in Ruhe'.

Mein Vater kam aus der Küche gestiefelt mit einem Küchentuch in der Hand.

„Ich habe gekocht", sagte er ganz stolz, ohne uns groß zu beachten. Er war damit beschäftigt, sich seine Hände abzutrocknen. Dann blickte er auf.

„Oh! Das ist aber nicht der junge Mann, der dich vorhin abgeholt hat"

„Hallo Papa!", entgegnete ich. Das musste ja so kommen. Ausgerechnet jetzt wo Daniel da war.

„Guten Abend! Ich bin Daniel", höflich streckte er die Hand aus.

„Entschuldigung, wie unhöflich von mir", mein Vater strich sich hektisch mit der Hand über die Hose und hielt sie dann Daniel entgegen, „Ich bin Ben, Ninas Vater. Du kannst natürlich gerne mitessen, wenn du möchtest. Ich hab gekocht."

„Danke, das ist sehr nett von ihnen."

'Nett, höflich, nicht zu aufdringlich, gutaussehend! Nina, den musst du dir schnappen! Ich bezahle dir auch die Hochzeit. Das ist absolut kein Problem!', sagt mein Vater und klopft Daniel anerkennend auf die Schulter.

„Das hätte ich jetzt nicht gesagt. Er hat gekocht!", ich grinste meinen Vater an und er grinste halb belustigt und halb ermahnend zurück.

Wir betraten die Küche, wo meine Mutter bereits dabei war, ein fünftes Gedeck auf den Tisch zu tun. Ich hoffte inständig, dass es keine peinlichen Fragen oder Kommentare am Tisch geben würde.

Daniel stellte sich auch meiner Mutter vor und nahm ihr zuvorkommend die Schüssel mit der Tomatensoße ab, die sie gerade auf den Tisch stellen wollte. Max saß schon am Tisch ohne sich zu rühren oder einen Mucks zu machen. Ich setzte mich ihm gegenüber und winkte Daniel zu mir.

„Setz dich! Das ist übrigens Max, mein Bruder", sagte ich zu ihm.

Er setzte sich neben mich und begrüßte auch Max in seiner höflichen Art. Natürlich kam von ihm nicht viel zurück. Dafür musste ich mich dann erst einmal entschuldigen.

Als hätte ich es nicht schon geahnt, nachdem alle begonnen hatten zu essen, kamen die Fragen. Doch nicht wie erwartet von meinem Vater, sondern von meiner Mutter.

„So Nina, jetzt musst du uns erst mal erklären, wer von den beiden nun dein Freund ist!"

Meine Augen wurden groß. Was sollte das denn!? Das war noch schlimmer als schlimm.

„Mutter! Daniel ist ein sehr guter Freund, der mich heute nur aus einem unangenehmen Treffen mit Linas Freund gerettet hat."

„Ach so. Und wer ist Lina?", na toll. Jetzt zeigte sie auf einmal wieder Interesse an mir, obwohl es sie sonst auch kaum interessierte. Welche Mutter kennt nach zwei, drei Monaten, denn nicht die fast einzige Freundin ihrer Tochter? Das war irgendwie armselig.

„Mensch Caroline! Lina, das ist die kleine Süße, Ninas Freundin aus der Schule", *danke Papa, wenigstens du rettest die Familienehre.*

„Ach so, ja genau."

Mh klar! Ich bin mir sicher, jetzt weiß sie ganz genau wer gemeint ist! Wahrscheinlich hatte sie in diesem Moment das Bild von Stella im Kopf und fragte sich, warum mein Vater '...die kleine...' gesagt hatte.

„Du hast sie also gerettet?!", richtete sich mein Vater an Daniel.

„Mir blieb nicht groß etwas anderes übrig...", sagte er.

„Er konnte schließlich nicht zulassen, dass sich deine Tochter zu Tode langweilt", fügte ich schnell hinzu.

Daniel grinste, ich grinste, sogar mein Vater grinste ein wenig.

Max verhielt sich das ganze Essen über sehr ruhig. Nur ab und zu bemerkte ich, dass er oft zu Daniel schaute. Immer nur kurz, auf seinen Teller, auf die Schulter, auf sein Shirt. Ich bemerkte auch, dass Daniel sich konzentrieren musste, um es zu ignorieren.

„Max!", Ich ermahnte ihn kurz und leise. Seine ganze Aufmerksamkeit und sein Blick richteten sich nun auf mich. Er schaute nicht in meine Augen, eher so auf meine Hände Er verstand augenblicklich und senkte seinen Blick auf den eigenen Teller. Wie gerne hätte ich gewusst, was in ihm vorging. Daniel tat mir leid, so ahnungslos überrumpelt zu werden. Mit meiner Familie essen zu müssen, war bestimmt nicht besonders einfach.

„Papa, ich muss sagen, das war lecker! Du hast echt gut gekocht!", sagte ich, als alle fertig waren mit essen.

„Ich danke ihnen, es hat wirklich sehr gut geschmeckt", Daniel stand auf, um beim Abräumen zu helfen.

„Ist gut, das machen wir schon!", sagte meine Mutter

„Ja, macht euch ab! Aber denkt dran, morgen ist Schule, also lasst es nicht so spät werden!", versuchte mein Vater spaßhaft hinzuzufügen.

Ich schaute auf meine Armbanduhr. Es war erst kurz vor acht Uhr.

Daniel lobte mein Zimmer und ich war von dieser Bemerkung peinlich berührt. Mit Sicherheit, wusste er selbst nicht was er sagen sollte. Irgendwie musste ich die Stimmung aus dieser unwirklichen Oberflächlichkeit herausholen: „Schleimer!"

„Wenn du meinst."

„Tut mir leid, dass Max dich die ganze Zeit so angestarrt hat."

„Kein Problem, du hattest ja schon erzählt, dass er anders ist."

„Hatte ich das?"

„Ja, als wir bei mir gegrillt haben."

„Das kann sein. Aber er ist trotzdem ganz in Ordnung, zumindest meistens", *Oh man, ich rede einen Mist!*

„Schon gut, ich hab doch kein Problem damit."

„Logisch! Was solltest du jetzt auch anderes sagen!"

Brems deinen Sarkasmus Nina! Das wirkt sonst arrogant!

Wie konnte ich dieses Angespannte Klima retten? Wir wussten nicht recht, was dieser Besuch war. Ein Flirt vielleicht? Eine Sexeinladung? Ich bekam Panik und spürte, das mein Herz immer heftiger schlug. Daniel standen ähnliche Gefühlskomplikationen ins Gesicht geschrieben. Doch glücklicherweise kam mir der rettende Gedanke: „Ach ja, ich wollte dir ja das Bild zeigen."

Ich ging zu meinem Bett und holte es darunter hervor.

„Die Geschichte dazu ist folgende: an dem Tag nach dem Grillen bei dir sollte ich auf meinen Bruder aufpassen. Ich bin auf dem Sofa eingeschlafen und hab geträumt, dass ich auf einer Wiese stehe umgeben von Menschen - du warst übrigens auch dabei - und es ist irgendetwas auf uns zu gekommen. Ich war total hilflos und wusste nicht was ich tun sollte. Als ich dann aufgewacht bin, hat Max dieses Bild gemalt. Das war mir unheimlich."

Ich gab Daniel das Bild. Er betrachtete es sorgfältig und meinte: „Das ist ja eine DK und … ja... ganz eindeutig, dass du das bist."

„Genau! Und das ist auch die Wiese von der ich geträumt hab. Schon irgendwie gruselig, oder!?"

„Dein Blick sieht aber ganz und gar nicht aus, als wüsstest du nicht, was du zu tun hast."

„Und die Menschen sind auch nicht dabei."

„Vielleicht hast du im Schlaf geredet und er hat nur manches verstanden und es anders interpretiert oder war er gar nicht dabei?"

„Doch war er und das hab ich mir auch schon gedacht, aber so detailgetreu die Wiese und auch diese Waffe, die DK - so genau werde ich das sicher nicht beschrieben haben. UND jetzt kommt es: Da wusste ich doch noch gar nicht, dass so eine Waffe überhaupt existert."

Daniel schluckte, er war sichtlich irritiert.

„Was meinst du, könnte das bedeuten?", fragte er, immer noch die Augen auf das Bild geheftet.

„Da bin ich überfragt, deshalb hab ich gehofft, du könntest mir weiter helfen."

„Gibt es noch andere Bilder?"

„Nein. Also, ich hatte vielleicht mal den einen oder anderen komischen Traum, aber da war Max nicht dabei."

Wir gingen auf den Balkon, um zu rauchen.

„Eigentlich, glaub ich, wären meine Eltern nicht sehr begeistert, wenn sie das sehen würden", sagte ich während ich mir meine Zigarette anzündete.

„Weil du nicht rauchen sollst, oder weil du nicht hier rauchen sollst?"

„Eher das erste, aber das bekommen sie nie mit oder sie wollen es nicht bemerken."

„Wie meinst du das?"

„Es ist immer schön eine Illusion bewahren zu können, wenn alle mitspielen. Verstehst du?"

„Ein bisschen vielleicht. Jeder spielt mit und deswegen geht es einem besser."

Ich zog einmal tief an meiner Zigarette. Im Grunde hatte er es erfasst. Mir war das nicht so wichtig, denn ich kam so oder so gut klar.

„So oder so ähnlich", sagte ich.

Wir schauten beide in den Himmel. Der Wind blies sanft durch die Bäume. Es roch frisch und erdig. Es wurde langsam dämmrig und mir wurde ein wenig kalt.

„Du frierst doch! Komm her!", sagte Daniel, drückte seine Zigarette aus und nahm mich in den Arm.

Das war befremdlich, weil er mich einfach an sich heran gezogen hatte.

Seltsam und Komisch. Unpassend. Eigenartig. Angenehm. Warm. Befreiend.

Mich hatte schon lange niemand mehr in den Arm genommen. So wie er es tat, hatte mich noch nie jemand in den Arm genommen: Sanft und doch fest genug. Die Emotionen, die diesen Moment einhüllten, waren voller schöner Bilder und Gefühle, die zu schnell vergingen um sie fassen zu können. Es kribbelte und drückte in meiner Brust und in meinem Hals.

Mir liefen die Tränen. *Warum das denn jetzt?* Ich verstand nicht, wieso ich auf einmal heulen musste, wie ein Kind. Während ich mein Gesicht an seine Brust lehnte und versuchte, mich darin zu vergraben, drückte ich ihn ganz fest an mich. Ich rang mit mir. Wollte mehr. Zwang meinen Körper nicht zu schluchzen. Doch der Druck in meiner Brust wurde stärker, der Kloß im Hals größer. Was tat er mit mir?

„Es tut mir leid", flüsterte Daniel, „Das wollte ich nicht."

Ich schüttelte nur den Kopf, ich wollte nichts sagen. Er drückte mich noch fester und zog mich dabei noch näher an sich heran. Mir fiel meine Zigarette aus der Hand, aber das war mir egal. Ich erwiderte den Druck. Mein Herz schlug ganz schnell immer schneller. Mehr Schläge. Sein Herzschlag und mein Herzschlag.

„Nina!", es pochte an der Tür.

Wir ließen von einander ab und ich war vollkommen durcheinander.

„J-ja?!"

„Lina ist am Telefon und möchte mit dir reden", sagte mein Vater, während ich an die Tür raste, um sie einen Spalt weit zu öffnen, „Sie sagt, du gehst nicht an dein Telefon."

„Sag ihr, ich bin nicht da. Ich will jetzt nicht mit ihr reden."

Ich ging in mein Zimmer, damit ich nicht brüllen musste. Wahrscheinlich hätte meine Stimme dann zu sehr gezittert. Auch so war es schwer genug zu reden.

„Zu spät, ich hab schon gesagt du bist in deinem Zimmer."

„Dann sag ihr, ich bin in der Badewanne und werde sie später zurück rufen."

„Okay!", mein Vater klang genervt.

Ich machte die Tür zu und rief: „Danke!"

Daniel stand vor der Glastür zum Balkon, die er bereits geschlossen hatte.

„Nina, ich geh jetzt besser", sagte er.

Nein, bitte nicht! Ich bekam keinen Ton heraus. Was war da eben nur passiert? So etwas kannte ich gar nicht von mir.

„Ich mache meine Hausaufgaben doch lieber selbst."

„Wenn du meinst", das klang um einiges gereizter, als es gemeint war.

„Sei bitte nicht sauer!"

„Nein! Nein! Bin ich nicht." *...nicht sauer... nur sehr, sehr traurig!*

„Bis wann hast du morgen Unterricht?"

„Bis um 3, warum?"

„Bist du spontan?", er grinste schelmisch. Das machte mir ein wenig Angst.

„Kommt darauf an."

„Hast du morgen nach der Schule schon was vor?"

„Nein. Was hast du denn vor?"

„Lass dich einfach überraschen. Zieh dir bitte eine lange Hose an."

Später lag ich auf meinem Bett und starrte an die Decke. Oder besser: durch sie durch. *Was passiert hier nur? Was ist mit mir nicht richtig?* Ich zittere, schaudere, weine. Der Kloß in meinem Hals war nichts im Vergleich zu dem Knoten in meiner Brust. Der Knoten in meiner Brust war nichts im Vergleich zu dem Gewitter in meinem Bauch.

Die letzten Tage waren so verstörend, eigenartig, angsteinflößend, beunruhigend. Ich fühlte mit aufgekratzt, angespannt, verändert.

Alles was ich bisher war, war armselig im Vergleich zu den Dingen die hier mit mir passierten. Mein Inneres kehrte sich aus irgendeinem Grund nach außen und die Welt um mich veränderte sich.

9 *Tu doch nicht so*

Ich saß im Biologie Unterricht und dachte darüber nach, was mich nach der Schule erwarten würde. Lina war ich, so weit wie möglich, aus dem Weg gegangen. Denn mir war noch keine passende Ausrede wegen Daniel eingefallen. Ich war mir sicher, dass Christian ihr die Geschichte erzählt hatte und sie deswegen ständig versuchte, mit mir zu reden. Ich hatte sie natürlich nicht zurückgerufen. Sie sah mich ständig im Unterricht an. Ich wusste, sie würde nachher alles daran setzen, mir aufzulauern.

Daniel hatte ich den ganzen Tag noch nicht gesehen, nicht vor der Schule und auch nicht in der Cafeteria. Ich schaute auf mein Telefon. Es zeigte, dass es 15:00 Uhr war und in dem Moment klingelte es auch schon zum Unterrichtsende. Ich packte meine Sachen in den Rucksack und ging so heimlich wie möglich aus dem Klassenzimmer.

„Nina! Jetzt warte doch mal!", Lina schrie mir hinterher. *Na toll,* jetzt musste ich ihr Rede und Antwort stehen.

„Nina", sie rannte zu mir, als ich mich durchgerungen hatte, stehen zu bleiben.

„Was ist denn los?", ich versuchte ganz cool zu wirken.

„Was los ist? Du hast mich nicht zurückgerufen und dann gehst du mir heute schon den ganzen Tag aus dem Weg, trotz dass du mir doch so wichtige Neuigkeiten überbringen willst."

„Ach will ich das?", sagte ich, als wir aus der Tür heraus auf den Schulhof traten.

„Aber eindeutig! Eigentlich weiß ich es ja schon."

„Was weißt du denn?", ich tat überrascht und als wüsste ich überhaupt nicht, wovon sie redete.

„Ach komm schon! Christian hat es mir gestern noch erzählt." *War ja klar!*

„Was hat er dir denn erzählt?"

„Tu doch nicht so, als wüsstest du nicht, wovon ich rede!"

In dem Moment hielt ein gelbes Motorrad vor der Schule. Lina schien kurz abgelenkt zu sein.

„Wer ist das denn?", fragte sie neugierig.

Ich zuckte nur unmerklich mit den Schultern, da ergriff mich so eine Ahnung. Als der Motorradfahrer abstieg und seinen Helm abnahm, wurde diese bestätigt: Es war Daniel. Er setzte den dünnen Stoffrucksack ab und holte eine Jacke und einen zweiten Helm hervor.

Er kam durch das Tor auf uns zu gelaufen, mit beiden Helmen und der Jacke unterm Arm.

Oh nein! Er wollte doch nicht wirklich mit mir Motorrad fahren?!

Er warf mir einen Helm zu und fing an zuckersüß zu grinsen, als er bei uns angekommen war.

Lina schaute, als würden ihr gleich die Augen herausfallen.

„Hi, Daniel! Seit wann fährst du Motorrad?", fragte sie Daniel. *Die ist aber heute ganz besonders neugierig.*

„Guten Tag ihr beiden! Seit ein paar Monaten habe ich den Führerschein", er wandte sich an mich, „Wir müssen los! Wir kommen sonst noch zu spät. Bist du bereit?"

Nein! „Ja?", ich schluckte kurz, „Mach´s gut Lina. Wir reden morgen, ja?" Ich legte einen entschuldigenden Blick auf.

„Ruf mich doch später einfach an, oder ich ruf dich an, oder ich komm mal vorbei", sie ließ einfach nicht locker.

„Tut mir leid, ich hab echt keine Zeit, aber wir sehen uns doch morgen in der Schule. Bis dann", *das nimmt sie mir übel!*

Wir gingen und Lina murmelte irgendwas Unverständliches vor sich hin. Uns folgten einige Blicke, als wir den Schulhof verließen.

„Ich bin noch nie Motorrad gefahren oder mitgefahren. Ich hoffe du weißt, worauf du dich da einlässt."

Daniel lachte laut auf. „Ich hoffe, du weißt worauf du dich einlässt."

„Du vergisst, ich wusste nichts davon. Ich hab mir das nicht ausgesucht."

„Du kannst auch immer noch 'nein' sagen."

„Wo geht´s hin?"

„Lass dich überraschen!", sagte er triumphierend. Er steckte seinen dünnen Rucksack zusammengeknüllt in meinen hinein.

„Ist das in Ordnung, wenn wir erst noch mal deinen Rucksack zu dir bringen und danach müssten wir noch mal zu mir etwas holen?", fragte Daniel

„Mir wäre es lieber, wenn ich meinen Rucksack bei dir lassen könnte, bis ich heute heim gehe. Meine Eltern wären vielleicht nicht so ganz erfreut, wegen dem Motorrad."

„Auch kein Problem."

Dann setzte ich mir den silbernen Helm auf und er zog mir die schwarz-graue Lederjacke an, die er für mich mitgebracht hatte. Sie war etwas groß, aber bequem. Daniel trug eine schwarz-weiße Kombi, die war allerdings nicht aus Leder, sein Helm war ganz schwarz. Er sah ziemlich sexy aus, darin bestand absolut kein Zweifel.

Er setzte sich auf sein Motorrad und drehte es so, dass es in Richtung Straße stand. Ohne zu zögern kletterte ich auch darauf und kontrollierte noch einmal, ob mein Rucksack auch fest auf meinem Rücken saß.
„Halt dich gut fest!", befahl er und im gleichen Atemzug fuhr er los.
Ich hatte keine Angst, aber mein Bauch kribbelte vor Aufregung, Spaß, Nervosität und Adrenalin. An einer roten Ampel rief er mir zu: „Alles okay?"
„Ja!"
„Wenn du Angst hast schrei oder kneif mich oder so!"
Die Ampel wurde grün und als er anfuhr, war die Wucht die mich nach hinten riss so groß und dazu kam sie so überraschend, dass ich beinahe das Gleichgewicht verlor. Wieder fest im Sitz, hatte ich gar keine Möglichkeit mehr, den Schreck zu überwinden.
Nachdem wir bei Daniel angehalten und Sachen abgelegt und Sachen geholt hatten, sausten wir aus Winnis heraus, der Fahrtwind drückte auf meinen Helm. Daniel fuhr mit mir auf die Autobahn. Ich traute mich kaum auf den Tacho zu schauen.

„Wie schlimm fandest du es?"
„Du bist total krank und bescheuert und hast einen riesengroßen Knall!"
Meine Haare sahen mit Sicherheit durch den Helm total zerstört aus und vielleicht war auch mein Maskara und Kajal verlaufen, aber das war

alles egal. Ich hatte erst einmal überlebt.

„Und da hab ich mich schon echt zusammengerissen. Normalerweise war das noch keine richtige Geschwindigkeit", Daniel lächelte mich mit einem Ich-bin-ein-böser-Junge-Lächeln an.

„Das war ja nicht das Schlimmste! Diesen Berg hier rauf, mitten in der Pampa, über Steine und Huckel und so."

„Keine Sorge, ich passe schon auf, dass dir nichts passiert."

„Mh! Und was machen wir jetzt? Versuchst du jetzt mich anderweitig umzubringen hier, wo es keiner mitbekommt?"

„Wäre doch schade, wenn niemand eine so schöne Leiche zu Gesicht bekommt oder?! Warte ab!"

Der Ausflug endete, bevor er richtig beginnen konnte, als Daniels Telefon anfing zu vibrieren.

„Ja? - Na super! - Könnt - nein - Was? Scheiße! - Ja, ist gut, ich bin schon auf dem Weg!"

„Daniel, was ist los?"

„Das ist so ungewöhnlich!"

„Ein Dämon?"

„Viele... 15, 16 hat Robert gesagt." Bei dieser Zahl fiel mir buchstäblich die Kinnlade herunter.

„Was, so viele? Wo denn?"

„In Maura."

„Der kleine Ort, nicht weit von Winnis?"

„Ja. Stella ist verletzt."

Stella war dabei? Sie hatte sich also entschieden mitzumachen und natürlich hielt sie es nicht für nötig, mich darüber zu informieren. Nicht, dass sie dazu verpflichtet oder es mir schuldig gewesen wäre, dennoch war ich gekränkt. Nach unserem Gespräch dachte ich, wir würden uns zumindest ein wenig zu Seite stehen.

„Sie brauchen jede Hilfe, die sie kriegen können", meinte Daniel und sah mich fragend an. Ich wusste genau, was er wollte. Ich sollte mitkommen und helfen. Ich hatte aber gar keine Waffe, keine Erfahrung und ich war beleidigt, dass er mich für ein Date mit ätzenden Dämonen versetzen wollte.

Ich sagte gar nichts und schaute verlegen auf den Boden.

„Soll ich dich nach Hause fahren?", fragte Daniel, „Du solltest dich nur schnell entscheiden, ich muss so schnell wie möglich hin."

„Ja!"

„Okay."

Ich bin doch so dämlich! Dumm! Bescheuert! Wie kann ich nur so selbstsüchtig sein!?

Nachdem Daniel mich nach Hause gebracht hatte, wurde mir klar, dass ich mich ziemlich egoistisch verhalten hatte. Die Einsicht kam wie ein Schlag ins Gesicht. Stella war verletzt und ich dachte nur daran, dass sie mir nichts von ihrer Entscheidung mitgeteilt hatte. Dämonen zerstörten die Erde und ich fand es scheiße, dass Daniel mich deshalb versetzte. Ich fühlte mich so mies. Hoffentlich ging es Stella nicht allzu schlecht und hoffentlich würde Daniel mir meinen Egoismus verzeihen. Am Abend würde ich Daniel anrufen und mich entschuldigen und ich würde auch Stella nach ihrem Wohlbefinden fragen, das nahm ich mir vor.

Es wurde mir klar, dass ich etwas an meiner Einstellung ändern musste, und zwar grundlegend. Um der Welt helfen zu können, musste ich mich engagieren und informieren. Meine erste Handlung dafür war das Wort 'Dämon' nachzuschlagen. Was ich im Internet und diversen Lexika fand war: „böser Geist, Teufel", „böser Geist zwischen Gottheit und Mensch", „personifizierte Stimme und Bestimmung eines Menschen", „Quälgeist", „übermenschliche, aber nicht göttliche Mächte" *Nun gut!*
Ich versuchte diese Worterklärungen und das, was ich von den sogenannten Dämonen wusste, zusammenzufassen und nach eigenem Ermessen zu interpretieren.

–*Übermenschliche zerstörerische Verkörperung des Bösen oder Schlechten, resultierend aus den Fehlern der Menschen...*

–*Verkörperung der ökologischen Fehler der Menschen*

–*Natur zerstörende Verkörperung der ökologischen Fehler der Menschen*

Selbst nach langem Überlegen war ich mir nicht sicher, ob das die richtige Bezeichnung für diese Dinger war. Ich wusste ja nicht einmal, wie sie entstehen konnten oder aus was sie bestanden. Konnten sie entstehen, weil die Fehler der Menschen eine gewisse Energie erzeugten? *Schwachsinn!* Vielleicht waren es Mutanten, wegen den ganzen chemischen Abfällen und der Strahlung von Internet, Radio, TV und Handy und so? Das klang schon etwas logischer. Aber warum konnten dann nur ein paar Menschen sie sehen? Und warum gehörte ausgerechnet ich zu diesen wenigen Menschen? Möglicherweise war das Ganze eine Art von geistiger Erkrankung, bei der man Wahnvorstellungen bekommt und Dinge sieht, die es gar nicht gibt. Doch alle Gedanken die ich hatte, brachten mich auf kein zufriedenstellendes Ergebnis. Ich hoffte allerdings, dass ich mit der Zeit ein paar Antworten bekommen konnte, von wem oder was auch immer.

Ich hatte ganz vergessen, dass wir am nächsten Tag einen Ausflug von der Schule aus machten. Erst am frühen Morgen fiel es mir ein und ich war sehr glücklich darüber. So brauchte ich mein Gehirn nicht unbedingt anstrengen. Natürlich hatte ich mich am vorherigen Abend nicht getraut, Daniel anzurufen, um mich zu entschuldigen. Durch den Ausflug würde ich ihm wahrscheinlich nicht begegnen und das war gut so. Mir war das alles einfach nur so unangenehm.
Stella nahm nicht am Ausflug Teil, weil es ihr nicht sonderlich gut ging. Ich hatte sie angerufen. Ich war sehr stolz darauf, dass ich mich dazu überwunden hatte.
Sie mussten sich in Maura so verhalten, dass sie nicht auffielen, denn die meisten der Dämonen waren mitten im Ort. Stella schaffte es nicht,

sich von allen Dämonen fernzuhalten und sie gleichzeitig zu erwischen. Diese Dämonen hatten ihren rechten Arm verätzt. Dabei fiel sie mitten auf den Bordstein und brach sich die Nase. Als sie mir die Geschichte erzählte, klang es, als sei das das Ende der Welt. Ich wollte sie natürlich beruhigen, das gelang mir in ihrer Hysterie nur leider nicht. Während des Gesprächs beschloss ich, Stella erst auf ihre Entscheidung und warum sie es mir nicht gesagt hatte anzusprechen, wenn es ihr wieder besser ging.

Der Ausflug betraf den Schulchor, bei dem mich Lina eine Woche zuvor angemeldet hatte. Sie wollte unbedingt, dass ich dort mitmachte. Sie hatte mir jede Menge Spaß versprochen. Weihnachtslieder trällern und dafür ein paar Einsen für den Musikunterricht kassieren, das lohnte sich. Der Ausflug wurde von den Einnahmen der Auftritte finanziert. Ich fand es nicht schlecht, dass ich das schon mit nutzen durfte, obwohl ich noch gar nichts dazu beigetragen hatte. Das Ausflugsziel kam mir ganz gelegen und besser als Schule, war es allemal. In einem Kunstmuseum konnte man sich gut abseilen, ohne dass jemand darauf achtete. Diejenigen, die sich nicht dafür interessierten, liefen im Stechschritt durch die Ausstellung, um sich danach auf andere Art und Weise die Zeit zu vertreiben. Und diejenigen, die sich mit der Kunst beschäftigen wollten, waren in ihren eigenen Gedanken versunken oder unterhielten sich mit denen, die unmittelbar in ihrer Nähe waren.
Um mit meinen Gedanken alleine zu sein, hielt ich Abstand zu den

anderen. Ich stand vor altertümlichen Gemälden, modernen Skulpturen und nichts schien mein Interesse zu wecken und nichts konnte mich auch nur für einen Moment lang von Daniel ablenken. Mein Verhalten beschämte mich. Wie konnte ich ihm nun vor die Augen treten? Ich wechselte meine Meinung ständig. Mal fand ich die Sache gar nicht so schlimm, doch dann kamen wieder Schuldgefühle in mir hoch. Konnte ich den Mut aufbringen mich direkt bei Daniel zu entschuldigen? Sollte ich es einfach totschweigen und so tun als wäre nichts passiert? Vielleicht war alles nicht der Rede wert und Daniel fand das gar nicht so schlimm.

„Jetzt reicht es mir aber!"
Erschrocken drehte ich mich um und bemerkte Linas fragenden und wütenden Blick.
„Was ist denn nur mit dir los? Und was ist mit Stella los? Ich fühle mich so ausgegrenzt von euch. Hab ich euch was getan oder warum seid ihr so zu mir? Oder was habt ihr für Geheimnisse? Ich dachte ihr könnt euch nicht ausstehen! Und was ist nun eigentlich mit dir und Daniel? Ich hab lange genug gewartet bis du zu mir kommst und es mir... *deiner Freundin...* endlich mal erzählst. Anscheinend kann ich darauf aber warten bis ich tot bin!?"
Sie durchbohrte mich blitzartig mit ihrem bitteren Blick, scheinbar ohne zu blinzeln.
„Wie ist denn Stella zu dir?", ich tat unwissend, um wenigstens ein paar

Folgefragen zu entgehen. „Was mich und Daniel angeht: Wir verstehen uns einfach gut. Und was dich angeht: das tut mir wirklich leid, ich wollte dich nicht vernachlässigen. Falls du das denkst, war das nicht meine Absicht. Ich-ich komm nur nicht mehr ganz so gut in der Schule zurecht wie sonst und ich muss mich einfach mehr anstrengen, damit meine Noten nicht absacken, deswegen hatte ich nicht so viel Zeit für dich. S-Sorry!"

Gut, das meiste davon entsprach nicht der Wahrheit. Okay, alles war gelogen. Aber was hätte ich schon groß machen können? Ihr sagen, dass es Dämonen gibt? Sie hätte mich wahrscheinlich als verrückt bezeichnet, sie konnte diese Dinger ja nicht einmal sehen.

„Sag mal, glaubst du wirklich, dass ich das schlucke? Du verkaufst mich doch für dumm!"

„Nein! Wirklich ... Line-Bine..."

„Nix Line-Bine! Wenn ich Mist hören will, dann geh ich zu Emily. Die erzählt mir was von Lichtverschmutzung und so ein Scheiß - damit hat sie mich vorhin schon total vollgelappt -. Siehst du, so weit ist es mit mir schon! Ich muss mich mit so Strebertussen abgeben, weil meine sogenannten Freundinnen keine Zeit mehr für mich haben. Außerdem, wenn du so viel für die Schule machen musst, wie kommt es dann, dass du so viel Zeit mit Daniel verbringst? Motorradfahren und so?"

Ich war sehr beeindruckt von Linas Durchhaltevermögen beim Sprechen.

„Ähm, okay ich gebe es zu: Ich hab die Schularbeiten manchmal für

Daniel bei Seite geschoben, weil ich ihn noch besser kennen lernen möchte. Und du hast ein Recht darauf, sauer zu sein. Ich hab dich dabei vernachlässigt. Sag mir, wie ich das wieder gut machen kann."

„Hör auf damit! Ich bin echt nicht so dumm, wie ich manchmal rüber komme. Wenn du irgendwann mal die Lust verspürst, mir die Wahrheit zu sagen, dann komm einfach auf mich zu. Ich weiß doch, dass du dich auch mit Stella triffst. Sie hat mir erzählt, dass ihr mal miteinander geredet habt. Ich bin mir sicher du weißt, warum sie nicht in der Schule ist? Kann ja sein, dass ihr mich irgendwann mal einweihen wollt in euer großes Geheimnis... sagt mir einfach Bescheid, wenn es so weit ist! Wenn ihr mich einfach nur nicht leiden könnt... Moment mal!!! Hat die ganze Sache vielleicht etwas mit Christian zu tun?"

Ja und Nein... von der Seite betrachtet, dass ich ihn nicht leiden kann, dann ja. Wenn man davon ausgeht, dass Dämonen durch den Menschen entstehen, die die Natur zerstören, dann nein.

„Jetzt chill erst mal! Das ist doch Quatsch. Ich hab dir doch gesagt, was mein Grund ist und was Stellas Gründe sind weiß ich n..."

„Sicher! Alles klar!", unterbrach mich Lina sarkastisch. Sie war wirklich verletzt und aufgebracht. „Melde dich, wenn du ehrlich sein willst!", mit diesen Worten drehte sie sich von mir weg und ging.

Sie tat mir leid, aber ich konnte es nicht ändern, dass die Dinge so kompliziert waren. Irgendwann, wenn es einfacher geworden war, würde ich es ihr erklären. Im Moment allerdings wollte ich nicht mit tausend Fragen genervt werden. Ich musste erst mal selbst mit der Situation oder den Situationen klar kommen und mir persönlich klar werden, was ich überhaupt wollte.

Was hatte Lina über Emily erzählt? Irgendwas mit Verschmutzung? Auch wenn es mir widerstrebte, mit Emily zu reden, wollte ich mich weiterbilden. Das hatte ich mir fest vorgenommen. Die Definition des Begriffes „Dämon" war der erste Schritt und nun wollte ich mich über die Umwelt informieren.

Ein halbes Jahr zuvor hätte man mich mit diesem Thema bis an das Ende der Welt jagen können und wieder zurück. *Langweilig! „Fridas for Future" lässt grüßen.* Doch da ich nun wusste, dass die Menschheit vermutlich von leuchtenden Gruselgestalten vernichtet werden, musste ich mich zwangsläufig dafür interessieren. Außerdem war ich eine von den Personen, die etwas tun konnten, zumindest theoretisch. Was man nicht sieht, hört, spürt, kann man nicht bekämpfen, geschweige denn, wenn man nicht einmal weiß, dass es existiert. Ich wusste es, doch ich wusste nichts. Was genau ich wollte, wusste ich auch nicht. Aber bis es so weit war, würde ich wenigstens so viel tun wie möglich, um für den Fall der Fälle gewappnet zu sein.

Emily saß alleine auf einer Bank im Museum und blätterte in einem Prospekt. Genau betrachtet war sie gar nicht hässlich: Dunkelrote schulterlange Haare, zarte Gesichtszüge. Obwohl sie im selben Jahrgang wie ich war, verliehen ihr die Brille mit dem fetten schwarzen

Rand und die lässigen Öko-Klamotten ein studentenhaftes Aussehen.

„Hey Emily, darf ich mich setzen?"

„Oh hi, Nina", sagte Emily lächelnd mit verträumter Stimme. Ich hatte sie noch nie angesprochen, dennoch schien sie nicht verwundert zu sein.

„Ähm, ich wollte dich mal was fragen."

„Klar! Frag nur!"

„Du hast vorhin mit Lina geredet?"

„Wenn du denkst, sie hätte über dich gelästert oder so, dann denkst du falsch."

„Nein das ist es nicht. Du hast ihr was von Verschmutzung erzählt, glaub ich."

„Ach so ja. Aber ich glaube, das hat sie gar nicht interessiert. Sie hat nur gesagt, sie bräuchte jemanden zum Quatschen und dass ich doch einfach irgendwas labern soll. Und dann hab ich ihr halt erzählt, wie gefährlich für die Welt doch Lichtverschmutzung sein kann. Doch dann ist sie einfach weggegangen. Komisch das Mädchen!"

Ich musste in mich hinein lächeln. Klar wusste ich, dass Lina eine ganz schöne Nervensäge sein konnte, aber dass sie so dreist war, hätte ich nicht gedacht.

„Hättest du vielleicht Lust, mir das auch zu erzählen?"

„Ist das dein Ernst?", augenblicklich wurde sie zehn Zentimeter größer und riss ihre grünen Augen so weit auf, dass ich befürchtete, sie würden gleich herausfallen.

„Ja."

„Du gehst dann aber nicht einfach weg?"

„Nein, warum sollte ich?"

„Ich weiß ja nicht, was in euren Köpfen so vor geht. Wenigstens bist du höflicher als deine Freundin."

„Okay, es geht also um Lichtverschmutzung? Heißt das irgendwie, dass es auf der Erde durch Smog und so was dunkler wird?"

Da fing sie an zu kichern: „Nein, nicht das Licht wird verschmutzt, sondern die Umwelt wird verschmutzt: Durch Licht."

„Wie denn das?"

„Normalerweise ist es nachts dunkel und die Fauna und Flora eines Gebietes ist darauf ausgerichtet, dass es tagsüber hell und nachts dunkel ist. In den meisten Städten allerdings, vor allem in Großstädten, wird der Nachthimmel durch die verschiedensten Lichtquellen aufgehellt."

„Wie Reklameschilder, Straßenlampen und so?"

„Genau und auch das Anstrahlen von Sehenswürdigkeiten, was nebenbei bemerkt einen hohen künstlerischen Aspekt besitzt! Du hast ja sicher auch schon so was bemerkt, wenn man nachts den Himmel betrachtet und sieht, dass es am Horizont hell wird und es aber nicht die Sonne sein kann. Fast überall in New York kann man nachts nicht mal die Sterne sehen."

„Ja, logisch", *so dumm bin ich ja auch nicht.* Ich war genau wie Emily eine Einserschülerin. Allerdings schienen sich unser Welten doch um einiges zu unterscheiden.

„Das Licht zerstreut sich in den unteren Schichten der Atmosphäre. Dadurch können die Pflanzen in ihrem Wachstum beeinflusst und gestört werden. Das ist natürlich nur ein Problem bei Naturpflanzen, bei Nutzpflanzen in Gewächshäusern ist das meistens anders: Die sind gezüchtet und darauf eingestellt, dass es nicht immer abwechselnd hell und dunkel ist. Aber bei den Laubbäumen in so einer beleuchteten Gegend, kann es passieren, dass sie ihre Blätter zu spät verlieren und dann bekommen sie im späten Herbst und im Winter Frostschäden. Und von den nachtaktiven Insekten und auch von den Zugvögeln kann die Orientierung erheblich gestört werden."

„Das heißt, die schwirren dann umher und wissen nicht wohin!?"

„Sogar beim Menschen kann es zu Schäden kommen, wenn der Hormonhaushalt gestört wird."

„Was passiert da?"

„Schlafstörungen beispielsweise. Außerdem wird durch die ganze Beleuchtung ganz schön viel Energie verbraucht."

„Ah okay. Ich hatte vorher wirklich noch nichts davon gehört, also dass auch Licht etwas verschmutzen kann. Danke!"

„Bitte", lächelnd blickte sie mich an. Sie schien noch etwas von mir zu erwarten.

„Ähm und was kann man dagegen unternehmen?"

„Wenn ich das nur wüsste. Man könnte gewisse zeitliche Begrenzungen einrichten. Zum Beispiel wenn man Denkmäler und besondere Bauten nur bis zwei Uhr nachts anstrahlen würde", dann zuckte sie mit den

Schultern.

Ich wusste nicht genau, was ich noch sagen sollte. Und eine kurze Stille trat ein.

„Warum wolltest du das eigentlich wissen? Ich hätte nicht gedacht, dass Mädchen wie du sich für solche Dinge interessieren... oh... das sollte jetzt aber nicht beleidigend klingen", sagte Emily schließlich.

„Mädchen wie ich? Bitte stecke mich nicht in eine Schublade!", sagte ich in einem freundlichen Ton, damit sie merkte, dass ich es ihr nicht für übel nahm.

„Tut mir leid, ich dachte nur, weil Lina vorhin so komisch war und du jetzt auch einfach so mit mir redest. Das ist ungewöhnlich."

Ich zuckte nur mit den Schultern, grinste, verabschiedete mich.

10 Selbstsüchtig

Es war Anfang Oktober und die Bäume fingen an, sich gelb und rot zu färben. An manchen Tagen wehte ein eisiger Wind, sodass ich begann, Schal und Mütze zu tragen. Ich liebte es, aus der Tür zu treten und den Duft von gefallenem Laub, Erde und überreifen Früchten tief zu inhalieren. Das Rascheln der Blätter unter meinen Füßen war ein beunruhigendes Geräusch. Sie redeten über ein Geheimnis. Doch der Herbst hinderte mich daran, es zu lösen. Immer wenn sie anfingen, zu viel zu verraten, kam der Wind und sauste durch sie hindurch und wirbelte sie durcheinander, sodass sie vom Thema abkamen. Manchmal kam aber auch der Regen, verklebte ihre flüsternden kleinen Münder und machte sie stumm, bis der Wind und die Sonne sie wieder trockneten. Ich konnte das Geheimnis der Blätter unmöglich lösen. Wahrscheinlich wollten sie gar nicht, dass ich es erfuhr, sie konnten sich nur einfach nicht verkneifen darüber zu tuscheln... diese kleinen Labertaschen... doch bald würde der Winter kommen und sie zum Schweigen bringen. War ich nicht auch Teil des Herbstes? Hatte ich denn kein Recht daran Teil zu haben? Ich verstand es nicht, verstand sie nicht, warum nur?

Die einzige Hoffnung auf Erkenntnis gab mir der Mond, wenn die Wolken mal nicht am Himmel hingen. Wenn ich zu Bett ging, betrachtete ich ihn. Er schien dann durch die großen, dichten Tannen vor meinem Fenster. Seine kleinen Lichtpunkte – zu klein, dass ein Unwissender ihn als das identifizieren könnte, was er war – bewegten sich durch die dichten Nadeln. Sie bewegten sich, tanzten, glitzerten und mir wurde zum ersten Mal wirklich bewusst, dass sich die Erde drehte. Ab und zu bildete ich mir ein, es spüren zu können.

Irgendwann konnte sich der Mond aus den dunklen Ästen und Nadeln der Bäume befreien und erschien hell über ihren Wipfeln. Und nun konnte ich ihn sehen, ganz klar und in voller Pracht.

Das lies mich hoffen, irgendwann Klarheit über das Geheimnis der Blätter bekommen zu können, dass es auch klar und in voller Pracht vor mir erscheinen würde. Ich wusste nicht warum, aber ich hatte das Gefühl, dass es wichtig war.

Nach ein paar Tagen kam Stella wieder zur Schule. Es war ihr sichtlich unangenehm, dass sie die meiste Zeit wegen ihres geschwollenen Gesichts und dem Gips auf der Nase angestarrt wurde. Die Bandagen an ihrem Arm sah man glücklicherweise nicht durch ihre Kleidung. Die offizielle Variante ihrer Verletzung lautete, sie hätte in ihrem Zuhause nicht mitbekommen, dass eine Glastür verschlossen war und sei, mit voller Wucht, davor gelaufen. Als mir Robert die Geschichte erzählte, musste ich kichern, denn ich fand das ganz schön witzig. Stella gefiel es sicher nicht, dass so eine peinliche Story in Umlauf kam.

Beim Mittagessen saßen Daniel, Robert, Stella und ich an einem Tisch. Mit Daniel hatte ich kaum gesprochen, nur ein freundliches „Hallo". Er war die ganzen vergangenen Tage seltsam zu mir gewesen. Vielleicht war er wirklich wütend? Aber eigentlich hatte ich ja gar nichts falsch gemacht oder doch!?

„Du musst mich nicht bemitleiden!" Ich war verwundert über Stellas schnippischen Ton. Hatte ich sie etwa angestarrt?

„Was meinst du?", fragte ich.

„Ich brauch dir nicht Leid tun. Wenigstens hab ich mich entschieden, das Richtige zu tun", ein böses Lächeln zischte über ihre Lippen.

Sie wollte mich provozieren. Aber warum? Ich war verwirrt? Auf jeden Fall durfte ich mich nicht darauf einlassen. Sie sollte nur versuchen mich zu reizen, ich war vorbereitet. „Ich weiß, ich muss auch endlich mal eine Entscheidung treffen!", ich warf ihr den reumütigsten und unschuldigsten Blick zu, den ich erbringen konnte.

Erst als mir unser Gespräch in den Sinn kam, flammte die Wut in mir auf, wie eine Stichflamme in meiner Brust. Ich hatte gedacht, wir würden uns gegenseitig über unsere Entscheidungen informieren und wären, selbst wenn wir uns nicht besonders leiden konnten, wenigstens in dieser Beziehung Verbündete. So gut es ging, versuchte ich jede Spur meiner Wut zu verbergen. Auf gar keinen Fall wollte ich vor ihr Schwäche zeigen.

„Dann triff sie doch jetzt!", sagte Stella.

Am liebsten hätte ich ihre perfekten blonden Haare gepackt und den Schädel mit voller Wucht auf den Tisch gehauen... *Gesicht auf Tisch... Auf dass die Nase schief bleibt!*

Wow! Ich wunderte mich selbst über diese abgrundtief bösen Gedanken, die dieses Biest in mir weckte.

Ich versuchte jeden Blickkontakt mit Daniel zu vermeiden. Zum Glück bemerkte Robert Stellas Versuch, mich bloßzustellen und half mir über.

„Ach, wir haben doch gesagt, dass Nina sich so viel Zeit lassen kann, wie sie will. Und wenn sie sich gar nicht entscheiden kann, dann ist es halt so", sagte er so beiläufig wie möglich, doch an seinem Blick erkannte ich seine gute Absicht, die sich dahinter verbarg. Ich lächelte ihn dankbar an, sodass er wusste, dass ich seine Geste verstanden hatte.

Jeder Versuch, dem Biologieunterricht zu folgen, war sinnlos. Stellas Worte hatten Spuren hinterlassen. Ich wusste, ich hätte an dem Tag als Daniel mit mir den Ausflug machte, oder machen wollte, anders handeln sollen. Die richtige Entscheidung wäre gewesen, mitzukommen, mich für die Dämonenjagd zu entscheiden. Ich bekam ein richtig schlechtes Gewissen, nur wegen dieser blöden Kuh. Alle meine Gedanken waren bei Daniel und dass ich mich dringend bei ihm entschuldigen sollte, wollte, musste. Bloß wie? Warum war ich nur so feige? Das lag nur an ihm, weil er meine Sinne vernebelte. Er machte einen anderen Menschen aus mir... er raubte mir das Selbstbewusstsein und brachte mich dazu, mich zu schämen. Er lies mich Gefühle zeigen, derer ich mir vorher selbst nicht bewusst war.

Ich beschloss, mir ein Herz zu fassen, die Sache musste geklärt werden.

Nach dem Unterricht konnte ich ihn glücklicherweise auf dem Schulhof abpassen.

„Daniel! Kann ich kurz mit dir reden?", fragte ich ihn und sah ihn flehend an.

„Ja! Ich wollte auch mir dir sprechen", er klang ernst. Wie wunderbar seine Worte zu hören, die mir galten. Er wollte mit mir sprechen, ich war ihm also nicht egal. Selbst wenn er mir Vorwürfe machen würde oder mir sagen würde, dass er sauer sei, so wäre es okay für mich. Alles ist besser, als dieses unangenehme Schweigen. Er würde mir verzeihen!

Warum sollte er sonst mit mir sprechen wollen? Er hätte mich ja auch meiden können und damit wäre es erledigt gewesen.

„Ach wolltest du?", sagte ich, unschlüssig ob ich gleich mit der Entschuldigung beginnen sollte oder ob es besser wäre abzuwarten, was er sagen wollte. Doch er nahm mir die Entscheidung ab.

„Es tut mir leid, Nina! Ich hätte dich nicht alleine lassen sollen. Ich kann verstehen, wenn du sauer bist. Es war dumm von mir!" Das kam unerwartet. *Ich, sauer? Dir tut es leid?* Als er meine Hand nahm, war es mit mir vorbei. Er war so unwiderstehlich.

„Aber wenn du mir noch eine Chance geben würdest: Ich will es gerne wieder gut machen."

Ich dachte immer, dieser Kitsch und diese ganzen Klischees, würden nur in Filmen die Herzen zum Schmelzen bringen, aber Daniel war einfach unvergleichlich. Er schaffte es, seine Gesten und Worte so glaubhaft zu vermitteln und auf eine überzeugende Art und Weise rüber zu bringen, dass es nicht lächerlich klang oder schleimig wirkte. Ich musste mich zusammenreißen, um ihm zu antworten.

„Ich bin doch nicht sauer...Ich dachte du wärst sauer, weil... ich mich einfach nur von dir habe heimfahren lassen und ich euch nicht geholfen habe."

„War ich auch ungefähr die ersten 5 Minuten, bis ich gemerkt hab, dass du viel mehr Grund zum Sauersein gehabt hättest."

Ich schüttelte den Kopf. *Womit hab ich nur verdient, dass mir meine Selbstsüchtigkeit so einfach vergeben wird?*

„Was ist los?", fragte Daniel.

„Ich bin nur froh, dass wir endlich darüber reden. Ist jetzt alles wieder in Ordnung zwischen uns?", ich lächelte und er lächelte zurück.

„Aber sicher doch!"

Jeden Tag hab ich mir seit dem den Kopf zerbrochen und mir Gedanken gemacht, dabei ging es ihm genauso und ich hätte nur auf ihn zugehen müssen.

„Hast du jetzt noch Unterricht?", fragte er mich.

Ich schüttelte den Kopf. „Nein, warum?"

„Hättest du Lust, dir mal das Lied anzuhören, was ich zum Weihnachtskonzert spiele?"

„Ich hab dich noch nie bei den Chorproben gesehen."

„Ich singe auch nicht im Chor mit, aber ich spiele im Orchester."

„Achso und was spielst du?"

„Gitarre als Begleitung zu den meisten Chorliedern und 'I'm Dreaming Of A White Christmas' als Duett für Klavier und Trompete. Sarah spielt die Trompete dazu."

Ich war baff. Einen perfekteren Typ, Junge, Kerl, Mann gibt es doch überhaupt nicht. Ich vermied es, schon wieder seine ganzen Vorzüge aufzuzählen und fügte einfach nur noch hinzu: versöhnungsbereit, musikalisch, klischeesprengend.

Diese unkontrollierbaren Gedanken brachten mich ebenso unkontrolliert zum Kichern. Allerdings versuchte ich dieses zu unterdrücken und was dabei herauskam war ein Laut, der eine Mischung aus Schluchzen,

Schlucken und Jaulen war.

Daniel hob fragend seine Augenbrauen. „Ach nichts! Los komm, ich will dir bei deinem Lied zuhören!", sagte ich, zuckte mit den Schultern, nahm seine Hand und zog ihn ein Stück mit mir mit. Dann blieb ich abrupt stehen.

„Wo müssen wir eigentlich hin?"

Vor Scham stieg mir das Blut in die Ohren. Es half kein Vertuschen, kein Zurückhalten: In Daniels Nähe war es nicht zu verhindern, dass mir peinliche Dinge passierten oder, dass ich mich eigenartig verhielt, also musste ich lernen über mich selbst zu lachen.

Entschuldigend sagte ich zu Daniel: „Sorry, ich bin heute leider ein wenig verwirrt!"

„Na, solange das nichts mit mir zu tun hat! Komm mit, ich führe dich schon hin."

Oh, und wie es was mit dir zu tun hat!!!

Daniel lief mit mir zurück in das Schulhaus, die Treppe hoch und gerade aus. Mir war noch nie aufgefallen, dass da eine Tür war. Sie war zugekleistert mit Plakaten und Aushängen. Es war keine normale Tür, die zu einem Klassenraum führte. Sie war zweiflügelig und höher als die meisten anderen Türen des Schulgebäudes. Daniel holte einen großen, alten Schlüssel heraus und schloss die Tür auf.

„Wow! Was ist denn das für ein Raum?", fragte ich.

Rechts und links an den Wänden waren alte Gemälde, an der Decke war Stuck. In der Mitte führte eine Treppe, die genauso breit war wie der Raum, zu einer weiteren Tür oder besser zu einem Tor. Vor dem Tor stand ein altes Klavier.

„Das war früher einmal der Eingang der Schule, doch jetzt wird er nur noch von manchen Schülern zum Üben benutzt."

„Und woher hast du den Schlüssel?"

„Aus dem Sekretariat, hier dürfen nur Schüler rein, die in der Oberstufe sind und etwas einstudieren und dabei ihre Ruhe haben wollen. Da geht man einfach ins Sekretariat und fragt nach dem Schlüssel."

„Das ist ja total cool!"

Ich setzte mich auf die Treppe. Er wollte gerade anfangen zu spielen, da klopfte es sanft an die Tür und ein Mädchen mit zotteligen, kurzen blonden Haaren schaute herein.

„Ah, gut dass du da bist Sarah!", sagte Daniel.

Sie war eine zierliche und kleine Person und genauso zierlich und klein klang ihre Stimme, als sie sagte: „Hallo, wollen wir anfangen?"

Ganz kurz sah sie mich an. Vielleicht bildete ich mir das nur ein, aber ich glaubte ein wenig Verachtung in ihrem Blick zu sehen. Dunkle Augen, die mich böse anblitzten? Als sie anfingen zu spielen, war ich sehr erstaunt. Es klang wunderbar und sehr weihnachtlich. Es war überraschend, dass diese kleine Person einer Trompete solche kräftigen Töne entlocken konnte. Allerdings fand ich das etwas zu dominant für die weichen und verspielten Klänge von Daniels Klavierspiel. Sie spielten das Lied zwei, drei Mal, brachen ab und zu ab, gaben sich positive Kritiken oder Verbesserungsvorschläge. Am Ende applaudierte ich und sagte: „Klingt super! Ihr bräuchtet eigentlich gar nicht mehr zu üben und dabei habt ihr noch so viel Zeit."

Sarah packte ziemlich schnell ihren Kram zusammen und ging. Ohne sich umzudrehen sagte sie: „Bis nächste Woche!"

„Die ist irgendwie komisch, oder?", die Bemerkung konnte ich mir nicht verkneifen, als sie weg war.

Daniel lachte. „Irgendwie schon. Fandest du es wirklich so gut?"

„Ja, auf jeden Fall!"

„Ich finde, dass irgendetwas nicht ganz stimmt. Vielleicht würde es besser klingen mit einer Violine oder vielleicht Gesang?"

„Trompete klingt halt sehr – ähm – sehr mächtig?"

„Mh... Lust zu singen?"

„Vergiss es!"

„Ein Versuch war es wert."

Ich setzte mich von dem Tag an oft mit dazu, wenn die zwei zusammen übten. Sarahs Abneigung gegen mich wurde jedes Mal deutlicher. Sie sprach mich nicht ein einziges Mal direkt an, aber ständig murmelte sie irgendetwas wenn sie mich sah, rollte mit den Augen und Ähnliches. Sie war mir eine suspekte Person, die ich nicht einschätzen konnte. Vielleicht glaubte sie, Daniel und ich wären ein Paar und vielleicht war sie ja selbst an ihm interessiert. Das würde zumindest ihr Verhalten mir gegenüber erklären. Allerdings kümmerte mich dieses Mädchen, was sich selbst ziemlich cool zu finden schien, nicht weiter. Ich war nur erleichtert, dass ich wieder normal mit Daniel reden konnte, es war ein wunderbares Gefühl. Ich wusste zwar, dass ich meine Entscheidung nicht mehr allzu lange von mir weg schieben durfte, aber so lange er mich nicht darauf ansprach, sprach ich das Thema auch nicht an.

„Am Freitag ist Halloween, hast du was vor?", fragte mich mein Vater.
„Stella wollte ein wenig feiern."
Hat sie mich eigentlich eingeladen? Ach egal... Daniel geht hin, also geh ich auch! Es kommen sowieso alle möglichen Leute.
„Sind da viele Jungs da?", ich war verwundert diese Worte aus dem Mund meiner Mutter zu hören.
„Seit wann interessiert dich so was?", gab ich barsch zurück.
„Seit meine Tochter in einem gewissen Alter ist."
„Was denn für ein Alter?", als ob ich nicht gewusst hätte, was sie meinte. Ich wollte ihr allerdings die Gelegenheit geben, beschämt um die richtigen Worte zu ringen. Das war zwar leicht sadistisch, aber ich hatte kein Mitleid, wenn es um meine Mutter ging.
„Na ja, in dem man beginnt, sich für das andere Geschlecht zu interessieren."
Bitte! Das geht doch echt mal gar nicht! Ehrlich! Ich habe begonnen mich für das andere Geschlecht zu interessieren, da war ich zwölf.
„Mutter, ich war schon oft auf vielen Partys mit jeder Menge Jungs"
„Ich will doch nur nicht, dass du Dinge tust, die du später vielleicht

bereuen könntest."

Was ist das denn jetzt für eine Aktion?

„Hat dich das schon jemals interessiert? Vielleicht ist es ja schon zu spät und ich hab schon jede Menge Dinge getan, die ich bereue - oder besser: die du bereuen würdest, hättest du sie getan..."

„Nina! Wir essen gerade Abendbrot!", sagte mein Vater streng. Er wusste, dass das nicht ernst gemeint war und wollte nur schlichten. Meine Mutter allerdings starrte mich entgeistert an. Ihr Blick fragte Dinge wie: *„Was hab ich nur falsch gemacht?"* oder so.

„Keine Sorge... ich passe schon auf mich auf. Und ich würde mich nie irgendwie gehen lassen oder mich in Schwierigkeiten bringen."

Zumindest gebe ich mir Mühe.

„Danke Nina, das beruhigt mich."

„Und mich erst", murmelte mein Vater mit vollem Mund, dem die Unterhaltung allem Anschein nach zuwider gewesen war.

Ich schaute mich nach dem Duschen im Spiegel an. Meine Haut war glatt und noch feucht und meine Haare hingen nass und glitschig an meinem Gesicht und Rücken. Ich sah aus wie ein begossener Pudel. Eitel wie ich war, versuchte ich das Schöne an mir zu betrachten. Seltsamerweise gelang es mir nicht, mich hübsch zu finden. Das war mir noch nie passiert. Ich sah nur ein durchschnittliches nasses Mädchen ohne Besonderheiten. Kein Zauber lag in mir und keine Efeuranken wanden sich um den Rahmen des Spiegels. Ich sah nur leere in meinen

Augen. Aber warum? Ich war doch gar nicht leer, ich war dieselbe wie immer. Ich hatte so viele Gedanken und so viele Gefühle, warum strahlte ich das denn nicht aus? Nach einer Weile belächelte ich meine Sorgen. Ich sah aus wie immer. Am Ende schämte ich mich sogar für meine eitlen Gedanken.

Als ich in meinem Bett lag stellte ich fest, dass mir eine Freundin fehlte. Jemand mit dem ich sinnlosen oberflächlichen Mädchenkram bequatschen konnte. Mir fehlte ganz eindeutig Lina. Auch wenn ich wusste, dass sie manchmal ziemlich anstrengend sein konnte. Ich beschloss, mit ihr zu reden. Da fiel mir Stellas Halloweenparty ein und dass ich Lina zum Vorglühen und Verkleiden zu mir einladen könnte.

11 Elend

In dieser Nacht konnte ich gar nicht gut schlafen. Ein Traum quälte mich, der so schlimm und so schrecklich war, wie ich es noch nie erlebt hatte.

Ich bin gefangen in lodernden Flammen. Ich verbrenne. Ich verbrenne in einem leuchtenden weißen Feuer, das komplett um mich herum ist. Ich sehe nichts anderes um mich herum als dieses Feuer, es ist undurchdringlich wie Nebel. Meine Haare kräuseln sich und verglühen, meine Haut bildet Blasen und verkohlt... sie fällt von mir ab. Ich kann nicht schreien, ich kann nicht fliehen. Ich schmelze und zerfalle. Alles von mir, jeder Teil zergeht. Keine Gedanken kann ich mehr denken, ich spüre nur pure Angst und Verzweiflung und Schmerz.

Es war einfach nur schrecklich und der blanke Horror. Schweißgebadet schreckte ich mitten in der Nacht hoch. So einen schlimmen Traum hatte ich nie zuvor. Die Angst lag mir so stark in den Knochen, dass ich begann, mich zusammen zu kauern und zu weinen. So lange, bis ich die Sonne aufgehen sah.

Um sechs quälte ich mich aus dem Bett, um mich für die Schule fertig zu machen. Mir war übel und ich überlegte schon, Zuhause zu bleiben. Doch ich konnte doch nicht einfach schwänzen, nur weil ich schlecht geträumt hatte. An diesem Morgen vermied ich jeden Spiegelkontakt, bis ich bemerkte, dass ich wahrscheinlich ohne Schminke unzumutbar aussah. Und tatsächlich: blass und dunkle Schatten unter den roten, glasigen Augen: Das wandelnde Elend.

Die Schule war eine Tortur. Mein Kopf schmerzte, meine Augen brannten. Im Literaturunterricht schlief ich sogar ein. Zum Glück bemerkte es der Lehrer nicht, da ich ziemlich weit hinten, hinter einem großen, dicken Jungen saß. Nach dieser Stunde ging es mir dann etwas besser, aber den Traum konnte ich einfach nicht vergessen. Es hatte sich alles so real angefühlt.

Trotzdem wollte ich mein Vorhaben, Lina zu mir einzuladen, nicht verschieben. Sie saß beim Mittagessen wie gewöhnlich bei Christian. Ich wusste nicht genau, wie ich das Ganze anfangen sollte. Nach einem tiefen Einatmen setzte ich mich einfach neben sie. Lina war offensichtlich ziemlich überrascht. Sie sah mich an und zog die Augenbrauen hoch.

„Hey", stammelte ich.

„Hey!", sagte sie sehr skeptisch.

„Ich wollte dich fragen, ob du Lust hast, am Freitag zu mir zu kommen?"

„Da ist Stellas Party, das weißt du!?"

„Ja, ich meine vorher, zum Verkleiden und Sekt trinken und quatschen?"

„Mh..."

„Line Bine," ich zerrte sie sanft von ihrem Stuhl ein Stück weiter weg, damit Christian uns nicht hören konnte, „Ich vermiss dich wirklich! Und ich würde mich sehr freuen, wenn wir uns wieder lieb haben könnten!" Ich setzte den größten Dackelblick auf, den ich auf Lager hatte.

„Ich weiß nicht." Ich spürte, dass ich sie eigentlich schon am Haken hatte.

„Ach komm schon! Du musst mir doch erzählen wie es mit dir und Christian so läuft. Das wird bestimmt lustig und dann gehen wir zu Stella und haben noch viel mehr Spaß! Bitte?"

„Ich hab dich ja auch vermisst. War ja auch blöd von mir, so extrem zu reagieren. Außerdem brauch ich jemanden, mit dem ich über Christian und alles reden kann und der nicht davon genervt ist."

Glaubt sie wirklich, ich wäre nicht davon genervt?

„Nina, du musst mir aber versprechen, dass du mir die Wahrheit sagst, warum du mir die ganze Zeit aus dem Weg gegangen bist!"

Scheiße!

„Aber sicher doch!", antwortete ich mit einem mulmigen Gefühl in der Magengrube. Ich musste sie also schon wieder anlügen. Vor allem, was sollte ich ihr bloß erzählen?

Warum kann dieses Mädchen es nicht einfach auf sich beruhen lassen.

Dennoch war ich beruhigt, Lina wieder als Freundin zu wissen.

Ich fand es wirklich erstaunlich, wie schnell man durch ein simples Gespräch vieles wieder in Ordnung bringen konnte.

Den ganzen restlichen Tag fühlte ich mich, trotz der Aussprache mit Lina, immer noch mies.

Daniels Probe schaute ich mir nicht an. Ich war einfach nur froh, nach Hause zu kommen. Der Traum ließ mich einfach nicht los. Um mich abzulenken, wollte ich fernsehen, aber das half kein bisschen. Ich war müde, konnte aber nicht schlafen. Mein Magen war total leer, aber bei jedem Gedanke an Essen wurde mir übel, weil ich die Bilder meiner verbrannten Haut nicht aus dem Kopf bekam. Nach 3 Schmerztabletten gingen zwar wenigstens die Schmerzen weg, aber da ich vorher nichts gegessen hatte wurde mir davon richtig schlecht. Ich rannte mehrmals zur Toilette, um vergeblich in das Klo zu würgen. Mein ganzer Körper schwitzte und trotzdem war meine Haut eiskalt. Ich hätte meine Eltern rufen können. Aber ich hatte Angst vor ihrer Reaktion. Am Ende hätten sie mich noch ins Krankenhaus geschafft und das wollte ich auf keinen Fall. Wenn das nicht besser werden würde, würde ich einen Psychiater brauchen. *Nina die Durchgeknallte!* Ich kauerte mich in meinem Bett zusammen und versuchte einfach, mein Leiden zu überstehen.

Es klopfte an meiner Zimmertür. Ich ließ einen stöhnenden Laut von mir. Mein Vater machte die Tür auf und sagte: „Hey Kleine, es gibt Abendbrot."

„Ich leide!"

„Wie meinst du das, du leidest?"

„Lass mich in meinem Elend liegen und geh!"

„Was ist denn los Schatz? Geht es dir nicht gut? Bist du krank? Brauchst du irgendwas?"

„Ruhe."

„Was hast du denn, du siehst ja furchtbar aus?!"

„Mir geht es einfach nicht so besonders. Hab mir in der Schule den Magen verdorben oder so."

Jedes einzelne Wort quälte mich, meine Kehle drückte und meine Zunge wollte sich zusammenziehen.

„Ach echt! Das ist aber auch ein Fraß, was es in Schulkantinen gibt. In Zukunft nimmst du dir dein Essen nur noch von zu Hause mit!"

„Okay", sagte ich ganz brav.

„Ich bin gleich wieder da und bringe dir einen Tee."

„Das ist lieb, danke."

Ich war immer wieder erstaunt, wie schnell ich meinen Vater von etwas überzeugen konnte. Er war so ein gutherziger Mensch. Manchmal tat es mir ja leid, seine Gutgläubigkeit auszunutzen. Und seit wir umgezogen

143

waren immer mehr. In der Situation, in der ich mich in diesem Moment befand, war es allerdings einfach nur praktisch. Er würde mir den Tee bringen und mich dann einfach in Ruhe lassen und nicht weiter nachfragen. Ich hatte keine Lust, das jemandem zu erzählen. Irgendwie würde ich schon alleine damit zurechtkommen. Immerhin hatte ich doch bloß einen Alptraum und nichts weiter. Mein Körper war nicht verbrannt. Das war alles nicht echt und mir ging es nur so schlecht, weil ich kaum geschlafen hatte, mir der Traum Angst eingejagt und ich auf nüchternen Magen drei Tabletten geschluckt hatte. Zumindest versuchte ich, mir das einzureden. Aber seinen eigenen Tod zu träumen war schon krass.

Mein Vater kam einige Minuten später wieder in mein Zimmer und brachte mir Tee und Zwieback.

„Irgendwas musst du essen. Deine Mutter hat gesagt, Zwieback ist bei so was ganz gut."

„Danke dir! Das ist voll lieb!"

„Gute Besserung meine Kleine! Wenn du was brauchst, dann sag einfach nur Bescheid!"

„Alles klar."

„Du willst morgen bestimmt zu Hause bleiben, oder?"

Früher sofort, klar. Da wäre ich heute schon zu Hause geblieben.

„Mal schauen, wenn es mir morgen früh besser geht, dann geh ich. Aber du kannst mir ja zur Sicherheit schon mal eine Entschuldigung schreiben."

„Das mach ich. Am besten du schläfst jetzt erst mal", und dann war er auch schon wieder weg.

Der hatte gut reden. So wie es mir ging, würde ich nie einschlafen können. Die Übelkeit ging langsam weg, nachdem ich den Tee getrunken und mir zwei Stückchen Zwieback eingezwungen hatte. Aber die Angst davor, einzuschlafen und noch einmal so schrecklich zu träumen, war enorm. Ich ließ die ganze Nacht den Fernseher leise laufen und auch meine Nachttischlampe machte ich nicht aus. Irgendwann schlief ich dann doch ein. Ich schlief ziemlich unruhig und wachte oft auf. Jedes Mal, wenn ich die Augen aufmachte, war ich erleichtert, dass meine Träume sinnloser Mist waren. Am Morgen, als der Wecker klingelte, konnte ich mich nicht einmal mehr daran erinnern, was ich geträumt hatte.

Es ging mir besser.

Trotzdem blieb ich zu Hause und schrieb Lina eine Nachricht, dass ich mir den Magen verdorben hatte, aber wahrscheinlich am nächsten Tag wieder in die Schule kommen würde.

Den Vormittag verbrachte ich damit, auf dem Sofa zu liegen, Zwieback zu essen und Tee zu trinken. Leider musste ich das, um den Schein der Magenverstimmung zu erhalten, obwohl ich einen riesigen Hunger hatte. Es ging also wieder bergauf mit mir und ich hatte mich bloß selbst verrückt gemacht. Ein bisschen zittrig und schwach war ich allerdings. Zwieback war ja nun nicht gerade der Energielieferant, den ich eigentlich gebraucht hätte, um wieder richtig zu Kräften zu kommen. Mittags durfte ich mich dann schon an eine Suppe mit Croutons wagen.

„Schmeckt es dir?", fragte mich meine Mutter auf eine Art und Weise, als würde sie das wirklich interessieren.

„Ja, ziemlich gut!"

„Hast du Lust, dir mit mir nachher einen Film anzusehen?"

Was? Wie? Hab ich was verpasst?

Ich sah sie fragend an und schaute dann Hilfe suchend in der Gegend herum. Mein Vater war nicht da und Max war mir keine mentale Stütze. Mit dieser Situation war ich fürs Erste total überfordert. Das klang so unwirklich. Das passte einfach nicht. Vielleicht war ich ja in einer absonderlichen Parallelwelt gelandet, in der alles so war, wie ich es kannte, nur meine Mutter nicht.

„Ist dir langweilig oder was?", fragte ich.

„Nein, ich wollte nur..."

„Von mir aus! Max, starr mich nicht so an!" Max saß mir gegenüber, seine Blicke gingen mir schon den ganzen Tag auf den Sack. Es war mir immer unangenehm, wenn Max mich so direkt und durchdringend anschaute. Ich hätte gerne gewusst, was er in solchen Momenten dachte. Aber darüber nachzudenken, war sinnlos. Ich wünschte mir, er würde einfach den Mund auf machen und sprechen.

Meine Mutter benahm sich seltsam, Max starrte mich an, ich war „krank". Zum Glück war mein Vater noch normal, auch wenn er, wie so oft mit Job-bedingter Abwesenheit glänzte.

Nach dem Mittag wollte ich meiner Mutter beim Tisch abräumen helfen, doch sie wollte, dass ich mich wieder auf das Sofa lege. Wenn sie nicht meine Mutter gewesen wäre, hätte mich ihre Fürsorge fast gerührt. Ich wusste nicht, was sie damit bezwecken wollte, dass sie auf einmal einen auf „Supermom" machte. Meistens interessierte sie sich überhaupt nicht für mich. Doch sollte ich sie dafür verurteilen? Sie hatte psychische Probleme und versuchte, sie zu überwinden. Vielleicht war der Umzug nach Winnis doch eine gute Idee und die Umgebung tat ihr wirklich gut. Für mich war es komisch, nervig, unglaubwürdig, wenn sie sich wie eine normale Mutter versuchte zu verhalten, aber andererseits sollte ich ihr eine Chance geben. Niemand verändert sich von einem zum anderen Moment von einer Niete zum Hauptgewinn. So weit ich wusste, hatte sie in Winnis noch keinerlei Kontakte geknüpft. Ich konnte ihr ja helfen, sich zu bessern und sich selbst besser zu fühlen. Immerhin war sie meine Mutter. Dennoch konnte ich meine Skepsis ihr gegenüber nicht vollkommen abschalten.

Es war ein sehr seltsames Gefühl, mit meiner Mutter gemeinsam auf dem Sofa zu sitzen.

„So mein Schatz, auf welchen Film hättest du denn Lust?", ihre Stimme klang so ehrlich. Ich hätte schwören können, sie ist gar nicht meine Mutter sondern EINE Mutter.

Hat sie gerade Schatz gesagt???

„Ich weiß nicht genau. Ist mir eigentlich egal!"

„Nein wirklich, such du dir einfach was aus und egal was es ist, ich schaue es mit."

Was soll ich denn da jetzt auswählen? Ich hatte so viele Filme, schöne, langweilige, intellektuelle, oberflächliche, Horrorfilme, Liebesfilme, Kriegsdramen, Actionfilme, Anime, Kinderfilme, alte Filme, neue Filme, Trilogien, Mehrteiler und vor allem Filme mit Johnny Depp. Ich entschied mich für einen Klassiker.

„'Edward mit den Scherenhänden'?"

„Von mir aus gerne, den hab ich schon lange nicht mehr geschaut."

„Wusste gar nicht, dass du ihn schon kennst."

„Ach, was du alles nicht weißt!", sagte sie und lachte. Sie war so fremd, aber ich mochte diese Fremde.

Wir sahen uns den Film an und ab und zu wechselten wir ein paar Worte. Es war ungezwungen und doch seltsam. Das letzte Mal, als ich mit meiner Mutter zusammen einen Film angeschaut hatte, war ich vier oder fünf und das auch nur, weil mein Vater keine Zeit hatte und „Heidi" (nicht der Trickfilm) erst ab sechs freigegeben war. Damals achteten meine Eltern noch darauf, was ich mir ansah. Dass ich mit zwölf anfing, mir die abartigsten Horrorfilme reinzuziehen, bekamen sie gar nicht mit. Und mir war das damals nur recht.

„Morgen gehe ich wieder in die Schule!", sagte ich, als ich die DVD aus dem Player nahm und im Begriff war, in mein Zimmer zu gehen.

„Bist du dir sicher?", fragte meine Mutter.

„Absolut! Mir geht es doch schon wieder prächtig."

„Na gut, wenn du das sagst."

Wir lächelten beide und ich rannte die Treppen hoch, mit einem angenehmen Gefühl im Bauch.

Trotz dass ich nicht viel an diesem Tag zustande gebracht hatte, war ich ziemlich müde. Fernsehen, Internet und das Buch „Rain Song" waren die Beschäftigungen, bis ich beschloss, schlafen zu gehen. Lina hatte mich am Nachmittag angerufen um zu fragen, wie es mir geht. Ich sagte ihr, dass sich mein Magen erholt hatte und ich wieder in die Schule kommen würde.

Das Einschlafen bereitete mir große Mühe. Wenn es ruhig war und das Licht aus, fühlte ich mich sehr unwohl. Das aufkommende Gefühl der Angst wurde immer schlimmer und ich konnte nicht anders, als wieder meine Nachttischlampe brennen zu lassen, damit ich einschlafen konnte. Ich kam mir vor wie ein kleines Kind, mit Angst vor der Dunkelheit.

In der Nacht verfolgte mich mein Alptraum aufs Neue. Zwar in abgeschwächter Form und nicht ganz so realistisch, dennoch ließ er mich schweißgebadet aufschrecken. Ein Blick auf die Uhr verriet mir: Es war um 5 Uhr morgens. Ich beschloss gleich aufzustehen, um nicht nochmal schlafen zu müssen.

Mit einem Glas Wasser und einer Decke hockte ich mich auf mein Sofa und zappte durch die Kanäle. Es lenkte mich ein wenig ab und ich redete mir ein, dass ich in ein paar Tagen wieder normal sein würde.

„Was hast du mit deinen Fingernägeln gemacht? Und, du meine Güte, siehst du blass aus!"

Ich betrachtete die schrecklich deformiert abgekauten Nägel mit Schrecken. Wie konnte es sein, dass ich das nicht bemerkt hatte? *Ich hab doch noch nie an meinen Nägeln gekaut!* Noch vor Monaten wäre mir so etwas nie passiert. *Meine wunderschönen, festen, glänzenden, perfekt gefeilten Fingernägel! Alle ruiniert!*

„Ich hatte eine Magenverstimmung, da kann man nicht viel essen, deswegen sehe ich so scheiße aus", ich grinste Lina an, sie sollte merken, dass das alles nur halb so wild war.

„Das erklärt aber nicht deine Fingernägel. Na ja egal, so wie du aussiehst, brauchst du am Freitag wenigstens kein Kostüm. Du gehst auch so als Zombie durch!"

Na schönen Dank auch!

„Stimmt ja, ich hab noch gar kein Kostüm. Als was gehst du denn?"

„Als sexy Hexi natürlich. Ich hab da eine verdammt geile, schwarze Korsage und Handschuhe und einen kurzen schwarzen Rock mit Schnallen und Nieten, dann noch mega High Heels und eine Netzstumpfhose. Um den Hut muss ich mich noch kümmern, wenn ich keinen finde ist auch egal, dann muss ich mir eben ein paar Plastikspinnen ins Haar kleben."

Wie hatte ich doch dieses schnelle, unbeschwerte Mundwerk vermisst.

Es tat gut, mal wieder so simpel denken zu können.

„Das ist ja mal so was von typisch", lächelte ich, „wen willst du denn damit beeindrucken?"

„Keine Ahnung, alle?! Christian soll doch wissen, was für eine geile Schnecke er als Freundin hat. Und du musst dir auch noch was richtig Gutes einfallen lassen. Stella gibt sich sicher viel viel Mühe mit der Party und sie kann es gar nicht leiden, wenn ihre Gäste das nicht zu schätzen wissen. Also Bettlaken oder eine Gummimaske reichen da nicht."

„Seh ich so aus, als würde ich mir ein Bettlaken überziehen?"

„Also im Moment wäre das vielleicht das Beste, ja!"

Wir lachten beide und für einen kurzen Moment kamen mir Dämonen, Fingernägel, Angst im Dunkeln und das Verbrennen nur noch halb so schlimm vor.

Im Unterricht machte ich mir Gedanken über mein Halloweenkostüm. Es musste etwas Besonderes sein, auf das niemand anderes kommen würde. Etwas Schreckliches, Seltsames oder ganz besonders Originelles. Auf jeden Fall nicht zu übertrieben sexy, denn das hatten sicher 99% aller Mädchen vor. Also musste ich hässlich sein oder zumindest so richtig schön abartig skurril. Im Kopf ging ich meinen Kleiderschrank durch, ob sich etwas Brauchbares darin befand. Ich war sehr gespannt darauf, als was sich Daniel verkleiden würde. Vielleicht stand er aber gar nicht auf Halloween und das war alles total kitschig und kindisch für ihn?

Ich musste ihn einfach unauffällig darauf ansprechen und herausfinden, was er mochte und danach würde ich dann mein Kostüm kreieren. Ich fragte mich, ob er bemerkt hatte, dass ich einen Tag nicht in der Schule war.

Ich traf ihn beim Mittagessen in der Kantine zusammen mit Robert und natürlich auch Stella. Um es mir nicht schon wieder mit Lina zu verscherzen fragte ich sie, ob es in Ordnung sei, wenn ich mich beim Mittagessen zu Daniel setzen würde und nicht zu ihr. Zum Glück hatte sie nichts dagegen.

Als ich mich setzte, murmelte Stella etwas, das klang wie ein stark sarkastisches „Heiß!". Ich ignorierte sie einfach und lies ein freundliches „Hallo" erklingen.

„Nina bist du krank?", sagte Robert sofort.

Na super, ich sah also wirklich extrem beschissen aus.

„Du warst gestern nicht in der Schule oder?", fügte Daniel ernst hinzu. Sein besorgter Gesichtsausdruck bescherte mir ein innerliches Kribbeln in der Brust.

„Ja, ich hatte mir den Magen verdorben. Aber mir geht es schon wieder gut!"

„Das freut mich", sagte Daniel.

„Das freut uns alle wirklich!", meinte Stella, wieder unüberhörbar sarkastisch.

„Was ist eigentlich dein Problem?", fragte ich sie.

Sie zuckte mit den Schultern und ohne ein weiteres Wort verließ sie unseren Tisch. Beim Gehen streifte ihre Hand Daniels Schulter. Sofort stieg in mir eine brennende Wut auf. *So ein blödes Weib!*

„Hab ich was nicht mitbekommen? Warum hasst die mich so?", ich wollte das eigentlich gar nicht laut sagen, aber die Worte polterten einfach aus meinem Mund.

Robert warf Daniel einen bedeutungsschweren Blick zu, den Daniel versuchte zu ignorieren.

„Denk einfach nicht darüber nach. Sie ist einfach so", sagte Daniel. Robert versuchte, sich ein Grinsen zu unterdrücken.

„Also ehrlich, ich will ja nicht zickig werden oder so, aber was soll denn das?"

Es folgte eine peinliche Schweigepause. Die zwei Jungs machten keine Anstalten, daran etwas zu ändern, also beschloss ich zu sagen: „Na ja... egal. Wie sieht es bei euch aus mit dem Halloweenkostüm? Oder geht ihr gar nicht zur Party?"

„Doch doch. Ich habe mir überlegt als James Bond zu gehen, so mit schwarzem Anzug und so", sagte Robert mit einem Grinsen.

„Ich weiß noch nicht, ob ich hingehe. Aber wenn, dann werde ich einfach eine alte Jeans und ein altes T-shirt zerfleddern und als Zombie gehen", meinte Daniel.

„Wieso weißt du nicht, ob du hingehst?"

„Ich weiß nicht, ob ich darauf Lust habe."

„Doch, du hast Lust, da bin ich mir ganz sicher!"

Daniel hob die Augenbrauen: „Ach und warum bist du dir da so sicher?"

„Weil es sicher lustig wird. Und viele Leute da sind…"

„Ach so! Ich hatte gehofft, du wünschst dir, dass ich dabei bin, weil du mich sonst vermissen würdest."

Flirtversuch unter Zeugen! Mit Augenzwinkern.

Er minderte seine Aussage selbst: „Nein! Jetzt mal im Ernst. Ich weiß nicht ob ich Lust auf Stella habe. So wie sie sich momentan verhält, vor allem dir gegenüber, finde ich total zum kotzen. Da weiß ich einfach nicht, ob ich es ertrage auf eine Party zu gehen, die sie nur nutzt, um sich wieder selbst darzustellen."

Na toll! War also doch nur ein Witz! Dennoch hoffte ich, dass ein wenig Wahrheit darin erkannt zu haben.

„Meint ihr, sie hat mich nur eingeladen, um mich irgendwie zu kompromittieren?", fragte ich.

„Bitte was?", platzte es aus Robert heraus.

„Na sie scheint mich ja zu hassen, oder so. Vielleicht will…"

„Nein! Bitte was will sie? Dich kompromhhh…? "

„Mich bloßstellen, mich fertig machen…"

„Rede doch gleich deutsch mit uns! Man!"

„Das glaube ich nicht", kopfschüttelnd schaute Daniel mir tief in die Augen, „sie wird dich vielleicht eingeladen haben, weil sie dich mit ihrer super organisierten Party einschüchtern will oder andere könnten denken, dass sie dich nicht einlädt, weil sie eifersüchtig auf dich ist. Du gehörst nun mal zu den angeseheneren Schülern und sie kann es sich nicht leisten jemanden, der hier Beachtung findet, nicht einzuladen."

„Ah ja!", natürlich wusste ich, dass er recht hatte. Trotz, dass ich noch relativ neu war, hatte ich schon eine gewisse Stellung an der Schule. Die Jungen schauten mir hinterher und die Mädchen teilweise auch. Niemand machte blöde Sprüche über mich, offensichtlich wollte es sich keiner mit mir verscherzen. Ich gehörte von Anfang an in die Schublade der Beliebteren, durch Aussehen, gute schulische Leistungen und Charisma. Und es machte mich zu einem nahbaren Menschen, auch für nicht so beliebte Schüler, dass ich niemandem bis dahin das Gefühl gegeben hatte, auf sie herab geblickt zu haben.

„Hast du schon ein Kostüm?", fragte Robert nach einer Weile.

„Noch nicht. "

12 Halloween

Die Suche nach einer Kostümierung und die Vorbereitung für die Vorparty bei mir nahmen den ganzen Donnerstagnachmittag und Abend in Beschlag. Im Supermarkt kaufte ich ein paar Schmink – Utensilien. *Vielleicht sollte ich mich ganz in Neon-leuchtfarben bemalen und als Dämon in Menschengestalt gehen.* Mit keiner Idee, die ich hatte, war ich hundertprozentig zufrieden. Leichenbraut: Zu aufwendig und zu kurzfristig, denn woher sollte ich an einem Tag ein Brautkleid herbekommen? Vampir, Zombie, Hexe: Alles zu vorhersehbar. *Ich hätte mich wirklich eher mal kümmern sollen.*

„Nina!"

Mein Vater klopfte an die Tür, wartete nicht ab, bis ich „Ja" sagte und trat ein.

„Ich weiß nicht was ich machen soll", ich legte mein Schmollgesicht auf. Wenn ich ganz schlimm bettelte, würde er vielleicht Freitag nach der Schule mit mir in die Stadt fahren und ich konnte mir ein richtig gutes professionelles Kostüm kaufen. Zum bestellen, war es ja nun zu spät.

„Ich hab was für dich, was dir vielleicht weiter hilft, ist vorhin mit der Post gekommen, ich hab es im Internet bestellt."

Er überreichte mir drei kleine Schachteln und ich wusste sofort, was es war.

„Kontaktlinsen!?" *Da hätte ich eigentlich auch mal selber drauf kommen können.*

„Ja, ein Paar in weiß, eins in rot und eins in schwarz. Ich wusste nicht, was dir am besten gefällt, also hab ich es einfach mit diesen versucht."

„Das ist super, Danke!"

„Du bekommst sie aber nur, wenn du versprichst, sie nie in der Öffentlichkeit zu tragen, oder in der Schule oder hier zu Hause oder sonst überhaupt!"

„Aber zu Halloween darf ich sie doch reinmachen oder?", ich grinste über seine Übervorsichtigkeit.

„Dafür sind sie ja da!"

„Danke!"

Schon mal einen Schritt weiter.

Nacheinander probierte ich sie aus. Schwarz war gruselig. Weiß und Rot waren super horrormäßig! Kombiniert war auch nicht schlecht. Sehr cool fand ich auch nur eine Schwarze. Es sah alles klasse aus und ich konnte mich einfach nicht entscheiden. Ich hasste es, Entscheidungen zu treffen. Vor allem, wenn ich unter Stress stand. Dann war schon die Auswahl meiner Schuhe oder des Menüs bei Mc Donalds oder die Wahl der farbigen Kontaktlinsen ein Problem, das mich zum Verzweifeln bringen konnte.

Ich ging ins Bett mit ein paar Ideen im Kopf, die sich mehr und mehr zu einem Ganzen vereinten. Licht aus. Fernseher an und Sleep-timer auf zwei Stunden gestellt. Die Nacht verlief wie gewohnt unruhig. Licht an. Licht aus. Fernseher an. Licht an. Fernseher aus. Toilette. Licht aus. Licht an. Dämmerung. Licht aus. Aufstehen. Erschreckend bei der ganzen Angelegenheit war mein Kopfkissen. Es war übersät mit mehreren kleinen Blutflecken. Als ich mir in die Haare griff bemerkte ich den Schorf an einigen Stellen auf meiner Kopfhaut. *Nägelkauen, Kopfkratzen. Ich werd blöde! Was kommt als nächstes?*

Ich musste das so schnell wie möglich verdrängen, vergessen, damit ich mich auf den Abend und die Party freuen konnte. Ich fühlte mich wie in einem Traum oder einem Film, als wäre alles, was passiert gar nicht wirklich. So als hätte mich jemand als Beobachter von allem mit einem Kran in die Welt gesetzt.

Relativ unkreativ entschied ich meinen Anblick im Spiegel durch besondere Aufmachung zu unterstreichen. Ich sah fertig aus, krank, müde. Ich war eine Leiche! Und da ich keine bessere Idee aufbringen konnte, wurde das mein Halloweenkostüm. Das bedeutete weiße leere Augen, blasse Haut, zerzauste und stumpfe Haare, verblasste Wunden.

Die Schule ging an diesem Tag sehr schnell um. Das einzig Außergewöhnliche war, dass Emily in der Pause auf Lina und mich zukam und uns fragte, ob wir auch zu Stellas Party eingeladen waren.

„Ja, sind wir. Warum?", antwortete ich.

„Ich werde nicht oft zu so etwas eingeladen. Meistens übersehen mich die Leute. Und ich habe mich gefragt, ob ihr mich vielleicht mitnehmen könntet, damit ich nicht so dumm alleine dastehe. Natürlich nur, wenn es euch nichts ausmacht", sagte sie mit einem Lächeln, das mir das Herz erwärmte.

Lina schaute mich mit hochgezogenen Augenbrauen an. Ich grinste und schließlich zuckte sie mit den Schultern.

„Aber klar doch. Wir treffen uns 17 Uhr bei mir zum Kostümieren und Vortrinken", sagte ich.

„Oh! Vielen Dank. Aber Vortrinken? Reicht das nicht auf der Party selbst?"

„Ähm...weiß...nicht...möglich...vielleicht...aber...wir...ähm", Lina stotterte sich durch die nächsten Sekunden. Ich musste Lachen: „Ja, aber wir machen das halt so. Musst du ja nicht, wenn du nicht willst."

Emily schaute verlegen zu Boden: „Schon okay, wenn das euer Ding ist, dann versuch ich das vielleicht auch mal. Hab ich nur noch nie gehört. Bis dann."

Als Emily wieder gegangen war, sagte Lina: „Ach Nina, du bist eindeutig zu gut. Wenn ich deshalb weniger Spaß haben sollte, dann kannst du was erleben!"

Ich stand vor meinem Kleiderschrank und war verzweifelt. Was sollte ich bloß anziehen? Nach ungefähr einer halben Stunde kam ich mir ziemlich dumm vor, dass mir das so wichtig war. Eigentlich hatte ich andere Probleme, als die Kostümierung für eine Halloweenparty.

Ich machte die Augen zu, atmete tief ein und griff blind in den Schrank. Was ich herausholte war ein dunkelblaues Satinkleid mit Spagettiträgern. Ich hatte es erst einmal an und das war auf meiner Abschiedsparty, bevor ich weggezogen war. *Nein! Das kann ich nicht versauen! Oder doch?* Ich wollte eine Leiche sein. *Ach, man kann auch in schönen Kleidern sterben!* Ich zog es an. Schaute in den Spiegel. Das Kleid umschmeichelte perfekt meine Figur, sanft floss es an meinem Körper herunter und endete ein paar Zentimeter unter den Knien. *Umwerfend!*

Es klingelte und ich wurde aus meinen Gedanken gerissen. War es wirklich schon so spät? Emily stand vor der Tür.

„Hi, ich bin zu früh! Das tut mir leid, aber ich wollte auch nicht noch die drei Minuten vor eurer Tür herumschleichen, da wäre ich mir komisch vorgekommen, wie ein Verbrecher. Aber ich war, um ehrlich zu sein, etwas aufgeregt."

Ich schaute im Flur auf die Uhr. Es war wirklich 16.57 Uhr

So lustig und nett wie möglich sagte ich: „Weißt du, dass du ganz schön verrückt bist?"

„Ja, das hör ich öfters", sie grinste liebevoll und nahm mir die scherzhafte Bemerkung nicht übel. Ich begann sie zu mögen.

Lina lies nur eine viertel Stunde auf sich warten. Sie war ziemlich abgehetzt und entschuldigte sich damit, dass sie Streit mit ihrer Mutter gehabt hätte.

„Sie hat mein Kostüm entdeckt und wollte mich absolut nicht weglassen. 'Viel zu aufreizend', sagt sie und das wäre 'zu nuttig' und sie hätte mich doch nicht zu einer 'Schlampe' erzogen. Sie hat mich dann nur gehen gelassen, als ich vor ihren Augen einen längeren Rock und ein anderes Top eingepackt habe. Ich musste ihr versprechen, das anzuziehen. Pah! Denkst du dir so Mutter!", erzählte sie ohne Luft zu holen.

„Beruhige dich erst mal. Wir machen uns jetzt ganz in Ruhe fertig! Okay?", schlug ich vor.

„Ja, das ist gut! Ich bin so stinksauer. Ich meine, ich bin doch keine 12 mehr. Ich zieh an was ich will. Wow! Das Kleid was du anhast sieht ja super aus! Du willst doch aber nicht so heute Abend dahin gehen?!"

„ Ach Line-Bine. Ich bin verzweifelt und brauche dringend eure Hilfe. Weiß echt nicht, was ich anziehen soll."

„Das bekommen wir schon hin!"

Wir lachten und tanzten zu manchen Liedern, die im Radio kamen. Lina zog sich um und ich bemerkte, dass sie wirklich ziemlich nuttig aussah: Schwarze Netzstrumpfhose, schwarze Lederstiefel mit 14 Zentimeter Pfennigabsatz, knall enger Schwarzer Super-Minirock mit silbernen Schnallen an der Seite und eine schwarze Korsage, die ihre Brüste richtig schön quetschte und aus ihrem B-Cup einen optischen D-Cup machte.

Sie zerwuschelte ihre Haare, sodass sie wie frisch ge*piep*t aussah und schminkte sich auch dementsprechend, dann setzte sie sich noch einen schwarzen Hexenhut auf. Der Hut war das Einzige, was half, ihr Kostüm zu erkennen. Ansonsten hätte sie auch gut und gerne eine Bondage-Fetisch-Prostituierte darstellen können. Vielleicht hatte sie ja Angst, Christian zu verlieren und wollte ihm damit zeigen, was sie zu bieten hatte. Obwohl ich mir kaum vorstellen konnte, dass er sie noch nicht nackt gesehen hatte.

Emily war, wie nicht anders zu erwarten, schon etwas gesitteter und verkleidete sich als Waldfee. Das grüne Kleid mit Fransen an allen Enden hatte sie selbst genäht und dazu Flügel gekauft. Ihre Haare schmückte sie mit echtem Efeu. Das Grün ließ ihre roten Haare richtig leuchten. Sie sah phänomenal aus, wirklich wie eine Fee oder eine Elfe.

Ich wurde von den beiden überredet, das blaue Kleid anzulassen. Lina drehte meine Haare mit dem Glätteisen zu schönen großen Korkenzieherlocken und band mir ein schwarzes Satinband hinein. Irgendwie sah ich aus wie eine Puppe.

„Ich hab eine Idee. Wartet mal kurz", sagte ich und rannte in das

Badezimmer.

Die Schminke, die ich mir in das Gesicht klatschte, sah schön schrecklich-schaurig aus. Ich schminkte meine Haut ganz blass und die Augen ganz hell, so dass es aussah, als hätte ich weder Augenbrauen noch Wimpern. Meine Lippen versuchte ich ebenfalls weg zu schminken und lies nur einen kleinen Schlitz übrig, denn ich mit dunkelviolettem Lippenstift betupfte. Danach nahm ich Rot, Braun, Violett und Schwarz und erweiterte meinen Mund auf der linken Seite um vielleicht eineinhalb und rechts um drei oder vier Zentimeter in schiefen nach oben gezogenen Linien. Das hatte ein bisschen was, wie der Joker in Batman. Danach machte ich mir eine weiße Kontaktlinse in das rechte Auge. Und am Ende noch ein wenig Kunstblut ans Auge und den Mund. Ich fand, dass ich wirklich abstoßend aussah und war damit vollkommen zufrieden.

„Ladys, hier kommt die ermordete Abschlussballkönigin!"

Lina und Emily applaudierten und kicherten.

„Hilfe, bist du scheußlich!", sagte Lina stark geschockt, „Was ist mit deinem Auge? Das sieht aus, als wärst du blind."

„Ich hab noch eine weiße, zwei schwarze und zwei rote Kontaktlinsen. Die könnt ihr haben, wenn ihr wollt."

Lina schnappte sich die roten so schnell sie konnte und Emily lehnte dankend ab.

Langsam mussten wir uns auf den Weg zu Stella machen. Emily hatte sich den Abend über prächtig mit uns verstanden.

Der frische Duft der kühlen Herbstluft umwehte uns, als wir das Haus verließen. Den ganzen Weg lachten und tratschten wir. Eigentlich hielt ich mehr den Mund und lauschte dem säuseln der Blätter, den verschwommenen Stimmen der beiden Mädels neben mir und sog die Stimmung tief in mich hinein. Bis ich diesen Dämon sah. Ich erschreckte, als am Straßenrand dieses kugelige Mistvieh auftauchte. Lina rede munter dahin und lief einfach daran vorbei, als wäre da gar nichts. Wie konnte es ihr nicht auffallen? Es war so eine intensive Energie, die davon ausging, dass mir fast schwindelig wurde.

„G-geht ihr schon mal vor, ich komme g-gleich nach", stotterte ich und musste heftig schlucken.

„Wieso, was ist denn?", fragte Lina.

„Ähm... ich muss mal."

„Wir sind doch gleich da"

„Ja, aber das schaff ich nicht mehr. Geht einfach, ich suche mir einen Busch."

„Und wenn dich jemand sieht?"

„Es ist doch dunkel."

Jetzt haut schon ab!

Ich bemerkte, das Emily ganz nervös zu sein schien. Einen kurzen Moment glaubte ich, sie würde zu dem Dämon schielen.

„Komm lieber mit... nicht, dass du dir eine Blasenentzündung holst, bei dieser Kälte!", sagte sie leise, aber hektisch.

Ich schaute auf den Dämon, der mir eine Scheißangst einjagte und schaute dann wieder zu Emily.

„Ich muss das jetzt noch ganz dringend erledigen. Bitte geht doch schon vor!", sagte ich eindringlich zu ihr.

„Ja ok. Los Lina, lass uns gehen. Sollen wir draußen auf dich warten Nina, bevor wir hineingehen?", sagte Emily und ich war ihr sehr dankbar dafür. Im Augenwinkel sah ich das Mistvieh sich bewegen.

„Ja, das könnt ihr machen. Danke."

Widerwillig und verwundert ging Lina mit Emily. Sie konnte sie also auch sehen, diese seltsame rothaarige Waldfee.

Panik stieg in mir auf. Was sollte ich bloß tun? Ich wollte mein Telephone aus der Tasche holen und Daniel anrufen, doch ich kam nicht dazu, denn dieses Ding hüpfte auf mich zu. Mein Gehirn war vor Angst wie gelähmt. Und dann kam mir eine Idee, die ich im Normalzustand, als die blödeste und bescheuertste Idee dieser Welt gehalten hätte: Ich redete auf den Dämon ein.

„Tu mir nichts... bitte bitte tu mir nichts... verschwinde einfach, dann tu ich dir auch nichts!"

Er kam immer näher auf mich zu. Ich geriet in Panik. Es würde mich verbrennen, wie in meinem Traum. Ich würde jämmerlich zu Grunde gehen.

Dieses blöde Ding hüpfte immer Näher und da ich langsam rückwärts ging, landete ich bald mit dem Rücken an einer Hauswand. Dieses Ding kam einfach immer Näher und ich redete weiter auf es ein.

„Bitte geh doch weg. Ich tu dir nichts. Lass mich in Ruhe! Bitte..."

In mir stieg Todesangst auf.

Der Dämon hörte mit seinem beschissenen Tänzchen direkt vor meinem Gesicht auf. Ich stieß einen kurzen hohen Schrei aus und drehte mich zur Seite. Danach rannte ich auf die andere Straßenseite. Der Dämon folgte mir. Ich drehte mich zu allen Seiten, doch nirgends war jemand zu sehen. Warum war ich nicht mit den zwei Mädels schnell verschwunden und hätte so getan, als ob gar nichts gewesen wäre. Oder ich hätte bei der Party Daniel und Robert Bescheid sagen können. *So bescheuert, bescheuert, bescheuert!* Was hätte ich schon tun können, alleine? Und ohne Waffe...

Als ich die Straße entlang rannte, überholte mich der Dämon und da wurde mir bewusst, egal was er vorhatte, wegrennen brauchte ich nicht. Er war auf jeden Fall schneller als ich. Also blieb ich stehen, mit schlotternden Knien. Ich hatte das Gefühl es starre mich an, auch wenn es keine Augen hatte. Ich merkte, wie es mich irgendwie durchbohrte und tief in mich ein zu tauchen schien, auch wenn es nur ganz still vor mir schwebte.

„Lass mich doch bitte in Ruhe!", flüsterte ich.

In diesem Moment schwebte es noch näher auf mich zu. Diese Präsenz war so stark, dass ich glaubte etwas zu hören und etwas zu riechen, aber ich war mir nicht sicher. Waren es Stimmen, Rauschen? War es der Duft von Erde, oder vermodertem Laub oder Verwesung? Ich hatte keine Ahnung ,was ich tun oder denken sollte.

Ich würde verstümmelt werden, da war ich mir sicher. Ich schloss meine

Augen und machte mich auf das Schlimmste gefasst. Nichts passierte. Ich hörte mein Herz pochen und mein Blut rauschte in meinen Ohren. Mein Atem wurde langsam ruhiger und als ich nach einer gefühlten Ewigkeit die Augen wieder auf machte, war der Dämon verschwunden. Alles um mich herum war still... fast schon zu still. Ich verharrte in einer Stellung. Plötzlich erschien der Dämon erneut direkt vor meinem Gesicht, vielleicht war er nur eine Haaresbreite von meiner Nasenspitze entfernt. Wieder schrie ich und stolperte und fiel auf den Boden.

Daniel, wo bist du? Du musst mich doch retten!

Nun schwebte das Ding wieder auf mich zu.

„Bitte verschwinde doch einfach!", flehte ich leise, ohne auch nur daran zu glauben, dass der Dämon mich auf irgendeine Weise verstehen würde. Daraufhin löste das Ding sich einfach in Luft auf. Ich war schockiert. *Auf einmal verpisst du dich?* Nicht, dass ich nicht dankbar dafür gewesen wäre, aber gerechnet hatte ich nicht damit. Noch ein paar Sekunden wartete ich, ob es auch wirklich verschwunden war.

„Jetzt brauch ich einen Schnaps!", sagte ich zu mir selbst und machte mich auf den Weg zu Stella.

Meine Beine waren weich wie Gummi und ich fühlte mich, als wäre ich gerade dem Tod ganz knapp entkommen. Vielleicht war ich das ja auch. Ich zuckte zusammen, als mein Smartphone zu klingeln begann: Lina.

„Mh"

„Nina, wo bleibst du denn? Hast du dir in die Hose gepinkelt?"

Ja, fast. „Bin gleich da. Hol mir bitte schon mal einen Wodka!"

„Wodka was: Cola, Lemon..?"

„Einfach nur Wodka!"

Ich legte auf und sah mich um, ob der Dämon auch wirklich weg war. Nichts war zu sehen. Trotzdem rannte ich den restlichen Weg.

Außer Atem bei Stella angekommen, standen Emily und Lina vor der Tür. Lina hielt mir einen Plastikbecher mit Wodka entgegen und ich war ihr sehr dankbar dafür. Nachdem ich den Becher in einem Zug runtergekippt hatte, fragte Lina: „Ist was passiert?"

Scheiße, schon wieder lügen.

„Ja, ich war pinkeln und dann hab ich so ein komisches Geräusch gehört", ich machte ein paar Fauch- und Knurrlaute, „.. und da hab ich panische Angst bekommen. Und als dann noch diese räudige Katze aus dem Gebüsch kam, mit so einer ekelhafte Maus im Maul, da dachte ich, die hat doch Tollwut oder so. Und dann hat die mich auch noch verfolgt!"

Das ist mir aber schnell eingefallen!

„Und was hat die *Katze* dann gemacht?", fragte Emily, wobei sie das Wort „Katze" ganz deutlich betonte.

„Dann ist das Vieh einfach verschwunden. In einen Busch oder so. Hat mir aber einen riesigen Schrecken eingejagt!", antwortete ich.

Ich würde wohl später noch einmal mit ihr darüber reden müssen. Mich interessierte, ob sie die Dämonen wirklich sehen konnte und ob sie vielleicht sogar etwas darüber wusste. Lina war mit meiner Geschichte voll zufrieden und fragte auch nicht weiter nach.

Wir gingen in Stellas Haus. Alles war mit Spinnweben, Totenköpfen und jede Menge anderer Halloweenkram dekoriert. Schön schaurig sah alles aus. Das Haus war sehr groß und ziemlich teuer eingerichtet. Der Stil war eine Kombination aus modernem und altem Stil. Kronleuchter, hohe Decken, verzierte Holzmöbel, Fließtapeten mit Musteraufdruck, große moderne Glastüren und Fenster. Ich fand es wunderschön. Ich fragte mich, ob ihre Familie wohl mehr Geld hatte als meine.

Die Party fand im Haus und außerhalb statt. Hinter dem Wohnzimmer war eine Terrasse, die in den Garten führte, den ich ja schon von der letzten Stella-Party kannte. Die ganze Zeit hielt ich Ausschau nach Daniel. Ich wollte ihm unbedingt erzählen, was ich erlebt hatte. Als ich ihn am Buffet *(Die hat sich aber Mühe gegeben!)* entdeckte, stand natürlich Stella an seiner Seite. *Wow!* Sie sahen beide toll aus. Daniel hatte einen schwarzen Anzug an (ich steh auf Männer im Anzug), ein weißes Hemd darunter und eine schwarze Krawatte. Seine wunderschönen Haare hatte er zu einem Zopf nach hinten gebunden und in seiner Anzugtasche steckte eine Sonnenbrille. Stella schien aus einem Victoria Frances Gemälde entsprungen zu sein. Sie hatte ein langes Barockkleid in den Farben Schwarz und Rot an, mit langen Ärmeln und Spitze und Korsage und Rüschen. *Wo bekommt man denn so was her?* Es ließ ihre blonden Locken richtig leuchten. An ihrem linken Auge wand sich ein wunderschönes schwarzes Rankentattoo. *So eine Kuh!* Aber sehr überrascht war ich nicht. War ja klar, dass sie sich wieder in den Mittelpunkt drängen wollte. Das einzige Manko war ihre noch leicht geschwollene Nase mit dem kleinen hautfarbenen Pflaster darüber. *Haha!*

Bei ihnen stand Sarah, die sich nicht verkleidet hatte. Nur zwei Teufelshörner zierten ihren Kopf. Gut, dass ich Lina und Emily bei mir hatte, sonst hätte ich mich nicht so ohne weiteres dort hin getraut. Warum, wusste ich gar nicht. Vermutlich, weil die zwei Zicken sich so feindselig mir gegenüber verhielten.

Wir begrüßten uns scheinheilig mit „Küsschen links, Küsschen rechts". Stella entschuldigte sich für ihr Verhalten beim Mittagessen, allerdings nicht sehr glaubwürdig, und lobte mich für meine „kreative Maskerade". Ob das wohl eine verschlagene, böse gemeinte Metapher war? Ein eisiger Wind wehte von Sarah zu mir, sie redete gar nicht mit mir. Daniels Begrüßung taute mich allerdings wieder vollkommen auf und erwärmte mich von meinem Kleinen Zeh bis zur letzten Locke. Er umarmte mich und hielt mich ein paar Sekunden fest. Aber nicht so lange, dass die anderen das bemerkt hätten.

„Ich muss mit dir reden", flüsterte ich in sein Ohr.

Daraufhin nahm er meine Hand und zog mich mit sich. Das wiederum bemerkten die anderen mit Sicherheit und es ließ mich innerlich böse grinsen.

In einer ruhigen Ecke erzählte ich ihm meine Begegnung mit dem Dämon in allen Einzelheiten.

„Seltsam! Aber zum Glück ist dir nichts passiert", sagte er schließlich, „Wer weiß, was diese Dinger denken, oder ob sie es überhaupt tun. Aber du warst viel zu leichtsinnig! Du hättest uns sofort anrufen sollen.

Nina, dir hätte alles mögliche passieren können. Puh... na gut. Wie sieht es denn jetzt eigentlich bei dir aus, hast du dir noch mal Gedanken gemacht?"

„Ja, was das angeht... gib mir bitte Zeit bis Linas Geburtstag! Bis dahin hab ich mich definitiv entschieden okay?"

„So lange noch?"

„Bitte? Es ist für mich echt nicht leicht! Versteh das bitte!"

Daniel kam näher und ich rückte etwas nach hinten. Nicht, dass ich seine Nähe nicht gewollt hätte, aber es war einfach so ein Reflex.

„Wie könnte ich DIR das abschlagen!", sagte er und ich wusste, dass das Thema damit für heute abgehakt war.

„Ich würde dich gerade gerne...", dann hielt er seine Hand hoch, ballte sie zur Faust und ließ sie wieder sinken, „... doch dann würde ich dir dein Gesicht kaputt machen."

Bitte was?!

„Mein Gesicht?"

„Deine Schminke, meine ich", er lachte über sich selbst.

Zahnräder drehten sich und ratterten in meinem Kopf, bis ich endlich begriff. *Oh! Oh! OH! Ach sooo. Diese mächtige Romantik bringt mich gleich um! Ich glaub, mir wird schwindelig...*

Der Abend schien interessant zu werden.

„Ich ähm, ich...", nuschelte ich vollkommen verlegen. Hauptsache er hatte das gemeint, was ich dachte.

„Findest du es nicht seltsam, dass der Dämon hier einfach so aufgetaucht ist? Ich meine, da war kein Müll oder ähnliches? Er war einfach so da?", fragte Daniel, um schnell das Thema zu wechseln. Damit war das Dämonenthema doch noch nicht abgehakt. *Mach den Moment doch nicht kaputt!*

„Ich hab zumindest nichts gesehen."

„Vielleicht ist er deshalb wieder verschwunden. Vielleicht hat er sich zu weit von seinem Ursprungsort entfernt."

„Aber wie war denn das in Maura? So viele und die sind auch nicht einfach verschwunden oder?", mir erschien das Ganze so durcheinander, als ob nichts wirklich stimmen würde, als ob eine neue Erkenntnis eine alte wieder bedeutungslos machen würde.

„Keine Ahnung", Daniel lehnte sich an die Wand und pustete Luft aus der Nase.

„Mach dich nicht so fertig! Heute feiern wir und morgen können wir uns Gedanken machen!", sagte ich beschwichtigend.

„In Ordnung!"

„Nur noch eines: Ich glaube Emily kann sie auch sehen."

„Emily?"

„Die rothaarige Waldfee, die mit mir und Lina gekommen ist."

„Weißt du es oder glaubst du es?"

„Ich glaube, dass ich es weiß. Aber ich werde sie später darauf ansprechen."

Den Hauptteil des Abends verbrachte ich mit Daniel und Robert. Die beiden hatten sich entschieden als „Men in Black" aufzutauchen. Robert meinte, das käme cooler als ein einsamer James Bond und ein uninspirierter Zombie. Stimmte auch irgendwie. Nach einiger Zeit kam Emily zu uns, sie wollte Lina und ihren Christian nicht nerven. Die zwei nervten zusammen allerdings zehnmal so viel, wie es Emily alleine könnte.

Nach einigen alkoholischen Getränken wurden unsere Zungen immer lockerer. Unsere Gespräche wurden philosophischer und unsere Gedanken reichten bis ins Abstrakte. Wir sprachen von Geistern, Engeln, Gott ... Dämonen.

In meinem Rausch platzte es aus mir heraus.

„Du hast es gesehen, stimmt doch?"

Sofort wusste sie, was ich meinte. Aber sie sagte nichts und schielte nur zu Daniel und Robert.

„Keine Sorge", sagte ich, „Die zwei wissen es und sehen sie auch."

Emily stieß einen Seufzer aus. „Danke, ich bin so froh, dass ich endlich mit jemandem darüber reden kann!"

Wir grinsten uns alle an.

„Jetzt gehörst du zu uns", sagte Robert.

Emily schien es noch viel mehr zu bedeuten als uns. Es war offensichtlich, dass sie mit den Tränen kämpfte.

„Ich sehe sie seit ich mich erinnern kann. Meine Eltern dachten, ich fantasiere. Sie haben es immer wieder als Humbug abgetan. Irgendwann erzählte ich niemanden mehr davon. Wie nennt ihr sie? Und was glaubt ihr was sie sind?", fragte sie zögerlich.

So lange schon? Das ist ja krass! Daniel schien begeistert zu sein, es wieder jemandem erzählen zu können: "Das sind Dämonen. Sie entstehen aus dem Müll und dem Unrat, den wir Menschen verursachen. Sie zerstören die Natur. Alles was wir..."

Ich hörte nicht weiter zu und widmete mich dem Beobachten der anderen Halloweengäste. Irgendwie nervte mich das Gespräch. Die erneute Erklärung, die Daniel abgab. „WNSO" hier... „vernichten" da... alles ein Blablabla- Gelaber, bei dem ich irgendwie ein komisches Gefühl hatte. Mir war es unangenehm, dass ich das von Daniel in diesem Moment dachte. Bei seiner ganzen wunderbaren Art und seiner Perfektheit, DAS ging mir tierisch auf die Eierstöcke.

Als er fertig war, stellte Emily noch ein paar Fragen. Ungefähr die gleichen, die ich damals schon gestellt hatte. Doch dann sagte sie etwas, das mich aufhorchen ließ:

„Ich hab aber im Internet mit einem Studenten gechattet, der sie auch sehen kann und der denkt ganz anders darüber"

„Was denkt der denn?", fragte ich neugierig.

„Er heißt Michael und er glaubt, die Dämonen kämen aus der Natur und wollen die Menschheit vernichten. Erst langsam und schleichend – so wie jetzt – und irgendwann kommt dann die Apokalypse."

Einen Moment lang schwiegen wir. Dann sagte ich: „Interessant! Mal ein anderer Gedanke."

„Der hat doch einen Knall", sagte Daniel so leise, dass man es fast nicht hören konnte.

„Mh egal... du kannst dich uns jedenfalls anschließen, Emily. Du kannst mir ja auch mal diesen Michael vorstellen, da kann ich mich mal mit ihm unterhalten und ihm alles erklären", warf Robert schnell ein.

„Das ist eine gute Idee. Wenn er sonst mit niemandem darüber gesprochen hat, kann er die Wahrheit ja auch gar nicht kennen. Ich kann das auch übernehmen", meinte Daniel.

„Ist schon gut! Ich mach das schon", Robert klopfte Daniel bei seinen Worten auf den Rücken.

Ich hatte das dringende Bedürfnis, mich auch einmal mit diesem Michael zu unterhalten.

Später am Abend wurden die Gespräche wieder etwas seichter und leichter. Wir tanzten, lachten, tranken und hatten gemeinsam Spaß. Die Nacht endete herrlich unbeschwert mit einer sehr sehr langen Umarmung.

13 Die Angst

Als ich Zuhause alleine in mein Bett fiel, überkam mich wieder die Angst. Ich konnte nicht einschlafen. Nur der Fernseher verhalf mir zu ein wenig Ruhe, zwischen den Phasen des Übergebens im Bad.

Mittwoch bei Daniels Probe staunte ich nicht schlecht, als ich anstatt Sarah Emily erblickte.

„Was ist denn hier los?", fragte ich verwundert.

„Emily und ich haben uns zur Halloweenparty unterhalten und sie hat mir erzählt, dass sie Violine spielt. Ich habe Sarah gefragt, ob es ihr was ausmacht, wenn wir das mal mit Violine und Klavier ausprobieren. Ich sagte wirklich nur *ausprobieren*. Und da meinte sie, ich könne mir das ganze Lied in den Arsch stecken", meinte Daniel sichtlich amüsiert.

„So ein unfreundliches Mädchen! Kein Benehmen!", sagte ich übertrieben hochnäsig. Emily kicherte.

„Na dann lasst mal hören!", fügte ich hinzu und die zwei legten los.

Das Lied klang auf einmal so weich und romantisch. Die Violine passte viel, viel besser als die laute Trompete. Ich bewunderte, wie leicht Emily ihr Instrument spielte. Es war richtig spannend und beruhigend zuzusehen und zu hören. Nur ein-, zweimal verspielte sie sich und entschuldigte sich damit, dass sie ja nur ein paar Tage zum Üben gehabt hätte. Für mich war es eine Meisterleistung. Die erste Strophe spielte sie die Melodie und Daniel begleitete ganz sanft. In der zweiten Strophe erklang eine wunderbar verspielte und komplizierte Oberstimme aus der Violine und Daniels Spiel war nun kräftiger und er betonte die Melodie. Ich fand das fantastisch und applaudierte so laut ich konnte. Mich überkam große Freude, dass es so einfach gewesen war, Sarah loszuwerden. Nicht, dass ihr Spiel schlecht war, aber die Violine klang bei diesem Lied einfach besser und passte auch besser zu Daniels

Spiel. Die Trompete hätte eher zu einem kirchlichen Weihnachtslied, begleitet von einer Orgel gepasst.

„Wunderbar!", sagte ich. Und Emily bedankte sich für meine Zustimmung.

„Einen Fan haben wir schon mal!", meinte Daniel zu Emily. Ich war mir sicher, er wollte sie auf seine Seite ziehen, hauptsächlich wegen dem Dämonenbekämpfen. Da fiel mir wieder ein, dass ich kaum noch Zeit für meine Entscheidung hatte und da wurde mein Herz ganz schwer. Ich kannte meine Entscheidung schon lange, nur schob ich es raus, mir einzugestehen, dass ich ein Feigling war. Ich hatte keine Wahl, ich konnte es nicht ewig vor mir herschieben. Also nahm ich meinen ganzen Mut zusammen und beschloss, es Daniel noch an diesem Tag mitzuteilen.

„Daniel?"

„Ja, Nina!"

„Kann ich heute Nachmittag mit dir sprechen? Wir könnten ja einen Spaziergang oder so machen."

„Aber sicher doch", er grinste und wusste, worüber ich mit ihm sprechen wollte. Allerdings wäre ihm sicher das Lachen vergangen, wenn er gewusst hätte, wie meine Antwort lauten würde.

Er holte mich von zu Hause ab und wir liefen einen ziemlich verwilderten Weg durch den Wald. Zuerst redete ich über belanglose Dinge, wie die Schule, das Weihnachtskonzert, Stellas Party, Linas Geburtstag (bei diesem Thema fiel mir ein, dass ich noch gar kein Geschenk für sie hatte). Einige Zeit ging diese Ablenkung gut und sogar ich vergaß, warum ich eigentlich mit Daniel unterwegs war. Doch nicht nur unsere Gesprächsthemen lenkten mich ab: Er sah so glänzend aus und roch so wunderbar. Der Klang seiner Stimme umschmeichelte meine Ohren, genau wie sein Klavierspiel. Wie konnte jemand existieren, der so perfekt war. Es gab eine Zeit, in der ich genauso von mir dachte, doch seit ich umgezogen war, war das vorbei. Ich erkannte meine Schwächen und wurde sogar meines großen Selbstvertrauens beraubt. Ich wollte das zwar nicht, aber ich konnte nicht anders, als mir über so viele Dinge Gedanken zu machen, mich in Dinge hineinzusteigern und zu erkennen, dass mir mein oberflächliches Dasein einfach nicht mehr genügte. Ich wollte mehr. Aber was ich nicht wollte war, etwas mit diese Dämonen zu tun haben. Da war ich mir nun endgültig sicher. Und es führte kein Weg darum herum, es endlich zuzugeben. Die Begegnung vor der Halloweenparty hatte in mir eine Angst ausgelöst, die ich einfach nicht überwand.

„Daniel, du weißt sicher, warum ich mit dir reden wollte?!", sagte ich schließlich.

„Wenn du dich uns endlich anschließen willst, um die Welt vor den Dämonen zu schützen, dann ja". Er lächelte so zuckersüß, dass es mir das Herz zerbrach, ihn enttäuschen zu müssen.

Ich schüttelte meinen Kopf und schaute verlegen zu Boden. „Darum geht es, aber das ist es nicht, was ich will."

Er blieb stehen, sagte nichts und wartete, was ich tun würde.

„Daniel, es tut mir leid. Ich kann das nicht. Ich hab so eine Angst vor diesen Dingern. Ich möchte nichts damit zu tun haben."

Daniel starrte mich ungläubig an. „Das ist doch jetzt nur ein Scherz?!"

„Es ist mein Ernst", mir blieben die Worte fast im Hals stecken.

„Aber du siehst sie und wirst sie immer sehen. Du kannst dich ihnen nicht entziehen."

„Ich werde es versuchen. Vielleicht bin ich irgendwann später dazu bereit, zu tun, was ihr tut. Aber nicht jetzt" , eigentlich glaubte ich selbst nicht, was ich sagte.

„Später ist vielleicht zu spät. Jetzt oder nie!", seine Worte wurden drängender, „Ich dachte ehrlich, ich kann auf dich zählen."

„Es tut mir leid."

„Was? Und das war es jetzt? Du wirst sie einfach ignorieren?"

„Ich wüsste nicht, was ich sonst tun sollte."

„Kämpfen!"

„Bitte versteh das! Ich bin zu schwach dazu", meine Stimme wurde leiser.

Seine dafür lauter. „Selbst Stella hat sich uns angeschlossen. Stella! Selbstsüchtig, oberflächlich, ignorant. Das bist du doch nicht und du hast mehr Mumm als sie!"

Ich wollte etwas sagen, doch jetzt hatte ich einen zu großen Kloß im Hals und ich musste aufpassen, dass ich nicht anfing zu weinen. Ich hatte gedacht, es würde einfacher sein, „Nein" zu sagen. Ich schüttelte den Kopf und lief ein Stück. Er blieb stehen und sah mich einfach nur an.

Bitte versteh mich doch und lass uns nach Hause gehen!

„Ich dachte, ich hätte eine Wahl?", die Worte kamen nur zittrig, leise und begleitet von einigen Tränen heraus. Ich wollte nicht schon wieder weinen. Immer musste ich weinen.

„Du triffst die Falsche.", sagte er kühl.

Als er verlegen zu Boden schaute und dann mit weichen Blick zu mir kam, ging mir das Herz auf. Er würde mir doch verzeihen. Schließlich war ich ein eigenständiger Mensch und konnte meine eigenen Entscheidungen treffen, ohne mich bei wem auch immer rechtfertigen zu müssen. Ich wollte, dass er mich in seine Arme schloss und mir sagte, dass alles in Ordnung sei. Tatsächlich nahm er meine Hände in seine und sah mich mit seinen glitzernden silbernen Augen an. Ich war drauf und dran in mich zusammenzufallen.

„Geh noch mal tief in dich und überdenke deine Überlegung, du weißt doch, was richtig und was falsch ist! Die Erde braucht Hilfe und wirklich jede Hilfe zählt. Vielleicht hätte schon ein einziger gereicht, um Stellas Unfall zu vermeiden und vielleicht reicht schon eine einzige, um weitere schlimme Dinge zu verhindern. Gerade nur wer sie sehen kann auch helfen und es ist gar nicht so ein großes Ding. Robert und ich machen das schon einige Zeit und klar, es ist gefährlich. Aber das ist Motorradfahren auch. "

Seine Worte waren wie Nadelstiche in meinen Ohren. Ich riss mich von ihm los. Und versuchte so laut wie möglich mit meiner zittrigen Stimme nicht zu schluchzen: „Ich hab also eine Wahl? Dann lass sie mir auch! Ich kann für mich selbst entscheiden. Und ich sage nein! Ich will das nicht und basta!"

„Bitte! Dann erwarte nicht, dass ich dir zu Hilfe komme, wenn du mal wieder auf einen Dämon triffst und nicht weißt, was du tun sollst!"

„Schön! Ich will deine Hilfe auch gar nicht!" Endlich hatte ich meine Stimme wieder gefunden und sie schallte, ganz ohne Tränen, in voller Stärke.

„Das kann ich nicht glauben! Ich hab nicht erwartet, dass du so bist. Ich hab mich stark in dir getäuscht."

„Anscheinend hast du das! Ich hätte auch gedacht, du wärst verständnisvoller, dabei bist du nur ein unsensibles, stures Arschloch", die Worte polterten aus mir heraus.

„Ich bin unsensibel? Warum? Weil ich nicht verstehe, dass du nicht willst, dass unsere Erde am Leben bleibt? Weil ich nicht verstehe, dass du die Natur und nicht zuletzt die Menschen auf der ganzen Welt nicht retten willst. Hier geht es um Leben und Tod!"

„Eben! Das ist so wichtig, aber ich schaff das nicht, ich kann das nicht. Das ist nicht mein Kampf!"

„Oh! Du bist so ignorant! Es ist also nicht dein Kampf? Dann bitte! Aber heule nicht, wenn alles um dich herum stirbt und zugrunde geht!"

„Du bist so grausam!", sagte ich fast im Flüsterton.

„Nein Nina! Du bist grausam!"

Damit war unsere Unterhaltung beendet. Nie im Leben hätte ich geglaubt, dass es so schlecht laufen würde.

Er ging ohne sich noch einmal umzudrehen und lies mich allein im Wald zurück. Plötzlich wurde es mächtig kalt. Ein paar Mal atmete ich tief ein und wieder aus. Sollte es das jetzt gewesen sein? Daniel hasste mich. Ein wenig glaubte ich sogar, dass er es zurecht tat. Andererseits fand ich sein Verhalten ungerecht. Meine Gefühle wechselten zwischen Schuld, Scham und Zorn. Ich stolperte im Wald hin und her und stieß ab und zu einen wütenden Laut aus. Nach einiger Zeit lief ich zurück.

Als es zu regnen begann, lag ich in meinem Bett ohne Fernsehen, Musik oder Internet. Ich lag nur da und starrte an die Decke. Tausend Gedanken schossen durch meinen Kopf. *Vielleicht hätte ich zuerst mit Robert reden sollen. Das wäre sicher vernünftiger abgelaufen.* Ich konnte mich immer noch umentscheiden. Aber wollte ich das? Ich war mir ja nicht einmal sicher, ob es das Richtige war, die Dämonen zu töten. Das prasselnde Geräusch des Regens beruhigte mich nicht ein bisschen.

Der nächste Tag war schlimm für mich. Gefühlte eintausend Mal lief ich Daniel über den Weg. Er ignorierte mich, ich ignorierte ihn. Roberts Blicke waren freundlich und er sagte mir auch ganz normal „Hallo", als ich ihm im Schulflur begegnete. Zudem schien er sehr verwundert, als ich mich zum Mittagessen lieber zu Lina setzte und nicht zu ihnen, anders als normalerweise. Wahrscheinlich wusste er noch nichts von dem Gespräch am Vortag. War mir nur recht. Trotzdem war mir die ganze Situation total unangenehm. Ich wollte nicht auf Daniel sauer sein und ich wollte erst recht nicht, dass er sauer auf mich war. Es tat mir weh, von ihm gehasst zu werden. Und ich konnte auch mit niemanden darüber sprechen. Lina war mir zu oberflächlich und ihr konnte ich ja auch nichts über die Dämonen erzählen. Emily kannte ich zu wenig und ich glaubte auch nicht, dass sie mir irgendwie hätte helfen können. Stella war im Grunde nicht einmal der Gedanke wert. Dann blieb nur noch Robert und ihm wollte ich es nicht erzählen, weil ich befürchtete, dass er ähnlich reagieren würde. Außerdem war er ein Kerl und was wussten die schon von den Gefühlen eines Mädchens. Nur Daniel hatte mich bisher immer verstanden und konnte mir helfen, aber jetzt nicht mehr. Es war ein Teufelskreis von Hilflosigkeit, der mich umgab. Ich war so leer.

Der folgende Tag verlief genau so und die Nacht war ein Mix aus Streitträumen und wachem Daliegen.

Samstagmorgen fuhr ich mit meinem Vater in die Stadt. Es galt, ein Geburtstagsgeschenk für Lina zu finden und ein neues Outfit war sicher auch eine Möglichkeit mich aufzuheitern. Früher hatte das bei mir und meinen kleinen, eigentlich nichtigen Problemen geholfen.

Die Morgensonne war sehr angenehm. Sie war sanft und erfüllte die Welt mit einem Gefühl des Erwachens. Hier und da fuhren wir durch Nebelstreifen, die über der Erde schwebten. Ein wunderbares

Schauspiel bot sich mir dar, als wir am Rand eines Tals entlangfuhren. Die Anhöhe auf der anderen Seite des Tals war bewachsen von vielen hohen Nadelbäumen. Es standen plötzlich keine Bäume mehr da und ein fetter Nebelstreif schwebte über der Erde. Die Anhöhe musste weiter gehen, denn es standen große Windräder darauf. Man sah allerdings nur die Windräder und darunter den Nebel. Es sah so wunderschön aus, als ob die Windräder in der Luft schwebten, als ob sie auf Wolken gebaut waren. Die sanfte Morgensonne machte alles noch schöner. Dieser Anblick war fantastisch. Am liebsten hätte ich gewollt, dass mein Vater anhält und ich hätte mir dieses Bild noch Stunden angesehen. Ich fragte ihn nicht, aber den Anblick würde ich nicht so schnell vergessen. Außerdem würde der Nebel nicht mehr allzu lange genau so bleiben.

In der Stadt angekommen, war ich auch wieder in der Wirklichkeit zurück und machte mich erst nach einem Geschenk und dann nach einem schönen Outfit auf die Suche. Was man in den Läden von Winnis fand, war nur billiger Schrott.

Für Lina kaufte ich eine witzige Sparbüchse mit Schafen darauf, dazu eine kleine handgeschnitzte Holzfigur eines Elefanten. Eine Geburtstagskarte, eine Flasche Sekt und fertig war Linas Geschenk. Für mich gab es eine neue schwarze Bluse, eine enge Röhrenjeans, eine Jacke, ein Pullover und neue Stiefel für den Herbst und den Winter. Früher war das wenig für mich gewesen, auch wenn Papi einen ordentlichen Preis dafür zahlen musste. Doch an diesem Tag war mir fast egal, ob ich es besaß oder nicht. Die ganze Zeit konnte ich nur an

Daniel denken und mir ging es elend dabei.

Auf dem Heimweg, fragte mein Vater mich, ob alles in Ordnung mit mir sei.

„Natürlich, wieso nicht?"

„Du warst heute so ruhig und alles ging so schnell."

„Tja, das Landleben hat mich sparsam gemacht."

Er lachte. Noch nie hatte mich mein Vater mit langen nervigen Frageattacken belästigt. Für diese Eigenschaft war ich ihm immer wieder aufs Neue dankbar. Wenn ich mit ihm reden wollte, dann tat ich das von mir aus. Das wusste er.

Die Party war nicht besonders toll, zumindest nicht für mich. Ich saß nur am Tisch und nippte ab und zu an meinem Bier. Entweder man bemerkte meine Teilnahmslosigkeit nicht, oder ignorierte sie. Das war mir nur recht, denn ich hatte keine Lust auf irgendeine Unterhaltung, egal mit wem. Lina setzte sich ein- oder zweimal zu mir, fragte, ob ich was bräuchte. Ich sagte nur, dass ich mich schon melden würde und dass ich es lustig fände, alle zu beobachten. Ich war mir sicher, dass sie mir das ein wenig übel nahm. Ehrlich gesagt bekam ich nichts mit von dem, was die anderen Gäste taten. Ich starrte bloß ins Leere und versuchte, an gar nichts zu denken.

Irgendwann musste ich dann doch einmal aufstehen und auf die Toilette gehen. Auf dem Rückweg sah ich Christian allein im Flur an der Wand lehnen.

„Küss mich!", bei seinen Worten schnürte sich etwas im meinem Magen zusammen und das nicht nur, weil sein Atem nach Bier und Schnaps und Gras stank und zwar richtig übel, sondern auch wegen der widerlichen Betonung seiner Worte. Mit Sicherheit war er total bekifft. Er widerte mich einfach nur an.

„Nein! Sicher nicht!", auf so einen Mist hatte ich ja nun überhaupt keinen Bock. Es wäre besser gewesen, wenn ich zu Hause geblieben wäre.

„Nina, ich will dich!", er lallte furchtbar.

„Bäh! Du bist mit Lina zusammen, nicht mit mir! Denk doch mal nach!"

„Ach Lina...ja...ne... sei doch nicht so... ich weiß doch, dass du das auch willst!"

Das konnte ich mir nicht länger antun. In diesem Moment war das das Letzte, was ich gebrauchen konnte.

„Ich muss weg", sagte ich mehr zu mir selbst, als zu diesem Saftsack.

Ich ging, ließ ihn einfach stehen, ging hinein und setzte mich neben Robert an den Tisch. Ich versuchte Christians scheußliche Anmachversuche zu verdrängen, doch das funktionierte nicht richtig. Ich fragte Robert, ob ich mit ihm mal reden könne. Wir gingen wieder nach draußen. Auf dem Gang sah ich Christian mit Lina reden. Sie sah blass und traurig aus. Ich lief schnell vorbei und versuchte nicht hin zu sehen. Draußen zündete ich mir erst einmal eine Zigarette an.

„Ist irgendwas, Nina? Du siehst irgendwie fertig aus. Du bist schon den ganzen Abend nicht gut drauf, stimmt´s? Du bist auch schon in der

Schule so gewesen, oder?"

„Ach keine Ahnung. Ich brauchte einfach frische Luft."

„Mh."

„Kannst du mir mal verraten, warum es so dämliche Menschen gibt?"

„Menschen wie...?"

„Christian zum Beispiel: Macht sich an andere Weiber ran auf der Geburtstagsfeier seiner Freundin. Meinst du, ich sollte es Lina sagen?"

„An wen hat er sich ran gemacht?"

„An mich, aber wenn er das bei mir macht, wer weiß mit wem noch. Vor allem will ich nicht wissen, welches Weib sich vielleicht auch schon darauf eingelassen haben könnte."

„Ich weiß nicht. Ich denke ich würde ihr das schon sagen."

„Okay", wie sollte ich ihr das nur sagen?

Er sah mich ungläubig an.

„Ist das dein einziges Problem?"

„Daniel...", ich schaute auf den Boden.

„Was ist mit ihm?"

„Ach keine Ahnung ich weiß nicht so richtig, ist ja auch egal. Ich glaub, ich geh heim. Ich hab keine Lust mehr."

Robert legte seinen Arm um meine Schultern.

„Bist du dir sicher, dass du nicht wieder mit zurück willst?", Robert sah mich an.

„Am liebsten würde ich jetzt schon im Bett liegen." Ich wollte nicht wieder zurück, ich wollte aber auch nicht die ganze Zeit am Straßenrand hocken bleiben. Ich holte mein Smartphone aus der Jackentasche um zu schauen, wie spät es war: Gerade mal 22:15 Uhr.

„Soll ich dich nach Hause bringen?", es war echt lieb von ihm, mir das anzubieten.

„Nein danke!", sagte ich, „Ich schaff das schon alleine."

Wir gingen zurück. Nachdem ich meine Tasche geholt hatte, wollte ich eigentlich gleich verschwinden, aber das Schicksal machte mir einen Strich durch die Rechnung. Lina stand draußen alleine. Ich wollte ihr nur schnell ‚Tschüss' sagen. Doch daraus wurde nichts.

„Ich hab es gehört: vorhin. Dich und Christian. Es ist okay. Ich weiß, es ist nicht deine Schuld", sie redete sehr leise und sie weinte. *Sie weiß es!* Sie tat mir ziemlich Leid.

„Lina, ich..."

„Er ist so ein Arsch!"

Ich fühlte mich so schlecht. Was konnte ich in so einer Situation sagen außer: „Ich weiß..." Ich wollte sie trösten, aber ich wusste nicht wie.

„Ich wollte jetzt eigentlich heim gehen, aber ich kann auch noch bleiben, wenn du willst!"

„Ich hab kein Bock mehr Geburtstag zu feiern!"

„Wenn du reden willst, ich bin da!"

Sie umarmte mich und wir gingen mit einer Flasche Sekt und einer Flasche Wodka in ihr Zimmer. Sie weinte, ich hörte zu, sie schimpfte über Christian und schwor ihn abzuschießen, ich hörte zu, wir tranken. Sie weinte, ich weinte, der Alkohol lockerte meine Zunge und ich erzählte ihr, dass Daniel und ich uns gestritten hatten und dass ich mich so hilflos fühlte. Wir tranken und schimpften über die Männer und tranken und weinten weiter. Nach der ganzen Flasche Sekt und der halben Flasche Wodka (wovon Lina um Einiges mehr getrunken hatte als ich) beschlossen wir, wieder zur Party zurück zukehren.

Niemand hatte uns wirklich vermisst. Alle waren ziemlich mit sich selbst beschäftigt. Robert sah verwundert aus, als er bemerkte, dass ich immer noch da war. Ich winkte ihm zu und gab ihm somit zu verstehen, dass alles relativ in Ordnung war. Doch als ich sah, wie prächtig sich Daniel und Stella verstanden, unterhielten, lachten und sich zu allem Übel noch Sarah dazugesellte, wusste ich: Ich musste wirklich weg! Wie die zwei ihn anschmachteten und umgarnten, war einfach nur abstoßend. *Bin ich eifersüchtig?* Er schnappte meinen Blick auf und ein mächtiger starkstromartiger Blitz durchfuhr meine Brust. In meinem berauschten Zustand stolperte ich ohne Sinn und Verstand aus dem Haus.

Christian stand vor Linas Haus auf der Straße und wusste scheinbar so gut wie nichts mehr mit sich anzufangen.

„Du bist ja immer noch da, du Arsch!", schrie ich ihn an, „Verpiss dich, du wurdest offiziell ausgeladen!"

Er murmelte irgendeinen unverständlichen Mist und kam dann wankender Weise auf mich zu. Ich hätte ganz gemütlich gehen können und er wäre mir nicht hinterher gekommen, aber irgendetwas in mir fing an zu rennen.

Ich rannte. Ich rannte einfach. Immer weiter die Straße entlang. Ich rannte so lange, bis ich keine Luft mehr bekam und dann legte ich mich auf den Rücken (der Alkohol zeigte seine Wirkung), fing an zu schluchzen und zu flennen, wie ein kleines Kind, ein abartig peinlicher Gefühlsausbruch.

Warum störte mich das so sehr? Sie redeten doch bloß. Ich redete doch genauso mit Robert.

So eine blöde Scheiße...

Ich hätte einfach zu Hause bleiben sollen.

14 Eine Einheit

Mein Telefon klingelte, doch ich wollte nicht ran gehen. Ich lag da und dachte nichts, keine Ahnung wie lange. Irgendwann setzte ich mich hin und zündete mir eine Zigarette an. Mein Handy klingelte erneut.

„Ja!"

„Nina, wo bist du? Wir machen uns Sorgen!", es war Daniel. *Sorgen? Er macht sich Sorgen um mich?* Wo er mich doch erst so beschimpft hatte, dachte ich, ich wäre ihm egal. Er aber machte sich Sorgen um mich? Mein Herz fing an, schneller zu schlagen.

„Irgendwo der Nähe vom Spielplatz glaube ich, aber macht euch bitte keine Sorgen, ich bin sowieso auf dem Heimweg."

„Nein bitte warte! Ich komm hin, bin gleich da."

„Du musst nicht..."

Er unterbrach mich: „Keine Widerrede! Bis gleich."

Ein paar Minuten später kam er angelaufen.

„Hey Nina!"

Es fühlte sich so gut an, als er mich umarmte. „Wie geht es Lina?", schluchzte ich in seine Schulter hinein.

„Robert hat mir erzählt, was passiert ist. Nimmt dich das so mit?"

Ich riss mich von ihm los.

„Bist du denn nur dumm, es ist deinetwegen!"

Er schwieg einen Moment, kam einen Schritt auf mich zu und nahm mich langsam wieder in den Arm.

„Es tut mir so leid, das war nicht meine Absicht. Ich hatte nur nicht damit gerechnet, dass du 'nein' sagst. Ich hab doch auf dich gezählt", sagte er schließlich.

„Und jetzt ist alles wieder gut, oder was? Ich dachte du bist total sauer auf mich?"

„Ich war dumm. Ich war mir nur so sicher, was dich angeht. Deine Antwort hat mich einfach überrascht."

„Gibt es denn für dich nichts anderes als diese Dämonenscheiße!?"

„Natürlich gibt es das!", er schaute in die Dunkelheit des Himmels, „Ich muss lernen, nicht mehr so verbissen zu sein! Sie haben meinen Freunden meiner Familie und mir weh getan und ich habe Angst, dass sie auch dir weh tun könnten! Ich will, dass du dich wehren kannst", er sah mich intensiv an, „Ich weiß es ist dunkel, aber ich würde dir gern was zeigen, so als Wiedergutmachung."

„Aber was..."

„Nina, es tut mir leid, ich glaube, ich habe deine Absage zu sehr auf mich bezogen."

„Wie meinst du das?"

„Ich hatte das Gefühl, dein 'Nein' galt mir."

„Dir?"

Er fasste meine Hand. Wir liefen in den Wald, der sich hinter dem Spielplatz befand. Immer tiefer und tiefer hinein. Wir folgten keinem Weg und für mich sahen alle Bäume gleich aus, doch irgendwie wusste er ganz genau wo er hin wollte. Über Wurzeln und Steine, über Moos und Reisig, über Laub und Erde. Den ganzen Weg lang sprachen wir kein einziges Wort. Das wäre auch völlig überflüssig gewesen. Meine Augen konnte ich nicht eine Sekunde von ihm abwenden. Nie wieder wollte ich ihn loslassen. Nie wieder.

Der Mond, der durch die Bäume ab und zu ein paar Lichtstrahlen sendete, ließ seine Haare silbrig glänzen. Sein Duft war warm und weich. Am liebsten hätte ich diesen Moment eingefroren, um ihn immer und immer wieder erleben zu können. Mit ihm laufen und darauf warten, was kommen wird. Es war mir sogar egal. Es war mir egal, was noch passieren würde, solange er nur bei mir war und ich bei ihm. Ich fing an zu zittern, aber mir war nicht kalt und auch der sanfte Wind war nicht der Auslöser dafür. Wie er mich berührte, das war der Grund. Dieses Zittern

191

war kaum beschreibbar. Es kam von meinem tiefen Inneren, aus meiner Brust heraus. Freude, Aufregung, Begeisterung über das, was ich in diesen Moment erlebte und zugleich auch die Angst, dass alles viel zu schnell enden würde.

Plötzlich blieb er stehen.

„Wir sind da!"

Ich trat einen Schritt vor und sah diesen wundervollen Ort. Ein kleiner See inmitten einer kleinen Lichtung. Nebel schwebte flach über der Wasseroberfläche. Der runde Mond und die Bäume rings um den See spiegelten sich darin. Wir zwei standen auf dem einzigen kleinen Fleckchen ohne Wasser und ohne Bäume.

„Es ist wunderschön hier!", flüsterte ich.

Ich trat noch einen Schritt zum Wasser hin und sah, wie viele große und kleine Baumwurzeln vom Ufer in den See ragten. Der ganze bisherige Abend war ab diesem Moment vollkommen vergessen.

Als ich mich herunter beugte, um meine Hand in das Wasser zu halten, durchzog mich urplötzlich eine Gewissheit und sie erschlug mich fast. Ich begriff, warum Menschen an Gott glaubten. Ich begriff, dass es einfach mehr geben musste als nur das, was man sieht.

Die Liebe ist das schönste Gefühl der Welt. Sie stellt keine Fragen, man kann sie nicht kontrollieren.

Wenn man jemand von ganzem Herzen liebt, dann gibt es kein Umkehren, kein Zurück.

Woher ich das wusste?

Ich liebte.

„Ist irgendetwas?", seine Stimme klang so süß. Ich zog meine Hand zurück, stand auf und drehte mich zu ihm.

„Wie meinst du das?"

„Es sah so aus, als hätte dich etwas erschreckt."

Ich schüttelte den Kopf und trat ganz nah an ihn heran und versuchte, meine Worte so cool wie möglich klingen zu lassen: „Ich will nur nicht, dass diese Nacht irgendwann zu Ende geht. Ich weiß, was du von mir hältst. Ich bin eine naive, verwöhnte, egoistische Göre. Doch du zeigst mir diesen wundervollen Ort sicher nicht einfach so, oder doch? Nein, eigentlich weiß ich gar nicht, wie du von mir denkst", ich wurde immer nervöser und bald fing meine Stimme an zu zittern, „Aber ich möchte es wissen. Bitte sag mir ... wie ... was..."

„Warum ist dir denn so wichtig, was andere von dir halten?"

„Du verstehst das nicht. Es ist mir nicht wichtig, was andere von mir halten. Es ist mir wichtig, was du von mir hältst."

Ich senkte meinen Blick.

„Nina, du bist einfach unvergleichlich."

„Machst du dich über mich lustig?"

„Nein, ganz im Gegenteil."

„Also was ist nun? Stell mich doch nicht so auf die Folter! Was hältst du von mir, was willst du von mir? Bin ich nur eine Freundin für dich oder... Was bin ich in deinen Augen?"

„Wenn diese Frage ernst gemeint ist, dann musst du wirklich blind sein!"

Er legte seinen Arm um meine Hüfte. Mit der anderen Hand fuhr er über meine Wange in meine Haare und zog mich ganz nah an sich heran. *Es bedarf keiner weiteren Worte.*

Unsere Lippen berührten sich. Sanft und zart. Dann immer leidenschaftlicher. Er roch so unwiderstehlich. Meine Gedanken wurden schneller, wilder. Ich wollte mich nicht mehr zusammenreißen, ich wollte nur noch ihn. Jeder Grashalm unter uns schien sich mit uns zu verbinden, die Insekten wichen nicht zurück. Es schien sich alles Natürliche mit uns zu vereinen. Um uns säuselte der Wind, als wären wir jener Nebel, welchen er wiegen und bewegen konnte. Doch wir standen an unserem Ort vereint, verwurzelt, aufgenommen in die Gattung der Bäume. Und trotz aller Widersprüche dieser Formulierungen, gab es nichts Widersprüchliches. Wir waren Teil dieses Ganzen. Eine Einheit.

Das war unsere Welt. Wir zwei waren zusammen und unsere Welt war um, mit und in uns.

Dieser wunderbare Kuss verlangsamte die Zeit. Trotzdem verging sie viel zu schnell.

Sich langsam aus unserer innigen Umarmung lösend, flüsterte er in mein Ohr: „Ich hab nachgedacht und ich muss deine Entscheidung akzeptieren."

Das war es, was ich eigentlich hören wollte. Aber etwas war passiert. Meine Entscheidung änderte sich augenblicklich.

Ich lächelte, „Ich muss diese Verantwortung übernehmen. Du hast gesagt, es gibt nicht viele wie uns. Ich werde euch helfen, die Dämonen zu vernichten." Als mein Kopf seine Brust sanft berührte, konnte ich seinen Herzschlag spüren.

Die Blätter waren fast nur noch Matsch und ihre Tuscheleien waren kaum noch zu hören. Dennoch hatte ich nicht das Gefühl, sie wären traurig über ihren baldigen Tod. Würden sie wirklich sterben müssen? Ich hatte schon mehrere Herbste in Winter übergehen sehen und immer wenn der Frühling kam, waren die Gefallenen verschwunden. Aber waren sie wirklich tot? In ihren Gefühlen lag keine Verzweiflung oder Angst, nur ein leichtes Bedauern, dass sie nun nicht mehr an den hohen Bäumen hängen oder im Wind tanzen konnten. Sie starben gar nicht, sie wurden einfach nur zu Erde, gehörten nun einem anderen Element an und nicht mehr der Luft. Ein neues Kapitel nach ihrem vorherigen Leben. Ein weiteres Leben? Ich konnte sie nicht wirklich verstehen oder fühlen, was sie fühlten. Nicht direkt zumindest. Aber das war es, was ich denken musste, wenn ich sie ansah.

Die erste Zeit, wenn man verliebt ist, vergeht wie im Flug und alles ist schön, wie ein wunderbarer Traum. Man geht auf Wolken und alle Probleme scheinen gelöst.
Dämonen ließen sich schon wochenlang nicht mehr blicken. Meine schlaflosen Nächte empfand ich nur noch als halb so schlimm. Wenn ich bei Daniel schlief, oder er bei mir, konnte ich sogar traumlos

durchschlafen. Stella redete nicht mehr mit mir, aber das war mir egal. Ich wurde beneidet und gehasst, bewundert und geächtet, denn ich war mit Daniel zusammen. Daniel war mein Freund und ich seine Freundin. Wir waren ein Paar. Er war der traumhafteste Freund der Welt und ich war das glücklichste Mädchen. Die Tage waren aufregend. Die Nächte waren bedeutungsvoll.

Emily redete oft von Michael und seiner Theorie. Immer wenn Daniel etwas sagen wollte, erinnerte ich ihn mit einem bestimmten Blick daran, dass jeder ein Recht auf seine Meinung hatte. Er akzeptierte das und sagte nichts dazu. Auch wenn ich wusste, wie sehr ihn das störte. Er bemühte sich so für mich, dass ich immer wieder glaubte, ihn nicht verdient zu haben. Trotzdem gehörte er mir und ich gehörte ihm.

Eines kühlen Nachmittags saßen Daniel und ich in meinem Zimmer. Er hatte seine Gitarre mitgebracht und spielte ein wenig darauf. *Ja, auch Gitarre... er ist ein Rockstar!* Ich saß mit meinem Laptop auf dem Bett und googelte ein wenig herum. Selbst die alltäglichen Dinge, die man so macht, sind schöner, wenn man sie zu zweit macht oder zumindest nebeneinander.

Irgendwie kam mir die Idee, mich weiter über die Dämonen zu informieren. Ich überlegte mir, dass es mit Sicherheit auch Menschen gab, die sie sahen und gar nichts mit ihnen anzufangen wussten. Vielleicht gab es Foren, in denen man über die Leucht-Viecher diskutierte. Mit Sicherheit musste es so was geben. Emily hatte Michael ja schließlich auch durch das Internet kennen gelernt. Ich gab „Leuchtende Kreatur" ein und stieß auf Berichte über genmanipulierte leuchtende Kaninchen, leuchtende Spielzeugtiere, Unterwassertiere und Fantasygeschichten.

Ein Wikipediaeintrag über den „Cthulhu-Mythos" lies mich aber aufmerken:

„Der Cthulhu-Mythos umfasst die vom amerikanischen Schriftsteller H. P. Lovecraft und anderen Autoren der Horrorliteratur erdachten Personen, Orte, Wesenheiten und Geschichten. Bekanntester Bestandteil dieses Mythos ist das ebenfalls fiktive Buch Necronomicon, in dem die interstellaren Wesenheiten mit übernatürlichen Kräften genauestens beschrieben sind. Diese Wesen werden von Lovecraft als die „Alten" oder die „Großen Alten" bezeichnet. Sie stammen aus weit entfernten Teilen der Galaxis oder sogar des Universums und unterliegen keinen uns bekannten Naturgesetzen. Nach menschlichen Maßstäben verfügen sie über eine gottgleiche Macht und scheinen unsterblich zu sein. [...]

Cthulhu ist ein vor mehreren hundert Millionen Jahren auf die Erde gekommenes Wesen von großer Macht, das nach der Interpretation von August Derleth durch einen Fluch in der versunkenen Stadt R'lyeh im Pazifischen Ozean in todesähnlichem Schlaf gefangengehalten wird. Den mythologischen Quellen zufolge wird er wieder auferstehen, wenn die Sterne richtig stehen, um erneut seine Schreckensherrschaft über die Erde auszuüben, was letztendlich den Tod allen Lebens auf der Erde bedeuten würde."[1]

Dabei stieß ich auf den Begriff des „leuchtenden Trapezoeder". Was ein Trapezoeder war, wusste ich, das war eine geometrische Figur: Ähnlich wie ein Würfel ist es von mehreren viereckigen Flächen begrenzt, diese können beliebig viele sein und auch schief (also Trapeze). Nach dem Schriftsteller H. P. Lovecraft ist es das „Fenster nach Raum und Zeit". Etwas, das tief im Ozean von irgendwelchen Kreaturen bewacht wurde. Dann wurde es von einem Fischer gefunden, in einen Tempel gebracht, der von Priestern und Pharaonen später zerstört wurde. Danach stieß irgendein Archäologe darauf und es wurde zum Fluch der Menschheit. So verstand ich den Eintrag auf der Internetseite physiologus.de zumindest.

Vielleicht war dieser Schriftsteller ein Mann, der die Dämonen sehen konnte, und sie in seinen Geschichten verarbeitete? Oder es war nur ausgedacht. Ich wusste es nicht, aber der Gedanke, dass die Dämonen womöglich aus dem Weltraum kamen, war auch ein interessanter Gedanke. Meiner Meinung nach war jede Idee es wert, darüber nachzudenken. Daniel sagte ich noch nichts darüber. Zunächst musste

1   Wikipedia [Stand 2019] URL: https://de.wikipedia.org/wiki/Cthulhu-Mythos

ich diese Idee ausbauen. Andererseits bot sich möglicherweise in naher Zukunft die Gelegenheit, den Gedanken einfach mal so in die Runde zu werfen.

Am Abend schauten Daniel, Robert und ich den Film „28 Days later" und eine neue Theorie nistete sich in meinem Kopf ein. Was, wenn die Dämonen aus einem von Menschen gemachten missglückten Experiment entstanden waren? Aus irgendeinem Grund wollten Wissenschaftler irgendwas erfinden oder testen und das Resultat waren ätzende leuchtende Kreaturen. Etwas, das sie nicht mehr kontrollieren konnten, da diese erschienen und verschwanden, wie es ihnen lustig war. Ich wusste, dass meine Gedanken sehr ungenau und ungeordnet waren. Aber warum sich auf etwas verlassen, was nicht hundertprozentig sicher war, warum nicht neue Ideen sammeln? Das war so eine Art Dämonen- Brainstorming.

Ich stellte ihnen meine zwei Ideen vor und natürlich wurde alles sofort von Daniel als lächerlich abgetan und entkräftet. Robert hingegen schien interessiert und fand das gar nicht so dumm.

„Klar hat die WNSO Experimente gemacht, aber sicher sind sie sich nicht, wo die Dämonen herkommen", sagte Robert, „Dein Vater, Daniel, hat uns zwar immer wieder versichert, die Dämonen würden die Natur zerstören, deshalb müssen wir sie zerstören, aber das beweist in keinster Weise, wo die herkommen."

„Na doch! Die WNSO hat gesagt, dass sich die Dämonen aus dem Müll und den Schadstoffen der Menschen gebildet haben und fertig. Mir ist egal was Emily und ihr Studentenclown sich da zusammen gesponnen haben, aber ihr müsst euch davon nicht auch noch anstecken lassen. Ehrlich!", Daniels Ton klang hart.

„Man wird doch mal darüber diskutieren dürfen! Außerdem versteh ich den ganzen Quatsch nicht und deshalb kann ich auch nur das glauben, was ich sehe. Die Fakten sind doch nur: Sie existieren, sie können Wunden zufügen, sie erscheinen und verschwinden. Alles andere ist für mich reine Spekulation. Es ist nicht so, als wäre das Zauberei. Eine Erklärung muss es geben. Logik, Zusammenhänge, wobei ich selbst Aliens als logisch anerkennen würde. Aber wir sind nicht bei Harry Potter, wo alles einfach magisch ist und Zauberei einfach irgendwie funktioniert. Und wenn es so ist, dass die Dämonen aus Müll oder so entstehen, dann muss es dafür auch logische Beweise geben! Oder nicht? Das muss man doch testen und wissenschaftlich belegen können?", sagte ich und war stolz auf meine zusammenhängende Logik und freute mich innerlich, dass ich beim Reden nicht einmal gestottert hatte.

„Moment! Nichts gegen Harry Potter, Nina! Ich warte heute noch auf den Brief, den mir eine Eule bringt. Ich weiß, die wollen mich in Hogwarts und haben nur vergessen, den Brief abzuschicken", scherzte Robert.

Ich musste laut los lachen, aber Daniel nicht. Er starrte uns ernst und angespannt an.

„Die Eule liegt irgendwo tot im Wald, Robert!", sagte ich schnell, „Na ja, ihr wisst zumindest was ich meine!"

„Ich bin ganz deiner Meinung! Aber bis es so weit ist, können wir sie ja trotzdem nicht schalten und walten lassen, wie sie wollen." Wahrscheinlich wollte Robert mir, aber gleichzeitig auch Daniel beipflichten und zog jetzt diesen Bogen.

„Denkt was ihr wollt. Irgendwann versteht ihr schon, was sie sind. Aber Robert, du hast Recht. Bis es soweit ist, müssen wir so viele wie möglich vernichten", sagte Daniel, wieder etwas entspannter.

Ich wollte diese Sturheit nicht auf mir sitzen lassen. Auch wenn ich mit Daniel kaum stritt, waren diese Dämonen ein unangenehmes Thema für uns beide. Es zog uns in unterschiedliche Richtungen. Er war so stur in seinem Denken.

Deshalb und auch um das letzte Wort zu haben, sagte ich: „Trotzdem nehme ich mir bis dahin die Freiheit, über die Dämonen nachzudenken und auch andere Möglichkeiten in Betracht zu ziehen." In Gedanken fügte ich hinzu: *Auch nehme ich mir die Freiheit über ihren Sinn zu philosophieren, den Grund ihres Erscheinens und ich lasse die Frage zu, ob es wirklich richtig ist, sie zu vernichten.*

„Mach doch was du denkst, darüber brauche ich mit dir nicht zu diskutieren."

Oh! Daniel will auch das letzte Wort.

„Gut!", sagte ich. Auch wenn das nicht besonders eloquent war, erfüllte es dennoch seinen Zweck. Daniel wusste, dass jedes weitere Kontern aus seinem Mund nur kindisch wäre und schwieg deshalb.

Wir alle drei schwiegen nun und schauten weiter den Film, in dem gerade das „Ave Maria" als Hintergrundmusik erklungen war.

Zombiefilme! Im Grunde immer wieder das Gleiche: Ein Virus verwandelt einen Teil der Menschheit in blutrünstige Fleischfresser und eine kleine Gruppe versucht um ihr Überleben zu kämpfen. Ekelhaft, aber ich schaute es mir gerne an, da alles vorhersehbar war und mir das deswegen nicht so in die Knochen und in die Psyche kroch. So ein banales Abschlachten von Untoten war vorbei, wenn der Film aus war und ich konnte darüber lachen. Außerdem war ich mir immer sicher, dass bei mir niemals in der Nacht ein Zombie in meinem Zimmer erscheinen und mich fressen würde.

In dieser Nacht schlief Daniel nicht bei mir. Ich fragte nicht weiter nach, als er sagte, er würde lieber zu Hause schlafen. Er war sicher gekränkt, dass ich nicht so auf seiner Dämonenwelle mit schwamm, wie er es wollte. Dass Robert sich davon anstecken ließ, machte es mit Sicherheit auch nicht besser. Es war ein schrecklich ungutes Gefühl so unausgesprochen auseinander zu gehen. Ich hatte Angst vor einem Streit, deshalb lies ich ihn gehen. Auch wenn ich mich dabei gar nicht wohl fühlte. Ich hoffte einfach, dass es ihm ähnlich erging und am nächsten Tag wäre alles wieder in bester Ordnung.

Allein in meinem Bett fühlte ich mich einsam. Ich bereute es, ihn gehen gelassen zu haben. Und als ich morgens aufstand, war ich genau so müde, wie ich abends ins Bett gegangen war. Die fast schlaflosen Nächte, in denen ich alleine war, machten mir wirklich zu schaffen. Ich wollte mich gerade aufsetzen, da bemerkte ich den Zettel, der auf meiner Bettdecke lag. Ein Zettel mit den Worten: „Hab keine Angst!" Die Worte waren in einer unbeholfenen, mädchenhaften Handschrift geschrieben und von einem verzierten Herz umrahmt. Es waren die Worte, die mir die ganze Nacht im Kopf herumgespukt hatten. Stimmlose Worte, die ich nicht im geringsten in Verbindung mit etwas oder jemanden bringen konnte. Daniel konnte mir das nicht geschrieben haben und als ich meine Eltern fragte, ob sie in meinem Zimmer gewesen seien, verneinten sie das mit Bestimmtheit. Ich wurde noch verrückt. Wahrscheinlich hatte ich das in der Nacht selbst geschrieben und war im Begriff vollkommen abzudrehen, ein schlafwandelnder Freak zu werden: Jemand der nachts Sachen macht, von denen er am nächsten Tag nichts mehr weiß. Dabei hatte sich doch vieles verbessert, seit ich mit Daniel zusammen war. Ich knabberte nicht mehr an den Fingernägeln und ich kratzte mich kaum noch an der Kopfhaut.

Doch da war noch eine andere Sache, die mir Sorgen bereitete. Seit einiger Zeit hatte sich Max´s Verhalten zu mir verändert.

„Sag mal, hast du Max irgendwie verärgert?", fragte mich meine Mutter am Morgen, als ich mir mein Frühstück für die Schule zubereitete. Normalerweise schlief sie um diese Zeit noch. Ich wunderte mich, dass sie schon so früh am Gange war.

„Eigentlich wüsste ich nichts, aber er ist irgendwie seltsam, das habe ich auch schon bemerkt."

„Alle Achtung, dass du es überhaupt gemerkt hast. Du hast ja sonst nur noch Daniel im Kopf!", sagte sie und lächelte. Ich ignorierte diesen

Kommentar und überlegte, was es bringen sollte, mit Max zu reden. Er würde mich sowieso nicht richtig wahrnehmen. Oder verstand er alles genau und äußerte sich nur nicht dazu? Ich wusste es nicht. Dennoch konnte ich möglicherweise auf Max zugehen und etwas tun, damit sein Verhalten wieder entspannte. Vielleicht bemerkte er meine Unsicherheit und meine Angst. Ob er fähig zur Empathie war? Gefühle äußern war nicht seine Stärke. Aber hieß das, dass er keine besitzt? Ich überlegte, ob er mehr spüren konnte, als wir ihm zutrauten und selbst davon verängstigt wurde. So anders wie er war, wollte ich dennoch nicht, dass er mich mied. Er war doch mein Bruder, ich hatte ihn doch lieb und es tat mir weh, seine Abneigung zu spüren.

Im Grunde war zwischen Daniel und mir alles beim alten. Wir redeten einfach nicht darüber und hofften auf Verpuffung im Universum. Aber ich merkte, dass diese Sache, zwischen uns stand. Solange keiner davon redete, war alles in Ordnung. Aber da wir weder kalt oder sauer aufeinander reagierten, hakte ich es vorerst ab und konnte meine Gedanken Max zuwenden. Ich musste versuchen ihn zu beruhigen und wollte, dass er sich wieder wie früher zu mir verhielt. Mich beschäftigte es sehr, dass er mich seit einigen Wochen immer so seltsam anstarrte. Anfangs schob ich es auf seinen Autismus und dachte es wäre nur eine Phase. Aber diese ständigen Blicke waren anders. Er machte auch manchmal komische Bewegungen in meine Richtung, als ob er wollte, dass ich verschwand. Ab und zu stieß er auch komische Laute in meine

Richtung und häufig verließ er den Raum, wenn ich eintrat. Max hielt es nicht länger als fünf Minuten in meiner Gesellschaft aus. Das hatte er noch nie gemacht, er hatte mir nur ganz selten das Gefühl gegeben, dass er mich gerade mal nicht in seiner Nähe haben wollte. Doch es wurde nun zur Gewohnheit, dass er mich grundsätzlich mied. Das konnte und wollte ich nicht auf mir sitzen lassen.

Nach der Schule ging ich sofort nach Hause und betrat Max' Zimmer. Er starrte mich sofort an, wieder mit diesem durchdringenden Blick, der mich schaudern lies.

„Max! Was ist denn nur los mit dir?"

Keine Antwort. Nur der starre Blick. Ich hätte es auch nicht anders erwartet.

„Ich hab dir doch nichts getan."

Ich ging einen Schritt auf ihn zu. Er schreckte zusammen. *Hat er etwa Angst vor mir?*

„Max, ich bin es doch. Nina: Deine Schwester. Ich würde dir nie etwas tun."

Ich ging noch einen Schritt auf ihn zu und er bewegte sich gar nicht. Ich machte noch einen Schritt und da kam er langsam auf mich zu und legte mir seine Hand ganz kurz auf mein Herz, zog sie aber schnell wieder zurück.

„Bist du eifersüchtig wegen Daniel?" Im Grunde glaubte ich das selbst nicht, aber mir fiel in diesem Moment nicht ein, weswegen er sich so verhalten könnte.

Dann wiederholte er seine Handauflegung und machte neben mir eine Bewegung, als ob er etwas oder jemanden verscheuchen wollte. Seine glatten dunklen Haare hingen starr über seinen Augen. Er war vielleicht fünf Zentimeter kleiner als ich und ebenso schmal.

Ist da jemand hinter mir? Ich drehte mich um und sah: Niemand. *Kann es sein, dass er Dämonen sieht und sie sich auch einbildet, wenn keine da sind?* Aber das erklärte sein Verhalten mir gegenüber auch nicht.

„Wie kann ich dir helfen?"

Er schreckte zurück und holte ein großes Blatt unter seinem Bett hervor, schnappte sich einen Kohlestift und fing an, schnell und hektisch zu zeichnen. Als seine gemalten Figuren Gestalt annahmen, erkannte ich, dass er sich selbst, malend auf den Boden, gezeichnet hatte. Vor ihm stand ein Mädchen, das war ich, und hinter oder neben mir: Noch etwas. Eine kleinere Gestalt. *Ein Mensch? Ein Kind?* Ich spürte einen eiskalten Hauch in meinem Nacken und mir stellten sich die Haare auf. Was das zu bedeuten hatte, wusste ich. Max sah eine Gestalt, die bei mir war. Warum er sie sah, wusste ich nicht, aber es machte mir eine Scheißangst. Ich rannte in mein Zimmer, sah mich die ganze Zeit um. Rannte ins Bad und schaute in den Spiegel. Ich sah mich, aber da war noch etwas anderes. Ich wurde panisch und griff zu meinem Handy. Unbeholfen wählte ich Daniels Nummer.

„Hallo?"

„Kommst du bitte ganz schnell zu mir?", ich bemerkte, wie sehr meine Stimme zitterte.

„Was ist denn los, ist etwas passiert?"

„Ich erkläre es dir dann! Komm bitte nur ganz schnell zu mir!"

„Bin gleich da."

Ich stand nun in meinem Bad und schreckte hin und her, schaute in jeden Winkel, sah nichts, hatte Angst, dass etwas da war.

Ich rannte die Treppen runter zu meinem Vater. Er sah mich erschrocken an, als ich die Tür zu seinem Arbeitszimmer aufriss.

„Alles klar, Schatz?", fragte er von seinem Computer aufblickend.

„Gut dass du da bist! Darf ich hier bleiben, bis Daniel kommt?"

„Ich hab viel zu tun, aber klar. Ich versteh nur nicht warum..."

„Ist gut, ich geh zu Mama."

„Nein, du kannst ruhig hier bleiben. Hast du irgendein Problem?"

„Alles in Ordnung, mir ist nur langweilig", sagte ich. Obwohl es sicher nicht so klang oder so aussah, als wäre alles okay.

„Ist was mit Max gewesen, was hat er gemacht?", er stand erschrocken auf.

Da musste ich plötzlich weinen und mein Vater stand auf und umarmte mich.

„Komm mit!"

Mein Vater war so lieb zu mir. Er kochte mir einen Tee und ich setzte mich in das Wohnzimmer auf das Sofa. Als meine Mutter den Raum betrat, schritt mein Vater schnurstracks auf sie zu und schaute sie ernst an. Gemeinsam gingen sie aus dem Zimmer und redeten im ernsten Ton über etwas, das ich durch die geschlossene Tür nicht verstehen konnte.

Als Daniel klingelte, schreckte ich hoch. Langsam und schweigend führte ich ihn in mein Zimmer.

„Verrätst du mir jetzt, was los ist? Warum sollte ich so schnell zu dir kommen?", seine Stimme klang liebevoll und besorgt.

Ich erzählte Daniel, was passiert war. Ihm konnte ich vertrauen, er würde mich verstehen und nicht sofort als verrückt abstempeln. Ich erzählte, wie sich Max verhalten hatte und was er gezeichnet hatte.

„Ich bin froh, dass du da bist", nuschelte ich in seinen Pullover, als ich ihn umarmte.

„Kann ich verstehen, das hätte mir auch Angst gemacht. Ich denke aber, dass es dafür eine einfache Erklärung gibt. Vielleicht sieht Max hin und wieder Dinge, die nicht existieren?"

„Keine Ahnung. Ich will nur keine Angst mehr haben und ich will auch nicht verrückt werden."

„Du wirst nicht verrückt. Das verspreche ich dir!"

„Aber wie soll ich denn glauben, was normal ist und was nicht? Was es gibt und was nicht? Wie willst du mit normalen menschlichen Maßstäben die Dämonen erklären?", ich wurde unruhig und mein Atem wurde schneller.

„Fang jetzt nicht an zu hyperventilieren! Es ist alles in Ordnung! Ich bin bei dir." Er drückte mich fest an sich. Meine Unruhe und Aufgeregtheit verwandelten sich in eine ruhige Art zu weinen. Daniel nahm mein Gesicht in seine Hände und küsste mich. Ich fühlte mich zwar besser, aber das ungute Gefühl in meinem Hinterkopf konnte ich nicht vollständig ausblenden. Er küsste mich heftiger und meine Gedanken wurden schwammig. Seine Hände wanderten von meinem Gesicht hinunter an meinem Körper und wenigstens vergaß ich alles für die Zeit, in der wir miteinander schliefen.

„Hast du das mit dem Öltanker gehört?", fragte mich Lina flüsternd im Geschichtsunterricht.

„Nö, ist da schon wieder was ins Meer gelaufen? Ich hasse diese Verseuchung!"

„Nein! Kein Öl. Der ist einfach verschwunden. Mein Vater hat das heute Morgen in der Zeitung gelesen. Obwohl weder Sturm noch sonst was war, ist auf einmal der Kontakt zu der Besatzung abgebrochen und da haben sie Flugzeuge geschickt, um nach dem Tanker zu suchen."

„Und die haben nichts gefunden!?"

„Gar nichts! Das ist gruselig, wie im Bermudadreieck."

„Das ist verrückt. Der kann doch nicht einfach verschwinden? Seltsam."

„Egal! Christian hat mir übrigens schon wieder Blumen geschickt..."

„...Lina, Nina! Ihr könnt euer Schwätzchen gerne in der Pause halten! Aber im Unterricht könntet ihr ja mal aufpassen!!?", ermahnte uns die junge, aber strenge Frau Martin.

„Aber der kann mich mal für immer! Hab ihn jetzt überall geblockt", fügte Lina noch schnell ganz leise hinzu.

Ich musste zwar grinsen, aber ich konnte ich nur an den verschwundenen Tanker denken. Das sollte ich in den nächsten Tagen in den Medien verfolgen. Steckten da vielleicht die Dämonen dahinter? Alles was in letzter Zeit passierte, brachte ich automatisch mit ihnen in Verbindung. Passierte irgendwo ein Autounfall, waren da bestimmt die Dämonen beteiligt. Verlässt jemand seine Frau, lag der Streitpunkt bei den Dämonen. Verletzte sich jemand, waren die Dämonen schuld. Ich konnte an nichts denken, ohne diese Dinger im Hinterkopf zu haben. Langsam wurde es nervig und auch meine Theorien mit ihnen wurden immer absurder. Wenigstens konnte ich mit Robert und Emily darüber reden, aber natürlich nur, wenn Daniel nicht dabei war.

„Nun steht es fest: Nicht nur der Öltanker, zudem ist auch eine komplette Bohrinsel im Westpazifik einfach verschwunden. Niemand kann sich dieses unheimliche Phänomen erklären und von der Besatzung fehlt jede Spur. Die beiden Vorfälle erinnern an zwei vergangene Begebenheiten. Um Weihnachten 1978 verschwand das deutsche LASH-Frachtschiff mit einer Besatzung von 28 Mann im Atlantik nördlich der Azoren. Am 9. September 1980 sank der englische Massengutfrachter Derbyshire im Pazifik, im sogenannten Teufelsmeer südlich von Japan. Beide Vorfälle wurden auf Monsterwellen zurückgeführt, dennoch bleiben diese Vermutungen reine Spekulation. Im neuesten Fall allerdings, kann man eine Monsterwelle vollkommen ausschließen. Bis jetzt wurden auch keinerlei Überreste von den

Rettungs- und Bergungskräften gefunden. Natürlich hoffen Angehörige, Kollegen und die ganze Welt auf irgendein Lebenszeichen der Besatzungen des Tankers und..."

Der Bericht in den Nachrichten lies mir den Atem stocken. Wie kann so etwas großes einfach so verschwinden. Und keine Spur eines Sturmes oder Seebebens oder ähnlichen Naturkatastrophen. Ich schwor mir, niemals einen Fuß auf ein Schiff zu setzen. Mit Sicherheit waren es die Dämonen. Jetzt wurden sie richtig gefährlich. Ich musste unbedingt mit Daniels Eltern sprechen. Sie arbeiteten beide für die WNSO. Ich wusste nicht, was sie für Aufgaben besaßen oder wie lange sie die Dämonen schon sehen konnten. Ich wusste auch nicht, wie sie zur WNSO gekommen waren. Aber ich wusste, dass sie Daniel alles beigebracht hatten. Ich hoffte auf Antworten, die mir Daniel und Robert nicht geben konnten. Immerhin waren sie älter, erfahrener und beschäftigten sich schon länger mit den Dämonen.

Zwar kannte ich Daniels Eltern schon, aber ich war dennoch sehr nervös. Ich hatte sie gefragt, ob sie mir ein paar Fragen bezüglich der Dämonen beantworten könnten. Hoffentlich wären sie nicht auch so abgeneigt gegenüber meiner Gedanken, wie Daniel.

Der Tag war grau und kalt. Dennoch holte mich Daniel mit seinem Motorrad ab. Der Wind beim Fahren kroch mir eiskalt in die Knochen. Als wir bei Daniel angekommen waren, war ich durchgefroren und brauchte erst mal einen heißen Kaffee.

„Du wolltest mit uns reden?", fragte mich Daniels Vater. Der große, schlanke Paul war mir, wie auch Daniels Mutter, von Anfang an sympathisch. Er hatte schwarze Haare, wie Daniel, nur dass seine kurz waren und über den Ohren begannen. grau zu werden. Er hatte einen fein geschnittenen Bart und dunkle freundliche Augen.

„Ja, es geht um diesen Vorfall mit der Bohrinsel und dem Öltanker, die verschwunden sind. Glaubt ihr, dass die Dämonen etwas damit zu tun haben?", fragte ich, nachdem ich einen kräftigen Schluck Kaffee getrunken hatte.

„Nun ja, es wäre definitiv eine Möglichkeit, aber Anhaltspunkte haben wir keine. Es gibt keine Aufnahmen und keine Zeugen. Wir können nur vermuten. Natürlich könnten sie schuld sein, doch wissen wir überhaupt nichts Brauchbares."

„Natürlich! Aber wären die Dämonen theoretisch dazu fähig?"

„Nach unserer Theorie ist es nicht die Sache der Dämonen, menschliche Technik zu zerstören oder verschwinden zu lassen."

„Sicher, dass so etwas noch nicht vorgekommen ist?"

„Es gibt zumindest keinen Vorfall, in dem so ein Ereignis dokumentiert ist", seine Stimme war ernst und bestimmt.

„Gibt es den Vorfälle, in denen dokumentiert ist, dass die Dämonen einen Teil der Natur zerstört haben?", ich bohrte weiter und bemerkte, dass ich nicht nur Daniels Vater, sondern auch Daniel mit diesen Fragen reizte. Das war eigentlich gar nicht meine Absicht. Daniels Gesicht war angespannt und er sah mich mit flehenden Augen an. Wahrscheinlich war es besser, jetzt den Mund zu halten.

„Worauf willst du hinaus?", fragte Paul.

„Keine Ahnung, es interessiert mich einfach nur. Ich möchte wissen, was genau ich bekämpfen soll. Da ist es von Vorteil zu wissen, zu was die Dämonen fähig sind." *Gut die Kurve gekriegt!*

„Das ist natürlich wichtig", er nickte mir zustimmend entgegen, „Ich kann dir sagen, dass sie auf jeden Fall in der Lage sind, organisches Material zu verätzen, das hat dir ja sicherlich auch Daniel erzählt."

Vorsichtig hakte ich nach. Das war mir alles ein wenig zu schwammig. Er erzählte mir nur, was ich ohnehin schon wusste, dass was mir auch Daniel und Robert erzählen konnten.

„Und das ist alles, was die WNSO herausgefunden hat? Ich meine, mit den heutigen Möglichkeiten muss man doch viel mehr herausfinden können? Wie verätzen sie denn organisches Material? Sind sie giftig?"

„Du hast zwar einerseits Recht, aber du vergisst, dass auch heutzutage die menschlichen Mittel noch stark begrenzt sind. Die Dämonen sind etwas vollkommen Neues für die Menschheit. Wir wissen nicht, warum sie nur von manchen Menschen gesehen werden. Und auch die genauen Vorgänge ihrer Entstehung sind weiterhin ein Rätsel. Wir versuchen alles, um so viele Erkenntnisse wie möglich zu erlangen. Es ist möglich, dass sie aus den Müll herausgefilterte Toxine enthalten, wodurch die Verätzungen entstehen."

Könnte, könne, könnte! Ich konnte mir nicht vorstellen, dass das alles war. Die mussten irgendetwas verheimlichen. Anders konnte ich mir die ganze Sache erklären. Seltsam fand ich es auch, dass Daniels Mutter noch nicht einen Ton dazu gesagt hatte. Sie saß neben ihrem Mann und sah mich freundlich an. Ihre Augen waren Daniels Augen sehr ähnlich. Aber sie waren eher gewöhnlich grau und nicht so strahlend silbern.

„Also ist es eher unwahrscheinlich, dass die Dämonen für das Verschwinden der Bohrinsel und des Tankers verantwortlich sind?"

„Unwahrscheinlich!", sagte Paul und nickte.

„Aber nicht unmöglich", hakte sich nun auch Daniels Mutter ein, „Bis jetzt sind wir davon ausgegangen, dass sich die Dämonen gegen die Natur wenden, da sie organisches Material angreifen und verätzen können. Allerdings kann es natürlich auch sein, dass sie mutieren und nun alles mögliche angreifen. Auch kann es sein, dass ein Dämon auf dem Tanker entstanden ist und die gesamte Besatzung vernichtet hat. Das würde aber nicht erklären, warum der Öltanker nicht mehr aufzufinden ist und auch nirgendwo gestrandet zu sein scheint. Fakt ist: Wir wissen nichts darüber."

Nun gut! Dieses Gespräch war nicht so verlaufen, wie ich es mir erhofft hatte. Ich wollte natürlich auch keinen schlechten Eindruck auf Daniels Eltern machen, indem ich immer weiter fragen und sie damit provozieren würde.

Ich schlief in dieser Nacht bei Daniel. Wenn er mich ansah, wurde mir warm ums Herz. Wenn er mich berührte, kribbelte mein ganzer Körper.

Dennoch war da ein Ausdruck in seinen Augen, der mir Sorgen bereitete. Dieser Ausdruck war nicht immer da, aber immer dann, wenn ich eine Meinung über die Dämonen aussprach, die nicht seiner entsprach. Ich beobachtete ihn. Er sah so perfekt aus. Seine Haare umspielten sein Gesicht und breiteten sich auf dem Kopfkissen aus. Von seinem Körper ging eine anziehende Hitze aus. Mit gleichmäßigen Atemzügen bewegte sich seine Brust auf und ab. Er sah in diesem Moment so friedlich aus. Ich wollte ihn für immer behalten, aber ich wollte nicht, dass eine unterschiedliche Meinung zwischen uns und unserem vollkommenen Glück stand. Er war doch sonst in allem so verständnisvoll. Ich verstand nicht, warum er bei diesem einen Thema so verbissen war.

15 Meinungen

Da das Adventskonzert der Schule immer näher rückte, übte der Chor während den Proben jetzt gemeinsam mit den Instrumentalisten. Wir sangen a-capella, mit Orgelbegleitung, mit Klavierbegleitung und mit dem ganzen Orchester. Es gab einige Solostücke, Quartette, alles Mögliche. Bevor ich nach Winnis gekommen war, hatte ich nie die Konzerte meiner alten Schule besucht. Das empfanden wir als nervig, langweilig, „uncool". Meine Freunde und ich waren der Meinung, dass der Schulchor und das Orchester nur etwas für Nerds waren. In Winnis allerdings, waren die Außenseiter die, die sich nicht an dem Adventskonzert beteiligten. Ob man mit sang oder spielte, ob bei der Technik oder in der Organisation, ob man die Flyer entwarf oder half die Turnhalle zu schmücken: Hauptsache man war dabei. Ich fand es faszinierend, dass die ganze Schüler- und Lehrerschaft sich so dafür ins Zeug legte.

Mein Teil war lediglich eine durchschnittliche Sopranstimme, die den Klang füllte. Daniel hingegen war überall. Er half bei der Tontechnik, beim Aufbau der Weihnachtsbäume, er musste viele Lieder begleiten, er verhandelte mit den Musiklehrern, wenn es Probleme mit etwas gab und er bestellte die Krawatten mit den Schulemblem für die männlichen Sänger und Instrumentalisten. Also wenn er sich für etwas begeisterte, dann aber richtig! Ich kam mir manchmal richtig unbeholfen und unwichtig vor, wenn ich ihn in seinem Eifer sah.

Wenn ich allerdings Stella beobachtete, fühlte ich mich wieder wichtig. So oft ich auch mit Lina herum blödelte und unaufmerksam während der Proben war, so oft sang ich aber auch mit, hatte Ideen zu manchen Gestaltungsmöglichkeiten und machte mich somit beim Chorleiter etwas beliebt. Stella hingegen gab sich oft nicht einmal die Mühe, zu den gesungenen Liedern die Lippen zu bewegen. Sie stand häufig einfach nur da und starrte in ihre Liedermappe. Auch wenn sie eine doofe Schnepfe war, machte mir das Sorgen und ich fragte Lina, ob sie wüsste, was mit Stella los war.

„Ach, die redet doch kaum noch mit mir. So wie du noch vor einigen Wochen, da hat das auch mit Stella angefangen. Aber das ist mir egal. Mein Ex ist ein Arsch und meine Ex- beste Freundin ebenso. Was kümmert es mich? Ich starte einen Neuanfang und dazu brauche ich weder Christian noch Stella", sagte sie in einer Probe zu mir, ohne einmal Luft zu holen.

„Sie wirkt aber so seltsam geistesabwesend. Das kennt man doch sonst nicht von ihr. Und mit der komischen Sarah scheint sie auch nicht mehr viel am Hut zu haben", gab ich zurück. Dieses Weib saß übrigens mit ihrer Trompete im Orchester und beäugte uns kritisch.

„Keine Ahnung. Ich glaube, die zwei haben sich nur zusammen getan, um sich gegenseitig über dich auslassen zu können", Lina schielte hinüber zu Sarah mit einem feindseligen Blick.

„Warum denn das?"

„Na, wegen Daniel!"

„Das versteh ich nicht!"

„Bist du denn nur dumm? Stella ist schon lange wieder hinter ihm her gewesen. Und Sarah offenbar auch. Als Daniel begonnen hat, sich für dich zu interessieren, da waren beide stinksauer auf dich. Da schien dann die Devise zu gelten: Der Feind meines Feindes ist mein Freund. Und sie haben sich zusammengetan."

„Na toll! Ich hätte doch Rücksicht nehmen können, wenn ich das gewusst hätte. Die arme Stella, sie hätte doch ganz klar das Vorrecht auf Daniel gehabt."

„Nicht dein Ernst?", Lina schien meinen Sarkasmus ehrlich nicht bemerkt zu haben.

Ich musste über ihren außerordentlich erstaunten Gesichtsausdruck so lachen, dass sich alle zu mir umdrehten.

„Nicht dein Ernst! So hättest du nicht reagiert! Oder?", fragte sie.

Ein Blick reichte und Lina musste auch lachen.

Jetzt sahen sich wieder alle nach uns um und schauten uns mit bösen Blicken an. Sarah schüttelte genervt ihren Kopf, nur Stella schien wieder absolut unbeteiligt. *Sollte ich sie mal ansprechen? Oder wäre das unvernünftig? Ist es unklug, sie darauf anzusprechen, oder würde das vielleicht das Eis zwischen uns brechen? Nein, bestimmt nicht! Sie ist eine hinterlistige Ziege.*

Ich fühlte mich in der Gesellschaft von Lina immer wohler. Es machte Spaß, unvernünftig zu sein, kindisch und albern. Es verwischte all die Dinge, über die man sich Gedanken machen musste und die Dinge, über die es schwierig war nicht nachzudenken, auch wenn man das gar nicht wollte.

Eines der Dinge, die mir zu schaffen machten, war die Beziehung zwischen Emily und Daniel. Sie spielten ihr Lied in einem perfekten Einklang miteinander. Und auch wenn wir etwas zusammen unternahmen, schien er sich nie über sie zu ärgern oder zu beklagen. Warum verstand er sich mit ihr so gut, trotz, dass auch sie unterschiedlicher Meinung waren? Ich durfte nicht sagen, was ich dachte oder in Betracht zog, was die Dämonen anging. Aber wenn Emily das tat, dann schien es Daniel nicht so schlimm zu stören. Das machte mich ziemlich eifersüchtig. Emily war zwar strebsam, lieb und süß und sah gar nicht so schlecht aus. Ihre Klamotten waren nicht die modernsten oder modischsten, aber sie hatte ihren eigenen Stil. Ein wenig Öko und Hippie. Bei uns kam das komisch an, aber wenn ich genauer darüber nachdachte, war das ein Stil, der von vielen -gerade Intellektuellen- geschätzt wurde. Es war etwas, dass sie bei Älteren, zum Beispiel Studenten ziemlich beliebt machen konnte. Vielleicht sah Daniel ihre Besonderheit und bewunderte das. Ich fand es jedenfalls gemein von ihm, dass er sie nicht komplett ignorierte, wenn sie von Michael und seinen Ideen erzählte. Ich durfte auf keinen Fall zustimmen oder etwas dazu einwerfen, wenn es nicht Daniels Meinung entsprach, das machte mich fertig.

Wir fuhren an einem späten Novemberwochenende in die Stadt, um uns einen Film im Kino anzusehen. Robert, Emely, Stella, Lina, Daniel und ich. Robert fuhr mit den Mädels mit seinem kleinen Auto in die Stadt und da er nur drei Personen in dem Wagen mitnehmen konnte, nahm Daniel mich auf seinem Motorrad mit. Es war zwar kalt, aber aufregend im Dunkeln die Straßen entlang zu heizen.
Es war nicht unbedingt im Sinne von Daniel und Robert, dass Lina mitkam, denn sie befürchteten, jemand könnte sich verquatschen, wegen der Dämonen. Somit war das Gesprächsthema von vorne herein Tabu. Und dazu kam noch, dass Lina womöglich während des Filmes

nur schwärmen, lachen und heulen würde. Eine Liebesromanze, die zu dem noch „Zwei Welten, eine Liebe" hieß, war sowieso nicht unbedingt das, was den Jungs in unserer Runde so beliebte. Mich selbst störte eher Stellas Anwesenheit und die Befürchtung, sie könnte auch Sarah gefragt haben, ob die mitkommen würde. Glücklicherweise war das nicht der Fall. Aber dafür war es ein anderer, der überraschenderweise zu uns stieß. Es war der viel besagte Michael.

„Ich wollte euch noch sagen, dass er vor dem Kino auf uns wartet, aber ich hab es wohl vergessen. Tut mir leid", sagte Emily mit einem riesigen Strahlen auf dem Gesicht, als wir uns dem Kino näherten und ein blonder Typ uns zuwinkte.

Wir begrüßten uns alle und schon da wurde klar, dass die Stimmung in der Gruppe angespannt war. Michael war ein gutaussehender Typ, ohne Frage. Seine Bartstoppeln und seine zerschlissene Kleidung ließen ihn ober-cool wirken, eigentlich schon over-cool. Ich hatte das Gefühl, seine ganze lässige Haltung, seine tiefe Stimme waren eine Masche. Auch sein Blick hatte so etwas Aufgesetztes. Er war jemand, der lässiger wirken wollte, als er wirklich war. Ein Blick zu Daniel genügte, um zu wissen, dass er genau der gleichen Meinung war. Allerdings war Daniel sicherlich vorbelastet, wegen Michaels revolutionären Dämonenansichten. Alle betrachteten ihn kritisch, außer Emily und Lina.

„Ist das Emilys Freund?", flüsterte Lina mir ins Ohr, als wir zur Kasse gingen.

„Nein, ich glaube, dass ist nur ein Freund, den sie im Internet kennengelernt hat", antwortete ich.

Hinter mir stand Robert und er hatte offenbar mit gehört, denn er konnte sich einen Kommentar nicht verkneifen. „Oh, Oh! Da muss man vorsichtig sein! Man weiß ja nie, was für zwielichtige Typen sich mit -was auch immer für zwielichtigen Absichten- im Internet herumtreiben. Vielleicht ist er ja ein Vampir und will euch alle verspeisen!"

„Ach du...", setzte Lina an.

„Scht!", ich gab ihnen zu verstehen, dass er nicht weit vor uns stand und somit schnell mitbekommen könnte, dass es um ihn ging. Wir mussten uns ja nicht von Anfang an bei ihm unbeliebt machen. Obwohl Robert gar nicht so unrecht hatte, Michael war blass und trug seine Haare zerzaust und so ein bisschen hatte er Ähnlichkeit mit Robert Pattinson.

Daniel ließ den vollendeten Gentleman heraushängen und lud mich nicht nur zum Film, sondern auch zu Popcorn und Cola ein.

Der romantische Film war traumhaft. Am Ende musste ich mich aus dieser Scheinwelt kämpfen, um wieder in die reale Welt zu gelangen. Ich konnte mich damit trösten, dass ich jemanden lieben durfte, der mich auch liebte und der ein so wunderbarer und romantischer Mensch war, wie ich niemanden sonst kannte.

Daniel und Michael sagten von sich aus nichts und Robert impften wir Mädels ein, sich in keinster Weise über den Film lustig zu machen. Wir drohten ihm mit emotionalen und physischen Schmerzen. Es half, er sagte nichts. Auch wenn wir bemerkten, dass er sich ziemlich zusammenreißen musste.

Wir beschlossen, da es noch nicht so spät war, noch in eine Bar zu gehen. Glücklicherweise kannte ich mich in der Stadt gut aus und ich kannte eine gute Bar, in der man nicht nach dem Ausweis gefragt wurde und tanzen konnte.

„Ich muss spätestens halb 2 Zuhause sein, sonst bringt mich meine Mutter um!", meinte Lina.

„Das bekommen wir schon hin. Keine Sorge", beruhigte Robert sie.

In der Bar angekommen lockerte sich die Stimmung, da sich Emily und Michael sofort absetzten.

Ohne Probleme ließen sie uns ein, auch das Getränke bestellen war kein Problem. Wir ließen uns einfach die alkoholischen Getränke von Daniel und Robert bestellen, die selbst nichts trinken durften, sie mussten uns ja noch nach Hause fahren.

Zu einem ruhigen Lied, das ich nicht kannte, tanzte ich mit Daniel.

„Ich muss dir etwas sagen, dass ich bis jetzt vor mir hergeschoben hab. Vor ein paar Tagen hab ich mit Stella geredet", fing er an, als wären wir schon mitten in einem Gespräch gewesen.

„Und? War das etwas Außergewöhnliches?"

„Sie stand einfach vor meiner Tür und hat geweint."

Es war komisch wie er das sagte, es war, als wollte er mir etwas beichten und das fand ich gar nicht gut. Ich hatte schon bemerkt, dass er den ganzen Tag etwas ruhig war. Und auch die letzten Tage gab es ab und zu Momente, in denen er einen eigenartigen Blick hatte. Allerdings dachte ich mir nicht allzu viel dabei.

„Was wollte sie denn? Und warum hast du mir das nicht erzählt?", ich versuchte zu klingen, als hätte ich kein schlechtes Gefühl dabei.

„Sie … sie hat mir gesagt, dass sie mich noch liebt."

So ein Scheiß! „Mh."

„Ich habe ihr natürlich sofort gesagt, dass ich …dass sie mich vergessen muss."

„Na dann gibt es doch kein Problem, dann ist doch alles gut", irgendwie zitterte meine Stimme. Ich wusste, dass noch etwas anderes kommen würde.

„Ich hab sie aber nicht weggeschickt, sie war so verzweifelt und wollte unbedingt mit mir reden."

„Ja und?", meine Stimme wurde hart. Warum redete er so um den heißen Brei herum.

„Ich habe sie herein gebeten und sie erzählte mir, dass sie dich hasst. Ich wurde wütend, lies sie aber ausreden."

Schon wieder machte er eine Pause, das gefiel mir ganz und gar nicht.

„Sie wollte mir partout nicht glauben, dass ich sie schon nicht mehr liebte, bevor du nach Winnis gezogen bist."

„Und dann?"

„Sie war so fertig, wegen ihrer Nase und ihren Narben von den Dämonen. Und dann hatte sie auch noch Streit mit Sarah."

„Warum denn das?" *Als würde mich das interessieren.* Ich schaute zur Seite. Ich hatte Angst, was er mir noch sagen würde.

„Sie schien wohl auch eifersüchtig auf dich zu sein."

Da wurde ich sauer. Selbst wenn es so war, warum sagte er mir das. Ich fand das bescheuert und dann sprach der Alkohol aus mir. „Willst du mich eifersüchtig machen? Oder kommst du dir toll vor, so viele Verehrerinnen zu haben?"

„Nein, ich sage dir das, weil ich dachte du solltest es wissen. Weil du meine Freundin bist. Ich will dir nichts verheimlichen. Ich will, dass wir einander vollkommen vertrauen können."

„Gut, dann sag mir, warum Emily ihre Meinung mit den Dämonen haben darf und ich nicht?!"

„Nina, lass uns bitte nicht jetzt darüber reden. Ich versuche dir etwas zu sagen."

„Warum nicht? Hast du darauf keine Antwort? Oder gehört sie etwa auch zu deinen Verehrerinnen", ich wusste, dass es nicht so war, aber ich konnte nicht anders, als ihn zu provozieren. Mich ärgerte es so, dass er mit mir nicht darüber reden konnte oder wollte. Ich löste mich aus seiner Umarmung und wir hörten auf uns zur Musik zu bewegen.

„Nein, so ist das nicht... aber..."

„Aber was"

„Ich..."

„Du verstehst gar nicht, wie weh mir das tut, wenn ich mit dir nicht normal darüber reden kann, auch wenn ich nun mal nicht unbedingt deiner Meinung bin. Ist das denn so schlimm für dich?"

„Erstens bei Emily ist es mir nicht so wichtig, wenn sie eine falsche Meinung von etwas hat, wie bei dir."

„Andere Meinung, nicht eine Falsche!"

„Du bist diejenige, die mir am Herzen liegt, mir ist es wichtig, was aus dir wird und es verletzt mich, wenn du mir nicht glaubst. Aber mal davon abgesehen ich..."

„Ich habe nie gesagt, dass ich dir nicht glaube. Ich denke nur, dass es viel mehr Möglichkeiten gibt, als du in Betracht ziehst."

„Stella hat mich geküsst."

Stille. Keine Erklärung. Er wartete auf meine Reaktion. Doch ich konnte nicht reagieren. Ich konnte ihn nur ansehen. Ich sah in seine Augen, die mich direkt anblickten. Mir stockte der Atem und mir wurde schlecht. Mehrere Male wollte ich ansetzen etwas zu sagen, aber es ging nicht. Ich war wie gelähmt.

Schließlich brach er das Schweigen. „Es tut mir leid, ich wollte das nicht. Es gibt keine Entschuldigung, aber ich schwöre, es kam unerwartet und ich hätte es nie zugelassen, hätte ich es geahnt."

Pause. Ich reagierte nicht.

„Sie war traurig und fertig und umarmte mich. Ich löste mich aus ihrer Umarmung und sagte, sie könnte in mir einen Freund finden, wenn ihr das genügt. Dann passierte es."

Wieder reagierte ich nicht. Aber nicht, weil ich nicht wollte, sondern weil ich nicht konnte.

„Sofort hab ich gesagt, dass sie besser gehen soll. Das tat sie dann auch. Und das war es. Mehr war da nicht. Aber ich dachte, du solltest es wissen."

Weder meine Stimme noch mein Körper waren zu irgendeiner Regung fähig.

„Ich hätte es nicht sagen sollen", sagte er mehr zu sich selbst, als zu mir.

Richtig! Hättest einfach die Klappe halten sollen!

Er nahm meine Schultern in seine Hände. Endlich fand ich meine Stimme wieder, wenn auch nur sehr schwach.

„Es... es ist okay. Du kannst nichts dafür", mehr kam nicht heraus, bis auf hunderte von Tränen. *Warum hast du es nicht in einem ruhigen Moment zu Hause gesagt?*

„Warum jetzt?", fragte ich.

„Bis jetzt war ich zu feige, aber ich konnte nicht mehr. Das war. Ich weiß, ich hätte es lassen können, als sich das Gespräch gewendet hat. Aber ich konnte nicht mehr... es... ich bin so ein Idiot! Willst du heim?"

Ich riss mich los und rannte aufs Klo. In den Spiegel blickend wischte ich mir hastig die Tränen aus dem Gesicht.

„Na! Scheißabend?" erschrocken schaute ich zur Seite. Stella saß mit ihrem beigen Minikleid neben mir auf dem Waschbecken. Auch ihre Augen waren geschwollen und rot und feucht.

„Scheißleute!"

„Ah! Du redest sicher von mir! Er hat es dir also erzählt. Ja, ich bin die Böse!"

Ja, das Böse in Person!

„Eigentlich könnte mir das alles egal sein. Ich hab gewonnen!", sagte ich und funkelte sie grimmig an.

„So siehst du aber nicht aus."

„Wir heulen beide, vergiss das nicht. Der entscheidende Punkt: Daniel ist mit mir zusammen."

„Das ist wahr! Keine Sorge, heute hab ich es aufgegeben. Heute habe ich zu mir gesagt: `Stella! Lass es sein und lebe weiter!`"

„Na dann ist ja gut!"

„Ich weiß, du wirst sicher nicht so naiv sein, mir das zu glauben, aber ich würde gerne mit dir Frieden schließen."

„Sicher! Warum das jetzt?"

„Ich will ehrlich sein. Ich hab im Moment keine Freunde mehr. Der, den ich liebe, der liebt mich nicht. Alles ist so gekommen, weil du aufgetaucht bist. Dafür hasse ich dich. Aber wenn ich will, dass ich wieder ins Leben zurückfinde, muss ich mit dir befreundet sein."

„Sorry, aber du hast einen absoluten Knall", sagte ich und mir wurde klar, dass sie total verzweifelt war.

„Ich weiß, dass es funktionieren würde."

„Wir können doch nicht einfach Hände schütteln und Best Friends werden! Wie stellst du dir das denn vor? Am Ende änderst du deine Meinung wieder und wieder und wieder."

„Nein, glaub mir. Das bringt nichts. Ich habe es versucht und es geht doch nur nach hinten los. Du siehst ja, wo ich jetzt stehe."

„Ich vertraue dir nicht! Wie wäre es, wenn du anfangen würdest, mich normal, respektvoll und freundlich zu behandeln. Immer und nicht nur, wenn es dir gerade passt. Dann könnten wir weiter sehen."

„Warum bist du nur so! Bis jetzt hatte ich nie ernstzunehmende Konkurrenz. Und dann findest du immer die richtigen Worte. Die perfekte Nina!"

„Das denkst du?!" Ich war ganz und gar nicht perfekt und so oft rutschten mir die falschen Worte heraus. *So eine Heuchelei! Alles nur Schleimerei!*

„Wie auch immer", sie stand auf und nahm mich bei der Hand, „Wir gehen jetzt feiern und retten diesen Abend irgendwie", sie klang zu freudig, freundlich und lächelte sogar.

„Du bist echt schräg drauf!" *Eine gute Schauspielerin!*

„Ich gebe mir Mühe! Ab sofort werde ich dich zwingen, mich zu mögen und du wirst keine andere Chance haben, als dich in dieses Schicksal zu fügen."

Ich stand der ganzen seltsamen Sache skeptisch entgegen. Ich wusste nicht, ob ich diesem Miststück wirklich eine Chance geben sollte. Aber für diesen Abend ergab ich mich der Sache, da ich sowieso kaum fähig war, irgendwelche meiner Gefühle zu ordnen.

An der Bar angekommen, drückte Stella Robert einen Geldschein in die Hand und befahl ihm, uns zwei Whisky mit Eis zu bestellen. Er und Lina schauten mich mit großen verwunderten Augen an und ich konnte nur mit den Schultern zucken. Wir tranken und bestellten noch einmal das Gleiche, nur dass Stella dieses mal auch für Lina mitbestellte. Stella laberte und entschuldigte sich, Lina umarmte sie und mir wurde es schummerig, schwindelig im Kopf.

Daniel kam zu mir und fragte mich, ob alles in Ordnung sei.

„Ich verzeih dir! Ich weiß, dass du nichts dafür kannst", flüsterte ich. Meine Zunge fühlte sich an wie ein Stein. *So viel hab ich doch gar nicht getrunken.*

Dankbar nahm Daniel mein Gesicht in seine Hände und küsste mich.

„Ich verspreche dir, dass ich morgen mit dir über die andere Sache spreche, wenn du das willst."

„Das ist schön!", ich lächelte und versuchte normal zu wirken. Aber mir ging es nicht normal. Ich wusste nicht einmal, was er eigentlich meinte. Vielleicht hatte mir jemand etwas in mein Getränk getan. Das konnte aber gar nicht sein, alles was ich getrunken hatte, hatte ich immer im Blickfeld gehabt.

„Passt du bitte heute auf mich auf", bat ich Daniel.

Er schien verwundert über diese Bitte, sagte aber: „Immer! Es ist wahrscheinlich besser, wenn du heute mit Robert im Auto heim fährst!"

„Nein! Ich...", ich wurde auf einmal flehend und hatte Angst, Daniel zu verlieren. In meinem Kopf ging es drunter und drüber.

„Ich kann ja trotzdem bei dir schlafen. Es ist nur zu gefährlich auf dem Motorrad. Verstehst du das?"

Das verstand ich. Ich nickte. Aber dann musste eine von den anderen bei ihm mitfahren. Ich würde nur Lina genehmigen und die war ziemlich betrunken.

„Keine Sorge! Emily bleibt heute bei Michael. Es ist also der Platz im

Auto frei", als könnte Robert meine Gedanken lesen.

Als ich das nächste Mal auf die Toilette ging, begleitete mich Emily. Ich wollte sie fragen, ob Michael jetzt ihr Freund sei, doch ich vergaß es immer wieder.

Als sie gerade in eine Kabine gegangen war, schaute ich in den Spiegel und sah hinter mir eine Gestalt, die ich nicht wirklich erkennen konnte. Als ich mich umdrehte, war sie weg. Mein Herz klopfte. „Scheiße!", murmelte ich. Ich musste nach Hause. Ich schaute wieder in den Spiegel und bekam auf einmal einen stechenden Kopfschmerz, bei dem mein linkes Auge zusammenzuckte. Als ich wieder einigermaßen schauen konnte, sah ich Emily hinter mir stehen. Sie sagte ziemlich ernst und fast schon drängend: „Rede doch mal mit Michael, wegen den Dämonen. Ich glaube es würde dich interessieren, was er zu sagen hat." Dann ging die Tür einer Kabine auf und … Emily trat heraus. Ich stieß einen kurzen Schrei aus. Die andere Emily war verschwunden.

„Hast du gerade etwas gesagt?", fragte ich hektisch und ängstlich zugleich.

„Nein", sagte sie, „Was ist denn los? Du bist ja leichenblass. Du Arme!"

„Ich glaub, ich muss nach Hause! Ich muss heim!"

Glücklicherweise war dank Linas Mutter, sowieso Zeit zum gehen.

Im Auto war ich mir sicher, dass mir doch irgendjemand etwas in mein Trinken getan haben musste. Ich sah andauernd eine schwarze Gestalt auf der Fahrbahn stehen und wieder verschwinden, dann wieder auftauchen, dann wieder verschwinden. Seit diesem beschissenen

Feuertraum hatte mein Kopf einen Knax. Dann war da noch die Sache mit Max, seit der ich sowieso Paranoid war. Die Gestalt machte mir eine Heidenangst. Alleine schlafen konnte ich mit Sicherheit nicht. Wenn ich gekonnt hätte, hätte ich die Augen zu gemacht, doch dann hätte ich mich übergeben.

16 Dummheit

„Sie sind missverstanden. Ihr macht die Fehler und nicht sie. Ihr denkt falsch! Törichte, dumme, einfältige Menschen! Du musst es tun! Du musst aufhören zu leugnen, du musst erkennen! In der falschen Wahrnehmung liegen falsche Schlüsse. Die Beweise liegen klar auf der Hand. Doch die Vernunft fehlt. Es wird alles zu Grunde gehen oder ihr werdet zu Grunde gehen. Nur ein Weg kann euch retten. Ein Weg, den du gehen wirst. Erkenne! Verstehe! Mache! Sie werden leben! Eure Seelen sind die Schlüssel und nicht der Verstand. Sie werden verstehen, wenn ihr versteht. Sie werden euch lassen, wenn ihr sie lasst. Sei nicht dumm und verstehe und lasse, damit ihr gerettet werden könnt. Andernfalls werdet ihr jämmerlich sterben."

Es war wieder in dieser kindlichen Schrift geschrieben. „Was soll der Scheiß!", sagte ich laut. Ich konnte das nicht geschrieben haben. Das war viel zu komplizierter, sinnloser Mist, den ich nicht verstand.

„Was ist denn los?" Daniel hatte noch geschlafen, doch jetzt war er wach.

„Tut mir leid, ich hab nur gerade diesen Zettel gelesen", sagte ich leise und entschuldigend, da ich ihn aufgeweckt hatte.

„Zeig mal h-heeäää", er gähnte und streckte sich, dann nahm er mir den kleinen Zettel aus der Hand.

Er las es und runzelte die Stirn. Nach einer Weile fragte er: „Wer hat das denn geschrieben?"

„Wenn ich das wüsste." Ich war hellwach. Zwar war ich sofort eingeschlafen, nachdem Robert mich nach Hause gefahren hatte, aber der Schlaf war ziemlich unruhig gewesen. Das war ja eigentlich nichts Neues für mich. Normalerweise konnte ich besser schlafen, wenn Daniel bei mir war. Normalerweise zumindest.

„Und wo hast du ihn gefunden?", fragte er verschlafen. Er sah so niedlich aus, als er seine Augen zusammen kniff. Das Licht meiner Nachttischlampe war ihm bestimmt zu hell.

„Der lag auf meinem Nachttisch", sagte ich, stand auf und ging ins Bad, um mir die Zähne zu putzen. Die Tür zum Bad ließ ich offen.

Jetzt sah er mich wieder an. „Deine Eltern? Max?"

„Unwahrscheinlich", nuschelte ich mit dem Mund voller Zahnpasta. Mir ging es erstaunlich gut, dafür, dass der Abend vorher so beängstigend und die Nacht so schlaflos war.

„Du selbst? Gestern im betrunkenen Zustand vielleicht?"

„So betrunken, war ich doch nicht oder?"

„Nein... nicht direkt. Aber du warst auf jeden Fall seltsam", sagte er. Er saß jetzt im Bett und rieb sich verschlafen die Augen.

Ich spuckte die Zahnpasta ins Waschbecken. „War ja auch ein seltsamer Abend". Mein Ton war drohend und ich erinnerte ihn damit daran, was er mir gestern erzählt hatte.

Meine Anspielung ignorierend schaute Daniel auf sein Smartphone. „Es ist Samstag sechs Uhr. Es ist noch dunkel draußen. Komm wieder ins Bett!" Er legte sich hin und zog sich die Decke über den Kopf.

„Na gut!", sagte ich und kroch zu ihm unter die Decke. „Auch wenn ich jetzt unmöglich schlafen kann"

„Du bist zwar Zuckersüß und riechst nach Zahnpasta, aber mehr ist jetzt leider nicht drin", sagte er und küsste mich kurz auf den Mund. *Na toll!*

„Du riechst jetzt nicht so berauschend!", ich gab ihm eine Retourkutsche.

Enttäuscht kuschelte ich mich an ihn. Den Zettel vergaß ich zwar nicht, aber wenigstens konnte Daniel ihn auch sehen. Ich bildete es mir also nicht ein. Wenn ich etwas durchzustehen hatte, dann mit ihm zusammen. Mit diesem Gedanke und Daniels Herzschlag an meinem Ohr, konnte ich sogar noch ein wenig schlafen.

„Was ist eine Waschmittelexplosion?" Emily sah mich verwirrt an und ich konnte auch nur mit den Schultern zucken.

„Meine Mutter wollte gestern Wäsche waschen und auf einmal hat das ganze Waschmittel angefangen zu blubbern ohne das es mit Wasser oder so in Berührung gekommen ist", meinte Lina aufgeregt.

„Pulver oder flüssig?", fragte Emily.

„Hast du schon mal Pulver blubbern sehen!?" Lina rollte die Augen.

„Wer weiß? Wenn es schon von alleine anfängt zu blubbern, kann doch alles möglich sein!"

„Mach dich nicht lustig über mich, Emily! Das Zeug ist im ganzen Keller herumgespritzt!"

„Da sieht man mal wieder, was in unseren – scheinbar harmlosen – Haushaltswahren für Chemikalien enthalten sind. An eurer Stelle würde ich in Zukunft ein anderes kaufen. Beschwert euch doch beim Hersteller!", meinte ich nüchtern.

Wie nicht anders zu erwarten war, flogen meine Gedanken sofort wieder in Richtung Dämonen.

„Das sollten wir tun, ja! Das mach ich auch! Das geht doch nicht... sowas..."

„Nein, das finde ich auch! Die verarschen die Leute, das gibt es gar nicht!" Ich sah zu Emily, die sich offensichtlich aus der eigentlichen Unterhaltung ausgeklinkt hatte.

„Blubbern , das ist ein komisches Wort. Blubbern, blubb, blubb, bluuuubäärn, bluparn, blupp, plub, blubb..." Ihr Blick ging ins Leere.

„Wie war es denn mit Michael?", fragte ich bohrend.

„Ich weiß nicht, was du meinst!" Emilys Grinsen verriet so einiges, aber nichts genaues.

„Los komm, erzähl schon!" Lina schien ein wenig sauer, weil wir das

Thema gewechselt hatten und sie nicht mehr Mittelpunkt des Geschehens war. „Mensch Emily, tu doch nicht so!"

Manchmal war Lina unabsichtlich unsensibel. Ich wünschte mir, sie hätte wenigstens ab und zu mal die Luft angehalten. Nur weil sie immer alles sofort preis gab und alle wissen sollten, mit wem sie was wann trieb, konnten doch andere etwas umsichtiger mit ihren Erlebnissen umgehen.

„Sei doch nicht gleich so mies! Wenn sie es nicht erzählen will, muss sie es nicht!", sagte ich.

„Es war schön, dieses Wochenende. Den Rest behalte ich für mich."

Richtig so Emily!

Lina zog eine beleidigte, missbilligende Schnute.

„Ach ja!", Lina sah uns erwartungsvoll an, „Da ja am Freitagabend unser Adventskonzert ist, und wir da ungefähr zwei Stunden unsere Familien und Freunde bespaßen müssen, dachte ich, wir könnten uns vorher bei mir zum Glühweintrinken treffen?"

„Glühwein?", fragte ich ungläubig. Sollte man sich betrinken, wenn man vor jeder Menge Zuschauern und der ganzen Schule eine Aufführung hatte?

„Das haben Stella und ich immer gemacht. Wir könnten aber auch auf Grog umsteigen, wenn euch das lieber ist", sagte sie wie selbstverständlich.

„Ich bin raus. Ich muss Geige spielen und da muss ich alle meine Sinne voll im Griff haben", Emily war natürlich vernünftig und verantwortungsvoll. Im Gegensatz zu mir. Ich dachte mir zwar, dass es leichtsinnig war, aber warum nicht. Ich konnte mich immerhin so gut beim Trinken beherrschen, dass ich nicht total besoffen zum Konzert gehen würde.

„Ich bin dabei", das war meine erste Dummheit, „Wir können ja Stella auch fragen. Oder?", das war dann meine zweite Dummheit.

Und es kam natürlich, wie es kommen musste, wir trafen uns Freitag zu dritt bei Lina. Als Lina und ich beschlossen, keinen Glühwein mehr zu trinken, da wir uns gut erheitert fühlten, da ermutigte uns Stella, weiterzumachen. Stella war die einzige von uns, die Zigaretten dabei hatte. Ich wollte eigentlich nicht rauchen, da wir ja singen mussten und das auch unangenehm riechen würde, wenn wir zwischen all den anderen auf der Bühne standen. Doch ich hatte ja nach meiner ersten Dummheit noch eine zweite begangen und diese stellte sich als die noch Schlimmere heraus. Stella trieb uns nämlich nicht nur an zu trinken, nein, sie befahl uns regelrecht, auch noch zu rauchen. Lina und ich widersetzten uns ab einem gewissen Alkoholpegel nicht mehr und gingen zum Qualmen auf den Balkon. Wir hatten Anfang Dezember und die ersten matschigen Schneeflocken vielen an diesem Nachmittag. Demnach war es auch ziemlich kalt an der frischen Luft. Dank Alkohol schwand Gewissen. Es wurden draußen keine Jacken angezogen. Gingen wir wieder hinein, erschlug uns dann jedes Mal die trockene Heizungswärme. Trinken, überredet werden, rauchen, trinken....immer betrunkener werden... es war ein Teufelskreis.

Die ganze Sache endete, als Linas Mutter ins Wohnzimmer kam und meinte: „Ihr wisst schon, dass ihr in fünf Minuten in der Schule sein müsst?"

„Oh nein!", kreischte ich mit aufsteigender Panik.

„Ganz ruhig!" Stella war ganz gelassen. „Wegen ein bisschen Zuspätkommen hat uns noch keiner umgebracht."

So schlenderten wir locker und gelassen, mit einer Thermosflasche Glühwein in der Hand zur Schule. Mein Telefon hatte ein paar Mal geklingelt, aber ich ignorierte das. Meine Sinne waren total abgestumpft. Aber der Weg machte uns drei Mädels viel viel Spaß. Wir fanden ständig einen Grund stehen zu bleiben, zu trinken und mächtig zu lachen.

Wir trafen also mit ungefähr 20 bis 30 Minuten Verspätung in der voll geschmückten Turnhalle ein. Das Einsingen war schon voll im Gange. Lina, Stella und ich schlichen uns so heimlich wie möglich auf unsere Plätze. Im Orchester bemerkte mich sofort Emily, die mir einen leicht besorgten Blick zuwarf, den ich nicht ganz zuordnen konnte.

Nach etwa 30 Sekunden, nachdem wir auf unseren Plätzen standen, sagte unser Chorleiter: „So... Einsingen beendet." Leises, grunzendes Gekicher von Lina und mir, und Stella musste sich den Mund zuhalten. Glücklicherweise wurden wir ignoriert. „Ihr kennt den Ablauf und den Aufgang. In 10 Minuten kommen die ersten Gäste und wir treffen uns in einer halben Stunde hinten an der Bühne! Bis dann!"

„Da hatten wir ja ein perfektes Timing!", flüsterte Lina mir zu.

Als wir von der Bühne abgingen, kam Daniel zu mir, um mich zu begrüßen. Er gab mir einen Kuss und bemerkte sofort meinen körperlich-geistigen Zustand.

„Bist du betrunken? Du stinkst ja wie eine Kneipe!"

„Ich bin nicht betrunken! Ich hab zwei Glühwein getrunken." Und das war nicht mal gelogen. Ich hatte zwei Glühwein getrunken und danach noch ein paar mehr, aber das musste er ja nicht wissen.

„Weißt du, dass du total sexy aussiehst!?", ich schmeichelte ihm, um ihn abzulenken. Doch das half natürlich überhaupt nicht.

„Mensch Nina! Musste das sein. Nur weil die das machen, musst du das doch nicht auch. Reiß dich bitte zusammen, nicht dass du dich nachher noch total blamierst."

Ohooo... schon wieder der Moralapostel!

„Ich bin absolut Herr meiner Sinne", war ich nicht! „Und ich muss doch auch nur dastehen und ein bisschen herumträllern", Da kam aber noch was dazu! „Du kennst mich! So schlimm ist es nicht", war es doch!

„Dann werde ich dir mal glauben. Ninalein!", er sah mich streng an. Äußerlich gab ich mich vernünftig, doch innerlich hoffte ich, dass ich noch einen Schluck aus der Flasche ergattern konnte.

Zu allem Übel fragte mich Josy Nicklas, die für Organisation und Ablauf des Konzerts zuständig war, ob ich nicht beim Hineingehen die Kerzen vor der Bühne anzünden könne.

„Wie soll ich das denn machen, ich steh doch mitten im Chor?"

„Ja, aber du bist das neue schöne, beliebte Gesicht unserer Schule. Das wird Eindruck machen. Dann ist jetzt dein Platz eben ganz hinten. Du gehst als Letzte hinein und zündest die Kerzen an und stellst dich dann hinten mit an den Rand!"

Es war also beschlossene Sache. Doch dank meiner zwei Dummheiten wurde mir das zum Verhängnis. Hinten am Rand bedeutete nämlich auf einer Tribüne, in ungefähr einem Meter Höhe ohne nennenswerte Sicherung. Außerdem sollte man Betrunkene nicht mit Feuer spielen lassen. Und dann kamen auch noch meine Schuhe dazu -die dritte und letzte Dummheit-, auf die ich lieber verzichtet hätte. Aber ich hatte niemals bei einem nennenswerten Event auf Highheels verzichtet. Ich liebte sie und bis dahin war auch nie etwas passiert. Mal ein kleiner Stolperer oder Blasen an den Füßen, aber nichts, was mich davon abhielt, sie zu tragen.

Nachdem Lina, Stella und ich die Flasche Glühwein auf dem Klo einer Umkleidekabine geleert hatten, mussten wir unsere Plätze hinter der Bühne einnehmen. Ich stellte mich hinten hin wie mir befohlen und dann ging es los. Zunächst nahm das Orchester seine Plätze ein und fing an, „Alle Jahre wieder" zu spielen. Das war unser Zeichen. Der Chor lief auf und alle nahmen ihre Plätze ein. Ich stakste so anmutig wie ich konnte vor die Bühne zu dem großen Kerzenkranz. Mit dem ersten Streichholz zündete ich zwei Kerzen an, dann ging es aus. *So was Blödes!* Alle schauten mir zu, das wurde mir erst in diesem Moment bewusst. Mir wurde ganz heiß und schwindelig. Die Turnhalle war zum bersten voll... genau wie ich. Nun galt es, die restlichen Kerzen anzuzünden, ohne sich zu blamieren. Das nächste Streichholz, was ich anzünden wollte brach mir ab. *Warum unbedingt Streichhölzer? Wieso kein Feuerzeug? So was sinnloses, wer hat sich denn so was ausgedacht?* Das darauffolgende Streichholz entzündete sich glücklicherweise wie geplant und ich schaffte es, ohne mich zu verbrennen, die restlichen Kerzen ordnungsgemäß anzuzünden. Ich drehte mich um und ging auf meinen Platz. *Jetzt bloß nicht hinfallen!* Es war nicht leicht, denn ich bemerkte erst in diesem Augenblick das ganze Ausmaß meiner Betrunkenheit. Hoffentlich merkte das keiner. Ich sah Stella ins Gesicht, als ich die Stufen zur Tribüne aufstieg und sie lächelte mitfühlend. Sie wusste ja, wie es mir ging.

Das Konzert verlief ganz gut bis zu „I´m dreaming of a white christmas". Daniel und Emily waren so wunderbar. Auch wenn ich das Lied schon tausendmal in den Proben gehört hatte, beeindruckte es mich. Die Stille in der Halle und die ganze Atmosphäre machten es perfekt. Ich schloss die Augen, um es noch besser zu genießen. Das hätte ich nicht tun sollen, denn in meinem Kopf drehte sich alles und als ich die Augen wieder öffnen wollte, sah ich direkt vor mir eine schwarze Gestalt. Ich erschreckte so sehr, dass ich das Gleichgewicht verlor. Nun rächten sich meine drei Dummheiten und ich fiel rücklings der Tribüne herunter.

Ich lag auf dem Rücken und machte die Augen auf. Es schien alles okay mit mir zu sein. Nach und nach bewegte ich alle Körperteile und bemerkte, dass bis auf ein wenig Rücken- und Kopfschmerzen alles unversehrt war.

Es hatte kaum jemand bemerkt, da ich ganz hinten stand. Nur die Mädels vor und neben mir drehten sich erschrocken um. Ich gab ihnen zu verstehen, dass es mir gut ging. Stella, die nur ein paar Plätze von mir entfernt stand, kletterte unbemerkt zu mir herunter.

„Alles okay?", flüsterte sie mir zu. Sie kicherte belustigt von der ganzen Situation. Ich musste mit kichern.

„Ich glaube schon", antwortete ich. Doch als ich aufstehen wollte, hörte ich nur ein ekelhaftes *Ratsch.* Und schon lag ich wieder auf dem Boden. Der stechende Schmerz in meinem rechten Fuß war unerträglich.

„Scheiße! Alles klar?", flüsterte Stella besorgt.

„Scheiße NEIN!"

„Das Konzert hat mir sehr gut gefallen! Schade, dass du es nicht bis zum Schluss mitmachen konntest!", sagte mein Vater Samstag am Frühstückstisch.

„Wenn wir gewusst hätten was passiert ist, wären wir natürlich sofort zu dir gekommen", meinte meine Mutter.

Ich brachte nur ein leises Grunzen heraus.

„Du saßt echt toll aus, Schatz. Aber kann das sein, dass du ziemlich aufgeregt warst, als du die Kerzen angezündet hast? Es sah nämlich so aus." *Oh ja Mutter! Ich war aufgeregt! Nicht etwa so blau wie ein Schlumpf.* Innerlich freute ich mich darüber, dass es nach Aufregung aussah und nicht nach zu viel Alkohol im Blut.

„Natürlich war sie aufgeregt! Das war ja auch ein großes Ereignis! Ich hab nur irgendwann gemerkt, dass du nicht mehr im Chor standest. Diese Bühne war aber auch lebensgefährlich. Ich werde mich bei der Schulleitung beschweren. Das kann ja nicht sein, dass ein junges Mädchen sich alle Knochen bricht, nur weil die Schule zu geizig ist, auf die Sicherheit ihrer Schüler wert zu legen!"

„Papa! Mach das bloß nicht! Ich hab mir ja nichts gebrochen. Es lag außerdem hauptsächlich an meinen Schuhen", ich wollte beschwichtigen.

„Ach und ein verstauchter Knöchel und gerissene Außenbänder reichen wohl nicht?"

„Ich werde es überleben!"

„Ja sicher", meine Mutter schaute meinen Vater zustimmend an, „aber es hätte nicht sein müssen"

„Trotzdem keine Beschwerde, bitte. Ich bin sicher, die werden schon von selbst darauf kommen", ich hoffte inständig, dass sie es dabei belassen würden, denn die Situation war so oder so schon peinlich genug. Da brauchte ich nicht noch überfürsorgliche Eltern, die sich bei der Schule beschweren. Das würde noch mehr Belustigung über mich bedeuten.

Es war so schon schlimm genug, dass Stella einen Krankenwagen gerufen hatte. Nach und nach hatten immer mehr davon Wind bekommen. Als das Konzert zu Ende war und die Leute aus der Turnhalle strömten, sahen sie den Krankenwagen und wollten alle wissen, was passiert war. Diese sensationsgeilen Idioten. Erst kamen sie alle an, dann fragten sie alle nach und dann war es doch nicht so interessant und sie verschwanden wieder. Das war so peinlich. Als meine Eltern endlich zu mir gefunden hatten, fuhren wir dann ins Krankenhaus.

Aber Stellas und meine Geistesgegenwart war so niedrig, dass wir nicht auf die Idee kamen, Stella könnte in die Turnhalle gehen und meine Eltern aus dem Publikum fischen. Nein! Wir warteten und auch der Krankenwagen musste natürlich warten, bis das Konzert Schluss war und alle Leute mich beglotzen konnten. Glücklicherweise waren die Leute vom Krankenwagen so nett, meinen Eltern meinen Alkoholpegel zu verschweigen. Stella und ich konnten die zwei jungen Kerle, die meiner Meinung nach sowieso nicht viel Erfahrung hatten, gut um den Finger wickeln.

Was ich da für ein Schwein gehabt hatte, konnte ich immer noch nicht fassen. Selbst der Arzt war so inkompetent, dass er mir einfach Schmerzmittel gab, ohne mein Alkoholspiegel zu messen. *Na ja, gut! Ist ja auch nicht Gang und Gebe, dass man sich als Minderjährige zu einem Weihnachtskonzert hemmungslos die Birne zulötet, wenn man einen Auftritt hat! Oder?*

Nun saß ich also da, mit meinem schmerzenden Fuß und bereute vieles vom Vortag. Doch am meisten beängstigte mich diese schwarze Gestalt. Immer wieder sah ich sie vor meinem Geistigen Auge. Was hatte das nur zu bedeuten. Warum sah ich solche Dinge? Die handgeschriebenen Zettel, von denen keiner wusste, wo sie herkamen. Es machte mich wahnsinnig.

Etwas Gutes hatte die Sache allerdings doch. Wenn es irgendwann in der nächsten Zeit einen Einsatz wegen den Dämonen gab, dann konnte ich „leider" nicht helfen.

Daniel war wegen der ganzen Sache ziemlich sauer auf mich. Er wusste ja, warum mir das passiert war. Als er Samstagabend zu mir kam, hielt er mir eine lange Standpauke. Ich gab mich demütig und einsichtig und das nicht nur des Friedenswillen, sondern weil ich es ebenso sah.

„Na toll, jetzt liegt der erste Schnee und ich hab einen kaputten Fuß. Ich sehe mich schon auf dem Boden liegen", ich wollte, dass er Mitleid mit mir bekam.

„Dann hebe ich dich wieder auf!", er war so honigsüß, „Aber wenn wir Ski fahren, dann kannst du leider nicht mit."

„Ich setze mich in die Skihütte und trinke so lange Glühwein, bis ihr keine Lust mehr habt."

„Damit du dir dann alle deine Knochen brichst?"

„Verzwickt, verzwickt, da sehe ich keinen Ausweg."

„Oh doch! Du bekommst nie wieder Alkohol!"

„Wie willst du das verhindern?"

„In dem ich dich nur noch küsse, dann hat dein Mund keine Zeit zum trinken."

Er schnappte mich, hob mich hoch und küsste mich zärtlich. *Hmm, damit hätte ich kein Problem!*

Ich verschwieg Daniel, was ich gesehen hatte und weswegen ich eigentlich gefallen war. Er machte sich sowieso schon genug Sorgen um mich. Außerdem wollte ich nicht, dass er glaubte ich hätte einen psychischen Knax.

In der Weihnachtszeit hielt sich der Winter noch ziemlich in Grenzen. Der Schnee der an einem Tag fiel, schmolz am nächsten schon wieder weg. Überall Matsch und Schlamm und wunderbar viele Gelegenheiten, um auszurutschen und auf dem Hintern zu landen.

Die erste Woche nach dem Unfall lief ich mit Krücken, was mir unbeschreiblich peinlich war, deshalb beschränkte ich mich danach auf Humpeln. Glücklicherweise fingen bald die Weihnachtsferien an und ich konnte meinen Fuß zu Hause gut ausruhen. Das Fest verlief ungewohnt familiär. Ich bekam sogar zum ersten Mal in meinem Leben wirkliche Weihnachtsgefühle. Wir schmückten unser ganzes Haus mit Weihnachtsdekoration. Ich beschränkte mich dabei auf Arbeiten, bei denen man kaum laufen musste. Der Weihnachtsbaum lag zum Beispiel in meiner Verantwortung. Glitzernde Zapfen, Eiskristalle, goldene Glasvögel mit Federn, jede Menge schöner, goldener Spielereien und ein Stern als Spitze. Es kam eine Lichterkette an den Baum.

Jedoch konnte ich trotz Winterwunderweihnachtszeit, nie vollkommen abschalten. Jede Minute die ich alleine war, fand ich fast unerträglich.

Immer musste ich Licht anhaben und in alle Ecken schauen. Ich hatte immer das Gefühl, beobachtet zu werden. Max's Benehmen half auch nicht gerade dabei, mich besser zu fühlen. Er ging mir größtenteils aus dem Weg, aber manchmal starrte er mich so eigenartig an, dass ich eher das Gefühl hatte, er schaue ganz knapp an mir vorbei. Das war mir so unangenehm, dass auch ich versuchte, ihm aus dem Weg zu gehen. Sein Verhalten wurde immer merkwürdiger. Max gab oft beunruhigende Laute von sich und flüsterte seltsame Worte vor sich hin. Natürlich hatte er jede Woche seine Therapiestunden, aber die halfen ihm nicht. Was für ein Problem er auch immer hatte, so konnte es nicht weitergehen. Meine Eltern sprachen zeitweise von einem begrenzten Aufenthalt in einer besonderen Anstalt. Doch ich war dagegen, er war Autist und nicht verrückt. Ob die ihm helfen konnten, wagte ich zu bezweifeln. Ich hoffte, dass es sich nur um eine Phase handelte und er bald wieder der Alte sein würde.

„Hier, mach es auf!", sagte Daniel und überreichte mir ein kleines, längliches Päckchen. Es war mit silbernem, glänzendem Papier eingepackt und hatte eine schwarze Schleife darum. Irgendwie schön, aber auch verstörend. Ich hatte noch nie ein Geschenk mit schwarzem Schleifenband gesehen. Das war eben Daniel: speziell, klassisch, glänzend, wunderschön wie seine silbernen Augen. Ob das wohl Absicht von ihm war?
„Nur wenn du meines zuerst öffnest!" Ich war so stolz auf mein

Geschenk, dass ich vor Neugier auf seine Reaktion fast platzte. Ich hatte ihm ein schwarzes Lederarmband gekauft mit einem zwei Zentimeter langen Edelstahlelement. Ich hatte eine Gravur darauf machen lassen. Sie zeigte ein einzelnes Blatt, das dem an meinem Ohrring ähnelte, den Daniel mir damals zurückgegeben hatte. Das war unsere erste wirkliche Begegnung zu zweit. Ich fand die Idee wunderbar romantisch. Außerdem sollte das Blatt unsere Verbundenheit zur Natur verkörpern.

„Gleichzeitig?", fragte er. „Gleichzeitig!", sagte ich.

Wir saßen uns in meinem Zimmer auf dem Bett gegenüber. Er machte vorsichtig die grüne Schleife auf und dann das türkise Papier. Ich tat das gleiche mit seinem Geschenk und zum Vorschein kam jeweils eine schwarze Schachtel. Gleichzeitig öffneten wir die Schachteln. Als ich sah, was in meiner zum Vorschein kam musste ich lachen und fast weinen. Es war eine silberne Kette mit einem hauchzarten silbernen Anhänger... einem länglichen Blatt.

Wir brauchten keine Worte für das, was wir in diesem Moment dachten, denn es war Dasselbe. Wir gehörten zu einander. Punkt.

17. Krank

Ich roch sehr gerne die Veränderung im Wetter. Und nun strömte der Geruch von vollendetem Winter in meine Nase, als ich auf meinen Balkon stand und den Mond beobachtete. Es war mitten in der Nacht und ich war vom Mondlicht geweckt worden. In meinem Zimmer war es dunkel. Der Mond schien durch ein großes Loch in der Wolkendecke. Große, leichte Flocken schwebten langsam glitzernd auf die Erde. Dieses Schauspiel war besser als alle Regenbögen dieser Welt. Flocken im Mondlicht. Ich wusste gar nicht, dass so etwas überhaupt geht. Der pulvrige Schnee auf meinem Geländer glitzerte ebenfalls im Platinlicht und die Flocken übergossen die großen Bäume mit ihrem magischen Schimmer. Mein Herz pochte vor Erregung über die Schönheit dieses Moments. Ich stand einfach nur da und genoss diesen Augenblick. Ich war wie gelähmt und trotz, dass ich fror, konnte ich mir keine Jacke holen. Da war zu viel Angst, etwas zu verpassen. Zu schnell war der Mond hinter den Wolken verschwunden. Schönheit, Vergänglichkeit, menschliche Vergesslichkeit.

Als Daniel hinter mir auftauchte und mir eine Jacke gab, war ich noch gar nicht in die Wirklichkeit zurückgekehrt.

„Ich hab dich beobachtet, du warst total hypnotisiert. Du bist doch schon fast erfroren?!", sagte er, doch das hörte ich gar nicht richtig.

„Pssst!", zischte ich.

„Noch nicht reden?"

Ich schüttelte nur den Kopf.

Etwas später, ich weiß nicht ob es eine Minute oder zwanzig waren, nach dem wir einfach nebeneinander in der Kälte standen, hatte ich mich wieder gefangen.

„Jetzt", sagte ich.

„Ich hatte vorhin wirklich Angst, dass du schlafwandelst. Du warst wie versteinert", Daniel atmete tief ein und legte mir seinen Arm um die Taille.

„Es war so hypnotisierend schön anzusehen."

„Du bist schön."

„Alles Schöne ist schön. Du und ich sind es, der Schnee ist es, die Welt ist es. Doch ich kann auch hässlich sein, so wie du und der Schnee und die Welt"

„Woher nimmst du das gerade?"

„Keine Ahnung. Das sind meine Gedanken."

Silberglänzend seine Augen, warm sein Duft. Er zog mich magisch an. Gerade, als ich mich zu ihm streckte, um ihn zu küssen, sprach er: „Schätze ich verstehe, was du meinst, aber sicher bin ich mir nicht."

„Ich meine damit, dass alles zwei Seiten hat, beziehungsweise nicht nur zwei, sondern viele. Vielleicht unendlich viele. Nichts ist schwarz oder weiß. Nichts ist einfach irgendwie mit genau einer Eigenschaft zu beschreiben."

„Ein Viereck ist viereckig..."

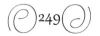

„Ein Viereck kann ein Rechteck, ein Quadrat, ein Trapez sein. Ein Viereck kann die Anordnung vier, nicht auf einer Linie liegenden Punkte sein, oder vier Geraden, die sich in vier Punkten schneiden, oder eine Fläche. Ein Viereck kann gezeichnet sein oder aus Materialien gebaut. Es kann farbig sein. Ein Tisch kann ein Viereck als Fläche haben..."

„Okay, okay! Ich verstehe! Aber was ist mit gut und böse?"

„Wann fängt das eine an, wann hört das andere auf? Ich rede von so vielen Facetten, die es bei allem gibt. Oder nicht?"

„Doch, das denke ich auch. Aber was..." er stockte.

„Aber was was?"

„Egal, nicht so wichtig."

„Aber was ist mit den Dämonen?! Das wolltest du doch fragen? Frag mich nicht. Weißt du, was mit ihnen ist? Weißt du wer, was, wie sie sind? Besitzen sie keine Farbe? Sind sie schwarz? Sind sie weiß?"

Das das Gespräch so eine Wendung nehmen würde, hätte ich nicht gedacht und erst recht nicht gehofft. Mir war dieses Thema so zuwider. Aber man kam ja nicht umhin, darüber zu denken oder zu reden. Diese Angst, Unsicherheit und Neugier waren fast allgegenwärtig.

„Ich hab eben meine Meinung dazu. Aber weißt du, ich bin auch nur ein Mensch, Nina."

„Ach ehrlich?! Das sind ja mal neue Töne aus deinem Mund."

Jetzt musste ich grinsen, denn zum ersten Mal schien ich etwas in ihm bewegt zu haben, toleranter gegenüber anderen Ansichten zu sein.

Er nahm meine Hand. „Das soll kein Zugeständnis sein Nina, ich verstehe nur, dass du eine andere Ansicht hast... und darum bitte ich dich... lass mir auch meine!"

„Mit deiner Meinung gegenüber der Dämonen hatte ich nie ein Problem, das weißt du. Nur dein Verhalten gegenüber anderen Meinungen macht mich so wütend."

„Ich weiß nicht, ob ich dir die Meinung lassen würde, wenn ich sie dir wegnehmen könnte. Aber da ich das nicht kann, muss ich sie dir ja lassen. Die Antwort gefällt dir nicht, oder!?"

„Nicht wirklich."

„Ich... ich mag dich so, wie du bist und wenn diese Ansicht nun mal aus deiner Persönlichkeit kommt, dann muss ich lernen, auch das zu mögen. Reicht dir das?"

Du magst mich? Das reicht mir nicht, ganz und gar nicht!

„Nein!"

Daniel atmete angestrengt. Er nahm mein Gesicht zwischen seine Hände und küsste mich sanft. „Komm, lass uns zurück ins Bett gehen."

„Daniel?"

„Ja?"

„Etwas fehlt noch. Etwas was ich schon lange weiß, aber dir noch nicht gesagt habe."

Dein Herzschlag pulsiert in meiner Brust. Was mich am leben hält, das schenke ich dir.

Ich schaute in den Nachthimmel und wusste, das er genauso empfand. Es folgte das erste mal: „Ich liebe dich." „Ich liebe dich auch."

Es war alles wunderbar, perfekt, flüchtig.

Leider ist nichts nur schwarz oder weiß.

Der Tag darauf war seltsam. Schon beim Aufstehen fühlte ich mich wie betrunken. Mir war leicht schwindelig und ich fühlte mich, als wäre ich mit dem Kran in die Welt irgendwo hineingesetzt, wo ich gar nicht hingehöre. Nicht, dass das früh am Morgen so kurz nach dem Aufstehen etwas Ungewöhnliches wäre, aber da war noch etwas Anderes. Daniel lächelte mich vom Bett aus an. Als ich etwas zu ihm sagen wollte, kam nur ein leises kratziges: „Hähr" aus meinem Mund. Sein Blick änderte sich schlagartig. Er wirkte mitleidig: „Ich wusste es, du hast dich erkältet!". Flüsternd fügte er hinzu „Das war ja abzusehen." Das wiederum klang absolut nicht nach Mitgefühl.

Du hättest mir ja mal eher eine Jacke bringen können, du Dödel! Ihm gegenüber zuckte ich nur mit den Achseln, aber innerlich hoffte ich natürlich, dass er kein Recht behalten würde. War es das warum es mir so komisch ging? Bekam ich eine Erkältung, oder schlimmer noch, eine Grippe? Ich räusperte mich und schluckte ein paar mal: leichte Halsschmerzen, aber keine Kopfschmerzen, Gliederschmerzen auch nicht, meine Nase lief nicht und tief einatmen konnte ich auch ohne Probleme. Ich hoffte, das würde auch so bleiben.

Als ich in das Bad ging, um mir die Zähne zu putzen, musste ich mich am Türrahmen fest halten, um nicht umzufallen. Dieser beschissene Spiegel in den ich schaute, konnte doch nur kaputt sein. So sah ich doch nicht aus. Was war denn bloß los. So blass, fast schon durchsichtig und so große Augen, das war doch nicht normal. Ich sah einfach nur scheiße aus! Nach dem Waschen und Schminken fühlte ich mich schon eher wie ein Mensch. Aber dennoch war irgendwas komisch. Nach ein paar Stunden wusste ich dann auch was es war... ich war doch erkältet.

„Spare dir jeglichen Kommentar *Hust*, mein Schatz! *Hust* Du bist daran Schuld!", motzte ich Daniel an.

„Ich?! Wer steht denn mitten in der Nacht im Schnee ohne Jacke?"

„Und wer glotzt mir dabei zu? Du hättest mir ja eher mal die Jacke bringen können!" Ich schloss ungewollt noch zwei Huster an meine Aussage an, die dadurch noch verstärkt wurde.

Beschwichtigend brachte er mir einen Tee.

„Ich geh aber trotzdem am Montag in die Schule. Hab keine Lust was zu verpassen. Ist ja auch nicht so schlimm." *Hust Hust*

„Das würde ich nicht machen, nicht dass es schlimmer wird. Außerdem siehst du auch nicht besonders gut aus."

„Danke schön!!!"

„Du weißt, wie ich das meine."

„Ich küss dich gleich mit all meinen ansteckenden Keimen, dann weißt du, wie ich mich fühle! *Hust Hust*"

Natürlich ging ich in den nächsten Tagen in die Schule, ich wollte ja nichts verpassen und so schlimm ging es mir ja auch nicht. Allerdings war da noch etwas, was mich nicht losließ. Ein komisches Gefühl, so als wäre ich in einem Film oder einem Traum und würde gar nicht selbst erleben, was um mich herum passiert.

Die anderen machten sich ein wenig über mich lustig, da ich nun zu meinem kaputten Fuß auch noch eine kratzige Stimme und eine Rotznase bekommen hatte. Nach ungefähr 10 Tagen war die Erkältung ausgestanden, aber das Gefühl war noch da.

Vielleicht war es Angst. Angst, immer paranoider zu werden.

Die Angst wurde schlimmer. Ich konnte manchmal sogar nicht mehr schlafen, wenn Daniel bei mir war. Schatten verfolgten mich. Im Traum schienen sie mich zu rufen. Ich träumte auch noch von den Dämonen, aber es waren verschwommene Träume. Manchmal verfolgten sie mich, manchmal redete ich mit ihnen, manchmal war ich sogar selbst ein Dämon und verfolgte ein Mädchen, das aussah wie ich.

Klar wusste Daniel Bescheid, aber wie es mir wirklich dabei ging, verschwieg ich. Er machte sich sowieso schon Sorgen und wenn ich ihm erzählen würde, dass ich mich ständig beobachtet fühlte, dann würde die Situation noch viel realer machen. Ich wollte einfach nicht, dass er alles wusste. Niemand sollte alles wissen. Ich hatte Angst vor ihren Reaktionen und wollte es verdrängen. Doch es wurde schlimmer.

Ich stehe im Bad vor dem Spiegel. Ich will mich schminken für die Schule. Ich bin ziemlich blass, sehe aber trotzdem ganz gut aus. Meine Haare sind seidig und meine Augen leuchten. Moment! Sie leuchten ja wirklich! Ich betrachte mich genauer. Auch meine Haut leuchtet und meine Haare leuchten. Scheiße! Was passiert denn hier? Ich beginne mich zu verändern. Nun leuchte ich vollkommen. Innerlich. Meine Haare bewegen sich, werden zu Tentakeln und meine körperlichen Formen verschwimmen bis zur Unkenntlichkeit. Ich bin ein Dämon...ich bin ein Dämon... ich bin ein beschissener Dämon.

Zum Glück schreckte ich hoch. Ich betastete meinen Kopf, mein Gesicht, meine Arme, meine Brust, meinen Bauch. Und ich stellte fest, dass ich noch ich war, noch Mensch war. Es war nur ein Traum. Aber ich musste noch etwas feststellen. Ich war wirklich krank.

19 Beängstigend

Auf den DVD- Abend bei Robert hatte ich mich eigentlich gefreut. Nicht zu viele Leute, ich musste mit meinem schon fast verheilten Fuß nicht allzu lange herumlaufen und es gab Popcorn. Wir waren zu viert: Stella, Robert, Daniel und ich.

Allerdings war Daniel den ganzen Abend über ziemlich ruhig. Und die Wende, die das alles Nahm gefiel mir ganz und gar nicht. Natürlich waren wir alle relativ ruhig, da es ja ein DVD- Abend war und wir uns Filme anschauten, aber Daniel war besonders still. Ich erwischte ihn sogar einmal dabei, dass er gar nicht auf den Bildschirm schaute.

„Kommst du mal kurz mit?", flüsterte ich ihm ins Ohr.

Als wir aus dem Zimmer in den Flur gingen, hörte ich Stella sagen: „Muss das jetzt sein? Können die das nicht Zuhause machen?" Robert lachte nur.

Im Flur setzte sich Daniel auf eine Kommode und schaute mich fragend an.

„Du bist schon den ganzen Tag so komisch", sagte ich.

Daniel schaute zur Tür und schwieg.

„Was ist denn los?", fragte ich und setzte mich auf seinen Schoß. Er atmete tief und sah sehr betrübt aus. Er hatte ein Problem, da war ich mir sicher. Ich küsste ihn zärtlich auf die Stirn.

„Ich bin im Moment in einer kleinen Krise. Ich hab mit meinen Eltern über andere Theorien geredet."

„Ja. Und?"

„Sie sagen, ich solle mich von dir trennen, wenn es so weiter geht."

Mir blieb fast die Spucke weg. „Was? Schön, dass du so schnell mit der Sprache rausrückst. Aber was soll das? Wenn was so weiter geht? Ich verstehe nicht."

„Ich hab ihnen gesagt, dass ich mit mir selbst hadere, ob alles so richtig ist, was die WNSO sagt. Andererseits glaube ich ihnen ja schon, aber na ja, vielleicht... irgendwie... liegen sie ja doch falsch. Mein Vater glaubt, du hast mir das eingeredet. Er sagt ich soll mit dir sprechen und wenn du nicht einsiehst, dass du falsch liegst, dann soll ich mich trennen... Keine Sorge! Das mach ich schon nicht. Aber die Situation ist schwierig."

Ich musste mich extrem zusammenreißen, um nicht zickig zu werden.

„Das ist aber extrem wunderbar von dir, dass du nicht gleich Schluss machst! Ich wusste gar nicht, dass deine Eltern so intolerant sind", sagte ich so ruhig ich konnte. Es klang trotzdem gereizt.

„Sie meinen es doch nicht böse."

Was?! Ich glaub ich hör nicht recht. Da musste ich dann doch zickig werden. Ich sprang von seinem Schoß.

„Wie bitte! Du sollst dich von mir trennen, aber sie meinen es nicht böse? Du... du...tickst doch nicht richtig!"

„Bleib ruhig! Ich werde mich nicht von dir trennen."

„Bleib ruhig? Wie kann ich da bitte ruhig bleiben?"

„Ich kann doch auch nichts dafür. Es ist nur so, wie es nun mal ist."

„Natürlich kannst du nichts dafür, was deine Eltern wollen. Aber du redest so komisch, als könntest du das verstehen, als würdest du ihnen zustimmen. Du warst auch bei der Sache mit Stella so seltsam."

„Nein, aber... ach, das ist meine Krise. Bitte sei mir nicht böse." Meinen Kommentar über Stella ignorierte Daniel einfach.

„Ich bin dir nicht böse. Du musst nur zugeben, dass deine Eltern im Unrecht sind und dass das totaler Blödsinn ist", sagte ich.

„Das kann ich nicht."

„Warum nicht?"

„Weil mein Vater nur will, dass wir die Dämonen bekämpfen."

„Na, wenn das seine einzige Sorge ist..."

„Es tut mir leid Nina, ich hätte dich damit nicht belasten dürfen."

„Nein, nein! Ist schon in Ordnung!", total schnippisch reagierte ich. Ich wusste nicht, was ich noch sagen sollte.

„Ich würde vorschlagen, vor meinen Eltern tust du einfach so, als hättest du es eingesehen."

„Ach! Ich soll meine eigene Meinung verleugnen, damit deine Eltern mich akzeptieren? Das kannst du aber vergessen!"

„Das dachte ich mir schon. Dann können wir es halt nicht ändern."

„Was soll das jetzt bedeuten?"

Daniel zuckte mit den Schultern und schaute auf den Boden.

„Willst du jetzt mit mir Schluss machen, oder was?", fragte ich aufgebracht.

„Nein, natürlich nicht. Es bleibt alles beim Alten. Wäre nur schön, wenn wir bei mir sind, dass du dich einfach zurückhältst, damit es keinen Stress gibt."

„Wie du meinst."

Das gefiel mir alles ganz und gar nicht. Ich hatte ein schlechtes Gefühl bei der Sache. Mir würde es schwer fallen, meine Meinung nicht richtig äußern zu können. Vor allem, wenn Daniels Eltern mich direkt darauf ansprechen würden. Aber irgendwie musste ich mich damit abfinden. Zu dem ganzen Mist hatte ich auch noch die Angst, dass das Verhältnis zwischen Daniel und mir darunter leiden könnte. Die Dämonen waren ja schon immer ein heikles Thema und jetzt umso mehr. Wir standen auf verschiedenen Seiten, das war nun nicht mehr zu leugnen. Ich hoffte nur, er würde er sich im Falle des Falles nicht auf die Seite seiner Eltern stellen.

Im Laufe der Zeit bestätigte sich meine Vermutung. Immer wieder versuchte Daniel, mit mir zu reden. Keinen Tag konnte er mit mir zusammen sein, ohne es nicht wenigstens einmal zu erwähnen. Ich hatte keine Lust darüber zu sprechen und meinte, wir sollten das Thema doch einfach lassen. Doch das konnte er nicht.

Um ehrlich zu sein, war sehr auch schwer, nicht an die Dämonen zu denken. In den Nachrichten erschienen nämlich immer mehr Meldungen von Katastrophen, die immer seltsamer wurden. Beispielsweise passierte es in vielen Gebieten der Südhalbkugel, dass die Landwirtschaftsbetriebe über Maschinenausfälle klagten. Und es kam außerdem vor, dass von einigen dieser Betriebe ganze Lagerhäuser explodierten, in denen Pestizide und ähnliches gelagert wurden. Zusammenhänge und Gründe, die dafür gezogen wurden, waren natürlich alle samt Spekulation. In einer der Nachrichten wurde ein Interview mit einem brasilianischen Bauern gezeigt. Dieser war vollkommen verstört und berichtete über eine abscheuliche Kreatur, die das zu verschulden hatte. Auf dieses Interview folgten mehrere Sendungen, in denen Menschen beängstigende Wesen sahen, die für kleinere Haushaltsunfälle oder Stromausfälle oder ähnliches verantwortlich seien. Manche redeten von Außerirdischen und der Apokalypse. Sogar der Begriff „Dämon" fiel.

Und dann erschien ein laienhaft aufgenommenes Video, in dem man sah, wie in einen Bach aus einem Rohr Industrieabfälle geleitet wurden. Es zeigte einen Dämon, der in eben diesem Rohr verschwand. Daraufhin platzte das Rohr und zerriss die Erde im Umkreis von etlichen Quadratmetern. Das war der Beginn der Panik und der Diskussionen. Natürlich gab es einige, die das nicht verstanden und die nur die Explosion wahrnahmen, aber viele erkannten, was wirklich geschah. In der Schule und überall brachen riesige Streitgespräche aus. Die einen warfen den anderen vor zu lügen. Diejenigen, die die Dämonen nicht sehen konnten, dachten, man wolle sie verarschen. Ich hätte auch gedacht `die spinnen doch alle`, wenn man mir weis machen wollte, dass leuchtendes Wesen die Erde zerstören, wenn ich das nicht sehen kann.

Der explosionsartige Anstieg von Menschen, die die Kreaturen sehen konnten war enorm beunruhigend.

Meine Eltern gehörten beide zu der Sorte Menschen, die die Dämonen (noch) nicht sehen konnten. Ich verstand nicht, warum die Dämonen sich manchen zeigten und manchen nicht. Vielleicht konnten sie es selbst entscheiden, für wen sie sichtbar waren. Allerdings wusste ich nicht, ob sie überhaupt so etwas wie eine Intelligenz besaßen.

Meine Eltern jedenfalls hielten die ganze Geschichte für Panikmache und Massenverarsche. Sie machten sich lustig über die, die behaupteten diese Kreaturen zu sehen und meinten, das wäre ja wie in

„Des Kaisers neue Kleider". Ich wollte ihnen natürlich nicht sagen, dass ich zu diesen Menschen gehörte, dann hätten sie mich vielleicht in psychologische Behandlung geschickt.

„Ich weiß nicht! Mit der Gesellschaft geht es bergab. Wenn es schon so weit ist, dass sie offensichtliche Lügen in den Nachrichten verbreiten.", sagte mein Vater am Abendbrottisch.

„Vor allem denken die sich dann auch noch so was stupides aus. Da hätten sie echt kreativer sein können", stimmte meine Mutter mit ein.

Ich wurde unruhig. Es war mir so unangenehm da zu sitzen und mehr zu wissen und nichts zu sagen.

„Das ist wahr! Oder was sagst du, Nina?" Mein Vater schaute mich belustigt an. Mir allerdings blieb fast ein Stück Käse im Hals stecken und ich musste husten.

„I... ich sag da gar nichts dazu!"

„Kann man auch nicht", bemerkte er kopfschüttelnd.

Mir fiel es schwer, mein Messer festzuhalten. Irgendwie fing ich an, wie verrückt zu schwitzen und mein Darm rumorte unaufhörlich. Auf meinem Teller starrend versuchte ich so unauffällig wie möglich zu sein. Ich hatte Angst, mir würden die falschen Worte aus dem Mund fallen.

Max war auch unruhig, wie so oft eigentlich. Aber es wurde wieder unangenehm auffällig.

„Max findet das auch verrückt!", sagte mein Vater lächelnd. Nur wusste er nicht, dass er damit absolut ins Schwarze traf. Mittlerweile war ich mir nämlich sicher, dass er die Dämonen sehen konnte. Wie er den Fernseher betrachtete, wenn Bilder von ihnen gezeigt wurden, war schon ziemlich verdächtig. Ich machte mir echt Gedanken wegen ihm. Wie sollte das nur mit ihm weitergehen?

„Ach na ja, solang wir wissen, was richtig ist, ist doch alles gut", das kam ausgerechnet von meiner ach so perfekten Mutter.

„Das ist wohl war!", sagte ich mehr in Gedanken zu mir, als zu den anderen. *Wenn wir doch nur wüssten was richtig ist!* Um mich zu beruhigen, atmete ich tief ein und aus.

Dann wurde es ruhig am Tisch. Essensgeräusche... wie ich sie hasste: Kauen, Schmatzen, Schlucken, Klappern, Kratzen, Atmen...dann dieses Zappeln von Max. Er stand auf, atmete schwer und lief hin und her. Meine Eltern schauten sich nervös an. Mir stellten sich die Nackenhaare auf. Und da wusste ich, was los war. Dieses Gefühl beobachtet zu werden. Max bemerkte eine Präsenz, die hier im Raum war und ich spürte sie auch. Hektisch stand ich auf und drehte mich um, schaute nach links und rechts. Da starrten meine Eltern mich an.

„Was hast du?", fragte mein Papa.

Was was was hab ich? „Ich dachte, ich hätte eine Spinne gesehen", das klang wenig glaubwürdig.

Max stieß beunruhigende Laute aus und fing an sich hinzusetzen, hinzustellen, hinzusetzen, hin und her zu wippen. Er schmiss eine Lampe von einem Tischchen. Dann starrte er mich an, schlug sich an den Kopf, starrte, rannte im Kreis. Meine Eltern waren nun aufgestanden und wollten ihn beruhigen. Mein Vater umklammerte ihn mit den Armen, doch Max riss sich los. Ich bekam Panik. Wenn ich nicht aus dem Zimmer ging, würde Max sich nicht beruhigen. Wenn ich aber ging, dann folgte mir vielleicht dieses... was auch immer es war und davor hatte ich eine riesige Angst. Mein Vater bekam ihn erneut zu fassen und setzte ihn auf den Fußboden. Meine Mutter stand nur daneben und schaute ängstlich zu.

„Na mach schon!", fauchte Papa sie an. Anscheinend wusste sie genau was er meinte und rannte zum Telefon. Ich wusste absolut nichts mit mir anzufangen... eine so schlimme Situation hatten wir seit Jahren nicht gehabt. Max war eigentlich meistens ruhig. Als er jünger war, hatte er auch Anfälle wie diesen gehabt. Aber mit der Zeit und Medikamenten, war das gar kein Thema mehr gewesen. Jetzt kam es wieder und ich wusste nun, dass das begründet war und nicht einfach nur eine Laune von Autisten.

Meine Mutter kam zurück zu uns und sagte: „Sie kommen."

„Wer kommt?", fragte ich.

„Das ist gut, hoffentlich beeilen sie sich", mein Vater klang traurig.

„Wer kommt?", rief ich jetzt lauter.

„Nina", sagte meine Mutter, „Max kommt für einige Zeit in ein Betreuungsheim für Behinderte."

„Was?!", ich sank auf den Boden.

Sie hatten das schon länger geplant, seit Max angefangen hatte, sich so eigenartig zu benehmen. „Nur für einige Zeit", sagten sie. „Er kommt bald wieder", „Nur bis er sich beruhigt hat."

Das hätte ich niemals gedacht. Die machten sich das einfach aus und mir verschwiegen sie alles. Ich war stinksauer und enttäuscht. Ich weinte, als sie ihn abholten. Es war einfach nur schrecklich. Ich war mir sicher, dass er in diesem „Heim" kaputt gehen würde. Ich wollte nicht, dass er geht.

Meine Eltern entschuldigten sich damit, dass wir ja gar nicht wüssten, wie wir mit ihm umgehen sollten und er dort besser aufgehoben wäre. Alles nur Blabla! Die würden ihn doch dort nur mit Medikamenten ruhig stellen. Der arme Max. Klar wusste ich, wie viel Arbeit er meinen Eltern die ganzen Jahre gemacht hatte. Ich war ja dabei. Aber es hatte doch immer irgendwie funktioniert.

Da war eine Sache in der Vergangenheit, die ich nie verstanden hatte. Meine Mutter war immer kalt und labil gewesen. Mein Vater war immer der Stärkere der beiden. Seit Max geboren war, hatte mein Vater meiner Mutter immer wieder vorgeschlagen, Max in ein Heim zu geben um uns ein besseres, leichteres Leben zu ermöglichen. Doch meine Mutter war es, die das nie zugelassen hatte. Warum sie sich in dieser einen Sache mütterlich und menschlich verhielt, war mir ein Rätsel. Doch jetzt konnte auch sie nicht mehr. Ich wusste nicht, auf wen der beiden ich mehr sauer war. Deshalb beschloss ich, sie beide gleichermaßen zu meiden.

Die Situation war so bescheuert. Um den ganzen Tag draußen zu sein, war es zu kalt. Bei Daniel wollte ich nicht sein, wegen seiner Eltern. Und Zuhause fühlte ich mich auch nicht wohl. Oft schloss ich mich in meinem Zimmer oder im Gartenhäuschen ein. Allerdings fühlte ich mich ständig unbehaglich.

Auch die Zeit, die ich mit Daniel verbrachte, war seltsam. Er wirkte verändert. Diese Sache mit den Dämonen und seinen Eltern stand zwischen uns. Natürlich hatten wir schöne gemeinsame Stunden, in denen wir für kurze Momente nur für uns da waren, doch viel zu schnell holten uns unsere Probleme wieder ein. Ich verschwieg ihm viele meiner Gedanken und ich wollte nicht wissen, was er dachte. Dennoch wollte ich nicht ohne ihn sein. Ich liebte ihn. Und ich hoffte, ihm ging es mit mir genauso. Doch wie sollte es weitergehen? So wie es war konnte es nicht bleiben. Die Entwicklungen machten mir allesamt Angst: Die Dämonen, die Menschheit, meine Familie, meine Beziehung und noch etwas. Da war diese innere Unruhe, diese Präsenz, die mir die Haare zu Berge stehen lies, die gestaltlose Gestalt in meiner Nähe.

Wir brauchten alle Ablenkung und Spaß und zwar dringend. So beschlossen wir, uns alle bei Stella zu treffen um ein bisschen zu feiern. Stella lud einige Leute ein, so dass es einen geselligen Abend versprach. Ich sparte es mir, meinen Eltern zu sagen, wo ich hinging. Ich machte mir auch keine Gedanken darüber, dass sie sich Sorgen machen könnten. Das war mir egal. Ich wollte einfach nur chillen, in dem ganzen Chaos einfach mal die Seele ein wenig baumeln lassen, die ganzen Probleme vergessen. Doch Michael machte mir einen Strich durch die Rechnung.

Er hatte nichts Besseres zu tun, als mit Daniel ein Gespräch über die WNSO zu beginnen. Als ich dazu kam, waren sie schon in einem hitzigen Streitgespräch. Emily und Stella waren auch dabei. Sie standen abgeschieden von den restlichen Partygästen. Ich hatte mir nur etwas zu trinken geholt und war auf dem Rückweg, da hörte ich sie.

„Warum sollten mein Vater und alle anderen mich anlügen?", sagte Daniel laut.

Michael erzählte ihm, was Emily und er von den Dämonen hielten. Natürlich kannte Daniel die Theorien von Emily, aber diese Bestimmtheit mit der Michael sprach, machte ihn rasend.

„Es geht ihnen doch nur um das Geld, was sie bekommen! All die großen Bosse der Wirtschaft und der Politik hängen da mittlerweile mit drin. Etwas zu ändern, würde ihren Lebensstandard senken und ihnen viel zu viel Aufwand und vor allem Kohle kosten. Deswegen bezahlen sie lieber einen für sie bezahlbaren Betrag an die WNSO, die Leute freuen sich darüber, weil es für sie wiederum viel Geld ist und machen eure sogenannten Dämonen kaputt. Die denken aber alle nicht darüber nach, was die Zukunft bringen wird. Sie werden immer mehr und sie werden sich immer stärker wehren. Irgendwann habt ihr unprofessionellen Idioten keine Chance mehr. Allerdings, wenn ihr alle nicht hören wollt, kann ich auch nichts mehr tun."

„Es geht doch viel mehr darum, dass gerade die Emmissionen und Abfälle aus den östlichen Ländern und teils auch hier so enorm zugenommen haben, dass aus ihnen eine Energie entstanden ist, die die Welt und die Natur schädigt...", meinte Daniel ernst.

„Könnt ihr bitte etwas leiser sein!", warf Stella ein, „das hier muss ja nicht gleich jeder mitbekommen!"

„Denk doch mal nach! Die Dämonen bestehen aus reiner Energie. Müll und alle Schadstoffe, Abfälle und was-weiß-ich-noch, sind tot. Da gibt es zwar Energie, aber bei weitem nicht genug, um solche Wesen entstehen zu lassen. Das einzige was sie hervorrufen könnte wäre Atommüll oder ähnliches, aber warum entstehen sie dann auch an ganz anderen Orten, wo solche Abfälle nicht zu finden sind? Wie entstehen sie denn eurer Meinung nach?...Ihr wisst es nicht!? Überhaupt schon mal darüber nach gedacht? Und eure Art sie zu töten... das ist alles Schwachsinn! Mit euren dämlichen präparierten Waffen, das funktioniert ja gar nicht. Es ist nicht so, dass sie davon sterben. Eure Waffe zerstreut die Energie. Dann sind die Dämonen zwar für einen kurzen Zeitraum vertrieben, tauchen aber irgendwann, irgendwo anders in irgend einer anderen Form wieder auf. Begegnet man ihnen mit schlechten, hasserfüllten Gedanken, dann wehren sie sich durch ihre Energie und fügen den Menschen Verätzungen zu", er zog seinen Pullover ein Stück hoch und man konnte eine große Narbe sehen, „Wenn man ihnen aber ohne bösen Gedanken begegnet, dann lassen sie einen in Ruhe. Schon mal ausprobiert!?"

Sofort musste ich an den Kugeldämon denken, der mir auf dem Weg zu Stellas Halloweenparty begegnet ist. Dieser hatte mich zwar verfolgt, war aber verschwunden ohne dass er einer Pflanze, einem Tier oder mir etwas getan hätte.

Ich versuchte die Situation etwas zu beschwichtigen: „Glaubst du nicht Michael, dass die Menschen einfach nur Angst vor den Dämonen haben? Ich meine, wie kannst du sicher sein, dass ausgerechnet deine Theorie hundertprozentig richtig ist?"

„Es ist einfach logisch. Du musst nur darüber nachdenken und es ergibt einen Sinn. Hast du die Dämonen schon einmal wirklich beobachtet? Haben sie jemals einen Baum oder ein Tier angegriffen? Was haben sie denn angegriffen?"

„Stimmt, das ist schon richtig: Fabriken, Müll, Autos...", ich überlegte angestrengt, denn Michaels Argumente ergaben wirklich einen Sinn, „Ich glaube, Daniel, er könnte wirklich Recht haben. Nur glaube ich nicht, dass die Leute es wissen. Ich denke, dass die WNSO und auch die ganzen anderen einfach nur wollen, dass die Dämonen verschwinden und sie sollen deshalb so simpel wie möglich vernichtet werden."

„Nina, bist du eigentlich bescheuert?!", sagte Daniel leise, aber mit einem Blick, der mich schockierte. Ich erschrak, als ich diesen brennenden Zorn in seinen Augen sah. Dann wirbelte er herum und stieß Michael mit seinem Körper fast zu Boden.

„Vor kurzer Zeit, hast du noch gesagt, du bist selbst am zweifeln. Was ist los? Was ist passiert, dass du so stur denken musst?", fragte ich und war über seine Art so verwundert und enttäuscht. Aber ich bekam keine Antwort.

„Wenn einer von euch wieder bei Verstand ist, kann er sich ja bei mir melden. Die ganze Menschheit hat Angst und wird von den Dämonen tyrannisiert und ihr tut so, als wären es harmlose Schoßhündchen!", sagte er hart.

Dann war er verschwunden.

Eine dunkle Welt in der Wahrheit und Lüge so nah beieinander liegen. Jedoch sind diejenigen von uns, die die Wahrheit nicht erkennen und in der Dunkelheit wandeln nicht immer schlecht. Manchmal ist man so versperrt, dass einen nur ein Schlag ins Gesicht, dem einzelnen die Augen öffnen kann. Aber auch wenn durch Unwissenheit eine Lüge gelebt wird, hilft das nicht, die Fehler die daraus entstehen können, zu entschuldigen.

Traurig ist es für diejenigen, die ihre Geliebten im Dunkeln, im Falschen wandeln sehen.

Tagelang versuchte ich mit Daniel zu reden. In der Schule ging er mir aus dem Weg und wenn ich ihn anrief, ging er nicht an das Telefon. Einmal stand ich bei ihm vor der Tür. Seine Mutter öffnete und sagte mir, sie solle mir sagen, dass Daniel nicht da sei. Sie gestand mir aber, dass er zwar da war, aber nicht mit mir reden wollte. Ich war dankbar für ihre Ehrlichkeit, aber enttäuscht über Daniels Unehrlichkeit und sein Ausweichen.

„Es tut mir weh zu sehen, was aus ihm geworden ist. Daniel wirkt so fanatisch, wenn nicht sogar verrückt. Sein Gehirn ist wie abgeklemmt und blockiert. Ich komme überhaupt nicht an ihn heran. So ein Blödmann!", ich war so verzweifelt. Nicht einmal mit mir, wollte er reden.

„Sei doch nicht so hart mit ihm. Du hast damals auch Zeit gebraucht, um das alles zu verarbeiten. Weißt du noch?", Robert versuchte, mich am Telefon zu beruhigen.

„Nein! Das ist was vollkommen anderes. Ich war einfach nur unentschlossen. Er aber ist so verklemmt, dass er nichts mehr erkennt, nichts mehr einsieht."

„Und was willst du tun? Ihn fesseln und foltern, bis er seine Meinung ändert?"

270

„Meinst du das könnte funktionieren?", das war natürlich nicht vollkommen ernst gemeint.

„Hör zu Nina! Ich kenne Daniel und ich bin mir sicher, dass er sich bald wieder fängt."

„Ich will nur hoffen, dass du recht hast. Wir sehen uns später, ja!?"

„Okay! Ciao Nina. Und nicht verzweifeln! Der kriegt sich schon wieder ein."

Er legte auf und ich fühlte mich keinen Deut besser.

Du hättest seinen Blick sehen sollen! Der war so beängstigend zornig und traurig zugleich.

Blindlinks stolperte ich durch den Wald. Ich war an dem Teich gewesen, an dem Daniel und ich uns zum ersten mal geküsst hatten. Unsere perfekte Welt. Doch es hatte mich nur frustriert ohne ihn. Nun wollte ich irgendwo anders hin.

Ich lief bergauf, bergab, machte mir Markierungen an Bäume, damit ich mich nicht verirrte. Blind für alle Schönheit, die mich umgab, irrte ich umher. Mal rennend, mal umschauend, mal keuchend, mal kurz vorm Weinen, mal lachend. Der Boden war durch das Tauwasser weich und matschig geworden. Ich kämpfte mich durch das Gehölz, ich stieg über umgefallene Bäume, abgebrochene Äste, Steine. Dass meine Stiefel von unten bis oben mit Schlamm und Erde vollgespritzt waren, war mir total egal. Ich wollte doch einfach einen schönen Ort finden. Einen Ort, wo meine Seele frei und meine Gedanken ungezwungen waren.

Mindestens drei oder vier Stunden war ich schon umhergeirrt, als ich beschloss aufzugeben...

Ich dachte über Michael nach. Er war nicht so stur wie Daniel, er hatte schon viel eher erkannt, dass das Spiel der WNSO nicht ehrlich sein konnte. Er und Emily hatten sich nie beirren lassen und sie wussten, was sie wollten. Ich war anders, ich war immer so unentschieden. Ich war dumm und hätte schon viel mehr tun müssen! Bis jetzt war ich so vollkommen nutzlos gewesen. Nichts hatte ich je geschafft, auf dass ich hätte stolz sein können. Ich empfand in diesem Moment absoluten Ekel vor mir. Ich begann, mich für mich zu schämen. Da hörte ich ein Rauschen. Es klang wie ein Fluss oder ein Bach. Es war mit Sicherheit Schmelzwasser aus den Bergen und ich folgte ihm. Plötzlich sah ich die vielen Rinnsale. Kleine, größere nebeneinander und einen Bach. Das Wasser darin strömte so heftig, dass man fast nichts anderes mehr hören konnte. Aber es war ein angenehmes Geräusch. Ich folgte seinem Lauf ganz langsam. An manchen Stellen teilte sich der Bach, floss dann wieder zusammen und bildete kleine Inseln. Auf einer davon stand sogar eine riesige Tanne. Nach kurzem Zögern sprang ich über das strömende Wasser und landete glücklicherweise direkt an dem dicken Stamm des Baumes. Ein wenig ärgerlich war, dass ich mitten in Harz hinein gefasst hatte. Es klebte nun an mir und um es noch ärgerlicher zu machen, an meiner guten Jacke. Am liebsten hätte ich mir eine gescheuert. *Wer ist schon so doof und zieht eine so gute Jacke an, um im Wald durch das Unterholz zu kriechen?*

Da stand ich nun auf einem winzigen Fleckchen Erde zwischen zwei fließenden Bächen und wusste nicht, was ich tun sollte. Sollte ich nach Hause? Was sollte ich überhaupt? Als ich da so stand und über mein weiteres Handeln nachsann, kam mir sogar die Frage, ob ich stehenbleiben und über mein weiteres Handeln nachsinnen sollte... Als ich erkannte, dass ich mich gerade in einem absolut irrelevanten Schwachsinn befand, sprang ich die andere Seite über den Bach und folgte ihm weiter. Ich suchte nicht selbst nach einem Weg, sondern ich ließ mich einfach leiten. Mein Gemüt wurde etwas heiterer, denn wenigstens einen kurzen Moment konnte ich die Verantwortung ein wenig abgeben, wenn sie auch nur in geschmolzenen Schnee lag. Und enttäuscht wurde ich nicht. Das Wasser führte mich an einen kleinen Teich oder Tümpel, der so randvoll mit Wasser war, dass seine Oberfläche fast eben war mit dem Waldboden darum herum. Der Tümpel war vielleicht zwei, drei Meter tief und ziemlich klar. Das Wasser schimmerte in einem angenehmen, sanften Grün. Ein kahler Laubbaum lag darin. Er muss wohl am Rand des Wassers gestanden haben und im Winter umgefallen sein. Der Tümpel war in ständiger Bewegung, denn auf der gegenüberliegenden Seite von der der Bach hinein floss, floss das Wasser wieder heraus. Dennoch war der Tümpel nur eine Station für eine kurze Ruhepause. Es lag etwas Mystisches, wenn nicht schon fast Gruseliges in dieser Situation. Der Ort schien wundersam verworren, auch weil die Bäume, die darum herum standen, sehr dicht waren. Ich hielt inne und lies die dunkle Stille dieses Ortes auf mich wirken. Die Luft war feucht und kalt und es roch nach Moos und Erde.

Nach einer kurzen Zeit des Verweilens, beschloss ich nach Hause zu gehen. Dem Bach weiter zu folgen würde mich nur an andere neue Orte bringen und ich war erschöpft und auch ein wenig hungrig. Ich folgte dem Bach nun aufwärts bis zu dem Punkt, wo ich ihn entdeckt hatte und folgte dann meinen Markierungen an den Bäumen. Mit meinem Haustürschlüssel hatte ich Pfeile in deren Rinde geritzt.
Für den Heimweg brauchte ich bestimmt eineinhalb Stunden. Insgesamt war ich also ungefähr sieben Stunden unterwegs gewesen. Mein Fuß schmerzte wieder. Ich hatte vor meiner Wanderung zwar zwei Schmerztabletten genommen, aber nach der ganzen Zeit im Wald und dem vielen Hin- und Hergehüpfe hätte ich ihn mir am liebsten abgehackt. Eigentlich war er ja so weit ausgeheilt, aber für so eine siebenstündige Belastung war er wohl doch noch nicht bereit.

Zuhause hatte mich keiner vermisst, sie wollten nicht einmal wissen wo ich war, als ich mich dreckig und hungrig über den Kühlschrank hermachte. Danach nahm ich sofort noch zwei Schmerztabletten und hoffte, dass es für meinen Fuß keine weiteren schlechten Auswirkungen haben würde. Ich ging in mein Zimmer und schlief.

In den folgenden Tagen meldete sich Daniel immer noch nicht nicht. Ich war aber auch zu stolz, mich weiterhin bei ihm zu melden. Vielleicht wäre es einfach gewesen, ein Gespräch zu suchen und vielleicht dachte er genauso und wir wollten nur beide nicht der erste sein, der nachgeben würde. In der Schule ignorierte er mich komplett. Beim Mittagessen saßen wir alle beieinander, nur Daniel fehlte.

Die Sehnsucht nach ihm wurde immer schlimmer, aber auch die Angst, dass er mich gar nicht mehr wollte. Ich steigerte mich immer mehr in eine Art Mix aus Verzweiflung, Hass, Angst, Sehnsucht und Abscheu hinein. Die mitleidigen Blicke von den anderen nervten mich tierisch. Ständig kamen dämliche Fragen wie: „Hast du schon mit Daniel gesprochen?" oder „Wie soll das bloß mit euch weiter gehen?" oder „Wieso redet er nicht mehr mit dir?" oder „Ist jetzt alles wieder okay bei euch?"

VERDAMMT NOCHMAL! LASST MICH ENDLICH IN RUHE! ICH WEIß ES DOCH AUCH NICHT!

Der einzige, der nichts sagte und mich auch nicht so ansah wie die anderen, war Robert. Er ignorierte das Thema Daniel vollkommen und dafür war ich ihm sehr dankbar. Wahrscheinlich ging es ihm ähnlich wie mir und er sagte deshalb nichts, weil es ihn ebenso nervte, wie mich. Immerhin war er Daniels bester Freund und auch mit ihm redete er nicht. Möglicherweise saßen wir zwei im selben Boot.

Die Tage der Einsamkeit waren betrübt. Natürlich waren sie auch beängstigend. Da ich nachts nicht schlief und meine Paranoia sich dadurch nur noch verschlimmerte, fühlte ich mich schwach und konnte nicht mehr denken. Alles, was ich versuchte anzufangen, missglückte. In der Schule aufzupassen missglückte. Eine Unterhaltung mit -wem auch immer- zu führen endete meistens mit dem Ausspruch „Sorry, ich bin voll abgelenkt. Können wir später reden?" von mir.

Nach und nach wurden die Fragen der anderen weniger und ich wurde auch nicht mehr angequatscht. Aber in mir begann es zu brodeln. Von Tag zu Tag kochte immer mehr Wut in mir hoch.

Und dann war es so weit. Ich platzte fast, als ich ihn im Schulflur sah und er mich einfach nur traurig anstarrte. Was bildete der sich eigentlich ein? Wenn er sich nicht entschuldigen wollte, dann hatte er auch kein Recht, mich so traurig anzuschauen.

„Wir müssen reden! So kann das nicht weiter gehen!", mein Mund schleuderte die Worte etwas zu schnell und zu laut aus mir raus.

Er nickte. Was bildete der sich bloß ein! Nicht mal ein Wort bekam er raus. Ich starrte ihn fragend und herausfordernd an, aber es kam nichts. Er sagte nichts. *Na gut! Dann muss ich halt was sagen.*

„Heute um 4! Hinten bei mir am Waldrand! Dann gehen wir ein Stück! Und reden!"

Ich schnippte davon und mir stiegen die Tränen in die Augen. Da ich wusste, dass ich sie nicht aufhalten konnte, suchte ich so schnell wie möglich die Toilette auf. Dort angekommen, ließ ich sie einfach laufen. Als ich mich etwas gefangen hatte, sah ich erst in den Spiegel und dann auf die Uhr. Mein Gesicht war verquollen, der Mascara und Kajal verschmiert und zum Glück war die Pause noch nicht ganz um. So konnte ich schnell Stella eine Nachricht schreiben: „Toilette. Erdgeschoss. Keine Fragen. Keine Kommentare. Jetzt!!!"

Sie kam, sagte nichts und half mir, mit ihrem Make-up mein Gesicht wieder einigermaßen herzustellen. Das rechnete ich ihr hoch an, vor allem, da sie keine Fragen stellte. Lina hätte ich in diesem Moment wirklich nicht gebrauchen können und Emily hatte mit Sicherheit kein Make-up dabei.

20 Veränderung

Schon wieder hatte ich Angst. Mir kam es so vor, als gäbe es überhaupt keine fünf Minuten mehr, in denen ich mal keine Angst hatte. Mein Magen wollte sich umdrehen in den Stunden, als ich darauf wartete, dass es 16:00 Uhr wurde. Mindestens drei Mal musste ich nach der Schule auf die Toilette. Dass mir Nervosität auch immer so auf den Magen schlagen musste.

Glücklicherweise ließ er mich nicht warten. Er war schon da. Wir standen uns gegenüber und ich wusste nicht recht, was ich sagen sollte. Mein Herz schlug schnell. Diesmal war er es, der die Unterhaltung begann.

„Du wolltest reden!?", er klang so kühl.

„Wie soll das jetzt mit uns weiter gehen? Möchtest du noch mit mir zusammen sein? Oder machst du jetzt doch, was deine Eltern wollen? Wenn es so ist, dann finde ich es so was von arm, dass du nicht mal den Schneid in der Hose hast, mir das zu sagen. Du hast wohl gehofft, dass unsre Beziehung langsam im Sand verläuft, wenn du mich nur lange genug ignorierst?"...*Luft holen Nina!*

„Nein! Ich hatte nur viel nachzudenken."

„Und? Hast du fertig gedacht?"

Keine Reaktion. Ich sah ihm direkt in die Augen. Seine wunderschönen kalten silbernen Augen. Sein makelloses Gesicht. Seine perfekten Haare. Was ging bloß hinter dieser Fassade vor. Wie konnte er nur so sein. Er war für mich immer so perfekt gewesen.

„Bedeutet das, dass wir uns jetzt voneinander trennen? Machst du mit mir Schluss?", fragte ich leise, hart, herausfordernd.

Rede mit mir! Umarme mich! Küsse mich! Liebe mich!

Er schaute mich an und durchbohrte mich mit seinem harten Blick. Dann holte er Luft, um etwas zu sagen. Allerdings schluckte er nur und pustete die Luft wieder aus.

„Trennst du dich von mir?", sagte ich nun halb schreiend. Ich sagte es, als wollte ich, dass er mich verlässt. Lieber hätte ich fragen sollen, ob er mich noch liebt. Oder ich hätte sagen sollen, dass ich ihn noch liebte.

Aber stattdessen sagte ich: „Gut! Wenn du nichts dazu zu sagen hast, dann war es das jetzt mit uns! ICH VERLASSE DICH!"

Dann drehte ich mich um und ging. Ich ließ ihn einfach stehen und mit ihm auch einen Teil von mir. So schlimm es für mich war, so notwendig, hatte ich es empfunden. Ich fühlte mich verlassen, vernachlässigt. *Komm mir hinterher! Sag mir, dass du das nicht willst! Dass du mich doch willst!* Die Gedanken überschlugen sich in meinem Kopf. *Daniel, sollte es das jetzt wirklich gewesen sein?* Ich wollte mit ihm zusammen sein und hatte gerade mit ihm Schluss gemacht.

So schnell konnte es gehen. Es kam mir so gar nicht wirklich vor, was gerade passiert war. Ich konzentrierte mich auf meine Schritte und meinem Atem. Die kalte Luft brannte, als sie in meine Lunge ein und wieder aus strömte. Den Matsch spritzte, als ich ihn mit meinen Füßen zertrat. Doch als meine Schritte schneller wurden und mein Atmen flattrig, wusste ich, ich konnte den restlichen Tag nicht einfach allein Zuhause verbringen. Ich brauchte Trost. Doch wo sollte ich den finden. Ich dachte an Emily, Lina oder Stella oder alle drei? Hatte ich da wirklich Lust darauf? Konnte ich vielleicht Robert in Beschlag nehmen? Eigentlich ein absolutes No-Go, da er ja Daniels bester Freund war und er ihn vielleicht brauchte. Doch dann dachte ich daran, was passiert war und mir wurde es egal. Die Wut kam hoch und ich war der Meinung, dass Daniel Robert nicht verdiente. Und das aus mehreren Gründen. Nicht zuletzt, da er auch ihn in der letzten Zeit ignoriert und vernachlässigt hatte.

Zu dem war Robert der Einzige, der mich nicht nerven würde. Da war ich mir sicher.

Telefon raus. Nummer wählen.

„Ja?"

„Hallo Robert ich bin es Nina. Was machst du gerade?"

„Nichts Besonderes, warum?" Ich hörte jemanden Robert rufen. Es war eine Frauenstimme, sie klang sehr jung.

„Ist da jemand bei dir?", fragte ich.

„Nö nö! Was ist denn los?"

„Wer ist denn das?", hörte ich die Stimme fragen. Dann ein kurzes Rascheln.

„Was liegt dir denn auf dem Herzen?"

„Hast du was dagegen, wenn ich dich besuche?", meine Stimme überschlug sich ein wenig.

„Aber sicher! Komm vorbei!"

„Wer soll vorbeikommen?", fragte die Stimme. War das etwa Sarah? Robert flüsterte: „Mein Onkel, er will mir irgendein Angebot machen, wegen seinem Polo. Du musst jetzt gehen."

Ich legte schnell auf. Ich wusste zwar nicht, wie ich das zu nehmen hatte, aber immerhin sagte er irgendetwas mit irgendjemanden ab, um mit mir abzuhängen. Auch wenn ich anscheinend sein „Onkel" war...

Ich ging nach Hause und packte meine Tasche mit ein paar tollen Sachen aus unserem Keller voll. Danach ging ich zu Robert, der mich schon erwartete.

„Du hast so schnell aufgelegt?"

„Als dein Onkel hab ich ja wohl das Recht dazu!", ich sah ihn vorwurfsvoll an.

„Sorry."

„Schon gut. War das Sarah?"

„Mh", verlegen, schaute er zur Seite, „Aber jetzt zu dir! Welchem Anlass verdanke ich die Ehre?"

Das war nicht gut, denn da kam alles wieder hoch. Mir stiegen die Tränen in die Augen.

„Oh... hab ich was Falsches gesagt? Es ist wegen Daniel?"

Ich nickte und ließ die Tränen endlich zu, die schon die ganze Zeit herausbrechen wollten.

Es tat gut, mit Robert zu reden, er war verständnisvoll, aber er bedrängte mich auch nicht mit unangenehmen Fragen. Er öffnete auch mir sein Herz, denn er war selbst von Daniel und seinem Verhalten enttäuscht. Ich konnte ganz ruhig und vernünftig mit ihm reden. Dadurch, dass sich die ganze Sache schon einige Zeit hinzog, war ich relativ nüchtern und gefasst. Die ganze vergangene Zeit hatte ich mich unbewusst innerlich darauf vorbereitet. Das Ende war schon irgendwie abzusehen. Dennoch hatte ich immer noch die stille Hoffnung, dass alles wieder gut werden würde.

Und ich wartete wieder. Und wieder kam nichts.

„Ist ER auch da?", fragte ich.

„Ich glaube nicht, dass er kommt. Ich habe ihm nicht mal Bescheid gesagt. Du siehst gut aus!", antwortete Robert wie selbstverständlich.

„Danke!"

Ich spürte Erleichterung, aber auch Enttäuschung. Ich hätte mir mal gerne eine Richtige Szene mit einer Ohrfeige oder so gewünscht. Robert feierte nämlich bei sich zu Hause den Osterferienbeginn und es waren ziemlich viele Leute da. Warum ich so drauf war, wusste ich nicht. Aber in mir staute sich Wut auf, die ich irgendwie raus lassen wollte. Am besten an Daniel und das vor der gesamten Schule: So ein richtiges Drama. Dadurch, dass Robert Daniel nicht eingeladen hatte, standen die Seiten nun endgültig fest. Daniel gegen uns andere. Allerdings war es absurd und ergab nicht einmal Sinn, wenn man genau darüber nach dachte. Trotzdem war es so.

„Gut! Dann können wir ja heute ausgelassen feiern!", grinste ich Robert an. Er klopfte mir auf die Schultern und bejahte mit einem Kuss auf die Stirn. Das war etwas, mit dem ich nicht gerechnet hatte. Sicher war es einfach freundschaftlich gemeint.

An diesem Abend machte ich es mir zur Aufgabe, die Leute zu beobachten. Das war einmal ein Spiel gewesen, das meine ehemalige beste Freundin Jana und ich immer auf Partys gespielt hatten, als ich noch in der Stadt gewohnt hatte. Wir suchten uns Leute aus, die wir eine Zeit lang beobachteten und dann dachten wir uns Geschichten über sie aus: Wo sie herkamen, was sie dachten, was sie tun wollten und so weiter. Mein erstes Opfer war Sarah. Sie war eindeutig hinter Robert her. Ständig schawänzelte sie um ihn herum. Ich interpretierte:

Sarah ist verwundert, warum Robert ihr aus dem Weg geht. Robert hat auf das alles keine Lust, da er sich um alle seine Gäste kümmern muss. Sarah versucht ihn mit Blicken und Gesten ins Bett zu bekommen. Doch dass er sie einmal hatte, reicht Robert... dem Schlawiner! Denn eigentlich empfindet er gar nichts für sie. Das macht sie wütend und sie fühlt sich benutzt. Irgendwann lässt sie von ihm ab und denkt sich: „Da such ich mir halt einen anderen!" und geht schnurstracks zu Christian um ordentlich einen zu kiffen.

Das Letzte war natürlich reine Spekulation. Aber dennoch verschwand sie nach einiger Zeit aus meinen Augen und tauchte so schnell auch nicht wieder auf.

Lina versuchte, mir ein Gespräch aufzudrücken. Sie wollte wissen, wie ich mich fühlte und ob sie mir nicht irgendwie helfen könnte. Das war von ihr zwar lieb gemeint, aber an diesem Abend absolut nicht das, was ich brauchte und wollte.

„Soll ich dir ein Spiel erklären?", fragte ich sie, um sie von dem anderen Thema wegzubekommen.

„Was denn für ein Spiel?"

Ich erklärte es ihr. Sie fand es lustig. Die erste Geschichte, die wir uns ausdachten, ging um ein Mädchen, das ein Jahrgang unter uns war. Ihren Namen kannten wir nicht.

Sie ist heute Abend hergekommen, weil sie in einen Typen verknallt ist, der heute auch hier ist. Sie hat ihn aber noch nicht entdeckt und rennt deswegen wie blöde umher. Sie ist frustriert, weil sie sich extra für ihn

schick gemacht hat und trinkt aus Frust einen Schnaps nach dem anderen.

„Und wo ist ihr Geliebter?", fragte Lina mich lächelnd.

„Der ist gerade mit Sarah im Abstellraum eine Nummer schieben."

Lina lachte laut und gab hinzu: „Oder mit Stella!"

„Ist die nicht hier?", fragte ich.

„Keine Ahnung, heute noch nicht gesehen."

„Stimmt, ich auch nicht."

Wenn man vom Teufel spricht! Da kam sie auf uns zu getanzt, im kleinen Schwarzen. Ein bisschen over-dressed für diesen Abend, dachte ich. Aber na gut, das war halt Stella.

„Na meine Hübschen!", sie sah aus, als wäre sie ein wenig durch den Wind. „Darf ich die Nina mal kurz entführen, oder bist du da böse?", meinte sie zu Lina.

„Bitte! Mach nur!" *Oh oh! Lina ist sauer!* Murmelnd schnippte sie davon.

„Stella!", ich sah sie vorwurfsvoll an.

„Was denn?"

„Du weißt doch, dass sie in letzter Zeit empfindlich ist. Weil sie sich manchmal ausgeschlossen fühlt", die Arme tat mir Leid, mit ihrer Ahnungslosigkeit.

„Da muss sie halt durch!", sagte sie barsch und zog mich am Arm.

Sie zerrte mich raus aus dem Haus und die Straße entlang bis zum Spielplatz. Zum Glück war der Frühling schon ziemlich vorangeschritten und das Wetter an dem Abend trocken und lauwarm.

Stella platzte heraus: „Ich weiß, dass er ein Idiot ist, aber er liebt dich! Ihr müsst das wieder hinbekommen."

Oha! Ich wusste nicht recht, wie ich das einzuordnen hatte. Aber ich hatte keine Lust, darüber zu reden. Wieso begriff das denn niemand. Ich wollte nicht.

„Ach ja? Wie kommst du denn jetzt da drauf? Aber ehrlich gesagt, will ich nicht darüber reden."

„Weil es so ist, ich weiß das. Vertrau mir!"

„Hast du mit ihm geredet?"

„Ja."

Mein Herz wollte aussetzen.

„Und was hat er gesagt?", fragte ich.

„Dass er dich liebt."

„Mit dir redet er und bei mir bekommt er kaum einen Ton raus?"

„So richtig weiß ich es auch nicht, aber vielleicht wird er von seinen Eltern unter Druck gesetzt."

„Dann hätte er doch mit mir reden können. Oder sich über sie hinwegsetzen, das hätte ich zumindest für ihn getan."

„Nina! Du weißt doch gar nicht was dahinter steckt, vielleicht ist das alles komplizierter als du denkst", sagte sie und klang dabei ungewohnt vernünftig.

„Nein! Stopp! Ich hab da jetzt echt keinen Bock drauf. Ich weiß, du meinst es gut. Aber eben weil ich es nicht weiß und wahrscheinlich auch nicht erfahren werde, hat das alle eh keinen Sinn, im Moment zumindest."

Ich wollte nicht reden. Ich wollte nicht reden.

„Geh doch wenigstens mal zu ihm und rede mit ihm", bat sie sehr drängend.

„Das hab ich doch versucht! Und wenn ich jetzt zu ihm hin marschiere und wieder anfange zu reden kommt doch wieder nichts dabei herum. Wenn er mir was zu sagen hat, dann soll er zu mir kommen. Er ist doch derjenige, der sich vor mir verschlossen hat. Er hat mich doch die ganze Zeit ignoriert. Ich hätte gekämpft und mich ihm geöffnet, bei was-auch-immer sein ganzes Problem sein mag. Ich hab es doch versucht. Oder nicht! Er hat doch sein Maul nicht aufbekommen", ich wurde laut.

„Du hast genau so aufgegeben. Du hast mit ihm Schluss gemacht. Nicht anders herum", sagte Stella ruhig.

Ich wusste nicht mehr, was ich sagen sollte. „Ich kann aber nicht."

„Was kannst du nicht?"

„Schon wieder zu ihm hin und versuchen was zu retten. Wenn es doch nicht hilft?"

„Hast du denn versucht es zu retten? Oder hast du aufgegeben?"

„Hat er das so zu dir gesagt?"

„Nein, das frage ich dich jetzt."

„Natürlich hab ich gekämpft! Und jetzt ist es sowieso zu spät."

„Es ist nicht zu spät."

„Ich will aber nicht!", das aus meinem Mund zu hören, schockierte mich selbst.

„Das ist natürlich etwas anderes", sagte Stella und verzog ihre Augenbrauen.

„I-ich will schon, aber ich kann im Moment einfach nicht. Das ist alles so viel, was auf mich einströmt und ich fände es einfach schön, wenn er um mich kämpfen würde, wenn ich sehen würde, was ich ihm bedeute. Von mir kommt jetzt erst mal gar nichts!"

„Liebst du ihn denn?"

„So sehr", es war nur ein Flüstern, das ich herausbrachte.

„Ach so!", hörte ich eine Stimme hinter mir sagen. Ich drehte mich um und sah Lina stehen.

„Mit Stella redest du, aber mit mir nicht! Super! Langsam fühle ich mich echt verarscht. Ich habe keinen Bock mehr auf die Scheiße! Was soll das? Ist das so was wie ein geheimer Club, oder so? Der Lassen-wir-Lina-außen-vor-Club?"

Stella und ich sahen uns an. Nach einer kurzen Zeit des Schweigens, ergriff Stella das Wort: „Komm her Babe. Ich glaube der Lauf der Dinge erlaubt es uns, dir Einiges zu erklären. Oder Nina? Was meinst du?"

Dankbar, dass Thema Daniel wieder los zu sein, nickte ich. Außerdem war es wahrscheinlich wirklich Zeit, Lina die Dämonensache zu erklären. Und auch, wenn sie sie noch nicht sehen konnte, so würde die Zeit vielleicht sogar bald kommen. Die Arme war lange genug ausgeschlossen. Und da wir nicht mehr zur WNSO gehörten (was ich ja eigentlich noch nie wirklich getan hatte), standen wir auch nicht mehr unter Schweigepflicht.

Innerlich war ich immer noch aufgewühlt. Aber ich versuchte zu verdrängen. Das tat gut.

Zunächst entschuldigte ich mich, dass ich mit Stella über Daniel geredet hatte und mit ihr nicht, mit der Begründung, dass Stella es gewaltsam aus mir herausgequetscht hatte. Dann kamen wir zu dem anderen Teil. Wir fingen mit den Ereignissen in den Medien an. Dann erklärten wir ihr, dass wir wussten was da abging. Wir erklärten ihr alles über die Dämonen und die WNSO, alles was wir wussten und was wir dachten.

Lina glaubte uns jedes Wort und fand das alles sogar sehr plausibel. Keine Ahnung, ob sie was getrunken hatte oder, ob sie das wirklich so einfach ohne Beweis hinnahm. Vor allem als Stella ihr erklärte, dass das ein Grund war, warum Daniel und ich uns getrennt hatten. *Eigentlich ist es DER Grund!* Ich sagte nichts dazu.

„Du bist nun offiziell aufgenommen in den Lassen-wir-Lina-doch-nicht-außen-vor-Club", sagte Stella, nahm eine leere Flasche die auf einem Mülleimer stand und zerdepperte sie mitten auf der Straße.

„Bist du verrückt?", fragte ich sie.

„Schnell weg!" schrie sie und rannte die Straße entlang. Lina und ich folgten ihr. Es war ein schöner Moment. Das Adrenalin schoss durch meinen Körper und wir lachten laut und ausgelassen. Ich hatte Angst, dass das jemand bemerkt haben könnte und dennoch fühlte ich mich gut. Es war schön, dass Lina nun eingeweiht war. Ich schob Daniel in meinem Kopf weit weg, ganz weit weg.

Wieder auf der Party rannte ich zu Robert und umarmte ihn kräftig. Seine blauen Augen starrten mich verwundert an, doch dann grinste er und sagte halb im Spaß: „Trink heute lieber nicht mehr so viel!"

„Wir haben Lina alles erzählt", sagte ich freudestrahlend.

„Echt?"

„Ja und sie glaubt uns. Wir dachten, es sei okay, da es ja jetzt sowieso immer offensichtlicher wird."

„Na von mir aus", er zuckte mit den Schultern. „Und wie geht es jetzt weiter?"

Wenn ich das wüsste.

22 Sterben... Leben... und so

Seit sie ihn in das Heim gesteckt hatten, war ich nicht mehr in Max´ Zimmer gewesen. Warum ich an diesem Tag zu diesem Zeitpunkt hineinging, wusste ich nicht. Es war einfach nur eine affektiv Handlung, über die ich nicht besonders nachgedacht hatte. Ich vermisste seine Anwesenheit. Ich trat ein und auf den ersten Blick sah es aus wie immer. Bett, Schreibtisch, Blöcke, Leinwände, Staffeleien. Alles ordentlich, alles an seinem Platz. Doch irgendwas war anders, das konnte ich spüren. Etwas stimmte nicht. Ich sah kurz aus dem Fenster und drehte mich dann um. Da bemerkte ich, dass etwas unter seinem

Bett lag. Ich holte es hervor, es war eine Mappe auf der ganz groß „Nina" stand. Ich schlug sie auf und sah das Bild, das er von mir gemalt hatte, auf dem ich auf dieser Wiese stand, mit der DK. Er musste es sich irgendwann mal aus meinem Zimmer genommen haben. Ich atmete tief durch. Es kostete mich große Überwindung, das nächste Bild anzuschauen. Was ich sah, ließ mich aufschreien: Ich brennend, sterbend. Schnell blätterte ich weiter und sah mich, wie dieser kleine Ball durch mich durch hüpfte. Weiter, weiter, weiter. Immer mehr Bilder von Dämonen, von schwarzen Schatten, von mir. Ein Zettel mit Schrift... DIESE SCHRIFT! „Hab keine Angst! Ich bin für dich da!" Vor Schreck klatschte ich die Mappe zu Boden. Die anderen Bilder, meine Träume, diese Gestalten, die mich verfolgten. Er hatte das alles gesehen. Er hatte mir diese Nachrichten geschrieben. Ich zitterte am ganzen Körper.

Was, wenn das alles wahr wird?

Laut schluchzend fiel ich mich zu Boden. Nichts war mehr unter meiner Kontrolle: Meine Stimme, mein Körper, meine Gedanken.

Mein Vater kam in das Zimmer hineingestürmt.

„Nina! Nina! Was ist los? Was ist passiert?"

Er hob mich hoch und legte mich in Max´ Bett. Ich konnte nichts sagen, wollte nichts sagen. Meine Mutter kam dazu, alles wurde verschwommen. Die Umrisse wurden schemenhaft. Und dann wurde es schwarz.

Langsam kam ich wieder zu mir. Ich fühlte mich matt, müde und ich war verwirrt. Tausend Gedanken schwirrten in meinem Kopf. Wo war ich? Wer war ich? Was war passiert? Nach und nach klärte sich der Nebel in meinem Kopf. Mein Name, meine Familie, mein Zuhause, meine Freunde. Daniel. Alles kam langsam zurück. *Wo bin ich?* Ich wollte jemanden rufen, aber ich brachte keinen Ton heraus. Einige Zeit lag ich nur da und hoffte, dass bald jemand zu mir kam und mir alles erklärte.

Meine Augen öffneten sich. zunächst sah ich noch alles verschwommen, dann erkannte ich, dass ich in einem Krankenzimmer lag. Ich konnte mich kaum bewegen, alles fühlte sich schwer an. Das Zimmer war klein. Ich lag am Fenster. Bis auf das Mädchen im Nachbarbett, das mir den Rücken zukehrte und wahrscheinlich schlief, war ich allein. *Was ist passiert?* Ich konnte mich partout nicht erinnern.

„Du hattest einen Nervenzusammenbruch", das Mädchen schlief doch nicht.

„Hallo", hauchte ich mit kratziger Stimme „Ich bin..."

„Nina, ich weiß schon.", ihre Stimme war glockenklar und hell.

„Wie heißt du?", fragte ich.

„Keine Ahnung, mir hat nie jemand einen Namen gegeben. Aber ich weiß, dass ich ein Sternenkind bin."

Sternenkind? Mein Kopf war noch nicht wirklich fähig, die Wörter die sie sprach, in einen halbwegs logischen Zusammenhang zu bringen.

„Es gibt viele schöne Namen. Zum Beispiel Nina, Amy, Laura, Anne. Nenn mich wie du willst!", fügte sie hinzu.

Ich musste grinsen und empfand zugleich ein wunderbar wohliges Gefühl, als sie meinen Namen als erstes nannte. Vielleicht war das alles nur ein Spielchen von ihr und sie erlaubte sich einen Spaß mit mir. Ich ließ mich darauf ein, weil ich zu schwach war, es nicht zu tun.

„Dann nenne ich dich Amy."

„Ich war immer nur eine namenlose, verlorene Seele", sie klang ernst und traurig. Als ich sie betrachten wollte, bemerkte ich, dass sie mir immer noch dem Rücken zu kehrte.

„Jetzt bist du Amy, das Mädchen, das neben mir liegt. Warum bist du hier?"

„Ich hab... Ich hab dich dazu gebracht, dass du nicht mehr schlafen kannst, dass du Angstzustände bekommst und dass du fast durchgedreht bist. Das tut mir alles so leid!"

Zunächst machte sie mir ein wenig Angst, doch dann viel es mir wie Schuppen von den Augen: *Ich bin nicht im Krankenhaus, ich bin in der Psychiatrie und dieses Mädchen neben mir ist ebenso verrückt wie ich.*

„Du bist nicht verrückt! Deswegen bin ich ja jetzt auch hier."

Allein die Unterhaltung versicherte mir, total durchgeknallt zu sein, geisteskrank. Vielleicht war sie nicht mal wirklich da und ich bildete sie mir nur ein. Komischerweise war ich ganz ruhig. Weder hysterisch noch nervös. Manche Tatsachen lassen einen nüchtern werden. Vielleicht hatten sie mich mit Medikamenten zugedröhnt.

Sie drehte sich langsam zu mir herum und spielte mit den Fingern mit ihrem mittelbraunen Haaren herum. Eine beruhigende Bekanntheit lag in ihrem Gesicht, ganz besonders ihren Augen: Große, dunkelblaue Knopfaugen, ähnlich denen meines Bruders.

„Erst wollten sie es dir selbst mitteilen, aber sie waren so robust, so hart, sie kennen die Gefühle der Menschen nicht so gut. Sie haben dir die Träume geschickt und sie waren es auch, die Max solche Angst gemacht haben. Sie dachten du brauchst das, um dir klar zu werden, was du willst. Dass es sich so auf dich auswirken würde, war ihnen ziemlich egal. Und dass Max die ganze Sache so intensiv mitbekommt, haben sie auch nicht bedacht. Deshalb hab ich dir auch Zettel geschrieben. Aber geholfen hat das ja leider nicht. "

Max? Woher weißt du von Max und den Träumen?

„Ich hasse es, dass ich so wenig Ahnung von euch habe, aber ich bin jedenfalls einfühlsamer als die."

„Du bist kein Mensch? Wer sind die?"

„Ich bin hier, um dir die Wahrheit zu sagen. Sie glauben, du bist eine von ganz wenigen, die es verstehen könnte. Oder zumindest passt du mehr oder weniger in ihr Konzept."

„Jetzt versteh ich gar nichts mehr. Wer sind DIE und was für ein Konzept?"

„Also mit ihnen meine ich die Wälder, den Himmel, die Pflanzen und die Tiere, die Wiesen und das Meer, Seen, Flüsse, Berge. Sie haben sich zusammengetan und die Dämonen geschaffen. Sie wollen die Menschen nicht töten, aber sie werden es tun, wenn es sein muss. Du wirst es vielleicht nicht verstehen, aber es wurde ihnen Energie und

Leben verliehen, bevor es die Menschheit gab. Als die Menschen kamen, erhielten sie den Befehl, sich ihnen unterzuordnen. Sie waren damit einverstanden, solange sie nicht leiden würden. Doch jetzt leiden sie. Viele Jahre mussten sie es erdulden, aber jetzt ist von unterordnen nicht mehr die Rede. Jetzt wird es als Zerstörung gewertet. Also schufen sie die Dämonen, um den Menschen eine Warnung zu schicken, um ihnen zu zeigen, dass es nicht richtig ist, was sie tun."

„Aber wir wussten nichts davon. Wir hatten doch keine Ahnung", mir liefen die Tränen. Doch ich war erleichtert, dass Emily und Michael recht hatten und nicht die WNSO. Nun kam mir der Name „World Nature Safety Organisation" nur noch dumm und sinnlos vor.

„Ja, das ist richtig. Und sie haben versucht, euch Botschaften zu schicken. Doch ihr habt viel zu viel Angst, um euch mit den Dämonen einzulassen. Außer ein paar wenige von euch."

„Und was sollen wir jetzt tun?"

„Du musst ein Bündnis eingehen."

„Aber wie?"

„Ich hoffe, du wirst es zur rechten Zeit wissen."

„Na super! Du bist mir ja wirklich eine Hilfe!"

Einen Moment lang war Stille. Dann stand das Mädchen auf und setzte sich neben mein Bett auf einen Stuhl. Ihre zarten Finger streichelten meine Wange und mich durchliefen mit einem Mal tausend undefinierbare Emotionen. „Ich bin deine Schwester!"

Meine Augen wurden groß. „Ich habe keine Schwester!", flüsterte ich, die Stimme war mir entwichen.

„Ich wurde nie geboren. Max und ich sind Zwillinge. Max wusste es. Natürlich wusste er es. Ich bin immer bei ihm. `Sie sind missverstanden. Ihr macht die Fehler und nicht sie. Ihr denkt falsch! Törichte, dumme, einfältige Menschen! Du musst es tun! Du musst aufhören zu leugnen, du musst erkennen! In der falschen Wahrnehmung liegen falsche Schlüsse. Die Beweise liegen klar auf der Hand. Doch die Vernunft fehlt. Es wird alles zu Grunde gehen oder ihr werdet zu Grunde gehen. Nur ein Weg kann euch retten. Ein Weg, den du gehen wirst. Erkenne! Verstehe! Mache! Sie werden leben! Eure Seelen sind die Schlüssel und nicht der Verstand. Sie werden verstehen, wenn ihr versteht. Sie werden euch lassen, wenn ihr sie lasst. Sei nicht dumm und verstehe und lasse, damit ihr gerettet werden könnt. Andernfalls werdet ihr jämmerlich sterben.` Ich habe es dir durch Max gezeigt. Ich habe mit seiner Hand geschrieben. Du musst darüber nachdenken! Du musst es verstehen! Und du bist nicht allein.“

Ich verstehe überhaupt nichts!

Die Tür ging auf und eine Schwester trat ein. Amy war verschwunden. Ich wusste nicht, ob sie wirklich gewesen war, oder ob ich mir alles nur eingebildet hatte.

Nach -ich weiß nicht wie vielen- Tagen wurde ich entlassen. Es war ein stinknormales Krankenhaus. Dennoch wurden mir Stunden beim

Psycho-Doktor verschrieben und ich ging vorerst nicht zur Schule. Immer wenn ich bei der Psycho-Tante-Frau-Doktor „Blabla" war (mir war ihr Name scheißegal), dann sagte ich nichts oder einfach „Sie können mir nicht helfen. Ich weiß, dass ich ein Psycho bin. Gehen sie einen Kaffee trinken. Bei mir ist sowieso alles zu spät! Ihr Geld bekommen sie auch so."

Sie belächelte das nur und glaubte nicht, dass ich es tot ernst meinte.

Das Lustigste und zugleich Schrägste war, dass sie unbedingt das Bedürfnis hatte, bei mir Magersucht zu diagnostizieren. Sie meinte, das wäre psychisch bedingt und hätte mit meinem Bruder zu tun und ich müsste in eine Klinik und so.

Als meine Eltern zu allem absurden Übel auch noch zustimmten, haute ich von Zuhause ab. Das war mir zu viel. Ich war innerlich so leer und so resigniert. Ich konnte das alles nicht mehr ertragen. Nicht, dass ich mir wo anders etwas Besseres zu erhoffen wagte. Allgemein dachte ich nicht viel darüber nach und was ich wollte, wusste ich auch nicht. Ich wusste nur, dass ich nicht in eine Klinik gehen konnte, in der sie mir gegen meine „Magersucht" helfen wollten. Das war alles so dermaßen lächerlich. Ich hatte definitiv viele schlimme Sorgen und Probleme. Jedoch zählte mein Essverhalten nun wahrlich nicht dazu!

Doch wo sollte ich hin? Zu wem konnte ich gehen? Lina? Sicher nicht! Stella, Emily? Nein, sie würden mich nicht verstehen, oder doch? Nur bei zwei Leuten wäre ich mir sicher gewesen. Doch zu dem einen konnte ich auf keinen Fall gehen -Gründe klar-, also ging ich zu dem anderen: Robert.

Vor seinem Haus traute ich mich nicht zu klingeln, deshalb rief ich ihn auf seinem Smartphone an.

„Ja?"

„Hallo Robert... ich bins...Ni.."

„Nina! Was ist mit dir passiert? Was ist los? Wo bist du denn die ganze Zeit gewesen?"

„Ähm... ich... du..."

„Ist alles in Ordnung?"

„Kannst du mich mal bitte rein lassen?N-nur, wenn es dir keine Umstände macht!"

„Wo bist du? Bist du bei mir vorm Haus?"

„Ja... ich..."

KLICK. Aufgelegt!

Keine halbe Minute später kam er aus der Tür gestürzt und nahm mich bei der Hand.

„Komm rein! Mensch Nina!"

„Danke", kann ich nur leise säuseln.

Er bat mich leise zu sein, da seine Eltern schon schliefen. *Ach ja, es ist ja schon dunkel draußen!* Das war mir gar nicht aufgefallen.

In seinem Zimmer angekommen bat er mich, einen kurzen Moment zu warten. Als er wieder kam, hatte er zwei Tassen Tee auf einem Tablett und dazu zwei Teller mit je einem Sandwich darauf.

„Du bist doch verrückt, das wäre doch nicht nötig gewesen!"

„Nina!", er schaute mich an, „seit fast drei, vier, fünf... seit vielen Wochen zerbrechen wir uns alle unsere Köpfe! wir wussten nicht, was mit dir los ist. Du bist nicht ans Telefon gegangen und deine Eltern haben immer behauptet, du könntest gerade nicht oder du wärst nicht da. In der Schule gingen die schlimmsten Gerüchte um und Daniel war außer sich und..."

„Du hast mit Daniel geredet?"

„Nur flüchtig. Er fragte nach dir und ich konnte ihm nichts sagen, da ist er für ein paar Tage nicht in die Schule gekommen und dann war er wieder da und wusste auch nichts, danach haben wir nicht nochmal geredet."

Daniel hat nach mir gefragt? Ob er wohl bei mir zu Hause war und meine Eltern haben ihn abgewimmelt? Ich verfluchte mich in diesem Moment dafür, dass ich all meine Anrufe, ungesehen weggedrückt hatte und regelmäßig meine Liste löschte, damit ich auch ja nicht in die Versuchung kam, Kontakt zu jemanden aufzunehmen.

„Was ist denn passiert und was ist los?", Robert riss mich aus meinen Gedanken.

Ich erzählte ihm alles, was passiert war. Die komplette Geschichte und ich ließ von Max´ Bildern über Amy über die Therapie absolut nichts aus. Mir schossen die Tränen wie Flüsse aus den Augen und das erste Mal seit Wochen spürte ich wieder etwas.

„Wow!", Robert schreckte zurück, als er mich umarmte.

„Ich weiß, du denkst jetzt, ich bin verrückt!"

„Nein! Aber du musst zugeben, du bist wirklich dürre geworden. Das ist nicht mehr normal!"

Beschämt schaute ich auf den Boden: „Jetzt fängst du auch schon damit an."

„Ist schon gut! Du hast viel durchgemacht!"

„Glaub mir oder glaub mir nicht, aber ich hab das nicht gemerkt. Die haben mir das zwar gesagt, aber ich hab gar nicht registriert, was das bedeutet. Ich hab bis vorhin nicht bemerkt, dass es draußen dunkel ist und hab mich dann nicht einmal darüber gewundert."

„Du hast viel zu bewältigen gehabt in letzter Zeit!"

„Kann sein."

„Iss was."

„Ich sollte, stimmt´s!?"

„Ja, du solltest!"

Robert reichte mir ein Sandwich und ich biss vorsichtig herein. Ich wunderte mich darüber, dass es einen Geschmack hatte. Ich kaute lange und schluckte.

„Die beste Idee seit langem!", sagte ich und grinste Robert an.

„Das Sandwich?"

„Nein! Zu dir zu gehen!", nun war ich diejenige, die ihn umarmte. Dabei viel mir fast das Sandwich aus der Hand. Denn im Regal entdeckte ich Roberts Wecker. Es war 03:13 Uhr. Mitten in der Nacht.

„Ach du Scheiße! Robert! Es tut mir ja sooooooo leid! Ich hatte ja keine Ahnung, wie spät es ist!"

299

„Schon okay! Bleib ruhig! Ich bin dir unendlich dankbar, dass du gekommen bist."

„Welcher Tag ist heute?"

„Dienstag"

„Morgen ist Schule?", ich war so geschockt.

„Jep!"

„Scheiße! Es tut mir so…"

„Halt den Mund und iss!"

„Du solltest schlafen!"

„Ich geh morgen nicht in die Schule, keine Bange."

„Warum nicht?"

„Hab was anderes vor. Wenn du willst nehme ich dich mit. So wie ich deine Situation einschätze, hast du gar nicht mitbekommen, was in letzter Zeit so los war!?"

„Stimmt."

„Hier war die Hölle los in letzter Zeit!"

Robert erklärte mir, dass viele nicht mehr zur Schule gingen. Die WNSO hätte sich in den Medien geoutet und die Sache mit den Dämonen auf ihre Weise erklärt. Sie arbeiteten nun mit der Regierung zusammen und behaupteten, sie hätten die Situation unter Kontrolle. Aber in Wirklichkeit, erzählte Robert, wurden die Angriffe der Dämonen immer offensichtlicher und schlimmer und immer mehr Menschen könnten sie sehen.

„Manche glauben der WNSO, aber es gibt auch eine Opposition. Sie ist zwar klein, aber es gibt sie und das ist wichtig! Es kam in letzter Zeit zu vielen Revolten, Gewalttaten gegen die Regierung und gegen große Konzerne. Denen wird die Schuld für alles gegeben."

„Ist auch richtig so. Nicht unbedingt Gewalt, aber ihnen die Schuld zu geben, oder?", fragte ich und ich merkte ein Bedürfnis in mir aufsteigen. Seit langer Zeit hatte ich überhaupt wieder irgendein Bedürfnis. Ich wollte mich beteiligen.

„Und was macht ihr?", fragte ich.

„Stella, Michael und so? Wir sind noch unentschlossen. Es gibt eine Gruppe, die nennt sich CT, das bedeutet Cold Truth. Die haben Mitglieder auf der ganzen Welt und Michael ist dort auch Mitglied. Er will, dass wir uns da beteiligen. Morgen treffen wir uns. Eigentlich treffen wir uns ständig, aber viel ist dabei noch nicht herum gekommen. Wir anderen sind uns nämlich nicht sicher was wir tun sollen."

„Was machen die denn so, die CT?"

„Aufklärungsarbeit. Allerdings ist das schwer. Im Internet haben sie zwar schon einiges erreicht, aber sie kommen nicht ins Fernsehen. Die WNSO arbeitet eng mit den Regierungen der ganzen Welt zusammen und wollen natürlich das Wirken der CT so weit wie möglich verhindern."

Darüber musste ich erst einmal nachdenken. „Dann müssen sie radikaler werden."

„Sie wollen aber seriös sein und bleiben. Wenn sie jetzt anfangen würden zu randalieren - obwohl ich nicht genau weiß, hinter welchen Anschlägen was für Leute stecken - würden sie ihre Glaubwürdigkeit verlieren. Aber darüber können wir uns auch morgen unterhalten."

„Hast recht", sagte ich und trank einen großen Schluck Tee.

„Wie geht es dir jetzt?", fragte Robert.

„Zum ersten Mal seit langen fühle ich mich... am Leben, irgendwie."

„Wissen deine Eltern wo du steckst?"

„Nein. Ich denke ich werde sie morgen anrufen und sagen, dass alles in Ordnung ist. Und natürlich geh ich morgen Abend wieder heim. Auch wenn mir das im Grunde widerstrebt."

„Du kannst auch hier bleiben! Solange du möchtest, wenn dir das lieber ist."

„Ich danke dir. Aber ich versuch es erst mal daheim. Wenn sie mich dann immer noch zur Psychotherapie oder in eine Klinik stecken wollen, dann komm ich wieder zu dir", ich lachte und das tat unendlich gut. Robert lachte auch.

„Meinst du nicht, dass deine Eltern etwas dagegen hätten, wenn ich immerzu hier wäre?", fragte ich.

„Ich glaube eher nicht. So wie es im Moment drunter und drüber geht, ist nichts mehr zu ungewöhnlich, um es zu verbieten."

„Oha."

Robert holte einen Schlafsack und eine Matratze und legte sich hinein. Er bestand darauf, dass ich in seinem Bett schlafen sollte. Ich schlief schnell und ich schlief seit langem tief und traumlos.

Als wir am nächsten Tag aus dem Haus gingen, traute ich meinen

Augen nicht. „Hängen die schon länger?", fragte ich Robert verwirrt. Sollte ich so blind gewesen sein?

„Nein! Das kenne ich noch nicht. Die sind doch nicht ganz dicht!" Robert war aufgebracht und riss einen der fest getackerten Zettel von einem Mast.

23 Grünes Laub?

So viele große Augen richteten sich auf mich, als wäre ich ein Geist. Sie starrten und starrten und bekamen vor lauter Verwunderung keinen Ton heraus. Es war schon eigenartig, als wäre ich nie ein Teil von ihnen gewesen... doch nach dem ersten Schock kamen sie dann. Einer nach dem anderen. Umarmte mich. Freute sich. Fragte nicht. Von mir aus erklärte ich meine Situation. Die Begegnung mit dem Geistermädchen lies ich allerdings außen vor. Das war mir dann doch ein zu subtiles Thema.

„So aber jetzt ist erst mal gut!", sagte ich und hoffte, dass ich mich bald wieder einigermaßen normal fühlen würde.

Robert erzählte den anderen von dem Plakat, das wir entdeckt hatten.

„Das ist die Höhe!", sagte Michael. Er war außer sich.

„Irgendjemand muss die diese Nacht aufgehangen haben", fügte Emily hinzu.

Ich war mir sicher, dass sie mit „irgendjemand" Daniel meinte. Denn sie sah mich mitleidig an. Obwohl das auch an den anderen Umständen gelegen haben könnte.

„Ach und übrigens! Die sogenannten Waffen sind ein Scheißdreck wert! Wie ich es mir dachte!" Michael lief in der Garage von Emilys Eltern auf und ab.

„Wie meinst du das?", fragte Robert.

„Die Waffen, die die WNSO benutzen, um die Dämonen zu vernichten, zerstreuen alle mal ihre Energiestruktur. Somit können sich die Dämonen schon kurze Zeit später wieder selbst zusammen- ähm zusammenfügen. Ich habe mittlerweile einige Kontakte zu WNSO-Aussteigern."

„Das sind wir auch!", meinte Stella gereizt. Robert nickte zustimmend.

„Ach was! Aber ich meine Leute, die wirklich etwas wissen, die aus der Forschung. Das war ja alles streng geheim, aber die Aussteiger behalten es natürlich nicht länger für sich. Vor allem nicht die, die zur CT gewechselt sind. Sie untersuchen die Dämonen schon einige Jahre. Wusstet ihr das? Sie haben mit ihnen herum experimentiert und Käfige entwickelt, in denen sie die gefangen halten... aber das funktioniert immer nur einige Zeit, dann verschwinden die Dämonen auch aus diesen Käfigen. Die Waffen mit den toten und lebenden Materialien sind reine Massenverarsche. Die Menschen werden so mit einbezogen, fühlen sich wichtig, bekommen Hoffnung, glauben an die Wahrheit und

Sicherheit der WNSO."

„Das kann doch gar nicht sein! So ein offensichtlicher Betrug!", sagte Stella.

„Ja eben! So simpel und es hat dennoch funktioniert. Und jetzt machen sie das Gleiche mit der ganzen Bevölkerung. Sie haben das wahrscheinlich gemacht, da sie selbst keine Lösung haben und das nicht zugeben wollen", meinte Michael.

Robert stand auf und holte sich etwas zu Trinken. Lange Zeit sagte keiner ein Wort.

Lina, die die ganze Zeit bei mir saß und meine Hand hielt, sagte: „Das ergibt doch keinen Sinn! Das muss doch bald auffliegen?"

„Oder es ist nur eine Frage der Zeit, bis sie wirklich etwas finden, was die Dämonen vernichten kann", sagte Emily.

Ich konnte mich noch nicht an dieser Diskussion beteiligen. Ich war so lange nicht mehr anwesend in der Welt gewesen, dass ich mich erst mal wieder zurechtfinden musste. Ich sah aus dem Fenster und betrachtete die grünen Frühlingsblätter an den Bäumen und wünschte mir, nach draußen zu gehen. Meine Freunde hatten mich sehr liebevoll empfangen, als ich mit Robert zu ihnen gestoßen kam. Lina hatte sogar geweint und wich mir seitdem nicht mehr von der Seite.

„Und wie versucht die WNSO diesen Betrug zu decken? Bestechen sie die Aussteiger, oder verfolgen sie sie?", fragte Robert.

„Ähm! Ich hab eine Idee", ich meldete mich zu Wort und alle starrten mich an.

„Wartet kurz!", sagte ich und holte mein Smartphone. Dann nahm ich mir die Fetzen von dem zerrissenen WNSO-Plakat und wählte. Eine kleine Auflockerung am Rande, da ich nicht wirklich fähig war produktiv zu diskutieren.

Eine Frauenstimme meldete sich mit: „WNSO-Service-Hotline! Mein Name ist Burger. Was kann ich für sie tun?" Ich schaltete auf Lautsprecher. Michael sagte sofort: „Bist du verrückt?!"

„Guten Tag mein Name ist Gerlinde" , fing ich an.

„Wollen sie Auskunft zu unserer Einrichtung, unserem Programm oder den Dämonen?"

„Ich habe ein Problem mit den Dämonen. "

„Was ist denn ihr Problem?"

„Meine Oma Heidrun sitzt hier neben mir und sagt, dass sie einen Befall von mindestens 40 Dämonen melden will?"

„40? Wirklich, wo denn? Soll ich ihnen ein Team schicken, das sich darum kümmert?", sie klang nervös.

„Nein! Sie sagt sie seien klein und hätten die Form von Gartenzwergen und sie sagt sie seien sehr nützlich!"

„Wie?"

„Sie sind in ihrem Garten und halten ihn frei von Blattläusen."

Lina musste kichern und auch die anderen hatten ein Grinsen im Gesicht.

„Entschuldigen Sie, aber sind Sie sicher, dass es sich um Dämonen handelt? Ist ihre Großmutter vielleicht ein wenig verwirrt?"

„Oh nein! Ich habe sie auch gesehen. Und mein Anliegen ist eigentlich nur, dass ich gerne welche für meinen Garten bestellen würde. Er ist nicht so groß, ich denke es reichen 20 oder auch 15, wenn sie etwas größer sind. Würden Sie die mir bitte nach Hause schicken?"

Jetzt war es aus. Robert und Lina konnten nicht mehr an sich halten und brachen in Gelächter aus. Stella und Michael lachten ebenfalls und Emily musste sich sogar auf die Lippe beißen.

„Wollen Sie mich veralbern? Ist das vielleicht ein Scherz? Mit Dämonen scherzt man nicht."

„Ganz und gar nicht. Ich reiche das Telefon mal an meine Oma weiter."

Ich schmiss mein Smartphone zu Emily, die es sofort Robert weiter reichte. Er verstellte seine Stimme und versuchte eine Altfrauenimitation.

„Guten Tag ich bin die Heidi!", sagte er hoch und zittrig. Ich schmiss mich fast weg vor unterdrücktem Lachen. „Heidrun!", verbesserte ich ihn flüsternd. „Oh, ähm, die Heidrun bin ich", fügte er hinzu.

Dann kam nur noch ein langes TUUUUUUT zurück.

Mission Spaß erfüllt!

„Du bist verrückt!", Emily schaute mich verwundert, aber belustigt an.

„Ich wollte nur die Stimmung ein wenig auflockern."

„Die haben jetzt deine Nummer!", sagte Stella.

Ich kratzte mich nur am Kopf und zuckte mit den Schultern.

„Das war genial! Und die haben auch nichts Besseres verdient", Michael klopfte mir, immer noch lachend, auf die Schulter.

„So was sollten wir öfter machen!", sagte Robert zunächst im Spaß, „Warum eigentlich nicht! Macht doch Fun die WNSO zu verarschen. Oder?"

Wir schauten uns an und wir dachten alle das Gleiche. Eine kleine Gruppe, die die WNSO boykottiert und veräppelt. Robert hatte Recht. *Warum nicht?*

„Ja! Und wir klären die Leute über die Wahrheit auf", sagte Emily begeistert.

„Das macht CT auch", sagte Michael.

„Dann bilden wir eben eine kleine anonyme Untergruppe von CT", sagte Stella.

Robert schlug vor: „Wir brauchen einen coolen Namen wie ´World Nature Safety- am Arsch´ oder so"

„WNS- AA? das ist ja originell", meinte Stella sarkastisch.

„Schlag du doch was vor!", konterte Robert.

„Ich bin nicht kreativ, lasst euch was einfallen! Aber nicht WNS- **AA**!"

„Wie wäre es denn mit ´Die Aufklärer´?", meinte Emily.

Robert schmollte und rief: „Langweilig! Besser ist: ´Ritter der Gerechtigkeit´ oder eben ´WNS- Am Arsch´!"

„Was haltet ihr von... S...mh... ´Snerml´?", fragte Lina.

„Was bitte ist denn das? ´Ne Schneckenart?", fragte Robert.

„Nein! Das sind unsere Namen: Stella, Nina, Emily, Robert, Michael und Lina. S, N, E, R, M, L. Snerml..."

„Das klingt doch doof!"

„Das muss was aussagekräftiges sein", sagte ich, „...und etwas mit unserer Botschaft zu tun haben, aber nicht direkt, sondern so... andeutend... ich weiß nicht genau, wie ich es erklären soll."

„So was wie: ´Lebendige Blume´", sagte Michael.

„Ja! Nur nicht ganz so schmalzig", meinte ich lächelnd.

„Wir haben Frühling, und die Natur beginnt zu leben und wir wollen, dass das auch so bleibt. Der Name Cold Truth verkörpert schon die Wahrheit, die wir verbreiten wollen, also sollte es etwas mit der Natur zu tun haben und das Leben verkörpern?", Emily sprach mir aus dem Herzen. Da sah ich vor dem Fenster wieder die schönen jungen Blätter der Bäume.

„Grün ist doch die Farbe der Natur oder? Zumindest der Pflanzenwelt. Man sagt doch immer: Man soll grüner leben, grüner denken", sagte ich.

„Gras ist grün", sagte Lina.

„Ich dachte eher an Blätter: `Green Leafs`. Und wir nennen uns dann `GL`? Was sagt ihr?", fragte ich.

Alle stimmten zu. Bis auf Robert, der immer noch schmollte, weil wir seine Vorschläge nicht wollten. „Wir sind also grünes Laub? Das ist ja super! Super langweilig!", sagte er.

„Grüne Blätter!", verbesserte ich.

„Grüne Blätter... na von mir aus!" Murmelnd fügte er hinzu: „Aber ihr wisst schon, dass das wie Green Peace klingt!?"

Lina kratzte sich am Kopf „Vielleicht fällt uns ja später noch was besseres ein! Wir können uns ja alle nochmal Gedanken machen."

Ich musste unbedingt zu meinen Eltern und mit ihnen reden. Sie hatten mir ungefähr zehntausend Nachrichten geschickt und mich genau so oft angerufen, seit ich von zuhause abgehauen war. „Wenn ich mich nicht bald bei meinen Eltern melde, dann rufen sie bestimmt die Polizei und melden mich als vermisst. Ich geh lieber nach hause", sagte ich und verabschiedete mich. Lina und Robert boten mir an, mich zu begleiten und ich nahm dankend an. Gesellschaft tat mir gut. Es war so erfrischend und belebend, endlich wieder mit Menschen zu reden, über andere Dinge als meinen psychischen Zustand.

Auf dem Weg gestand Lina mir, dass sie eine Woche zuvor ihren ersten Dämonen gesehen hätte und das gar nicht so beängstigend für sie war. Ich konnte das verstehen. Immerhin wusste sie vorher, was auf sie zukommt und sie wurde ja auch darauf vorbereitet. Sie hatte zudem auch nicht die Vorurteile, die Dämonen seien abgrundtief böse und Natur-zerstörend.

Ich spürte die Wärme auf meiner Haut und roch das frische Gras. Die Sonne war angenehm und ich hoffte, endlich wieder ein wenig Farbe im Gesicht zu bekommen.

Robert überlegte immer noch nach einem geeigneten Namen für unsere Gruppe: „Damonfighters, Firefighters, Firedamons, Damonknights..."

„Schreib's auf!", sagte ich lachend, „Beim nächsten Mal entscheiden wir uns dann."

Und dann waren wir da. Mir klopfte das Herz.

„Danke fürs Begleiten! Wir sehen uns dann später!?"

„Bis dann!", sagte Lina und umarmte mich. Robert tat es ihr gleich, nur dass seine Umarmung etwas zu lang war.

Ich war mir unsicher, wie ich meinen Eltern gegenübertreten sollte. Eine Umarmung war vielleicht angebracht, aber es hatte sich in der letzten Zeit einfach zu viel Distanz zwischen uns aufgebaut. Denn auch wenn ich körperlich da gewesen war, so war ICH doch ganz weit weg gewesen.

Mit großem Herzklopfen trat ich in den Flur. Sofort hörte ich ein zweistimmiges: „Nina!?" Mein Vater kam mir als erstes entgegen. „Kind!? Wo warst du? Ist alles okay? Wir haben uns solche Sorgen gemacht! Mach so was bloß nie wieder!"

„Mir geht es gut!", sagte ich kleinlaut.

„Wo warst du?", meine Mutter klang wesentlich wütender als mein Vater.

„Ich war bei Robert. Ich brauchte nur jemanden zum Reden."

„Warum hast du uns nicht Bescheid gesagt? Du hättest auch mit uns reden können!"

„Lasst uns erst mal reingehen", sagte mein Vater, der jetzt schon etwas entspannter schien. Wahrscheinlich war er einfach nur glücklich, dass ich wieder zuhause war.

Auf dem Weg ins Wohnzimmer fing ich an zu erklären.

„Ihr wolltet mich in eine Klinik schicken... Mensch denkt doch mal nach... ich hatte einen psychischen Schock und bin nicht magersüchtig!

Versteht ihr das? Ich hab so viel im Kopf, ich bin verwirrt, traurig, ängstlich. Das ist momentan einfach alles so viel! Ihr hättet mich mal wach rütteln müssen, mich mal umarmen oder so und nicht wegschicken! Und ihr hättet auch Max nicht wegschicken sollen!" Gut! Mein Standpunkt war klargestellt und ich fand, ich hatte das auch ziemlich gut formuliert.

„Das Problem war, wir haben das versucht. Wir haben versucht, mit dir zu reden. Wir haben dich zur Psychologin geschickt. Und es hat alles nichts geholfen, wir waren so ratlos und verzweifelt, was hätten wir denn tun sollen?", meine Mutter klang immer noch ziemlich sauer. Und dieser vorwurfsvolle Ton, als wäre ich an allem schuld, machte mich ebenfalls umso wütender.

„Ihr hättet Max zurückholen können... mir mal eine scheuern oder so... keine Ahnung, ihr seid doch die Eltern, die Erwachsenen. Ich bin das KIND!"

„Du hast recht, mein Schatz! Wir haben sehr viel falsch gemacht. Du hast allen Grund sauer auf uns zu sein. Aber wir wussten wirklich nicht weiter, weder bei dir noch bei Max", sagte mein Vater und ich versuchte, ihre Beweggründe zu verstehen.

„Ich wusste auch nicht weiter. Ich hatte viel zu verarbeiten."

„Das wissen wir. Und wie geht es dir jetzt?"

„Ich bin wieder hier und es wird schon irgendwie wieder", sagte ich und mein Vater verstand sofort. Meine Mutter hingegen schaute ziemlich misstrauisch. Doch dann atmete sie tief ein und seufzte. „Wir waren kurz davor, die Polizei zu informieren, weißt du das?"

„Als ich gehört hab, dass ihr mich auch wegschicken wollt, war ich so schockiert, so wütend dass ich weglaufen musste. Wenn ich jetzt so darüber nachdenke, hat mich das vielleicht wieder wach gerüttelt. Und das Gespräch mit Robert hat mir geholfen, wieder klarer denken zu können."

„Das freut mich. Aber mach so was nie wieder!", sagte meine Mutter und nahm mich in ihre Arme. Die Tränen flossen mir über die Wangen, denn ich war so überrascht von dieser wunderbaren Liebesbekundung. Mit so etwas hätte ich nicht gerechnet. In diesem Moment versprach ihr alles. Auch ich musste weinen.

„Ich bin so froh, dass du wieder da bist", flüsterte sie mir nach einer Weile ins Ohr, „Ich kann mit vorstellen, wie du dich fühlst. Zumindest ansatzweise. Ich habe auch jahrelang geschlafen. Vielleicht sogar, solange du denken kannst. Mich würde es freuen, wenn du meinem mir eine Chance geben würdest. Mir geht es mittlerweile wirklich besser."

Ich konnte darauf nicht antworten,weil ich einerseits so wütend war, wegen all den Jahren der Liebe, die mir verwehrt worden waren. Am Ende glaubte ich ja nicht einmal mehr, dass es Liebe gab und ich wurde abgestumpft und kalt (bis ich Daniel traf). Und jetzt, nach ihren Worten: Konnte ich da überhaupt noch sauer sein? Ich war selbst in so eine Situation gekommen und hätte sie doch eigentlich verstehen müssen. Ich hatte meinen Bruder und meine große Liebe verloren, auf mir lastete die Bürde der Dämonen, mich verfolgten irgendwelche Geister und ein totes Mädchen und ich war erst 17. Das war etwas ganz anderes. Ich musste viel schlimmere Sachen verkraften als sie und war schneller wieder auf die Beine gekommen.

Vielleicht würde ich irgendwann meine Eltern auf das Geistermädchen, das behauptete, meine Schwester zu sein, ansprechen. Aber nicht in diesem Moment. Die Angst vor dem bösen Erwachen war einfach zu groß. Wenn es Amy wirklich gegeben hatte, dann folgte daraus, dass mich meine Eltern angelogen hatten, ich eine tote Schwester hatte, dass es Geister und noch andere beängstigende Wesen gab, die sich bei den Menschen auf irgendeine Weise bemerkbar machen konnten. Wenn es sie nicht gab, dann litt ich unter Paranoia und Halluzinationen und war vielleicht schizophren. Und ich wusste nicht, welches der beiden Übel das schlimmere und angsteinflößendere war. Auf keinen Fall durfte ich zulassen, dass diese Dinge mich wieder beherrschten und mich in ihren Sumpf zogen. Ich musste die Herrin meines Geistes bleiben: Stark, selbstsicher, unerschütterlich. Denn selbst wenn sich alles um mich veränderte, ich war immer ich und ich durfte nicht zulassen, dass ich mich selbst verlor. Denn ICH war die einzige Sicherheit, die ich selbst in der Hand hatte, Das Einzige, über was ich bestimmen konnte. Das durfte sich nie wieder ändern.

24 School's out!

„So meine Lieben, wie steht es mit neuen Ideen?" Michael saß auf dem Sofa in Stellas Wohnzimmer mit einem Laptop auf dem Schoß. Einerseits fühlte es sich falsch an, nicht in der Schule zu sein. Andererseits fand ich es spannend und aufregend, so absolut gegen die Regeln zu verstoßen. Meinen Eltern hatte ich unmissverständlich klar gemacht, dass ich in Anbetracht der Umstände in der nächsten Zeit andere Dinge unternehmen würde, als in die Schule zu gehen. Sie waren nicht unbedingt damit einverstanden, aber was sollten sie schon machen?

„Willst du das jetzt alles dokumentarisch festhalten?", fragte Robert belustigt.

„Ja natürlich. Wir brauchen auf jeden Fall ein ordentliches Konzept, wenn wir wirklich etwas erreichen wollen", sagte Michael.

„Okay! Wir machen Flyer: Aufklärungsflyer und Plakate, so wie die, nur richtig! Ich kümmere mich darum. Wer von euch hat Lust mitzumachen?", ich sprudelte vor Kreativität, Energie und Tatendrang.

„Ich mach mit!", sagte Lina sofort. Das war mir recht. Stella, die sich mit einem Stift einen Dutt drapiert hatte, hätte sicher zu viel eigene Ideen die ich doof fand und Emily konnte ich als Arbeitspartner nicht einschätzen. Lina war in solchen Sachen auf meiner Wellenlänge, wir hatten schon gemeinsam an einem Geschichtsprojekt gearbeitet, welches sehr gut gelungen war. Mit ihr konnte ich arbeiten.

„Super! Den Inhalt besprechen wir noch.", meinte Michael zufrieden und tippte wild auf seiner Tastatur herum.

Um ehrlich zu sein, wollte ich zwar etwas tun, viel tun, aber am Ende war mir das Ergebnis nur bedingt wichtig. Gegen eine riesige Organisation anzukämpfen, die vom Marketing über Organisation, Produktion bis zur Propaganda... und und und... professionell arbeiteten, erschien mir als überaus sinnlos. Was sie taten war falsch und sie würden irgendwann von alleine gegen eine Wand laufen. So viel war mal klar, aber ob wir da nun was taten oder nicht, war sicher egal. Denn selbst wenn wir die Menschen über deren wahre Absichten aufklären konnten, was würde das im Kampf gegen die Dämonen nützen? Aber es tat einfach gut sich eine Aufgabe zu stellen. Deshalb machte ich mit.

Viel mehr bekamen wir auch nicht auf die Reihe und Michael machte den Anschein, als wäre er enttäuscht und genervt. Doch auch er brachte keine weiteren Vorschläge. Die Namensänderung blieb auch erst mal auf Eis, da außer Roberts tausend dummen Ideen keiner etwas Konstruktives einbringen konnte.

Wir saßen noch ein bisschen bei Stella herum und schauten fern. Da sah ich zum ersten Mal den Chef der WNSO im Fernsehen. Es war ein kräftiger, gut genährter Mann mit grauen Haaren und Brille. Er war abgeklärt und kühl: Dr. Husman. Der Grund für seinen seriösen Auftritt in den Nachrichten war natürlich der Handzettel, der überall verteilt wurde. Professor Doktor Husmeier erläuterte alles selbstverständliche noch einmal und stellte damit uns Menschen auf eine niedere Ebene: erst er, dann die WNSO und dann der Rest unwissende, dümmliche Menschheit. Ich konnte mir schon vorstellen, wie Daniel jetzt vorm Fernseher saß und an Mister Husmist's Lippen hing und jedes Wort bis zum letzten einsaugte. *Lächerlicher Idiot!*

Die Schule war aus und die letzten Streber, die noch dort hingingen, machten sich nun auf den Heimweg. Ich beobachtete sie von dem Fenster aus Stellas Wohnzimmer und sah Christian mit Sarah vorbeilaufen: Arm in Arm. *Die lassen aber auch nichts anbrennen!*
„Schau dir diese Kackpratzen an!", sagte ich zu Lina.
„Ach lass sie! Die haben Angst und brauchen einander", ich war erstaunt, das gerade aus ihrem Mund zu hören.
„So seriös Lina?! Die will eh nur einen durchziehen und dann vögeln. Oder anders herum", sagte Robert, der gerade zu uns gekommen war. Er schien verletzt und ich fragte mich, ob er wirklich was für Sarah empfunden hatte und sie ihn nur ausnutzen wollte. Andererseits hätte er sie dann sicher nicht so abserviert, als ich ihn nach der Trennung von Daniel so sehr gebraucht hatte. Was allerdings in der letzten Zeit passiert war, wusste ich ja auch nicht. *Man, ich hab einiges verpasst!*
„Scheiße! Zieht euch das mal rein!", sagte Robert plötzlich mit dem Blick zum Fernseher gerichtet.
Sofort schauten wir alle hin und was wir da sahen, war erschütternd: Ein

schlimmes Erdbeben zerstört Honkong. Die Bilder machten uns alle sprachlos: Aufgerissene Straßen, riesige Gräben, kein Wolkenkratzer, der noch stand, Feuer, Rauch. Es war schrecklich. Dieses Ereignis versetzte mir einen Stich. Messerstiche in den Rücken. Ich musste mich erst mal setzen. Wie konnte denn eine so große Stadt nur fast komplett zerstört werden? So viele Menschenleben hatte das gekostet. Das gesamte Ausmaß dieser Katastrophe wollte ich mir gar nicht ausmalen.

„Da bekommt man richtig Gänsehaut."

„Wohl eher Angst!"

Michael stand auf und stellte sich vor den Fernseher. „Das ist die Erde selbst. Sie beginnt, uns langsam auszuradieren. Das hier ist nur der Anfang!"

„Dann ist es also zu spät?", fragte Lina mit zitternder Stimme.

„Nichts ist zu spät. Wir werden bis zum Ende alles versuchen!", sagte ich und war mir selbst nicht sicher, ob ich an eine Chance glaubte, aber jedenfalls klang ich so.

„Genau, jetzt geht es los. Wir kämpfen. School´s out! Endgültig! Jetzt konzentrieren wir uns auf die Aufgabe, die Welt zu retten!", sagte Robert mit vollem Enthusiasmus.

„Jawohl!", stimmte ich mit ein.

Da glaubst du doch selbst nicht dran! Obgleich mir alles ausweglos erschien, wollte ich ein Kämpfer sein oder wenigstens so tun, als ob.

Die anderen schauten uns mit großen ungläubigen Augen an.

„Ihr meint, wir bleiben einfach bei unserem Plan und versuchen, die

WNSO zu sabotieren und machen unsere bescheuerten Flyer und um uns zerfällt die Erde?", Lina wirkte verzweifelt.

„Ja genau und noch mehr. Denn wenn wir jetzt aufgeben, könnten wir uns auch gleich von einer Brücke klatschen, oder?", meldete sich Stella zu Wort.

„Ich weiß nicht, ob wir etwas ausrichten können, aber wir sollten wenigstens etwas versuchen", sagte Emily leise und zögerlich.

„Ja, aber sollten wir dann nicht vielleicht lieber feiern und ganz viel Spaß haben und nochmal richtig leben, bevor wir untergehen?", fragte Lina.

„Oh Lina!", sagte ich mit einem inneren Grinsen, „Wir werden Spaß haben! Wir können uns richtig auslassen, radikal sein, den Arschlöchern das Leben schwer machen und wenn wir erwischt werden, dann scheiß drauf. Wenn wir dann sowieso sterben, ist das doch auch egal!"

„Wow! Ist das nicht ein bisschen krass?", fragte Emily.

Michael fasste ihre Hand und sagte sanft: „Was mit der Welt gerade passiert, die Dämonen, das alles ist auch ziemlich krass und heftig. Warum nicht wir auch? Überlegt euch unsere Möglichkeiten. Was kann man vollbringen, wenn man nicht mehr viel zu verlieren hat?"

„Ich weiß nicht. Ich hab ziemlich viel zu verlieren", sagte Lina.

„Was ist denn überhaupt etwas wert, wenn wir von der Erde getötet werden?", fragte Stella.

„Also ich würde dann gerne die letzte Zeit, die wir noch haben, mit meiner Familie verbringen und nicht unbedingt im Gefängnis", antwortete Lina.

„Das verstehen wir natürlich", sagte Michael, „Du musst dich nur entscheiden. Machst du mit oder nicht? Wir werden deine Entscheidung natürlich akzeptieren müssen."

Schon wieder diese blöden Entscheidungen!

Lina liefen jetzt die Tränen übers Gesicht. Sie konnte nichts erwidern. In diesem Moment tat sie mir furchtbar leid. Lina ging aus dem Zimmer. Voll und ganz konnte ich verstehen, wie sie sich fühlte. Doch ich wusste ganz genau, was ich wollte. Ich wollte mich auslassen. Und zwar so richtig. Alles rundherum war mir so egal. Es war krass, wie schnell sich eine Situation ändern konnte, nur durch ein bestimmtes Ereignis. Lina war doch vor ein paar Stunden noch so motiviert. Noch 10 Minuten eher hatte ich mir Gedanken über Roberts Gefühle zu Sarah gemacht und jetzt wollte ich nur noch eins: Aktion.

Auf einmal flog die Tür auf und Lina trat mit schnellen Schritten herein. Mit verheultem Gesicht sagte sie trotzig: „Ich bin dabei! Wa... was auch immer ihr vor habt."

„Lina wenn du nicht willst, dann musst du nicht", sagte ich.

„Halt die Klappe, Nina!", fuhr sie mich an. „Du weißt ganz genau, dass ich muss."

Ich verstand nicht hundertprozentig, was sie damit meinte. Vielleicht tat sie das selbst nicht und war deshalb sauer auf sich und alles um sich herum.

Nach einer Weile nervöser Stille übernahm Michael die Aufgabe unseres Teamleiters (wenn man uns als so was wie ein Team bezeichnen konnte) und meldete sich zu Wort: „Gut! Dann legen wir damit los, dass Nina und Lina die Flyer entwerfen. Ihr habt das bis morgen fertig, schickt mir das und ich kümmere mich darum, dass sie vervielfältigt werden. Emily, du versuchst herauszubekommen, ob, wo und wann die WNSO Veranstaltungen für Presse und Fernsehen geben oder vielleicht auch so was wie Besuchertage und wie wir dahin kommen können. Robert und Stella: Was haltet ihr von einer nächtlichen Graffiti-Aktion an der Schule und dem Rathaus."

„Was!? Bist du irre! Das ist illegal!", fragte Robert.

„Bist du so ein Weichei? Ich dachte, wir wollen richtig loslegen. `Wir kämpfen`, hast du selbst gesagt", stichelte Stella.

„Wollen wir wirklich so weit gehen? Ich bin mir nicht sicher, ob ich das kann", gab Robert entgegen.

„Willst du es nicht machen? Dann mach du die Flyer und ich mach das für dich!", sagte ich, auch wenn ich mir der möglichen Tragweite dieser Worte noch nicht so wirklich bewusst war.

Er starrte mich mit großen Augen an. „Das würdest du tun?"

„Ohne zu zögern! Ich hätte sogar richtig Bock drauf", ich sah, wie Michael mich mit einem selbstzufriedenen Grinsen ansah.

„Nein, lass mal. Ich mach das! Ich will schließlich kein Feigling sein", Robert stieß einen schweren Seufzer aus.

Ich hatte ihn mit meiner Provokation überredet. Hatte ich das so bezwecken wollen? Wahrscheinlich. Diese ganze Sache ließ mein Herz wie wild schlagen, das gab mir alles einen ungeahnten Kick. Ich wusste bis dato nicht, dass so etwas in mir steckte. Das war gefährlich und unglaublich spannend. Alles von mir verzehrte sich nach Adrenalin. Es waren nicht die richtigen, oder besser: nicht die edelsten Gründe, warum ich das tat, aber ich tat wenigstens etwas.

„Und wie nennen wir uns nun?", fragte ich.

„CT...Cold Truth... Kalte Wahrheit. Wir wollen jedoch nicht nur die Wahrheit sagen, sondern etwas bewegen. Also mh... Aufklärung, Bewegung, Aktion...", überlegte Emily.

„Kaltes Erwachen: Cold Awakening oder Cold Dawn?", fragte Michael.

„Brauchen wir überhaupt einen Namen?", fragte Stella skeptisch.

„Ja, so was ist erstens wichtig für unsere Motivation und das Gemeinschaftsgefühl und zweitens, um anderen zu zeigen, dass wir es ernst meinen und dass es eine Bewegung gibt, die etwas unternimmt. Das wäre sonst so wischiwaschi. Verstehst du?", meinte Michael.

„Von mir aus", sagte Stella, „Aber das mit dem `Cold` ist zu abgeklatscht, das muss was Besseres sein."

„Ich hätte gerade Lust, was anzuzünden", irgendwie fand ich es lustig wie mich die anderen immer so entsetzt ansahen. Wie konnte ich die Kurve bekommen und aus dem Zusammenhanglosen etwas brauchbares machen? *Anzünden...brennen...burn...* Mir kam das Lied „Burn it down" von Linkinpark in den Kopf und dann wusste ich es: „Burning Dawn! Brennendes Erwachen!"

„Das finde ich richtig gut", sagte Robert sofort und meine vorherige

Äußerung war erst mal vergessen.

„Kurz, knackig, aussagekräftig", fügte Stella dazu.

„Ist jemand dagegen?", fragte Michael. Keiner beschwerte sich, also sagte er schließlich: „Gut, dann ist es beschlossen: Wir sind ab sofort BD: Burnig Dawn."

Wir verabredeten uns für den nächsten Tag bei Robert. Michael gab Lina und mir noch ein paar wichtige Informationen zu dem Flyer und redete dann mit Robert und Stella. Mir kam unsere Aufgabe nun ziemlich langweilig vor im Gegensatz zu der Graffiti-Aktion. *Aber egal!* Ich würde schon noch auf meine Kosten kommen, dafür würde ich sorgen.

„Wann war nochmal der Weltuntergang?"

„Hm?", ungläubig sah Lina mich an.

„Wann sollte nochmal der Weltuntergang gewesen sein? Da war doch mal was mit dem Maya-Kalender oder so, dass der zu Ende ist und deswegen die Welt untergeht", sagte ich.

„Ach das meinst du. Am 21.12.2012"

„Ach so ja, stimmt", ich grinste sie an.

Wir saßen beide auf meinem Bett und vor uns mein Laptop.

„Warum fragst du?"

„Ach nur aus Interesse. Vielleicht könnten wir das ja für unseren Flyer irgendwie nutzen."

„Nina, tut mir echt leid, dass ich dich vorhin so angeschnauzt habe", sie warf mir einen reumütigen Blick zu, „Ich bin nur total aufgewühlt, wegen dieser Hongkong Sache und ich habe Angst, dass das hier auch passiert und wir dann alle weg sind und ich in einer Gefängniszelle gesessen hab und meine Familie stinksauer auf mich war und wir uns nicht..."

Lina schluchzte und viel mir um den Hals. Ihre Tränen befeuchteten meinen Hals und meine Schultern.

„Ist schon gut! Ich versteh dich. Wenn ich sauer wäre, hätte ich dich schon längst zurück angeschnauzt."

Wir saßen so noch ein paar Minuten, dann kochte ich uns erst mal Kaffee. Meinen Eltern sagte ich, ich wollte wieder zur Schule gehen und würde beginnen, alles nachzuholen und Lina würde mir dabei helfen. Natürlich schluckten sie das. Auch wenn ich sicherlich nicht die Absicht hatte, in der nächsten Zeit die Schule zu besuchen.

Zunächst machten wir ein Brainstorming und sammelten unsere Ideen für die Flugblätter. Meine Idee mit dem 2012 verwarfen wir wieder. Das Thema war nicht mehr aktuell. Irgendwann hatten wir eine ziemlich gute Karikatur entworfen: Ein runder leuchtender Dämon, der über einem Blumenfeld schwebt, eine Gießkanne hält und damit die Blumen gießt. Daneben steht der Herr Husmuff mit einem WNSO-T-Shirt und trampelt die Blumen nieder. Lina konnte gut zeichnen, deshalb kam die Intention gut zur Geltung.

Wir brachten noch ein paar Fakten dazu: Beispielsweise der Betrug mit den Waffen oder dass die Dämonen nicht die Natur zerstörten. Wir fassten das alles in einem kurzen knackigen Text zusammen. Dann verpassten wir dem Ganzen noch ein ansprechendes Äußeres, unterschrieben mit Burning Dawn und waren fertig.

Lina schlief in der Nacht bei mir. Das Gefühl der Angst konnte jeder Zeit zurückkehren: Die Angst vor den Alpträumen, die Angst vor den dunklen Schatten, die Angst verfolgt zu werden oder Dinge zu sehen, von denen ich nicht wusste, ob sie real waren. Am Ende hatte ich hauptsächlich Angst, wieder in Panik zu geraten, sozusagen die Angst vor der Angst: Eine Phobophobie. Im Grunde war ich ein gestörtes Wesen. Aber wenigstens konnte ich mir jetzt zielgerichtete Aufgaben geben, in denen ich mich ablenken konnte.

„Es ist schön, dass du wieder bei uns bist", sagte Lina, als wir beide schon im Schlafanzug auf meinem Bett saßen und „Stolz und Vorurteil" anschauten.

„Danke. Und ich bin froh, dass ihr mich ohne weiteres wieder aufgenommen habt. Ich hatte Angst davor, komisch behandelt zu werden. Wenn man nicht weiß, was man sagen soll und so... so eine befremdliche Stimmung vorherrscht, wo sich jeder blöd vorkommt."

„Ja klar. Aber das ist doch Schwachsinn! Du bist doch trotzdem dieselbe Person geblieben, auch wenn du irgendwelche Probleme hast. Darf ich dich eigentlich fragen, was genau passiert ist, was du durchgemacht hast? Aber wenn du nicht willst, ist das auch okay."

Ich musste ein paar Mal tief durchatmen.

„Das ist eine komplizierte und lange Geschichte"

„Wir haben die ganze Nacht Zeit."

Und dann erzählte ich ihr alles, so wie ich es auch Robert erzählt hatte. Es fiel mir allerdings nicht leichter, obwohl ich es ja nun schon zum zweiten Mal aussprach. Wir sprachen lange darüber und Lina verurteilte mich nicht und stempelte mich auch nicht als total bescheuert ab. Sie war verständnisvoll und meinte, dass man in dieser Zeit sowieso nicht mehr wissen könne, was real und was nur Einbildung war.

Als ich am nächsten Tag den Wecker hörte, kroch mir die Aufregung durch den ganzen Körper. Erstmal mussten Lina und ich so das Haus verlassen, als würden wir in die Schule gehen. Natürlich würden wir auch zur Schule gehen, aber aus einem anderen Grund. Ich war so nervös. Ob Robert und Stella es wirklich durchgezogen hatten? Ich wollte es wissen, ich wollte es sehen und ich wollte jedes einzelne Detail der vergangenen Nacht von ihnen erfahren. Lina ging es ähnlich, nur dass sie Angst hatte, sie könne mit der Sache in Verbindung gebracht werden.

„Wir dürfen uns nichts anmerken lassen!", sagte ich zu ihr, als wir aus dem Haus gingen.

„Ich weiß, aber wenn sie es nun gar nicht gemacht haben?"

„Das werden wir ja dann sehen. Aber wir gehen nur zur Schule, nicht zum Rathaus. Es könnte auffallen, wenn jemand mitbekommt, dass wir zufällig kurz hintereinander bei beiden Tatorten aufkreuzen."

„Ja okay. Ich hab Angst."

„Ich freue mich drauf!"

„Du hast so einen Knall", sagte Lina und stieß mir mit der Faust auf die Schulter.

Der Weg war die reinste Qual für mich. Mein Herz schlug schnell und mein Magen rebellierte. So wirklich konnte ich meine Gefühle gar nicht ordnen. Hoffte ich, dass es einen riesigen Aufstand gab? War ich gespannt wie es aussah? War das alles eine Nummer zu groß für uns? Wollte ich es vielleicht selber tun? *Hab keine Angst vor möglichen Konsequenzen! Lebe! Was soll schon schlimmsten Falles passieren? Der Tod kommt sowieso, wenn er kommen will.*

Vor der Schule angekommen, standen schon viele auf dem Schulhof. Alle tuschelten und telefonierten, machten Fotos und starrten geschockt das Gebäude an. Da wusste ich, es war passiert. Sie hatten es getan. In mir regte sich etwas und ich war zufrieden, froh und irgendwie erregt.

Als ich es sah, bekam ich eine Gänsehaut. In einem knalligen Rot leuchteten, quer über dem Schuleingang, die Worte: „WNSO → verlogene Schweine" unterschrieben mit BD.

Als ich mich umsah, entdeckte ich auch Stella in der Menge. Sie sah uns auch und winkte uns zu sich. Ich umarmte sie kurz, tat als wäre ich geschockt und flüsterte ihr ins Ohr: „Genial!"

„Wir reden dann nachher bei Robert darüber", sagte sie ziemlich selbstzufrieden, was ich ihr nicht verdenken konnte. Ich war sogar irgendwie neidisch auf sie.

„Hat irgendjemand die Polizei gerufen?", fragte Lina und wirkte nervös.
Zum Glück fiel das nicht auf, da die meisten ziemlich nervös waren.

„Ich denke schon, die tauchen sicher bald auf"

„Ob es dann auch ein Verhör gibt?", fragte ich.

Plötzlich bemerkte ich, dass ein paar der Schüler mich anstarrten und tuschelten. *Ja man! Ich lebe noch! Kriegt euch wieder ein!* Ich hatte mir bis dato keine Gedanken darum gemacht, dass meine Eltern sicher bei der Schule anrufen würden, um mich wieder anzumelden. Irgendwann würde es also auffallen, dass ich den Unterricht nicht besuchte. *Egal!* So lange wie möglich würde ich heimlich schwänzen und wenn es dann raus kam, dann eben offiziell. Was konnten meine Eltern schon machen?

Unter all den Gesichtern in der Schule fand ich das eine nicht, dass ich nicht sehen wollte und doch suchte. Nur ein kurzer Blick in seine silbernen Augen hätte gereicht. Warum war er nicht da? Wo war er? Daniel würde sicher stinksauer werden, wenn er das Graffiti zu Gesicht bekam. Diese Tatsache war mir eine riesige Genugtuung.

Stella riss mich aus meinen Gedanken. „Also wenn nachher ein Verhör stattfinden sollte, dann sollten wir da bleiben. Damit wir aussagen können, dass wir unschuldig sind und auch gar nichts wissen."

„Das sehe ich auch so", gab ich dazu.

„Wir treffen uns aber schon in einer Stunde bei Robert? Das funktioniert doch nicht", sagte Lina, die sehr nervös wirkte.

328

„Ach wer weiß, ob die überhaupt eine Einzelbefragung machen? Wir sollten vielleicht doch zu Robert gehen. Es gibt immerhin viele, die nicht in der Schule sind. Also wenn die jemanden verhören wollen, dann werden die sich schon melden, oder?", sagte ich gleichgültig.

„Andererseits, werden wir nicht umso verdächtiger, wenn wir jetzt gehen?"

„Ach Lina! Weißt du überhaupt, was du willst? Ich würde sagen, wir gehen einfach. Was soll schon passieren?", meinte ich und Stella stimmte zu.

Also gingen wir.

25 Adrenalin

Mein Herz pochte schon wieder wie wild, auf dem Weg zu Roberts Zuhause. Ich wollte endlich alles wissen wann, wie, wo, wer, was gemacht hatte.

Emily und Michael waren noch nicht da, aber ich wollte auf die Geschichte nicht länger warten.

„Ich müsst es jetzt erzählen! Dann erzählt ihr es halt nochmal, wenn die anderen zwei da sind! Ich halt das sonst nicht aus. Sollen wir die Musik laut machen, damit deine Eltern nichts mitbekommen, Robert?", ich war so aufgeregt.

„Die sind nicht da, die arbeiten, also keine Panik! Wir können reden", sagte er.

„Na dann, wie war es gestern Nacht?"

„Es war der Hammer. Wir sind aber nicht einzeln gegangen, wie Michael es uns vorgeschlagen hat. Wir sind zusammen zur Schule. An das Rathaus haben wir uns dann doch nicht mehr getraut.", begann Robert zu erklären.

„Ja, wir haben uns kurz nach 1.00 Uhr bei mir getroffen", fuhr Stella fort, „und dann wollten wir entscheiden, wer zur Schule und wer zum Rathaus geht. Irgendwie konnten wir uns nicht richtig einigen. Da die Schule etwas abgelegener und unbeobachteter liegt, wollte keiner zum Rathaus. Na ja, und dann dachten wir, es reicht doch auch erst mal, wenn wir uns nur das Schulgebäude vornehmen."

Ich hakte weiter nach: „Wer hat gesprüht?"

„Stella. Und ich hab Schmiere gestanden. Ich glaub, ich hätte es nicht drauf gehabt, das da dran zu schreiben", meinte Robert.

„Bereust du es?", fragte Lina.

„Ganz und gar nicht! Wir hatten zwar Schiss...", „Ich nicht!", (Stella), „... aber es war trotzdem extrem genial. Es hat irgendwie Spaß gemacht."

„Ich wäre dann sogar noch zum Rathaus gegangen, aber Robert hat mich überredet, nach Hause zu gehen", Stella schien absolut stolz auf ihre Tat zu sein. Ich beneidete sie darum.

„Wollen wir das diese Nacht nachholen?", fragte ich sie.

„Ist das dein Ernst?"

„Absolut!"

„Also ich bin dabei!"

„Super! Um eins bei dir?"

„Ja okay! Ich hab die Farben noch bei mir. Zieh dich schwarz an, m besten etwas mit einer Kapuze."

„Seid ihr des Wahnsinns? Meint ihr nicht, dass die jetzt nachts überall aufpassen werden, nach dem Vorfall?", meinte Robert.

„Ach und wenn schon!", erwiderte ich, „Wir passen auch auf!"

„Genau und wenn es uns zu heikel wird, dann hauen wir natürlich ab", fügte Stella hinzu.

„Mh... aber seid bitte wirklich vorsichtig!", meinte Lina.

„Komm doch mit!?", stichelte ich.

„Nee, lass mal! Ich bin dann nur im Weg. Außerdem sind drei zu viel, das würde schneller auffallen."

„Oder doch Lina. Und ich komm auch mit. Aber wir verteilen die Flyer in den Briefkästen und auch so überall! Was haltet ihr von der Idee?", Robert schaute uns fragend an. Ich fand die Idee sehr gut, vorausgesetzt, die Flyer wären bis dahin fertig ausgedruckt.

Als Emily und Michael dann da waren, besprachen wir die ganze Sache. Unsere Flyer kamen gut bei den anderen an und auch unser Vorhaben für die kommende Nacht. Wir teilten uns auf, damit es schneller ging und machten uns sofort an die Arbeit. Stella und ich blieben bei Robert und die anderen drei gingen zu Emily. Wir druckten die Flyer aus und falteten sie. Das war eine total ätzende Arbeit. *Was tut man nicht alles für eine bessere Welt!*

„Bist du so weit?", Stella kam und schloss leise die Gartentür hinter sich. Auf diesem Weg konnten wir ein Stück unbeobachtet gehen.

„Ja bin ich, hast du die Farbe?", fragte ich. Wie Stella, war ich ganz in schwarz gekleidet. Schwarze Turnschuhe, schwarze Jeans, schwarzes Kapuzen-Sweatshirt. Das war ja mal so was von Gängsta-Style.

„Na sicher. Wir treffen Lina und Robert nicht... ist zu gefährlich und zu auffällig. Die zwei gehen getrennte Wege. Die sind ja mit dem Flyer austeilen sowieso schneller, wenn sie sich aufteilen", sie drückte mir eine Taschenlampe in die Hand.

„Du willst sprühen und ich soll leuchten?", fragte ich.

„Du kannst auch sprühen, wenn du möchtest!"

Ich überlegte nicht lange: „Ja ich würde gerne... wenn dir das nichts ausmacht."

Sie zuckte nur mit den Schultern und gab mir die Spraydose. *Sehr schön.* Noch vor einem halben Jahr hätte ich nie gedacht, dass ich einmal Gemeindeeigentum mit Graffiti beschmieren würde.

„Okay, wenn wir fertig sind, dann hauen wir so schnell wie möglich ab. Kein Tschüss, kein Gespräch, kein gar nichts. Da du sicher später Zuhause sein wirst, rufst du mich bitte sofort an, wenn du in deinem Zimmer bist. Und pass auf, dass deine Eltern nichts mitbekommen", Stella erzählte mir nur nochmal, was ich schon längst kapiert hatte.

Wir liefen langsam, aber am liebsten wäre ich gerannt. Meine Gefühle konnte ich in diesem Moment ganz und gar nicht zuordnen. Lust, Angst, Aufregung, Nervosität... auf jeden Fall durchschoss meinen Körper das pure Adrenalin.

Nachdem ich mit Stella telefoniert hatte, konnte ich unmöglich schlafen gehen. Ich war noch viel zu aufgewühlt. Stella und ich hatten unsere Aufgabe gut gemeistert. Dem Rathaus hatte ich einen neuen Anstrich verpasst: „WNSO" mit einem Kreis darum und einem schrägen Strich durch. In meiner Euphorie musste Stella mich wegzerren, als ich gerade den Strich durch den Kreis gezogen hatte und die Sirenen von Polizeiautos zu hören waren. Wahrscheinlich wurden wir auf dem gut beleuchteten Marktplatz beobachtet und angeschwärzt. Nur gut, dass es so feige Hühner waren und sie nicht selbst heraus kamen. Somit konnten wir durch dunkle Gassen, Gärten und Feldwege ziemlich schnell verschwinden.

Im Spiegel betrachtete ich meine selbstzufrieden leuchtenden Augen, die schwarz umrandet gut dem Outfit angepasst waren und mich dunkel und gefährlich aussehen ließen. Dass ich so etwas drauf hatte, machte mich stolz. Natürlich kamen auch die Zweifel: *Hatte uns jemand erkannt... unwahrscheinlich! Aber hatte vielleicht die Polizei unsere Spuren verfolgen, irgendwelche Beweise sammeln können? War es vielleicht doch falsch, so etwas zu machen... Ach Quatsch! in den Städten sprühten ständig irgendwelche Kids politische Statements an*

öffentliche Gebäude. Und meistens kamen sie damit sogar durch, wenn jemand erwischt wurde, dann waren die Strafen auch noch im Rahmen des Aushaltbaren. Dennoch wollte ich natürlich nicht erwischt werden.

Nach dem ich den ganzen Weg nach Hause gerannt war, schmerzte mein Fuß wieder. Eigentlich hatte ich geglaubt, dass er verheilt war, ich hatte ihn lange nicht gespürt. Aber irgendwie schien er für eine größere Belastung noch nicht wieder hergestellt. Ich musste ihn unbedingt so gut wie möglich schonen, damit es nicht wieder schlimmer wurde.

Ich wusste nicht, aus welchem Grund ich die Schublade öffnete. Wahrscheinlich beabsichtigte ich genau das, was ich eigentlich nicht wollte. Die Längliche schwarze Schachtel hatte ich seit dem Ende meiner Beziehung zu Daniel nur einmal berührt. Und zwar, um die Kette mit dem Silbernen Blatt hineinzulegen. Jetzt kam ich nicht drum herum, sie wieder anzufassen. Es war mir ein tiefes inneres Bedürfnis. Als ich diese wunderschöne Kette in meiner Hand liegen sah, kamen auf einmal wieder alle Gefühle hoch. Liebe, Wut, Trauer. Ja, ich liebte Daniel noch immer und ich vermisste ihn. Aber ich hasste ihn auch. Wie konnte er nur so dumm sein und vor allem so abwesend. Man sah ihn nicht, man hörte ihn nicht. Ich fühlte mich einfach so leer, wenn ich an ihn dachte. Und ich dachte fast immer an ihn. Oft verknüpften sich die Gedanken an Daniel auch mit Gedanken an Max. Egal wie... es stimmte mich traurig. Dann war da noch die Angst, die nie ganz verschwinden wollte. Nur wenn ich an Verbotenes dachte, an Adrenalin, an Aktion, dann spürte ich eine gewisse Art von Freude. Keine wirkliche, wahre, ehrliche Freude, aber so was Ähnliches. Das genügte zumindest zum Überleben. Am liebsten hätte ich die Kette mit diesen zarten Blattadern in eine Ecke geklatscht, darauf herum gebissen oder sie auseinander gerissen, aber dafür war sie viel zu schön. Die Tränen liefen mir nur so den Wangen herunter.

Ich laufe in meinem Zimmer hin und her. Auf und ab. Ich finde keine Ruhe. Draußen beginnt es langsam zu dämmern. Es ist neblig. Ich renne aus dem Haus in den Wald. Die Schmerzen in meinem Fuß stören mich nicht weiter. Sie fühlen sich irgendwie gut an. Sie betäuben meine übrigen Sinne. Hören, Sehen, Fühlen. Darum stolpere ich nur so von Baum zu Baum. Bis mir eine große Birke gegenüber steht. Ich bin außer Atem und dieser Baum lacht mich aus. Er verhöhnt mich... dann drehe ich mich um, um mich an ihm anzulehnen. Der Nebel sieht nun noch dichter aus. Ein Sonnenstrahl muss dennoch irgendwie durchgedrungen sein, denn ich sehe einen Regenbogen mitten im dichten Wald. Doch ich weiß, dass es in Wirklichkeit kein Regenbogen ist. Die Gestalt kommt auf mich zu und die Angst, die ich bekomme, ist mir nur allzu bekannt. Ich klettere auf die Birke, immer höher und höher. Dabei hoffe ich, dass es mir folgt, damit ich einen Grund habe, noch höher klettern zu müssen. Langsam befinde ich mich in schwindelerregenden Höhen. Die Äste, an denen ich mich festhalte, werden immer dünner. Ich sehe die nebelige Regenbogengestalt, wie

sie sich dem Baumstamm hinauf schlängelt. Bald hat sie mich eingeholt. Ich weiß, dass ich so oder so keine Chance habe, aber ich klettere weiter. Ich bin von der Situation erregt und hoffe, dass noch etwas passiert. Was würde die Gestalt, dieser Dämon mit mir machen? Der Gedanke daran lässt mich innehalten. Ich hänge zwischen den dünnen, grauen Ästen des hochgewachsenen Baumes und spüre, wie er sich vom Wind hin und herbewegt. Wo ist der Dämon? Ich zittere. Er ist direkt vor mir. Diesmal schaue ich ihn an und es baut sich eine Spannung in mir auf. Er verformt sich, berührt mich aber nicht. Ich höre Stimmen, die flüstern. Sind das die neuen Blätter der Bäume? Was sagen sie? Sie freuen sich, geboren worden zu sein. Sie haben keine Angst vor dem Lichtwesen. Sie fühlen sich wohl. Ich fühle mich nicht wohl. Mir tropft der Schweiß von der Stirn, obwohl es schweinekalt ist. Doch eine lange Zeit passiert nichts. Ich bewege mich wieder, klettere noch weiter, bis die Äste mich kaum noch halten können. Ich klammere mich an jeden dünnen Zweig und würde am liebsten wieder unten sein, doch ich treibe mich an. Ein Ziel habe ich nicht. Um was geht es mir? Warum tue ich das. Tief in mir weiß ich, der Dämon wird mir nichts tun. Doch will ich das überhaupt? Ich klettere wieder abwärts um zu schauen was passiert. Wieder folgt mir die Gestalt, schlängelt sich um mich, ohne mir allzu nahe zu kommen. Ich klettere tiefer und die Äste werden wieder dicker. Mein Pulsschlag verlangsamt sich. Ich bin unzufrieden. Durch den Nebel sehe ich schon den Waldboden. Plötzlich merke ich einen stechenden Schmerz im Fuß und ich rutsche ab. Einen kurzen

Moment glaube ich, dass es nun aus ist. Ich sehe mich schon im Krankenhaus... oder Schlimmeres. Doch irgendwie bekomme ich einen Ast zu fassen und den restlichen Weg nach unten schaffe ich auch noch. Am Boden angekommen merke ich, dass ich mich gut fühle. Zwar war meine Hose kaputt und ich hatte einige Schrammen, doch ich konnte nur lachen. Der Dämon war weg.

Es war kein Traum. Aber ich hatte mich gefühlt wie in Trance. Nun lag ich im Bett mit Schrammen an Armen und Beinen, einer zerrissenen Jeans und einem schmerzenden Fuß. Dennoch konnte ich frei atmen und lächeln. Natürlich dachte ich auch wieder an die letzte Nacht und was ich an das Rathaus gekritzelt hatte.

Mein neuer Klingelton erklang: „Benzin" von Rammstein. Robert war am Telefon.

„Ja!", meldete ich mich.

„Hey, du. Wir sollen alle in der Schule an einer Befragung teilnehmen. Und ich hab gehört bei euch ist es gut die Nacht gut gelaufen!?"

„Aber sicher doch! Und bei euch? Was denn für eine Befragung und wann und woher weißt du davon?"

„Auch gut... wir mussten nur dann schnell abhauen, weil die Polizei unterwegs war... Also, meine Mutter hat es mir gesagt. Die Schule hat bei uns angerufen und es geht natürlich um die Vorfälle mit dem Graffiti und so. Deine Eltern bekommen sicher auch gleich einen Anruf. Ich wollte dich nur mal schon vorwarnen", sagte Robert. Er klang ziemlich gelassen, obwohl ich mir echt Gedanken machte. Was würden sie uns fragen? Konnte ich gut lügen? Würden sie was merken? Oder vielleicht wussten sie ja schon etwas. Und wenn sich nun einer von uns verplapperte?

„Na dann vielen Dank! Wir treffen uns dann wohl gar nicht nachher?", ich versuchte ebenso gleichgültig zu klingen.

„Warum nicht?"

„Na ich denk in der Schule ist ein Verhör?"

„Ja, aber erst morgen."

„Na dann bis nachher!"

„Bis dann!"

Und tatsächlich kam mein Vater eine halbe Stunde später in mein Zimmer. Glücklicherweise war ich inzwischen duschen gewesen und hatte frische Sachen an, sonst hätte er mich, nach meiner Vergangenheit, gleich einweisen lassen.

„Wir müssen reden mein Schatz!", sagte er ernster, als es mir lieb war.

„In Ordnung. Wenn es um das Verhör geht, das weiß ich schon. Robert hat mich gerade angerufen und es mir erzählt."

Er setzte sich zu mir auf das Bett. „Zum Teil schon, aber ich weiß jetzt, dass du nicht zur Schule gehst."

„Papa, ich..."

„Das ist unter den momentanen Zuständen und deiner... naja, deinen psychischen Problemen, wenn ich das so sagen darf... für mich okay. Es ist nur so, du hättest es uns sagen können und jetzt muss ich befürchten, dass du etwas mit den Graffiti- Verschmutzungen an der Schule zu tun haben könntest."

Und denen am Rathaus!

„Das würdest du mir zutrauen?", fragte ich künstlich empört.

„Ehrlich gesagt, ich weiß es nicht. Ich will nur nicht, dass du irgendwelche Straftaten begehst. Warum hast du uns gesagt, dass du wieder am Unterricht teilnehmen willst? Und was hast du in der Zeit getan?"

„Mach dir darum doch keine Sorgen! Ich war bei Robert oder Stella und wir haben gezockt oder Fernsehen geguckt, geredet oder so was. Ich hab euch in der Hinsicht doch noch nie Schwierigkeiten gemacht." Das stimmte sogar irgendwie.

„Die gehen wohl auch nicht mehr zur Schule? Es stimmt schon, du hast uns bisher keine Schwierigkeiten bereitet. Aber dennoch! Ich mach mir Sorgen. Deine Mutter und ich wollen dir vertrauen können! "

„Ich weiß, es ist alles in Ordnung!", meine Stimme schwankte nicht, zitterte nicht.

„Also bist du da nicht beteiligt und du weißt auch nicht, wer da dahinter steckt...?"

„Wieso sollte ich?", ich zuckte mit den Schultern.

„Ja oder Nein, Nina?!"

„Nein!"

„Man Lina, hab dich nicht so! Ich hab meine Eltern auch angelogen und jetzt lügen wir eben die Lehrer an. Na und!?", ich war weitaus mehr beunruhigt, als ich tat. Aber das wollte ich auf keinen Fall zugeben. Lina war allerdings fast hoffnungslos nervös. Als wir uns den Tag zuvor trafen, konnte sie nicht an sich halten. Immer wieder mussten wir sie beruhigen.

„Sie werden es herausfinden und dann kommen wir ins Gefängnis!", flüsterte Lina.

Es war eine gute Idee von Stella, dass wir sie abholen sollten, bevor wir zum Verhör gingen. Wir mussten ihr unbedingt eintrichtern, dass sie gefälligst die Klappe zu halten hatte.

„Das haben wir doch alles schon gestern durchgekaut! Wie oft hast du deinen Eltern schon gesagt, dass du nicht geraucht oder nichts getrunken hast? Wie oft hast du behauptet, du seist krank, um nicht in die Schule zu müssen? Oder wie vielen hast du schon gesagt, wie gern du sie hast, um dann hinter deren Rücken zu lästern?", fragte Stella.

„Letzteres... kaum. Und krank gestellt hab ich mich auch erst ein, zwei... drei... mal... Aber egal! Das ist doch was ganz anderes", verteidigte Lina sich.

„Na gut! Dann sag denen, wer es war. Verrate uns alle! Mach nur, wenn du damit leben kannst", sie ging mir auf den Keks. Uns ging es allen genauso wie ihr, aber wir hatten uns das lange überlegt und uns für diesen Weg entschieden, also mussten wir irgendwie damit zurechtkommen.

Eine Zeit lang sagte keiner was. Dann sagte Lina langsam: „Nein, das packe das schon. Keine Sorge. Ich hab halt nur ein schlechtes Gewissen, aber damit muss ich wohl leben."

Ha! Umgekehrte Psychologie funktioniert!

Die andern trafen wir vor der Schule. Wir alle waren angespannt. Emily spielte nervös mit ihren Haaren. Robert war ungewohnt ernst und still. Lina war sowieso ein Wrack und Stella und ich versuchten uns, mit Gesprächen über Mode und Shopping, abzulenken. Die Befragung wurde klassenweise durchgeführt. In den höheren Klassenstufen ging es nach Hauptkursen. Das nahm mir ein wenig die Angst, da wir nicht einzeln alleine ausgehorcht wurden. Leider war ich in einem anderen Kurs als Stella, Lina und Emily. Aber zum Glück hatten die beiden Lina unter ihrer Aufsicht und konnten darauf achten, dass sie sich nicht auffällig oder daneben benahm. Robert war auch nicht bei mir, da er ein Jahrgang älter war.

Ich saß im Klassenraum und wartete darauf, dass die Befragung begann. Hinter mir saß Christian, mit dem ich schon eine Ewigkeit kein Wort mehr gesprochen hatte. Seit dem Vorfall zu Linas Geburtstag war das auch das Letzte, was ich wollte.

„Na, du hast wohl schon Schiss?"

Ich versuchte, sein blödes Geschwafel zu ignorieren.

„Ich könnte wetten, du hast was damit zu tun."

„Halt dein Maul!", schnauzte ich ihn an, ohne mich zu ihm umzudrehen.

„Wusste ich es doch!"

„Gar nichts weißt du! Und jetzt kümmer dich um deinen eigenen Kram!" Was bildete der sich überhaupt ein, mich anzusprechen. Dieser Idiot sollte sich mit seinen Drogen mal schön selbst an die Nase fassen. *Oder hat er vielleicht einen Beweis, dass ich was damit zu tun hab?* Es überkam mich ein Schaudern. Ich zwang mich aber, ruhig zu bleiben. *Ganz cool bleiben... ganz geschmeidig! Der kann dir gar nichts, Nina!*

„Ich weiß, du warst das. Du und Stella und so und sicher auch Lina... ich hab euch gesehen."

Was????? Waaas? Die Schüler in unserer Nähe hörten uns gespannt zu.

„Was willst du denn gesehen haben?", ich hoffte, er hatte meine zitternde Stimme nicht bemerkt.

„Ihr habt euch immer getroffen und wart nicht mehr in der Schule."

Da musste ich mich umdrehen und ihn direkt in seine Augen schauen. Die waren glasig und rot. Vielleicht war er bekifft, vielleicht hatte er aber auch zu wenig geschlafen. „Tja, und warum sollte so jemand wie du, der jede Situation nutzt, um zu schwänzen, ausgerechnet in diesen Zeiten zur Schule gehen? Gerade jetzt, wo die Welt dem Untergang geweiht ist und viele nicht mehr aus noch ein wissen. Wo überall das Chaos Einzug hält! Doch nicht etwa, um ein paar gewisse Taten zu vertuschen? Du könntest es genauso gut gewesen sein, also sei einfach still", *Luftholen!*

„Von mir aus!", danach war er ruhig. Dennoch grinste er wie blöde. Ich drehte mich um und verschränkte die Arme vor der Brust.

Ein paar Minuten später kam unser Direktor durch die Tür, gefolgt von einem Polizisten und noch einem Mann, den ich nicht kannte. Der Polizist jagte mir einen Schauer über den Rücken. Nicht der Mann selbst, aber diese Uniform hauchte mir doch Respekt ein.

„So ihr Lieben! Dann wollen wir mal! Begrüßt bitte Herr Nassauer, unseren Bürgermeister", sagte unser Direktor. Ich fühlte mich elend.

„Das hier wird eine kurze Sache, wenn ihr gut mitarbeitet", fuhr er fort, „Es geht um die Schmierereien an unserer Schule und dem Rathaus. Und auch um die Flyer, die überall im Ort verteilt wurden, obwohl das keine Straftat ist, aber von einer Gruppe geschrieben wurden, die sich Burning Dawn nennt. Wie ihr ja wisst, wurde die Schmiererei an unserer Schule mit BD unterschrieben. Wir vermuten da einen Zusammenhang" Der verriet aber gleich viel!

„Dem Rathaus?", fragte ein männlich aussehendes Mädchen mit Brille. Mir war ihr Name entfallen und ich versuchte krampfhaft, nicht zu lachen. Mit dieser Äußerung war sie natürlich verdächtig geworden.

„Guten Morgen!", sagte Thomas, der direkt neben ihr saß.

„Ja, der Schule und dem Rathaus. So etwas in der Größenordnung hatten wir noch nie in Winnis. Klar befinden wir uns in schwierigen Zeiten, das gibt uns aber dennoch nicht das Recht, öffentliches Eigentum zu beschmutzen oder zu beschädigen."

Das männliche Mädchen meldete sich.

„Ja, bitte", sagte der Direktor und verdrehte seine kleinen Schweinchenaugen. Sie mochte zwar gut in Mathe sein, aber so war sie schon ziemlich verpeilt.

„Woher wollen sie denn wissen, dass es Schüler waren?"

Oh man! Sie ritt sich immer tiefer hinein und das war nur gut für mich.

„Die Sache sieht so aus: Wir haben Augenzeugen von der Tat am Rathaus. Dabei konnten einige Merkmale festgestellt werden, die..."

Der Bürgermeister räusperte sich laut, um unserem Direktor damit zu symbolisieren, dass er nicht zu viel verraten sollte. Es hatte uns also jemand beobachtet. Das war soweit noch kein Grund zur Sorge, da sie uns unmöglich erkannt haben konnten.

„Tschuldigung," er räusperte sich ebenfalls, „Es geht darum, dass ihr uns weiterhelfen könnt. Wer etwas weiß, sollte etwas sagen. Ihr könnt jetzt sprechen, oder auch einzeln mit mir reden. Ihr könnt jederzeit in mein Büro kommen."

Der arme Direktor, er war nicht sehr geschickt in dieser Sache. Der Bürgermeister schien das auch zu bemerken und ergriff selbst das Wort: „Wir haben schon Beweise und wir werden die Schuldigen mit Sicherheit überführen, das steht fest. Es wurde eine Straftat begangen: Beschädigung öffentlichen Eigentums. Wer es getan hat, der wird gerecht bestraft werden. Aber diejenigen, die zwar nichts getan haben, aber etwas wissen und es nicht sagen, machen sich mit schuldig. Sollte jemand auch nur einen leisen Verdacht hegen, muss er das sagen. Für Geständnisse gibt es Strafminderung und bei jeglicher anderer Hilfe eine gute Belohnung."

Ob Daniel etwas sagen würde? Er wusste, dass wir und Michael gegen die WNSO waren. Ich hoffte, dass er wenigstens noch ein kleines bisschen der war, den ich kennen gelernt hatte. Er konnte uns nicht verraten, auch wenn wir so gesehen seine Feinde waren. Ich wusste nicht, was er tun würde. Ich war innerlich so sehr angespannt, dass mir speiübel wurde.

Nach einer kurzen Pause fragte der Bürgermeister: „Also gut, hat uns jemand hier etwas mitzuteilen?"

Stille. Keiner machte auch nur einen Mucks. Wahrscheinlich konnten jetzt alle mein pochendes Herz hören.

„Gut dann... wollen sie weiter machen?", fragte er unseren Direktor.

„Ja, gut! Zwei von euch finden sich bitte noch vor meinem Büro ein. Wir wollen mit manchen noch ein persönliches Gespräch führen. Sandra Larsberger..." *Ach so hieß die... war ja klar, dass sie sich mit ihren dümmlichen Kommentaren in die Kacke reingeritten hatte.* „... und..."
Scheiße, war das mein Name? Die Blicke der anderen verrieten mir, dass es so war.

Das Blut schoss mir in die Ohren und mein Herz rutschte hinunter zu meinem schwarzen Minirock.

F.., F..., F...! Jetzt war alles vorbei. Daniel hatte mich doch verraten, dieser Sack. Oder hatte man vielleicht doch mein Gesicht vorm Rathaus gesehen? Ich saß vorm Büro des Direktors und wartete. Nach und nach setzten sich noch andere zu uns. Doch weder Stella, Emily, Lina oder Robert waren dabei. Das war ja schon mal gut. Ich schwor, niemanden zu verraten, selbst wenn ich ganz allein die Schuld bekam. Die drei Gestalten gingen von Klasse zu Klasse und wir mussten hier warten. In dieser Zeit musste ich zweimal auf Toilette, um einmal oben und zweimal unten etwas raus zu lassen. Mir kamen die blödesten Gedanken: Vielleicht hatte das Gespräch ja gar nichts damit zu tun... *Ha Ha! Bin ich ein Scherzkeks...* War so eine Befragung in dem Ausmaß überhaupt üblich bei so einem Verbrechen? Dann kamen sie ins Büro und riefen einem nach den anderen auf. Am liebsten hätte ich mich in Luft aufgelöst.

Sandra wurde aufgerufen, sie sah gar nicht ängstlich aus. Im Grunde hatte sie ja auch gar nichts zu befürchten. Ich hingegen schon und als ich dann in das Direktorat gerufen wurde, zitterten meine Beine.

„Hallo Nina! Setz dich doch bitte!", sagte der Direktor. Ich war heilfroh, dass jetzt zwar zwei Polizisten anwesend waren, aber nicht mehr der Bürgermeister. Ich sah eine kleine Chance aufblitzen. Womöglich konnte ich mich da irgendwie herausreden. Außerdem wurden ja mehrere zum Einzelgespräch berufen, somit konnten sie ja keine hundertprozentigen Beweise haben.

Ich setzte mich den drei Männern gegenüber und schaute sie so liebreizend an, wie ich konnte. Auf einmal fand ich die Situation gar nicht mehr so schlimm. Es reizte mich zu wissen, was sie von mir wollten. Sie konnten keine Beweise gegen mich haben, da war ich mir ziemlich sicher. Ich musste mit ihnen spielen.

„Bürgermeister Nassauer musste zurück ins Rathaus. Deshalb führe ich die Befragung jetzt alleine durch... natürlich mit tatkräftiger Unterstützung", da drehte er sich zu den Polizisten und diese lächelten ihn an.

„Gut, also dann. Wir haben ein paar Fragen an dich. Es geht um deinen Freund."

„Meinen Freund?", ich war verwirrt.

„Daniel" ... *also doch... dieser Arsch hat mich verpetzt.* Und was die Sache noch schlimmer machte, die anderen hatte er nicht erwähnt.

„Er ist nicht mein Freund!", ich wurde trotzig.

„Nicht? Aber..."

„Das ist vorbei"

„Ach so, na gut...", er sah ernst aus, „... weißt du, wo er sich im Moment befindet?"

„Nein. Ist er denn nicht auch hier zur Befragung?"

„Nein, ist er nicht. Wir haben aber einen Verdacht, dass er etwas mit Cold Truth zu tun hat. Er könnte somit auch hinter den Beschmierungen stecken." Die Polizisten wechselten Blicke. Sie waren sicher nicht erfreut, dass der Direktor gleich so viel verriet.

„Was? Aber er und seine Eltern gehören doch zur WNSO. Ich dachte, er ist da voll und ganz dabei." Ich wollte wissen, was da los war. Ich musste den Spieß umdrehen. Mein Herz pochte und das Adrenalin schoss durch meinen Körper. Was war da los mit Daniel?

„Seine Eltern haben uns erzählt, er wäre verreist."

„Ganz allein? Aber wenn er nicht da ist, wieso habt ihr dann einen

Verdacht gegen ihn?", ich verstand gar nichts mehr.

„Er scheint sich gegen seine Eltern gewendet zu haben und auch gegen die WNSO. Zumindest denken wir das, aber seine Eltern…"

„Das reicht jetzt!", sagte der eine Polizist, „Sie ist doch die Befragte und nicht die, die die Fragen stellt!"

„Ja gut. Also du weißt nicht wo Daniel ist und ob er was damit zu tun hat, weil ihr nicht mehr zusammen seid und du nichts mehr mit ihm zu tun haben willst!?"

„Da haben sie gut kombiniert", sagte ich kühl.

„Du kannst uns also auch nicht helfen ihn zu finden?"

„Ich wüsste nicht wie."

Die Polizisten sahen verärgert aus. Sie schienen sich das Gespräch etwas anders vorgestellt zu haben.

Der Direktor reichte mir einen Zettel: „Hier ist meine Telefonnummer, wenn du etwas hören solltest, dann sag mir einfach Bescheid."

Ich nahm den Zettel aus seiner Hand und steckte ihn in meine Jackentasche.

„Besser ist es, du verständigst gleich die Polizei!", sagte der eine Polizist.

In meinem Kopf herrschte ein riesiges Chaos. Was war da los mit Daniel? Ich musste es wissen. Ohne weiter darüber nachzudenken, wählte ich seine Nummer.

„Diese Nummer ist zurzeit nicht erreichbar. The person you have called is temporary not available."

Was hatte das zu bedeuten? Zum Glück war uns niemand auf die Spur gekommen. Das war erst mal ein Grund zur Erleichterung. Aber ganz egal was gewesen war, ich machte mir mächtige Sorgen um Daniel.

Ich schrieb allen eine Nachrich, dass sie so schnell wie möglich zu mir nach Hause kommen sollten. Allerdings war das nicht nötig, da sie alle vor der Schule auf mich warteten.

„Was war denn los?", fragte Robert besorgt.

„Kommt alle mit zu mir, da koch ich Kaffee und Tee und erkläre es euch in Ruhe."

„Wir gehen lieber zu mir, so wie du aussiehst, brauchst du was anderes. Ich hab noch einen Kasten Bier stehen", schlug Robert vor. Da sagte ich natürlich nicht nein.

Bis auf Michael saßen wir nun bei Robert im Keller und ich erzählte von dem Gespräch mit dem Direktor.

„Gott sei Dank! Ich dachte schon, sie hätten uns", meinte Emily, „Gut dass sie nicht wissen, mit was für einem ich zusammen bin, sonst hätte ich auch zum Gespräch gemusst." Sie kicherte. Aber ich fand das alles gar nicht lustig.

„Robert, hast du was von ihm gehört?", fragte ich.

„Das weißt du doch, nein!"

Lina nahm meine Hände in ihre. Es war wahrscheinlich offensichtlich, wie sehr mich das verstörte. „Sollten wir vielleicht mal mit seinen Eltern sprechen?"

„Bloß nicht, nicht mit diesen WNSO- Freaks!" Stella funkelte Lina böse an.

„Ich würde sie trotzdem fragen!"

„Mit Sicherheit Lina", Stella verdrehte die Augen.

„Jetzt stell mich nicht als total bescheuert hin, Stella!"

„Ja, Lina hat recht, ich meine, die meisten von uns sind beziehungsweise waren sehr gut mit Daniel befreundet. Wir sollten zumindest versuchen ihn zu kontaktieren, falls er unsere Hilfe braucht. Und seine Eltern sind da die erste Anlaufstelle, einen anderen Anhaltspunkt haben wir im Moment nicht", erklärte Emily. Ich war erstaunt, dass das gerade die Person sagte, die am wenigsten mit Daniel zu tun hatte.

„Das sehe ich genau so!", meinte Robert.

„Ich weiß nicht, ob wir ihm noch vertrauen können. Und Michael wäre sicherlich auch nicht sonderlich davon begeistert", Stella schaute mich an. Sicher hoffte sie, dass ich ihr beipflichte. Ich wusste nicht, was ich sagen sollte.

Ich entschloss mich, gar nichts mehr zu sagen, bis die anderen zu einer Entscheidung gekommen waren. Doch vorerst kamen sie zu keiner.

Die Dämonen waren mittlerweile so präsent, dass man immer und überall befürchten musste, ihnen zu begegnen. Wenn ich darüber nachdachte, wie absurd ich das alles fand, aber wie schnell sich die Menschheit daran gewöhnte, dann wurde mir schlecht. Auf einmal waren all die ängstlichen Hausfrauen zu Jägerinnen geworden und kleine Jungs zu Soldaten. Dann gab es natürlich auch noch die Angsthasen, die keinen Fuß mehr vor die Tür setzten und sich auf die Apokalypse mit jeder Menge Dosenfutter vorbereiteten. Meiner Meinung nach waren das alles nur Ausreden, die waren faul und wollten, dass andere für sie die Welt retteten. Alles Heuchler... jeder, auch ich. Ich hasste das und dennoch befand sich in mir eine winzige Flamme der Hoffnung, dass es Menschen gab, die nicht nur redeten und die eine Lösung finden würden.

Ich konnte mich in meinen Träumen nun mit ihnen anfreunden. Die Dämonen in meiner Traumwelt waren lieb, freundlich, sie umschwirrten mich mit ihrer Macht und Energie und erfüllten mich zumindest im Schlaf mit einer gewissen Seligkeit. Wenn ich wach war, fühlte ich mich seltsam. Alle Gefühle strömten Tag für Tag so heftig auf mich ein, dass es mich einerseits zu überwältigen drohte und andererseits gleichgültig und zynisch machte. War das nicht ein Widerspruch in sich? Und Sinn ergab das auch nicht wirklich. Aber ich wusste nun, dass ich da war und dass ich existierte und dass es mehr gab als nur mich. Ich war nicht mehr leer, apathisch, aber dennoch fühlte ich mich falsch. Manchmal konnte ich über alles nur lachen... ob es lustig war, tragisch... keine Ahnung. Und zu anderen Zeiten rannen Wasserfälle aus meinen Augen. Ich vermisste Max und die Zeit, in der alles noch normal war.

Und eines wurde mir mehr und mehr bewusst. Ich sagte immer, was ich vor hatte, was ich tun wollte, aber es war nur Gerede. Was ich tat, tat ich für mich und nicht, um die WNSO zu ärgern oder den Menschen zu helfen oder der Natur... alles nur Bla Bla!!!

Aber wenigstens konnte ich kurzzeitig nachts wieder gut schlafen. Die schönen Träume halfen, mich zumindest auf das Bettgehen zu freuen... eines der wenigen Dinge, wofür ich morgens noch aufstand. Weil ich wusste, wenn der Tag vorbei war, durfte ich wieder schlafen.

Dieses blöde Haus starrte mich an. Ich starrte zurück und es fing an, mich zu verspotten. Was tat ich da nur? Wie von alleine bewegte sich der blöde Zeigefinger zu der blöden Klingel und dann drückte der auch noch darauf. Ich war schockiert. Welch ein Zufall, dass mein blöder Körper auch noch da stand und wartete. Ganz alleine. Man so blöd. Schaudernd, zitternd zog mein Arm meine Hand und die den blöden Zeigefinger zurück. Niemand wusste, dass ich hier war. Dann plötzlich rappelte sich etwas und die Tür ging auf.

Oh nein! Wie bescheuert kann jemand sein.

Ich klingelte an seiner Tür und er selbst war der Letzte, den ich vermutet hätte, die Tür zu öffnen. Und dann stand er so da und ich stand so da und keiner sagte ein Wort. Daniel. Ich war gelähmt.

„Nina...", brachte er schließlich raus. *So, reiß dich jetzt gefälligst zusammen und sei eine Frau!*

„Du warst weg? Oder hast du dich nur versteckt? Egal! Wir müssen reden!", sagte ich etwas zu schnell und zu patzig. Aber dass überhaupt was aus meinem Mund kam, war schon mal ganz gut. Aber nein, wenn ich seine Augen sah , wurde ich weich. Ich konnte nicht so kalt zu ihm sein, so scheiße wie er auch gewesen ist, ich machte mir doch Sorgen.

„Es tut mir leid...", sagte ich, „...es war nicht so gemeint. Können wir ein paar Worte wechseln?"

Er blickte sich um, dann wieder zu mir. Und er war noch schöner als sonst, wenn er auch Sorgen belastet aussah.

„Lass uns ein paar Schritte gehen", seine Stimme klang wie ein dunkler Wind. Rauchig und nebelig.

War es vielsagend, dass er mich nicht hinein bat?

„Eigentlich wollte ich zu deinen Eltern. Ich dachte, du bist nicht da."

„War ich auch lange nicht."

„Was war los? Ich wurde über dich ausgefragt."

„Ich weiß schon. Und das tut mir leid. Sie hätten dich nicht belästigen dürfen."

Sein Aussehen war immer noch so blendend wie immer. Aber

353

irgendetwas an ihm hatte sich verändert. Er sah traurig aus, aber das war es nicht.

„Woher weißt du das?", fragte ich.

„Mein Vater hat mir das erzählt."

„Woher weiß der das?"

Daniel zuckte nur mit den Achseln. Wir schwiegen eine Weile. Dann schauten wir uns an. Die Unterhaltung verlief ins Nichts... es war irgendwie seltsam, sich so gegenüber zu stehen und irgendetwas zu wollen, aber nicht genau zu wissen, was es eigentlich war.

„Erzählst du mir, wo warst du? Und warum wirst du verdächtigt?", fragte ich schließlich.

„Ja, ich war weg... aber Nina, ich glaube das hier führt doch zu nichts. Warum bist du hier?", der eisige Nebel seiner Stimme schlug mir mit voller Wucht ins Gesicht.

„Was meinst du damit? Ich mach mir Gedanken um dich", ich war den Tränen nahe, „Und nicht nur ich. Robert, Lina, Stella... deine Freunde..."

Er ballte seine Faust zusammen und schluckte schwer. „Ihr hattet mit allem Recht..."

Wie geschockt die anderen aussahen, als ich mit Daniel zu unserem nächsten Treffen aufkreuzte, war unbeschreiblich amüsant.

„Ich wusste es!", flüsterte Robert grinsend und zwinkerte mir dabei zu. Er war sicher stolz, dass ich mir das getraut hatte. Dennoch verhielten er und auch die anderen sich Daniel gegenüber etwas distanziert. Was ihnen nicht zu verübeln war.

Natürlich wollten wir endlich wissen, was Daniel in den letzten Wochen getrieben hatte und warum die Polizei ihn verdächtigte.

Er erzählte uns, dass er nach New York geflogen ist, um zur Hauptzentrale der WNSO zu kommen. *Einfach mal so schnell nach New York geflogen! Der hat sie doch nicht mehr alle!* Langsam begann er sich zu entspannen und die Kälte schien nach und nach aus seiner Stimme zu verschwinden.

Was Daniel zu berichten hatte, war ziemlich interessant, aber vorerst für uns nicht wirklich schockierend.

„Ich bin stutzig geworden, als ich eine Nachricht im Forum der WNSO-Website gepostet habe. Es war so sinngemäß, dass ich mir in vielen Sachen unsicher bin, was die Waffen und die Richtigkeit des Dämonentötens angeht. Andere haben das gleich kommentiert und zugestimmt oder Erklärungsversuche gegeben. 10 Minuten nach meinem ersten Post war alles gelöscht. Da dachte ich, das wäre nur ein Fehler oder das was mit dem Server nicht stimmt. Dann habe ich nochmal geschrieben und das Ganze ist nochmal passiert. Also versuchte ich es am nächsten Tag nochmal und natürlich … wieder alles geslöscht."

Wie hatte ich seine Stimme vermisst! Diese wunderbar klangvolle, angenehme, tiefe Stimme.

Er erzählte uns, dass er von einem Tag auf den anderen diesen Flug nach New York buchte und dort zu den Leuten der WNSO ging. Er stellte sich an der Rezeption vor und fragte, ob er nicht als Praktikant anfangen könnte. Da seine Eltern dort bekannte und engagierte Mitglieder waren, gab es keine Probleme und er konnte schon nach ein paar Tagen dort anfangen. Er redete mit vielen Mitarbeitern und konnte so an manche, allerdings unbrauchbare Informationen kommen. Interessant wurde es erst, als er sich in bestimmte Abteilungen schlich.

„Als sie uns das mit den Waffen eingeredet haben, war das eine Lüge. Die Waffen, die sie an die Leute verkaufen, können die Dämonen nur für kurze Zeit zerstreuen. Da die Energie dadurch nur umgeleitet wird, kann sich ein getroffener Dämon mit der Zeit wieder zusammensetzen. Aber Wissenschaftler arbeiten daran, eine effektive Waffe zu entwickeln, die die Energiestrukturen der Dämonen so zerstreuen, dass diese nicht wieder erscheinen können.“

Irgendwie wurde ich nervös. Ob es wegen Daniel war oder wegen dem, was er erzählte, das wusste ich nicht.

„Die Dämonen verbreiten ein Bakterium unter den Menschen. Die WNSO hat es „Bacterium videndi" genannt. Die Krümmung der Linse, die Netzhaut, Hornhaut und Regenbogenhaut oder -was weiß ich- des Auges werden dadurch geringfügig verändert. Dadurch kann man die Energiespuren der Dämonen sehen. Ihr müsst euch vorstellen, dass das Auge so aufgebaut ist, dass jeder Mensch einen `blinden Fleck` besitzt. Der wird normalerweise nicht wahrgenommen, weil der blinde Fleck sich bei beiden Augen nicht überschneidet. Was also von dem einem Auge durch den blinden Fleck nicht gesehen wird, wird aber durch das andere Auge sichtbar. Durch das Bakterium wird der blinde Fleck verringert und das Wahrnehmungsvermögen des Menschen vergrößert. Hat also nichts mit Naturverbundenheit oder sonst was zu tun. Und die wissen noch viel mehr, was sie uns verheimlichen."

Wir waren bei Robert im Zimmer und als ich mich kurz um sah, entdeckte ich eine riesige fette Spinne. Ich sah diese Spinne an der Wand und wagte es nicht, mich zu bewegen. Sie bewegte sich auch nicht. Man, war die fett. Mir lief ein ekelhafter Schauer über den Rücken und alles fing an zu jucken. Nun musste ich handeln. Da nahm ich den erstbesten Gegenstand in die Hand (Es war ein Tischtennisschläger) und schlug auf sie ein. Immer und immer wieder. Auf den Boden fallend schlossen sich die hässlichen behaarten Beine um den schwarzen fetten Leib. Jetzt brach ich zusammen und weinte wie ein Kind, das seinem Teddy ein Ohr abgerissen hatte.

Warum musste mir das ausgerechnet jetzt passieren? Das war definitiv der falsche Augenblick dafür. So ein peinlicher Ausraster hätte echt nicht sein müssen. Die anderen starrten mich alle an, als wäre ich vollkommen bekloppt und ich war mir sicher, dass sie das sowie so schon dachten, seit ich in dieser Klinik war. Ich weinte, weil ich dieses ekelige Krabbeltier getötet hatte. Mir tat die Spinne leid. Ich hatte sie aus ihrem Leben gerissen und nicht darüber nach gedacht, dass ich gar nicht das Recht dazu hatte einfach ohne Grund dieses Tier zu töten.

„Tut... Tut mir leid... ich muss gehen. Es muss mir jetzt keiner hinterherrennen. Ich gehe nur nach Hause und leg mich ein bisschen hin", sagte ich und verließ schnurstracks Roberts Zuhause.

Ich hoffte, dass mir niemand wegen irgendwelchen moralischen Zwängen versuchte, mir zu folgen, um mich zu fragen, ob alles in Ordnung war. Darauf hatte ich keine Lust und auch keine Antworten. Ich wollte nur dieser bescheuerten Situation entfliehen.

Zum Glück ließen sie mich auch in Ruhe.

Ich lief um unser Haus in den Garten und schaute das gemütliche Gartenhäuschen an, in dem ich schon eine Ewigkeit nicht mehr gesessen hatte. Meine Eltern jedoch umso mehr. Sie fanden wieder zueinander und entfernten sich von ihren Kindern. *Was soll's! Mir doch egal!* Das Gewächshaus stand einige Meter entfernt vom Gartenhaus vor dem hinteren Eingang zu unserem Haus. Da fiel mir plötzlich wieder ein, dass ich geplant hatte, im Gewächshaus etwas anzupflanzen. Doch dazu hatte ich einfach keine Nerven. Wie wäre es nur, wenn ich beim Gärtnern zufällig auf die Familie der getöteten Spinne treffen würde... nicht auszudenken!

Ich würde es im nächsten Jahr in Angriff nehmen, das schwor ich mir.

Da in letzter Zeit wenig los war an der Partyfront, beschloss Robert, einmal wieder etwas Spaß in unsere Gegend zu bringen. Er veranstaltete eine riesige Party mit jede Menge Alkohol, Leuten und lauter Musik. Ich wunderte mich, dass seine Eltern da so mitspielten, aber mir sollte es nur recht sein. So ein bisschen Spaß tat mir sicher gut. Obwohl ich auch ein wenig Angst hatte, dass ich in meiner psychisch etwas labilen Situation irgendeinen Fauxpas begehen könnte. Natürlich putzte ich mich richtig heraus. Das war die erste Gelegenheit seit vielen Wochen, mich mal wieder schick zurecht zu machen. Es musste einfach alles perfekt sein.

Meine Wahl fiel auf eine knallenge beige Jeans und eine hellgrüne Bluse, die perfekt zu meinen Augen passte. Die Bluse steckte ich legere in die Hose und machte einen schwarzen Gürtel mit matt-silberner Schnalle darum. Meine Haare trug ich offen, toupiert und leicht gewellt. Die Augen dunkel, die Lippen auch relativ dunkel. Braune Kette und Armreifen und braune halbhohe Stiefeletten. Im Spiegel betrachtet, gefiel ich mir sehr gut. Allerdings konnte ich immer nur kurze Zeit hinein schauen. Immer wenn ich mich längere Zeit betrachten wollte, schien sich irgendwas zu verschieben, so als hätte ich einen Knick in der Optik. Da begann ich schon wieder Panik zu bekommen und beschloss, es einfach zu ignorieren. Dass ich nicht ganz dicht war, wusste ich ja sowieso.

Ich ging zuerst zu Lina, um sie abzuholen, damit wir nicht alleine zur Party gehen mussten. Es war das erste Mal seit meinem Spinnen-Ausraster, dass ich die anderen wieder sah.

„War noch was wichtiges, nachdem ich weg war?", fragte ich Lina.

„Eigentlich nicht wirklich. Nur dass Daniel beunruhigt war. Er hat gefragt, ob nicht doch jemand hinter dir her gehen solle. Da hat Robert gesagt, dass du schon auf uns zukommen würdest, wenn du Hilfe willst und dass du dich meldest, wenn du mit jemand reden willst."

Danke Robert!

Als ich nach dem Spinnending nach Hause kam, legte ich mich ins Bett und umklammerte mich 5 Stunden lang selbst. Ich machte mir Vorwürfe und weinte, weil ich begriff, wie fertig ich war. Hätte mich jemand in den Arm genommen oder mir eine gescheuert (Zweiteres wäre vielleicht effektiver gewesen). Natürlich war mir das in dem Moment absolut nicht bewusst. Das begriff ich erst später.

„Wenn du mich fragst, ist der total in dich verschossen", Lina war mal wieder so schön direkt.

„Wen meinst du?"

„Robert", da legte sie ihr verschwörerisches Grinsen auf.

„Robert? Nein, wir sind nur Freunde, richtig gute Freunde." Lina schaute eindeutig zu viele Teeniefilme.

„Na klar! Und was Daniel angeht, ich glaube auch er hat noch was für dich übrig."

„Gut, das reicht Line-Bine! Darüber will ich nicht unbedingt reden, wenn das okay für dich ist."

„Versteh ich zwar, aber du kannst dich nicht ewig davor verschließen. Außerdem musst du dich ja auch entscheiden. Wenn zwei so tolle Typen auf dich stehen... also ich..."

„Lina... ich glaube, wir haben im Moment andere Probleme."

Auf einmal blieb sie stehen und sah mich böse und traurig zugleich an.

„Danke Nina! Da bin ich noch nicht drauf gekommen! Ehrlich, glaubst du, ich weiß das nicht? Aber heute ist seit langem mal wieder ein Tag, auf den ich mich gefreut habe. Endlich mal wieder feiern, Spaß haben und lachen mit meiner besten Freundin. Die im Übrigen irgendwelche Spinnen tötet und dann flennt wie ein Baby... das ist alles scheiße, Nina... ich weiß, dass du schlimme Probleme hast, dass ich Probleme habe und dass wir zwei kaum noch Zeit miteinander verbringen, über unsere persönlichen Probleme zu reden, da die ganze Welt ein verkacktes Problem hat! Ich hab da heute einfach keine Lust drauf. Ich will heute lustig sein... ich will heute wieder Teenager sein... und du machst da gefälligst mit! Ich befehle dir, Spaß zu haben", dass sie zitterte und ihr die Tränen aus den Augen purzelten, hielt sie nicht davon ab, ihre Rede durchzuziehen.

Da musste ich lächeln und umarmte meine Lina, so fest ich nur konnte. Und auch ich musste weinen. Wie gut ich sie doch verstehen konnte.

„Okay", flüsterte ich in ihr Ohr und gab ihr einen kleinen Kuss auf die Wange. Lina schien hoch erfreut: „Dann sag mir doch mal, wen von beiden du süßer findest: Daniel oder Robert?"

„Lina bitte!"

„Nina, du hast es versprochen!"

„Okay, okay! Momentan möchte ich mit niemanden zusammen sein. Ich bin froh, dass Robert so ein toller Freund geworden und dass Daniel wieder da ist. Aber weiter ist da nichts."

„Aber wenn sie dir beide sagen würden, dass sie dich lieben und du müsstest dich entscheiden, was würdest du tun?"

„Keinen von beiden nehmen!"

„Warum?"

„Weil ich auf den einen noch sauer bin und weil ich die Freundschaft mit dem anderen nicht kaputt machen will. Außerdem empfinde ich nicht mehr als Freundschaft für Robert."

„Sicher?"

„... ... ... Sicher!" *Ziemlich sicher.*

„Ist dir der Gedanke noch nie gekommen?", fragte Lina mit einem schmutzigen Grinsen im Gesicht.

„Am besten wir wechseln das Thema! Was ist eigentlich mit dir? Hast du jemanden in Aussicht?"

„Na ja, Christian hat sich des Öfteren gemeldet, aber ich bin durch mit ihm! Definitiv! Ansonsten bin ich im Moment an niemandem interessiert", sie sagte es mit einem Lächeln, doch irgendwie sah sie nicht ganz glücklich aus.

Auf der Party bekam ich einen halben Ausraster. Stella und Daniel waren nicht da... obwohl Lina und ich schon spät dran waren. Ich wusste zwar, dass sich Daniel noch nicht entschieden hatte, ob er kommt. Aber Stella hatte sich schon für um 8 angemeldet und es war schon halb 10. Eigentlich nicht weiter wild. Das konnte alle möglichen Gründe haben, aber mein Kopf machte sich selbständig und erfand die wildesten Ideen. Schwitzende Körper, die sich nackt in romantischer Weise aneinander rieben. Ich brauchte dringend Schnaps.

„Ich hätte nicht gedacht, dass so viele Leute kommen", sagte Emily zu Robert. Und sie hatte recht. Das ganze Haus war voll, sogar Freunde von Roberts Eltern waren da und wir feierten alle zusammen. Wahrscheinlich war es genau das, was die Menschen in dieser Zeit brauchten.

„Ist doch ganz klar: Wenn der Meister einlädt, dann kommen die Leute...", sagte Robert hörbar stolz.

„Ja klar, du Meister! Weißt du denn auch, wo Stella bleibt?", fragte ich und ließ es beiläufig klingen.

Robert sah mich misstrauisch an. Er hatte mich ertappt. Sein Ton war etwas zu hart: „Tut mir leid, aber ich weiß es nicht!"

Dann ging er weg und Lina sah mich schon wieder so verschmitzt an.

„Ich hab es dir doch gesagt, der steht total auf dich!"

Ja, ja! Leck mich doch...

Genervt drehte ich mich um und ging. Vielleicht war ja die Gesellschaft von Emily und Michael etwas erträglicher. Aber das war sie nicht. Die zwei waren an diesem Abend viel zu sehr mit sich selbst beschäftigt. Und wenn Emily mal das Wort an mich richten konnte, dann hielt sie dabei Michaels Hand und tat so, als wären sie und er eine Person, die die gleichen Gedanken hatten. Sie gaben mir das Gefühl, als würde ich ihnen leidtun. So als ob ich sie um ihr Glück beneiden würde... Noch ein Schnaps... und gleich noch einen.

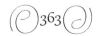

Wenigstens war die Musik gut und Essen und Trinken schmeckte, die Stimmung war sehr lustig. Nur ich war angespannt.

Doch dann sah ich sie. Sie sah leicht zerstört aus. Als Stella mich anblickte, erkannte ich die Reue in ihrem Blick. Da wusste ich, was passiert war und das Blut kochte in mir.

Was sollte ich sagen oder tun? Ich wollte etwas sagen, aber ich durfte keine Szene machen. Aber wenn ich mir das alles nur einbildete? Vielleicht war das nur in meinem Kopf passiert. Wie konnte ich mir da sicher sein? Ich musste sie fragen. Ich musste einfach.

Also spazierte ich mit gespieltem Selbstbewusstsein zu Stella. Innerlich lief alles Blut aus mir heraus und hinterließ eine große Pfütze mit Angst.

Irgendwie tat sie mir leid, als sie mir um den Hals fiel. Wir suchten uns ein ruhiges Plätzchen in der Waschküche mit einer Flasche Rotwein. Tausendmal entschuldigte sie sich bei mir und beteuerte mir, dass sie so etwas nie wieder tun würde... ich wollte erst einmal genau wissen, was überhaupt... *Als ob ich das nicht schon wissen würde!* Sie war natürlich bei Daniel gewesen und hatte sich intensiv über seine Zeit in New York unterhalten wollen. Natürlich gab es dabei das obligatorische Geheule und auch den obligatorischen Kuss...

„Weißt du was, ich will es vielleicht doch gar nicht wissen. Stella, vielleicht ist das besser. Ich glaube das ist mir zu viel", sagte ich und wollte am liebsten abhauen.

„Nein! Warte... wir haben nicht... also ich wollte schon, aber er nicht. Er hat mich abgewiesen. Mal wieder. Wegen dir. Er liebt dich noch."

Oh man... dieses Weib machte mich fertig!

„Du machst mich fertig! Ich bin nicht mehr mit ihm zusammen und ihr könnt beide tun und lassen, was ihr wollt", natürlich meinte ich das nicht so, wie ich es sagte. Denn wäre es wirklich passiert, hätte ich nicht gewusst, wie ich reagieren würde.

„Bei dir kann man sich nie sicher sein. In einem Moment bist du scheißfreundlich und im anderen wieder voll Scheiße. Ich kann dir nicht vertrauen."

„Würde ich hier sitzen und es dir erklären, wenn es anders wäre? Außerdem, wer kann es einem verübeln, wenn man alles tun würde... für den Menschen den man liebt? Und nun bin ich endgültig raus. Er liebt dich und das weiß ich jetzt. Und ich bin ein schlechter Mensch. Aber ich kann mich ändern. Das verspreche ich dir. Ich beneide dich um deine Stärke. Wäre ich in deiner Situation, ich wäre schon längst daran zerbrochen", jetzt trug sie aber dick auf. Außerdem wusste ich nicht genau, was sie mit meiner Situation meinte? Meinte sie meine Geisteskrankheit?

„Mach mal halb lang...", ich bemerkte, dass ihr die Strickjacke von der Schulter rutschte und da sah ich ein Teil ihrer Narbe, die sie damals in Maura von den Dämonen abbekommen hatte.

„Entschuldigung, aber würdest du mir mal deinen Arm zeigen?", fragte ich unverschämt.

Sie zog die Jacke ganz herunter. Ihr Arm sah schlimm aus. Ich sah ihn zum ersten Mal. Mir wurde bewusst, dass ich diese Verletzung ganz vergessen hatte. Nach dem Unfall war sie vom Sportunterricht befreit und danach war die Sache mit meinem Fuß und ich war befreit. Danach hatte ich meinen Zusammenbruch und war nicht mehr in der Schule gewesen. Sonst trug Stella immer lange Sachen. Es sah wirklich erschreckend aus.

„Das tut mir wirklich so leid, dass dir das passieren musste."

„Wahrscheinlich hab ich es nicht anders verdient."

„Rede doch nicht so einen Unsinn!"... *Andererseits... Nein!* Das hatte sie wirklich nicht verdient.

Warum war ich nicht so wütend auf sie, wie ich es hätte sein sollen?

„Sind wir eigentlich Freunde?", fragte ich sie.

Sie sah mich verwundert an „Wieso fragst du das? Ich … ich dachte... wir wären Freunde?"

„Ich glaube, dass Freundinnen so etwas nicht machen."

„Was meinst du? Dass ich versucht habe, mit dem Mann zu schlafen, den ich liebe? Ich weiß, das war nicht die feine englische Art, aber du hast selbst gesagt... ihr seid nicht mehr zusammen! Außerdem ist Liebe wichtiger als Freundschaft... Hätte ich dich vorher etwa fragen sollen?"

Sie hatte Recht.

„Ich hätte es nicht anders gemacht", gestand ich ihr. Und deshalb konnte ich auch nicht weiter wütend auf sie sein.

Daniel wollte sie nicht, das war schon mal beruhigend. Aber sie hatte das Recht, mit ihm zu machen, was sie wollte. Wir waren erstens getrennt und zweitens gab es keinen Grund anzunehmen, dass wir wieder zusammenkommen würden.

„Du denkst, ich hasse dich...", sagte sie.

„Manchmal bin ich mir nicht sicher."

Stella schüttelte den Kopf. „Das bin ich mir bei dir auch nicht immer."

Da mussten wir beide lachen. Es war ein seltsames Gefühl mit Stella zu reden. Immer wieder aufs Neue überraschte sie, schockte sie und dennoch. Ich mochte sie.

Das Letzte was ich gebrauchen konnte, war eine miese Stimmung, als Stella und ich zurück ins Partygeschehen eintauchen wollten. Daniel war anwesend und ich war unheimlich angespannt. Der Abend fühlte sich nicht frei an. Etwas war unerledigt und ich war unbefriedigt in meiner Situation. Unbedingt musste ich das noch los werden. Ich musste mit Daniel reden. Diese Sache noch aus der Welt schaffen oder zumindest etwas versuchen. Es ging einfach nicht, ihn zu ignorieren und normal mit ihm umzugehen und die „Sache" zu ignorieren, ging ebenso wenig.

Doch ich konnte mich nicht dazu durchringen, zu ihm zu gehen und ihn anzusprechen.

Zum Glück tat er das.

„Geht dir das nicht auch auf die Nerven?", fragte er plötzlich.

„Was meinst du?"

„Das ewige Hin- und Hergeschaue... vielleicht sollten wir uns einfach mal aussprechen."

„Wüsste nicht, was es auszusprechen gibt", erwiderte ich schroff. Meine Worte waren das Gegenteil von meinen Gedanken. Aber wenn er mich so ansah, so kühl und gleichgültig, dann kam die Wut in mir hoch. Seine Augen hatten nichts Glänzendes, sie waren grau und matt und mir einfach zuwider. Ich verstand nur nicht, warum. Es war ja gar nichts passiert zwischen ihm und Stella. Und außerdem wusste ich jetzt, dass er noch was für mich empfand. Er hatte die ganze Zeit noch etwas für mich empfunden und ich war einfach nur sauer auf ihn. Aber den Grund kannte ich nicht.

„Wenn du nicht reden möchtest, ist das in Ordnung. Aber ich würde dir gerne etwas sagen."

Wollte ich das hören? Ich wusste es nicht. Hatte ich etwas zu verlieren? Das wusste ich auch nicht. Aber ich wusste, dass ich mich irgendwann seinen und meinen Gefühlen stellen musste.

„Na gut von mir aus."

Ich lief hinter ihm und ich hätte weinen können, als ich seinen Duft roch. Es ließ mich spüren, wie sehr ich seine Nähe vermisste.

Wir suchten uns eine ruhige Ecke im Hausflur.

„Stella hat es mir erzählt. Warum hast du die Gelegenheit nicht gleich beim Schopfe gefasst?", der Alkohol sprach aus mir und ich wurde unnötig patzig. „Wäre doch eine schöne Gelegenheit gewesen oder nicht?!"

„Du bist ungerecht zu mir. Ist es deswegen, weshalb du mich die ganze Zeit so böse angestarrt hast?"

„Ich hab dich nicht angestarrt und es geht mich auch gar nichts an, was du mit wem auch immer so treibst."

„Was ist dann dein Problem?", Daniel schaute mich mit seinen Augen an, die begannen, wieder zu glänzen. Ich wollte doch aber gar nicht, dass die so glänzen. *Hört auf damit, ihr Scheißaugen!*

„Du bist mein Problem! Du hast mich verlassen, du hast mich verletzt und warst nicht für mich da und dafür gibt es keine Entschuldigung!"

„Du hast mich verlassen Nina. Aber du verstehst das nicht! Es war weil..."

„Weil was?"

„Tut mir leid... Ich kann... es nicht sagen"

„Weißt du was! Das ist mir scheißegal... wenn du nicht den Arsch in der Hose hast, dich für das Mädchen das du liebst, gegen deine Eltern zu stellen, dann kannst du dich auch nach Hause verziehen und unter der Rheumadecke deiner Mutter einen Kamillentee trinken! Außer natürlich, du hast mich nicht geliebt."

Das war zwar hart, aber ich konnte meiner Wut in diesem Moment anders keinen Ausdruck verleihen. Er hatte sich nicht bei mir gemeldet und auch jetzt machte er in keinster Weise Anstalten, mich zurückzugewinnen. Wenn er doch aber etwas für mich empfand, wie Stella es behauptete, dann musste er doch um mich kämpfen.

„Du hast recht und es tut mir alles so leid." Wie konnte er das nur sagen ohne zu versuchen, etwas zu unternehmen, was die Sache ändern oder besser machen würde?

„Glaub ich dir sogar, aber ändern willst du es trotzdem nicht. Sorry, aber ich verstehe dich einfach nicht."

„Wenn ich dir sage, dass ich dich liebe, würdest du mir dann verzeihen?"

Ich musste tief einatmen, um zu verstehen, er gerade gesagt hatte. Er liebte mich, er wollte mich zurück. Das überforderte mich und meine Gefühlswelt vollkommen. So leicht konnte ich ihm die Sache jetzt nicht machen. Vor allem, da es sich eher anfühlte, als wäre meine Liebe zu ihm in einem Eisblock eingefroren. Dabei sollte sie doch lodern, wie eine Flamme. Nein! Wenn er mich wollte, dann musste er mein Eis zum Schmelzen bringen. Er musste es einfach besser verstehen.

Aber so dumm konnte er doch nicht sein?! Vielleicht stellte er mich auf den Prüfstand und jede seiner Äußerungen bezweckten irgendetwas Bestimmtes. Schon wieder so viele unendliche Gedanken. Durcheinander, alles dreht sich, mir wird schlecht.

„Nein, Daniel... würde ich nicht"

Ich drehte mich um und ging. Keine Faser meines Körpers und meines Geistes schien sich dagegen zu sträuben. Aber ich wünschte mir, dass es anders wäre. Ich wünschte, dass ich wünschte, wieder zu ihm zu gehen, mit ihm zusammen zu sein. *Seltsam! Kein Weinen, keine Traurigkeit... nur eine gewisse Melancholie.*

In meinem Kopf hörte sich den restlichen Abend alles nur noch nach Bla bla an. Das Gerede der anderen, meine Antworten, ja sogar meine Gedanken. Alles nur noch Bla bla.

27 Jetzt geht's aber los!

Dämonen. Ich sah sie, sie waren vor meinem Fenster. Ich hoffte, dass meine Eltern sie nicht bemerkten, sonst würden sie sicher die WNSO rufen oder sie selbst mit ihrer DK zerschießen. Mein Vater hatte drei DKs bestellt. Eine für ihn, eine für meine Mutter und eine für mich. Seit auch sie sie sehen konnten, wurden sie regelrecht hyperaktiv. Er meinte, jeder sollte in diesen Zeiten ständig eine mit sich tragen. Aber was war mit Max? Ich traute mich fast nicht, danach zu fragen. Ich hatte ihre Ausflüchte und ihr ermüdendes Geschwafel satt. Doch irgendwie hatte ich das Gefühl, sie hatten Max schon aufgegeben. War er überhaupt noch Teil ihrer Gedanken? Ich wusste es nicht.

Wenn ich die Dämonen aus sicherer Entfernung beobachten konnte, fand ich sie irgendwie schön. Wie sie sich bewegten, wie sie leuchteten und ihre ganze Gestalt nahm mich in ihren Bann. „Nina im Bann der Dämonen" Warum hätte ich nicht zu ihnen gehen sollen? Sie taten überhaupt nichts. Sie waren einfach nur da. Ich wünschte mir, ich könnte mit ihnen reden. Warum brachten sie die Erde dazu, so viel zu zerstören, Städte zu verschlucken. Vulkanausbrüche, Stürme. Unsere Gegend war bis jetzt verschont geblieben, doch wie lange noch?

„Was können wir nur tun?", flüsterte ich zu ihnen. Meine Gedanken drehten sich und ich versuchte, alles in meinem Kopf zu ordnen. Doch es wollte mir einfach nicht gelingen.

Plötzlich hörte ich diese Stimme: „Verbinden" Ich zuckte zusammen. Wo kam sie her? Diese bekannte Stimme. Ich fuhr herum. Ich war alleine in meinem Zimmer. Ich hatte mich geirrt, mein Kopf versuchte nur, mir einen Streich zu spielen. „mit ihnen verbinden... eins werden". Schon wieder. Nein! Bitte nicht. Ich wollte das doch nicht! Ich hatte es schon verdrängt, fast vergessen. Ich wollte nicht schizophren sein, ich wollte nicht durchdrehen, ich wollte keine Stimmen hören. *Nein nein nein!*

„Amy?", ich bekam nicht mehr aus meinem Hals als ein Quietschen. *Beruhige dich, Nina!*

„Die Menschen müssen sich mit ihnen verbinden, um sie zu verstehen" Warum ich? Meine Knie wurden schwach und ich sackte auf den Boden.

„Warum tust du mir das an? Das macht mir Angst."

„Es gibt nur den einen Weg. Ihr müsst sie verstehen und sie müssen euch verstehen", ihre Stimme war nun vollkommen glockenklar und hell, „sie haben aufgehört, an dich zu glauben."

Meine Faust schlug auf den Fußboden und ich bohrte mir die Fingernägel so tief in meine Hand, dass sie blutete. Ich wollte etwas spüren, um so die Angst zu überwinden. Doch es half nichts.

„Die glauben, kein Mensch kann sie je verstehen. Aber ich glaube noch an dich. Es ist noch nicht zu spät. Sie müssen fühlen was ihr Menschen fühlt, um euch am Leben zu lassen. Und ihr müsst fühlen was sie fühlen, um sie am Leben lassen zu können."

„Hör, auf hör auf... hör auf!"

„Nina!"

„Sei still! Sei still! Sei still!" Ich trommelte mit den Fäusten auf den Boden, dann hielt ich mir die Ohren zu. Und ich wurde immer lauter: „ Sei still!"

„Nina! Nina! Nina! Nina!" „ Sei still! Sei still! Sei still!..." „Nina!" Die Tür flog auf und mein Vater stürmte herein.

„Nina! Was... was hast du getan... was ist los?", aufgebracht rannte er auf mich zu und sah natürlich die Dämonen vor meinem Fenster.

„Waren sie das? Warum hast du nicht...?", er war aufgebracht und hektisch.

Er wirbelte in meinem Zimmer herum.

„Wo hast du sie?", fragte er.

„Nein... ich benutze sie nicht!"

„Wo hast du sie?", er schrie mich an. Er hatte Angst. Mein Vater war richtig panisch.

„Bitte tu das nicht!", flehte ich. Doch er war schon wieder aus dem Zimmer heraus gerannt und einen Augenblick später hörte ich, wie er draußen fluchte und seine DK abfeuerte. Ich hasste ihn dafür. Ich schrie und hoffte, dass er es bis draußen hörte: „Das ist wahnsinnig!"

Alle waren in diesen Zeiten wahnsinnig... auch ich. Ich wollte unbedingt meinen Bruder besuchen, doch meine Eltern hielten es für unangebracht. Auch die Sekretärin der Anstalt sagte mir am Telefon, dass das im Moment nicht möglich sei. Ich sorgt mich um Max und ich verstand nicht, was da los war. Warum durfte ihn seine Schwester nicht besuchen. Meine Eltern hatten ihn besucht, immer dann, wenn ich nicht Zuhause war. Verheimlichten sie mir irgendetwas oder dachten sie, ihre psychisch labile Tochter verkrafte das nicht? Ich fühlte mich verarscht.

Ein paar Tage, nachdem Amy zu mir gesprochen hatte, wurde alles wieder ruhiger. Mein Vater suchte häufiger ein Gespräch mit mir, doch ich wich ihm so gut wie möglich aus. Auch mit meiner Mutter konnte ich nicht mehr wirklich sprechen. Es waren nur noch banale Alltagsdialoge wie:

„Wir haben keinen Kaffee mehr, kannst du mal wieder welchen kaufen?"

„Tut mir leid Nina! Als ich das letzte Mal einkaufen war, hatten sie keinen Bohnenkaffee mehr, nur noch löslichen Instantkaffee"

„Das kann doch gar nicht sein..."

„Doch! Es können im Moment aus bestimmten Gründen einige Produkte nicht mehr importiert werden."

Na toll! Jetzt geht's aber los! Bevor ich Löslichen trinke sterbe ich lieber. Na dann halt keinen Kaffee.

Und dann gehe ich wieder in mein Zimmer, unbefriedigt, genervt und angespannt.

Es war alles so frustrierend. Ich merkte, dass ich mich wieder verlor.

Gleichgültigkeit schlich sich in meinen Geist und ich wurde langsam leerer. Die Gespräche mit Robert hatten anfangs geholfen, doch wir führten keine mehr. Der Adrenalinrausch hatte mich erfüllt, aber es war vorbei. Ich wollte mich nicht mehr bewegen. Am liebsten saß ich auf meinem Bett und tat nichts, dachte daran, wie egal mir alles war. Und das ich eigentlich nicht wollte, dass es mir egal war. Aber es war einfach so. Womöglich ging das auch vorbei und dann war wirklich alles egal.

Die Treffen mit den anderen nahm ich kaum noch wahr. Ich war zwar da. Aber ihr Gelaber nervte mich und es kam auch gar nichts dabei heraus. Das einzige Produktive war, dass Michael uns von einer Tagung der CT berichtete. Sie sollte irgendwann im nächsten Monat stattfinden. Und wir würden alle hingehen.

Ich hatte nur leider überhaupt keine Lust darauf. Allerdings war es im Allgemeinen schwierig, überhaupt etwas zu finden, was mir noch Spaß machte. Lina erzählte, dass sich ihre Mutter überhaupt nicht mehr aus dem Haus traute und Lina deshalb alle Besorgungen für sie machen musste. *Will ich nicht hören!* Stella wollte wieder irgendeine Straftat begehen. *Mir doch egal!* Michael wollte, dass Daniel sich wieder undercover bei der WNSO einschleuste. Der wollte das aber auf gar keinen Fall. Ich war es leid, ihnen zuzuhören.

Nur eines störte mich zumindest ein bisschen. Robert schien auf Distanz zu gehen. Er redete kaum noch mit mir. Mehr als eine kühle Umarmung zur Begrüßung und zum Abschied war nicht drin. Aber ich hatte nie den richtigen Antrieb, um ihn darauf anzusprechen. Wenn er irgendwas wollte, dann würde er sich schon bei mir melden.

Irgendwie schienen die anderen zu bemerken, dass etwas mit mir nicht stimmte. Allerdings bemühte ich mich wenig, meine Gefühlssituation zu verbergen. Nach einem Treffen bei Emily wollten Lina und Stella mich unbedingt nach Hause bringen. Ich ahnte Schlimmes. Gab es eine Lösung, um dämlichen Fragen zu entgehen? Nein, sicher nicht. Und wenn, dann fiel sie mir nicht ein. Ich dachte auch nicht weiter darüber nach und entschied, die Qual einfach über mich ergehen zu lassen. *Ein kleiner Spaziergang mit Lina und Stella... juhu!*

Links von Lina und rechts von Stella belagert, wie von Bodyguards, machte ich mich auf den Heimweg.
Stella fragte gleich drauf zu: „Was ist denn mit dir los, Ninalein?"
„Nichts, was sollte denn los sein?", fragte ich in einem beiläufigen Ton.
Lina rollte mit den Augen: „Ich wusste, dass du das sagst, aber wir wissen, dass etwas nicht stimmt."
„Keine Ahnung. Mir geht im Moment einfach alles auf die Nerven."
„Das ist ja kaum zu übersehen. Du starrst ins Leere, deine Antworten sind knapp. Woran liegt das?", sagte Lina.
„Weiß nicht."
„Du brauchst mal wieder einen schönen Mädelsabend! Was hältst du davon? Mit einem edlen Wein, mit Gesichtsmasken, Zeitschriften und

einem schönen Gespräch. Darauf hätte ich und bestimmt auch Lina mal wieder Lust. Was sagst du?", fragte Stella.

Um ehrlich zu sein, klang das gar nicht so schlecht. Bis auf das mit dem Gespräch. Einfach mal was ganz Banales. Ohne Stress.

„Klingt nicht übel", antwortete ich, „aber nur, wenn es ganz ruhig und chillig wird".

„Na, aber sicher doch!", sagten beide wie aus einem Mund.

Wir verabredeten uns noch für diesen Abend bei Stella. Erst wollte ich vorschlagen, zu mir zu gehen, aber dann hätte ich die Mädels auf dem Hals gehabt, bis sie sich bequemen würden zu gehen. So konnte ich gehen, wann ich wollte. Das war besser.

Wir liefen am Spielplatz vorbei. Er war zwar menschenleer, doch alleine waren wir nicht. Ein türkis leuchtender Dämon hüpfte zwischen den Schaukeln und Wippen umher. Er nahm abwechselnd die Gestalt von einem Hasen, Eichhörnchen und eines Vogels an. „Ich wusste gar nicht, dass Dämonen ihre Gestalt ändern können", sagte Stella. Lina schien Angst zu haben, denn sie hatte sich in meinem Ärmel gekrallt. „Lasst uns weitergehen", meinte sie.

„Ich finde das faszinierend", gab ich zu. Und Stella nickte zustimmend. Wir wollten noch weiter zusehen.

„Ich müsste Angst haben", Stella schaute uns bei ihren Worten nicht an, „aber ich habe keine". Sie war wie gebannt. Und ich verstand genau, was sie meinte, denn dieses süße Tierchen sah ganz und gar nicht bedrohlich aus. Es war zum knuddeln süß, wie es hin und her hüpfte. Es sah irgendwie vergnügt aus.

Lina flüsterte: „Gerade du müsstest doch wissen, was passieren kann, wenn man ihnen zu nahe kommt" Doch Stella reagierte gar nicht darauf und ging etwas näher dran. Ich wollte ihr hinterher, doch Lina hielt mich fest. „Es reicht doch, es von weiter weg zu beobachten."

Der Dämon horchte auf. Und mit langen, gespitzten Ohren sah uns dieser leuchtende Hase an. Wir alle vier erstarrten. Einige Zeit herrschte absolute Stille. Es war, als wäre die Zeit eingefroren. Keine Vögel zwitscherten, kein Lüftchen wehte, ja nicht einmal wir atmeten noch. Dann ging Stella noch einen langsamen Schritt in seine Richtung. Das Häschen bewegte sich nicht und ich bemerkte, wie Lina anfing zu zittern.

Ich versuchte, sie zu beruhigen. Komischerweise verspürte auch ich nicht die kleinste Spur von Angst, nur Aufregung. Und das war ein wunderbares Gefühl. Ich wollte Stella folgen, die sich ganz langsam immer mehr näherte. Lina allerdings wollte mich partout nicht loslassen. „Stella, komm zurück... bitte!", flehte sie in einem lauten Flüstern. Was affig war. Denn das war unangenehmer und erschreckender, als hätte sie es einfach laut gesagt. Das Häschen zuckte kurz, blieb aber stehen.

Stella war jetzt nur noch zwei Meter davon entfernt und war durch Linas Bitte stehen geblieben. Nun hockte sie sich auf den Boden und streckte die Hand aus.

„Es wird sie doch verbrennen!", sagte Lina. Sie selbst hatte noch nie wirklichen Kontakt zu einem Dämon gehabt. Zumindest nicht so krass wie Stella oder Daniel oder sogar ich. Nur, dass ich glücklicherweise nie verbrannt wurde, mich verfolgten sie bloß. Bei diesem Gedanke schauderte ich... das war ziemlich seltsam.

„Alles ist gut", sagte ich zu Lina und auch zu dem Dämon. Er sollte sich auf keinen Fall bedroht fühlen.

Anscheinend tat er das auch nicht, denn er hüpfte ein wenig auf Stella zu. Mit ihren Fingern rieb sie so, als hätte sie etwas zu Fressen dabei, wie man es mit einer Katze macht, um sie anzulocken.

Sie waren nur noch Zentimeter voneinander entfernt. Da wurde es auch mir mulmig zumute. Wenn er sie berührt, was würde dann passieren?

Die Nase des Häschens rückte näher an Stellas Hand, die nun ganz ruhig und ohne Bewegung ausgestreckt war. Lina und ich hielten die Luft an. Ganz vorsichtig stupste der Dämon mit seiner Nase Stellas Finger an. Ich erwartete, dass sie vor Schmerz zurückweichen würde, doch das tat sie nicht. Lautlos drehte sie ihren Kopf in unsere Richtung und grinste. Mit den Lippen formte sie die Worte: „Kommt her!", oder „Komm her!"

Lina umkrallte mich immer noch, doch ich konnte mich sanft von ihr lösen. Nun war auch ich auf dem Weg zum Dämon. Als ich mich neben Stella hockte, löste der Dämon die Berührung von ihrer Hand. Er duckte sich etwas und wurde zu einer schlanken Katze. Auch ich streckte die Hand nach ihm aus und plötzlich schmiegte sich das Köpfchen von unten an meine Handfläche. Kurzzeitig wollte ich zucken, aber ich hütete mich, auch nur einen Mucks zu machen. Es fühlte sich kühl an, wie eine Mischung aus Luft und Wasser, wie ein Hauch, aber keine Verbrennung, kein Schmerz. „Wahnsinn oder?!", sagte Stella sanft. Ich nickte.

Als sich der Dämon von mir gelöst hatte schaute er Lina an, die immer noch verängstigt auf dem Bürgersteig stand. Sie schüttelte heftig mit dem Kopf und ging einen Schritt zurück. Als ob der Dämon ihre Geste verstand, drehte er sich um und huschte elegant in einen Busch und somit aus unserem Blickfeld.

Es dauerte einen Moment, bevor Stella und ich aufstehen konnten.

„Alles ist gut Lina. Er ist weg." Stella stand als erste auf und ging zurück zu Lina.

Am Abend trafen wir uns bei Stella. Natürlich gab es erst einmal kein anderes Thema als die Begebenheit mit dem Dämon. „Wie verrückt ihr seid!", sagte Lina immerzu, „Es hätte sonst was passieren können."

„Es ist aber nichts passiert", Stella klang schon etwas genervt.

„Aber recht hat sie. Das war schon ganz schön riskant. Aber irgendwie habe ich gespürt, dass nichts passiert", gab ich zu. Mehr und mehr wurde mir bewusst, wie grenzwertig die Situation gewesen war. Nie hätte ich mir zugetraut, freiwillig auf einen Dämon zuzugehen. Doch dann kam in mir eine Erinnerung hoch. „Wisst ihr, vor einigen Monaten hatte ich einen Traum. Da stand ich auf einer Wiese und da war ein Dämon, der war ungefähr so groß...", ich hob die Hände circa 30 Zentimeter auseinander, „...im Durchmesser und rund. Der ist auf der

Wiese hin- und hergehüpft und dann ist er einfach durch mich durch geflogen. Das hat sich ähnlich angefühlt wie die Berührung mit dem Dämon heute".

„Sie tun einem nichts, wenn man ihnen nichts tun will", meinte Stella.

Lina widersprach ihr: „Nein das glaub ich nicht. Es wurden schon viele Menschen von ihnen angegriffen".

„Aber vielleicht hatten die alle Angst und wollten sie, zumindest in Gedanken, vernichten", überlegte ich.

Stella goss uns einen lieblichen Rotwein in große und edle Gläser ein.

„Das müsste bedeuten, dass sie Gedanken lesen."

„Gedanken lesen oder Gefühle erkennen", fügte ich hinzu. Meine Lebensgeister waren wieder erwacht. Es gab also doch Hoffnung.

„Wenn wir das allen Menschen klar machen könnten und jeder den Dämonen mit freundlichen Gefühlen entgegen treten kann, dann gibt es vielleicht doch noch eine Zukunft. Vielleicht sogar eine gemeinsame."

„Du meinst, wir mit den Dämonen?", Lina war entsetzt.

„Vielleicht? Aber ich glaube, das ist bloß Wunschdenken."

„Erstens haben wir keine Beweise...", gab Stella zu bedenken, „...und zweitens, selbst wenn wir welche hätten, würde das die WNSO wieder verdrehen. Meinst du nicht?"

Ich nahm einen großen Schluck Wein und genoss es, ihn meiner Kehle herunter laufen zu lassen. „Kann schon sein. Auf jeden Fall müssen wir so vielen Menschen wie möglich davon erzählen. Zumindest schon mal denen, wo wir wissen, dass sie uns glauben."

„Fest steht, dass auf der Welt viele Menschen zu Schaden kommen. Sie zerstören die von Menschen geschaffenen Dinge. Eine ganze Stadt ist wegen ihnen verschluckt wurden. Glaubt ihr, dass sie damit aufhören, nur wenn ein paar Menschen sie streicheln?", Linas Stimme wurde höher, „...'Oh, seht mich an, ich streichle einen Dämon... jetzt lässt er mein Haus stehen und zerstört nur das nebenan.' Bitte, was soll denn das!?"

Lina verstand einfach nicht, was das alles bedeuten konnte. Ich versuchte, ihr das klar zu machen. „Lina, bleib doch mal ruhig! Es ist doch nur eine Möglichkeit. Und sonst haben wir doch auch keine Ideen, außer die WNSO auf dumme Art und Weise zu sabotieren. Das ist eine Entdeckung, die wir gemacht haben. Wer hätte gedacht, dass nicht jede Berührung mit ihnen zu Verletzungen führt? Vielleicht ist das der Schlüssel? Und wenn nicht, dann haben wir wenigstens was versucht."

„Ja, das denke ich auch", wenigstens war ich nicht allein mit meiner Meinung. Es erstaunte mich, dass gerade Stella auf den Dämon zugegangen war. Wo sie doch so schlimm von einem verletzt wurde.

„Wir stecken fest! Wir müssen raus aus diesem Kaff! Hier kann man nichts bewegen!", mein Ehrgeiz wurde wieder gepackt. Ich hoffte nur, dass es auch anhalten würde.

Trotzdem kamen wir auf das Thema „Ich und meine Laune" zu sprechen. Da musste ich wohl leider durch. War ja auch meine eigene Schuld. Viel erzählen konnte ich den beiden allerdings nicht. Die Frage war, was mein Problem in letzter Zeit darstellte. Warum ich so abweisend war, so genervt.

„Ehrlich gesagt, keine Ahnung. Vielleicht, weil mir alles so sinnlos vorkommt."

„Was genau meinst du?", fragte Stella.

„Einfach alles..."

„Was ist alles?"

„Ich dachte, dass wir sowieso nichts ausrichten können. All das Gelaber ist doch sinnlos. Dann nimmt mich die Sache mit Max auch so mit und dass ich ihn nicht einmal besuchen kann, ist einfach nur scheiße. Und es... es gibt so viele blöde Situationen im Moment, aber um ehrlich zu sein, hab ich aber gar keine Lust, darüber zu reden. Das ändert ja nichts daran. Die Zeiten ändern sich auch wieder... hoffe ich. Könnt ihr euch damit zufrieden geben?"

Stella legte mir den Arm um die Schulter. „Nur teilweise! Wenn du ein Problem hast, kannst du jeder Zeit mit uns darüber reden, das weißt du!"

„Und das solltest du auch! Alles in sich hineinzufressen ist ganz und gar nicht gesund. Außerdem wissen wir ja... dass... du na ja", Lina sah mich mitleidend an. Ich verstand jetzt endlich. Die zwei dachten, ich würde wieder zusammenbrechen.

„Außerdem wissen wir ja, dass ich eine Irre bin? Schon klar!", ich stand auf, „Fühlt ihr euch jetzt besser? Auf solche Kommentare kann ich echt verzichten."

„Nina versteh doch. Wir machen uns Sorgen um dich. Ich würde mir genau so Sorgen machen, wenn Lina oder Robert so komisch drauf wären, wie du im Moment", sagte Stella.

„Denkst du da genau so?", fragte ich Lina.

„Wir wollen dir doch nur helfen", aus ihrem Mund klang es, als wäre ich ein Waisenkind und sie Mutter Theresa.

„Ich möchte nicht darüber reden, weil ich selbst nicht genau weiß, was es ist. Außerdem will ich mich nicht damit beschäftigen, weil ich Angst habe."

Sie starrten beide auf den Boden.

„So... und jetzt schaut nicht so, als wäre jemand gestorben! Jetzt geht es mir doch schon wieder besser, weil ich weiß, dass ihr euch Sorgen macht."

Ich nahm mein Glas in die Hand und trank den Wein auf Ex. „So und jetzt lasst uns doch noch ein bisschen Spaß haben!"

Er stand vor unserer Haustür und er sah gut aus... zu gut.

Ich ließ ihn rein. Wir gingen in mein Zimmer und er fragte mich, wie es mir geht und ob ich jemanden zum reden bräuchte. Auf einmal wurde mir schmerzlich bewusst, dass ich die Anzeichen verkannt hatte. Lina hatte recht gehabt und ich war so blind. Er sah mich an. Seine Augen glänzten und er war mir so nah. Und er kam noch näher. Dann streichte er meinen Arm hinunter und fasste meine Hand. Er war so warm und mir wurde heiß. Mein Herz pochte. Ab jetzt würde sich alles noch mehr ändern, noch mehr verdrehen, noch komplizierter werden. Ich wollte das nicht.

„Robert! Ich weiß worauf das hinaus läuft... und ich bitte dich, mach das nicht."

„Warum bist du so zu mir? Ich war immer für dich da und jetzt hab ich ein Problem und ich möchte, dass du diesmal für mich da bist!"

Das hatte ich nicht erwartet. Jetzt fühlte ich mich schlecht, ich war so auf mich und meine Probleme fixiert, dass ich vergaß, auf die Menschen in meiner Umgebung zu achten. Wie konnte ich nur so herzlos zu meinem besten Freund sein?! Es war doch nicht so, wie ich dachte und mein Herz schlug einen Salto.

„Oh mist! Das tut mir jetzt echt leid. Ich bin doch so bescheuert. Natürlich bin ich für dich da! Was ist denn los?"

„Ich betrüge jemanden und ich kann nicht damit aufhören."

„Wie meinst du das? Wen betrügst du?", es tat mir leid, dass ich mich in der letzten Zeit viel zu wenig um ihn gekümmert hatte. Und ich glaubte, zunächst ganz falsche Schlüsse gezogen zu haben.

„Drei Menschen. Das eine könnte ich sogar lassen, aber nur, wenn ich die anderen nicht lasse. Verstehst du das?", er wirkte wirklich verzweifelt. Normalerweise war ich es, die so ein verwirrendes Zeug redete. Das war verkehrte Welt.

„Ich raffe gerade gar nichts!", musste ich zugeben.

„Ja, das hab ich mir gedacht. Und ein bisschen muss ich dir das übelnehmen. Wie kann es sein, dass du nichts gemerkt hast?"

Oh nein! Oh nein, nein, nein, nein, nein! Es ging doch los. Es war doch das, was ich erwartet hatte. *Oder doch nicht?*

„Vielleicht hab ich ja was gemerkt. Aber da ich nicht weiß, wovon du genau sprichst, kann ich es dir nicht sagen", ich hoffte inständig, dass es doch etwas anderes war, auf das er hinaus wollte, als seine Gefühle für mich.

„Na gut!", sagte er und atmete tief ein.

Okay, jetzt geht's los! Ich war so verunsichert.

Robert schaute so verbissen, dass ich Angst bekam. „Ich schlafe mit Sarah, hin und wieder. Das ist der Punkt, bei dem die Betrügerei anfängt. Damit betrüge ich diejenige, die ich liebe. Und ich betrüge sie, weil ich sie nicht liebe." Er machte eine Pause und schaute aus dem Fenster. Mit dem Blick von mir abgewendet redete er weiter: „Und ich betrüge Daniel. Er ist mein bester Freund. Und daher ist natürlich jede Exfreundin für mich ein totales Tabu. Aber ich kann es nun mal nicht ändern was ich fühle. Und bevor du jetzt anfängst, darum herum zu reden und Ausflüchte zu suchen: Ich rede hier nicht von Stella!"

Wir schwiegen eine Weile... und das war so unangenehm, weil ich wusste, dass ich damit an der Reihe war, etwas zu sagen.

„Ich bin so eine Idiotin!", spuckte ich förmlich aus.

„Ich bin keinen Deut besser. Ich komme hier her und breche dich förmlich mit meinen Gefühlen voll, obwohl ich genau weiß, wie du empfindest."

Er steht auf und will gehen. Ich halte seinen Arm fest, weil ich möchte, dass er bleibt. Ich möchte ihn nur umarmen und trösten. Doch das ist

falsch, weil es so nicht funktioniert. Er wartet einen Moment, dann küsst er mich. Ich lasse es zu. Dann nimmt er mich. Ich lasse es zu. Jetzt habe ich auch drei Menschen betrogen: Ihn, Daniel, mich.

Er hatte das alles so schlau angestellt und dafür hasste ich ihn. So ehrlich, wie er zu mir war, er hatte mich genau so auch hinters Licht geführt. Seine Ehrlichkeit war seine List. Natürlich hasste ich mich selbst noch viel mehr, weil ich es zugelassen hatte.

28 Falscher Aktionismus

Im Fernseher kamen sehr häufig Anti-CT Werbespots und in den Nachrichten wurde vor ihnen gewarnt. Sie wären gefährlich, wurde behauptet. Deshalb wurde mal so ohne weiteres beschlossen, dass alle Zusammenkünfte und Aktionen der CT verboten würden.

Der Tag der Tagung, war der Tag nach der Nacht, die ich mit Robert verbracht hatte. Wahrscheinlich spürte er, dass es mir unangenehm war. Und deshalb sprach er auch nicht mit mir darüber. Ich war ihm dankbar dafür. Wir taten vor den anderen, als wäre nichts gewesen. Am schlimmsten war für mich die Gegenwart von Daniel. Ich fühlte mich ihm gegenüber so schuldig, obwohl wir doch eigentlich gar nicht zusammen waren. Irgendwann würde sicher ein Gespräch notwendig sein - zumindest mit Robert - aber nicht an diesem Tag.

Auf dem Hinweg hielten wir an einer Tankstelle. Da bemerkten wir so richtig, wie weit das Chaos schon fortgeschritten war. Es sah fürchterlich aus: Eine allgemeine Verwüstung, ein ausgeraubter Laden, zerschlagene Fenster, herausgerissene Benzinschläuche. Eine Kassiererin, die hinter der Kasse rauchte und die Autofahrer ohne abzukassieren wieder abziehen ließ. *Die hat vielleicht Nerven!* Das Schockierende war, dass sich niemand so richtig darüber zu wundern schien. Man nahm es hin und machte mit. Irgendwie traurig!

Als die Tagung der CT begann, saßen wir alle in einer großen Halle auf harten Holzstühlen. Zunächst würde es eine Einführungsveranstaltung geben und daraufhin sollten verschiedene Seminare stattfinden. Das große Motto war, dass falscher Aktionismus abgelehnt wurde, um die Menschen nicht noch mehr gegen sich aufzulehnen. In der Menge sah ich auch unseren Direktor sitzen und mir wurde klar, warum er sich bei dem Verhör in der Schule, mir gegenüber, so seltsam verhalten hatte. Er hatte wahrscheinlich geahnt, dass ich etwas mit dem Graffitti- Vorfall zu tun hatte und wollte mich schützen. Das fand ich irgendwie süß.

Die Sprecherin allerdings, war gar nicht süß. Die ging mir auf den Geist. Sie war langweilig und konnte die Massen nicht mitreißen. Ich verstand das nicht. Mit deren Bla bla kamen wir jedenfalls nicht weiter. Die Bewegung CT war doch sowieso schon als illegal erklärt und das, soweit ich wusste, weltweit. Somit war doch eh alles gesetzeswidrig, was wir taten. Sie erzählte auch von der Begegnung mit dem Häschen-Katzen-Eichhörnchen-Vogel-Dämon, die Stella und ich hatten. Viele Gesichter waren geschockt und ein Tuscheln ging durch die Reihen. Doch die Tante auf dem Podium brachte das nicht richtig rüber. Sie vergaß die Möglichkeiten zu erwähnen, die uns dadurch vielleicht gegeben waren. Ich konnte einfach nicht mehr ruhig dasitzen und zuhören. Ich stand auf.

„Was bringt denn das alles... so können wir doch nichts bewegen. Schaut doch mal in die Geschichte: Die Bewegungen und Revolutionen, die wirklich etwas bewirkt haben, beinhalteten Gewalt, Intrigen, Putsche und andere illegale Taten. Mal davon abgesehen, sind wir hier nicht auch gerade illegal?", in mir kochte die Wut. Warum mussten immer alle so tun, als wären sie Engel? „Ohne Gewalt kapieren die Menschen einfach nicht. Diese Gesellschaft ist nun mal eine Ellenbogengesellschaft! Anders funktioniert es nicht...", ich bemerkte, wie Robert meine Hand fasste. Er wollte, dass ich mich wieder setzte. Aber ich wollte das nicht, ich redete mich regelrecht in Ekstase. War das wirklich ich?

„Schaut euch doch mal um. Hängen wir ein Plakat auf, so hängen die ein größeres darüber. Bekommen wir in einem Monat 10 neue Mitglieder, dann stehen da immer noch Millionen verängstigte Bürger dagegen, die sich mit all ihrer Hoffnung an die WNSO klammern, um ihr Überleben zu sichern. Sie haben der dummen Menschenmasse gegenüber die besseren Argumente und wenn wir nicht langsam anfangen, ernsthafte Maßnahmen zu ergreifen, sind wir alle am Ende. Seht ihr das nicht genau so? Oder konnte hier irgendjemand einen handfesten Erfolg verzeichnen? Ist nicht die Anarchie besser, als ein legal organisierter Untergang der gesamten Menschheit? Wir müssen diese Husmeise in den Boden stampfen! Ich habe diesen Dämon berührt und es war wahnsinnig. Sie sind nicht böse! Vielleicht gibt es eine Zukunft, in denen wir alle friedlich und gemeinsam Leben können. Und genau das müssen wir allen Menschen klar machen!"

Ich konnte gar nicht glauben, dass diese Worte alle aus meinem Mund stammten. Mindestens die Hälfte der Teilnehmer saß nicht mehr auf ihren Stühlen und stimmten mir zu. Ich war erstaunt, dass sie mich überhaupt hatten ausreden lassen.

„Wir haben bereits Ausnahmezustände: Hamsterkäufe, Überfälle, Angst und Gewalt. Unsere Mittel sollten dieser Situation angepasst werden! Wir können uns nicht auf Flugblätter und das Internet beschränken. Wir müssen auf die Straßen, in die Häuser. Wir müssen ins Radio und ins Fernsehen. Wir müssen radikal den Menschen klar machen, was wir wollen."

Ein, zwei Leute schrien „Ja". Weitere machten es ihnen nach. Es folgten Jubelrufe und Applaus. Ich hatte sie auf meiner Seite.

Ich setzte mich. War außer Atem. Ich hätte noch darauf eingehen sollen, dass wir die Erdenmächte besänftigen wollen, dass wir dafür sorgen mussten, die Menschen zur Vernunft zu bewegen. Die Natur achten, um

Verzeihung bitten, Tribute zahlen, unser aller Leben retten. Doch dazu kam ich nicht mehr.

Nun ging es mal so richtig ab. An dem Tag konnten wir Kontakte knüpfen, Gespräche führen und Ideen austauschen. Viele waren begeistert und engagiert und es gab auf jeden Fall Potential, mit dem man Arbeiten konnte.

Ich war auch voll dabei und hatte seit langem mal wieder Spaß mich mit einzubringen, es gab nur einen klitzekleinen Zweifel, der in meinem Hinterkopf hämmerte und den ich nicht abschütteln konnte.

Das Gute war, ich war nicht die einzige, die diese Bedenken äußerte. Viele Menschen hatten schon positiven Kontakt zu den Dämonen gehabt und waren der Meinung, man müsse nur den richtigen Anknüpfungspunkt finden. Doch wie und wo? Und so gut und vielversprechend, wie der Tag begonnen hatte, so enttäuschend endete er. Irgendwie kam man wieder dahin, die Menschen von der WNSO abzubringen, diese zu sabotieren. Wenigstens nicht durch stille Proteste oder Demos oder so... „das bringt nämlich meistens einen Scheißdreck", wie sich Michael so schön äußerte.

Was also tun? Die große Frage war allgegenwärtig und immer wieder wurde ein Enthüllungsbericht angesprochen. Ein Bericht, der dafür sorgen sollte, die Machenschaften der WNSO aufzudecken und die Menschen so wach zu rütteln. Doch das war natürlich nicht einfach durchzusetzen. Aber wir kamen nicht darum herum, die einzig sinnvolle Aktion in Angriff zu nehmen. Und da wurde mir erneut bewusst, wie machtlos wir doch eigentlich waren. Denn, selbst wenn das alles funktionieren würde, war das kein Garant für den Frieden zwischen Erde und Mensch.

Schade nur, dass die Frage durch bestimmte Personen auf eine Art und Weise beantwortet wurde, die mir ganz und gar missfiel. Ich konnte durch einen dummen Zufall ein Gespräch mitbekommen, welches sicher nicht für meine Ohren bestimmt war.

Da ich etwas frische Luft schnappen wollte, öffnete ich die Tür eines Notausganges, als es gerade niemand bemerkte. Draußen begann ich vor Kälte sofort zu zittern und beschloss, ein paar Schritte zu gehen. Der Weg war nur etwa einen Meter breit. Ich lief also zwischen dem Gebäude und einem Maschendrahtzaun, hinter dem eine Hecke wucherte. Ich hörte Stimmen und brauchte nicht lange zu überlegen. Es war Michael und diese Tante, diese CT-Sprecherin. Die Stimmen erkannte ich, aber ich verstand nicht, was sie redeten.

Der Weg führte, wie das Gebäude, um die Ecke und dahinter mussten die beiden stehen. Ich versuchte, näher ran zu kommen, ohne bemerkt zu werden. Mein Puls pochte in meinen Ohren, ich wollte ja auf keinen Fall erwischt werden. Wie peinlich wäre es denn, beim Lauschen ertappt zu werden. Ich konzentrierte mich also, keinen Mucks zu machen und hielt mich nah an der Wand. Als ich nahe genug heran gekommen war, um deren Worte zu verstehen, hielt ich an.

„... -sche Hoffnungen! Du weißt, was das Meelin gesagt hat", das war die Stimme der Sprecherin, diesmal nicht gelangweilt, sondern gleichgültig.

„Wenigstens sind es Hoffnungen. Und auch wenn die Lage im Grunde klar ist und unsere Zukunft entschieden, werde ich bis zum Ende versuchen, es zu verbergen", Michael sprach langsam und ruhig und sehr ernst.

„Was versuchst du zu verbergen Micha?"

Oh...Micha!

„Dass wir aufgeben können... vor den anderen... dass wenigstens sie ihre letzte Zeit mit wenigstens ein bisschen Zuversicht verbringen können."

„Du willst doch nur, dass deine kleine Freundin noch etwas glücklich ist, bis sie stirbt..."

Der Geruch von Zigaretten strömte zu mir herüber. Ich hörte einen lauten Seufzer von Michael. Das und was die Sprecherin sagte, machte mir eine Mordsangst. Wie krass war die denn drauf? Die hatte ja schon allen Mut verloren. Aber auch was Michael sagte, machte mir Sorgen.

Sie fuhr fort: „Also ich zieh das nicht nochmal durch. Ich gehe. Vielleicht bringe ich mich um, vielleicht warte ich aber auch einfach nur, bis die das tun. Jedenfalls werde ich niemanden mehr belügen. Wem soll das was bringen. Es kostet doch nur Kraft."

„Ich weiß! Diese ganze Tagung war für'n Arsch. Das hätten wir uns sparen können. Eigentlich war es von Anfang an klar, aber als Meelin mich gestern anrief, wurde es mir erst richtig bewusst."

Wer war Meelin? Das musste ich herausfinden. Und was hatte er/ sie denn so Wichtiges zu sagen?

Ich ging durch die Tür und sah eine Frau Mitte vierzig. Mit rotblonden Haaren und einer elfenbeinfarbenen Haut sah sie aus wie Nicole Kidman... nur mit dem Problem des Alkoholismus. Sie stand an der Baar und trank mehr zwanghaft als genüsslich ihren Cocktail. Ich setzte mich neben sie auf den Barhocker und bestellte eine Cola. Dann sah ich sie an und sie wusste, wer ich war.

„Du bist also die Kleine, die sich meine Nummer geklaut hat?!", ihre Stimme klang warm und sinnlich.

„Ich bin Nina."

„Meelin. Aber das weißt du ja schon."

„Allerdings. Und ich möchte alles wissen: Wer sind sie? Was haben sie mit Michael zu tun und vor allem, was wissen sie über die Dämonen, was so fatal und endgültig sein soll?", ich war beharrlich, aber wenn sie es nicht erzählen wollte, hätte ich nichts gehabt, um sie zu zwingen.

„Ha! Das ist ja nicht schlecht. Okay, jetzt mal im Klartext! Du solltest dir erst mal einen richtigen Drink gönnen und die Cola weg schütten. Und dann gehst du nach Hause und verbringst so viel Zeit wie möglich mit deiner Familie und deinen Freunden."

Ich zog die Augenbrauen hoch und wusste nicht, was ich darauf antworten sollte.

Als ich das Gespräch von Michael und dieser anderen Tante belauscht hatte, hatte ich mich lautlos wieder zurück zu den anderen verzogen. Eigentlich wollte ich Michael darauf ansprechen, aber dann überlegte ich es mir anders. Wäre auch nicht klug gewesen, ihn damit zu belästigen, dass ich ihn heimlich belauscht hatte. Jedenfalls fragte ich ihn ein paar Tage später, bei einer guten Gelegenheit nach seinem Telefon, weil ich „meine Eltern anrufen wollte" und ich hatte „mein Smartphone vergessen". Die einfachsten und offensichtlichsten Lügen waren eben manchmal doch die besten. Jedenfalls schrieb ich mir schnell die Nummer von Meelin ab und rief sie an. Alles war mehr Glück als Verstand, da ich weder wusste, ob er überhaupt ihre Nummer besaß, noch wusste ich, wie man ihren Namen schreibt.

„Also ist es so: Alles ist verloren und es gibt keine Chance. Hab schon kapiert! Aber wenn es so ist, dann sagen sie es doch einfach und tun sie nicht so... so erhaben"

„Du verschwendest deine Zeit", sie sah mich nicht an. Ihr Blick war starr auf ihren Drink gerichtet und ich wusste hier läuft einiges schief und es schien alles so eindeutig, aber das war es nicht. Sie wusste etwas, etwas Ausschlaggebendes, was sie nicht sagen wollte oder durfte.

„Ich bitte sie! Ich bin doch nur irgendeine unbedeutende Schülerin und sie haben sich mit mir getroffen. Warum das Ganze? Um mich gleich wieder abzuwimmeln? Ich hätte also erst gar nicht hierher gemusst?!"

„Dein Angebot klang verlockend, Kleine. Aber wie ich sehe, sind das nur leere Versprechungen gewesen und wir hätten uns das alles sparen können."

„Welches Angebot? Ich habe ihnen gar keins gemacht." Nun war ich vollkommen verwirrt und die Situation wurde peinlich und begann zu nerven.

„Dein Angebot warst du. Es klang so, als wärst du interessant und du hättest eine gute Unterhaltung zu bieten. Immerhin hast du dir meine Nummer erschummelt und hattest Gespräche belauscht und so weiter. Weißt du, interessante Impulse sind das Einzige, was mir noch geblieben ist. Ich wurde verraten, verkauft, hintergangen... so wie wir alle. Und sei dir gewiss: Egal was und wie viel du zu wissen glaubst, es ist nie alles wahr und es ist bei weitem niemals alles!"

„Ich dachte, hier geht es um die Dämonen? Doch ganz ehrlich: Über was reden wir hier eigentlich?"

„Erzähl mir etwas, was mich erstaunt! Dann werde ich dir vielleicht auch etwas erzählen", Meelin war in einer Welt, die nicht die gleiche war, in der ich mich befand. Ihre Aura war nicht vollständig in dieser Bar. Sie hatte mit etwas abgeschlossen, was ihr einmal wichtig war. Was war dieser Frau passiert und was wusste sie?

„Tut mir leid, ich weiß nicht, was ich ihnen erzählen soll..."

„Komm schon. Dir fällt sicher etwas ein! Du enttäuschst mich."

„Ist mir doch scheißegal, ob ich sie enttäusche. Ich hab keinen Bock auf diese Spielchen!"

In diesem Moment ging die Tür auf und Daniel kam herein. Ich hatte allen Mut zusammengenommen und ihn gefragt, ob wir unser letztes Gespräch und alles zwischen uns erst einmal bei Seite schieben wollten, um „normal" mit einander umgehen zu können. Dann hatte ich ihn gebeten, mich in die Stadt und zu der Bar zu fahren. Er willigte bei beiden Sachen ein, ohne einen Kommentar abzugeben. Robert konnte ich nicht fragen, ich konnte ihm ja nicht einmal mehr in die Augen schauen.

Daniel kam zu uns und setzte sich neben mich.

„Ignoriert mich einfach, ich will mir nur was zu trinken bestellen", sagte er, nachdem er mir eine Hand auf die Schulter gelegt hatte. Was sollte denn das?

Was waren das nur immer wieder für Spielchen um mich herum, die ich nicht verstand? Ich gab auf und ergab mich der Situation.

„Von mir aus..." Ich begann meine Geschichte zu erzählen und ich erzählte von dem Zeitpunkt an, als ich die Dämonen sehen konnte und alles was passiert ist mit meinem Zusammenbruch und mit Amy und hoffte, dass es Meelin ausreichte, um mir die Dinge zu erzählen, die es lohnte zu erfahren. Was Daniel davon hielt, wusste ich nicht, aber er nahm während meiner Erzählung meine Hand und drückte sie. Ich wollte sie wegziehen, aber ich tat es nicht.

„Nicht schlecht. Es war interessant und hat sogar mir neue Ebenen des Sehens geöffnet. Jetzt bin ich also dran: Ich bin seit sechsundzwanzig Jahren mit meinem Mann verheiratet und ich war immer eine treue, liebende, fürsorgliche Ehefrau. Er behandelte mich stets angemessen.

Und bis vor einiger Zeit, dachte ich auch, er würde mich lieben..."

„Moment mal...", unterbrach ich sie, „was hat das denn mit..."

„Hab Geduld! Du hast in deiner Geschichte auch mit einem Spaziergang begonnen", Meelin zog die Augenbrauen hoch.

„Na schön...", sagte ich.

„Mein Mann arbeitete in der Politik, im Verteidigungsministerium. Lange glaubte ich, ich wüsste, was die Aufgaben dieses Ministeriums sind und was mein Mann da so tat. Aber es gab Abteilungen, die in völlig andere Richtungen gingen, als mein Verstand es zugelassen hätte. Aber spätestens, als die WNSO gegründet wurde, wusste ich, dass er nicht das war, was er zu sein schien. Eines Morgens, vor etwa einem Monat, saß mein Mann auf dem Sofa und wartete, dass ich ausgeschlafen hatte. Schon beim Erwachen machte sich in mir eine Ahnung breit. Natürlich will ich nicht lügen... Schon seit langem war unser Verhältnis nicht mehr das, was es vor Jahren noch war. Aber was er mir an diesem Tag antat, hätte ich niemals erwartet..."

Wir schwiegen auf der gesamten Heimfahrt. Erst als Daniel mich bei mir Zuhause absetzte, brach er die Stille: „Wollen wir darüber reden? Oder besser... Wollen wir gemeinsam abhauen? Alles zurücklassen und irgendwo hin fahren und dann einfach...", sagte er ohne mich anzuschauen, die Hände fest am Lenkrad.

„Wir dürfen den anderen nichts sagen!", erwiderte ich.

„Den anderen werden wir nichts sagen...", er nickte.

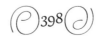

„Danke für's Fahren."

„Auch wenn es sowieso keine Rolle mehr spielt... aber... gib dich nicht auf!", er drehte seinen Kopf und sah mich jetzt mit festem Blick an „Ich meine damit, du darfst nicht einfach auf das Ende warten und stur dahin leiden. Bitte, wir müssen versuchen, unser restliches Leben zu genießen... vielleicht gibt es ja noch eine Möglichkeit, wie wir..."

„Sag nichts mehr!", schnell machte ich die Tür des Wagens auf und stieg aus. Ich blickte mich nicht um und ging ins Haus, weil ich nicht wollte, dass er meine Tränen sah.

In meinem Kopf drehte sich alles. Wie könnte ich seine Bitte nur erfüllen? Das war einfach unmöglich. Alles was ich wollte, war nichts tun. Nicht essen, nicht schlafen, nicht trinken... nur auf meinem Bett liegen und an die Decke starren. Gefühls- und gedankenlos.

29 Hintergangen

Es gingen einige Tage dahin und ich hatte Gelegenheit, das Erfahrene zu verarbeiten. Daniel meldete sich nicht bei mir und auch sonst niemand. Was auch gut so war. Ich fing mich langsam wieder und versuchte zu verdrängen. Mir kam die Überlegung, wirklich mit Daniel abzuhauen. Allerdings befürchtete ich, dass einfach zu viel zwischen uns stand. So beschloss ich, weiterzumachen wie vorher, den anderen

nichts zu sagen und versuchen eine Lösung für uns zu finden. *Um es mit Luthers Worten zu sagen: „Wenn ich wüsste, dass morgen die Welt unterginge, würde ich heute noch ein Apfelbäumchen pflanzen.“*
Was auch immer das bringen mochte...

Wir wurden ausgeraubt. Irgendjemand war in unser Haus eingebrochen und hatte einige Dinge mitgehen lassen. Essen, Trinken, Schuhe, Dinge, die sich in unserem Erdgeschoss befanden. Ich nahm es mit Fassung. Viele waren in ländlichere Gegenden ausgewandert, um dem wachsenden Chaos in den Städten zu entgehen. Überall sah man Autos, Zelte, Notlager von „Flüchtlingen“. Plünderungen und Randale trat zwar hier und da auf, doch es hielt sich noch in Grenzen. Es war allerdings nur eine Frage der Zeit, bis der Hunger kommen würde.

Ich fasste mir ein Herz und rief Daniel an.

„Was wollen wir jetzt machen? Hat sich mal jemand von den anderen bei dir gemeldet?“

„Nein. Ich wäre immer noch dafür, zu verschwinden... nur wir beide.“

„Das wird nichts, ich hab darüber nachgedacht, aber... ich kann das nicht und will das nicht.“

„Warum nicht, Nina?“, immer noch liebte ich es, wie er meinen Namen aussprach.

„Wegen dir und mir.“

„Was ist denn mit dir und mir?“

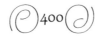

„Wir sind nicht mehr zusammen und es ist viel passiert in der Zwischenzeit."

„Na und. Spielt das jetzt noch eine Rolle? Ich lie..."

In diesem Moment rief mich mein Vater: „Nina!? Kommst du mal bitte runter! Wir müssen uns unterhalten. Es ist dringend." Sein Ton beunruhigte mich.

„Ich muss Schluss machen Daniel, ich ruf dich heute Abend noch einmal an", KLICK. Ich legte auf.

Meine Mutter und ich saßen auf dem Sofa und warteten auf das, was uns mein Vater mitteilen wollte.

„Da die Dinge sich langsam zuspitzen ist es an der Zeit, euch ein paar Dinge zu erklären. Es tut mir schrecklich leid, dass ich es euch so lange verheimlichen musste, aber das gehörte zu meinem Job", er schritt vor uns auf und ab. Mir wurde zum ersten Mal beschämend bewusst, dass ich keine Ahnung hatte, was der „Job" meines Vaters eigentlich genau war. Wie ignorant, es hatte mich nie interessiert.

„Ich hab euch erzählt, dass ich eine Firma besitze, die über das Internet läuft. Und ihr habt nie weiter nachgefragt. Ich weiß bis heute nicht warum, aber das war gut so. Hättet ihr gefragt, hätte ich Geschichten und Strategien gehabt."

„Ähm... was willst du uns gerade damit sagen? Das wirkt gerade echt komisch!", sagte ich voller Verwunderung. Aber was konnte in diesen Zeiten überhaupt noch schockieren? Wahrscheinlich war mein Vater ein

Gauner und hatte das Geld aus unseriösen Machenschaften und schaute sich in seinem Arbeitszimmer Pornos an, während er so tat, als würde er arbeiten. Obwohl ich ihm so etwas nie zugetraut hätte. Dann wusste ich es. Wir waren pleite! Natürlich konnte er in dieser Situation nicht mehr arbeiten. Irgendwas war passiert und die Firma war kaputt. Das musste es sein.

„Ich weiß, dass es komisch klingt. Ist es auch!", er räusperte sich, „Ich arbeite für die Regierung, genauer gesagt für das Verteidigungsministerium."

Ich schluckte: „Willst du uns gerade verscheißern!?"

„Nein, will ich nicht. Ihr müsst wissen, die Dämonen sind schon lange eine Sache, mit der sich beschäftigt wurde. Unter absoluter Geheimhaltung natürlich. Das Verteidigungsministerium besitzt eine Abteilung, die das schaffen sollte."

Ich kannte die Story schon, doch ich ließ ihn reden. Ich wollte wissen, ob er das Gleiche erzählen würde wie Meelin.

„Am besten ich fange ganz von vorne an. Die Dämonen gibt es eigentlich schon immer und die Menschen waren schon immer in der Lage, sie zu sehen. Es gab nicht viele und auch nicht viele Menschen wussten von ihrer Existenz oder dem Grund ihres Seins. Mit der Industrialisierung und der Modernisierung der Neuzeit wurden es immer mehr. Die Menschen bekamen Angst. 1926 konnten die ersten Dämonen eingefangen und wissenschaftlich untersucht werden. Auch wurde in der Zeit festgestellt, dass sie in unmittelbarer Verbindung zur

Natur stehen und ihre Beschützer sind. Durch verschiedene Experimente fanden Wissenschaftler heraus, dass jeder Schaden an der Natürlichkeit ein aggressives Verhalten der Dämonen zur Folge hatte. Sie entwickelten Waffen, um die Dämonen zu vernichten. Zunächst funktionierte das auch, aber sie kamen wieder und wieder und wurden mehr. Die Regierung wollte keine Massenpanik und die verschiedensten Länder schlossen sich zusammen und gründeten Abteilungen in ihrer Verteidigungspolitik, die darauf abzielten, die Dämonen zu vernichten und sie aus den Köpfen aller Menschen zu löschen. Ich weiß, es ist viel Input, aber kommt ihr soweit mit?"

„Erzähl nur weiter", sagte ich.

„Ganz schön heftig! Warum hast du mir nie was erzählt?", fragte meine Mutter.

„Ich hätte gerne, aber ich durfte nicht Liebling. Jedenfalls wurde dann ein Mittel entwickelt, was die Leute blind für die Strukturen der Dämonen machte. Sie verbreiteten es zunächst durch Nahrungsmittel. Da das allerdings zu lange dauerte und sie sich nicht sicher waren, ob so jeder erreicht werden konnte, haben sie die Luft damit angereichert, indem durch Flugzeuge versprüht wurde."

„Aber warum haben sie denn damit aufgehört?", meine Mutter rutschte unruhig neben mir hin und her.

„Haben sie nicht! Es hat nur irgendwann nicht mehr richtig gewirkt. Sie arbeiteten daran, den Wirkstoff zu verbessern, aber sie mussten sich andere Möglichkeiten zur Geheimhaltung überlegen... Es wurde die

WNSO gegründet und – das wird euch sicherlich verwundern, aber ich werde es erklären – auch die CT..."

Schneller als ich denken konnte, fand ich mich vor Daniels Haus wieder. Ich war aufgelöst und schockiert, ich war traurig und wütend, sprachlos und enttäuscht.

„Du klangst so aufgewühlt am Telefon, was ist denn passiert?", fragte er, als er mich hereinbitten wollte.

„Lass uns bitte ein paar Schritte gehen, ich brauch frische Luft."

„Es ist ziemlich kühl heute, wollen wir nicht lieber..."

„...ist mir scheißegal! Lass uns einfach laufen okay?!"

„Ist gut", er holte sich schnell eine Jacke. Wir liefen den Waldweg entlang, den wir schon so oft gegangen waren und ich roch seinen Duft, den ich schon so oft gerochen hatte und ein bisschen konnte mich das beruhigen.

„Mein Vater. Er weiß alles. Er weiß, dass die WNSO und die CT Erfindungen der Regierung sind, um von ihren eigenen Verfehlungen abzulenken. Er hat für die gearbeitet... Schon die ganzen Jahre und wir haben nichts davon geahnt."

Ich erzählte Daniel, dass mein Vater für verschiedene Internetdienste der WNSO zuständig war, für Propaganda und Vertuschung. Dann fand ich mich in seinen Armen wieder. In diesem Moment konnte ich das Schluchzen nicht mehr verhindern. All die Wut über meinen Vater verwandelte sich in abscheulichen Hass. Hass über den Verrat, die

Feigheit, die dem Wesen meines Vaters, so wie ich ihn kannte, so fremd war, wie die Niedertracht einem Neugeborenen. „Daniel... er wird gehen!"

„Wohin wird er gehen?"

„Auf die Station. Er hat drei Tickets."

„Drei!", Daniels Stimme verriet, dass er genau wusste, was das bedeutete, „Und seit wann wusste er, dass es nur drei sind?"

„Seit ein paar Monaten. Die ganze Zeit hatten sie ihn in dem Glauben gelassen, dass es vier sein würden. Als er es erfuhr, entschied er sich, es trotzdem anzunehmen. Stell dir das mal vor! Er lässt Max eiskalt zurück. Deshalb hat er ihn in letzter Zeit kaum noch besucht. Mir hätte das auffallen müssen!"

„Und was ist mit euch? Dir und deiner Mutter, meine ich?"

„Was meine Mutter macht, weiß ich nicht. Ich werde nicht gehen. Das könnte ich niemals mit meinem Gewissen vereinbaren, auch wenn die Angst mich fast umbringt", meine Stimme wurde dünner, fast nur noch ein Flüstern.

„Du musst gehen Nina! Das ist deine Chance... die einzige Chance!"
Ich schwieg.

„Vielleicht besinnt er sich noch einmal. Vielleicht bleibt er ja doch und gibt die Tickets weg oder so", liebevoll versuchte Daniel, mich zu trösten.

„Vielleicht...", hauchte ich in seine Brust. Einen winzigen Funken Hoffnung besaß ich noch.

„Moment!", Daniel schien etwas eingefallen zu sein, „Das ergibt keinen Sinn, Nina! Wenn dein Vater für die WNSO arbeitete und der Husmonk doch der Chef ist, warum hat er Meelin dann nicht einfach mitgenommen? Er müsste doch die Macht haben, sich so viele Tickets wie möglich zu sichern und dein Vater bekommt drei? Das ist doch Quatsch!"

„Ich glaube, der wollte sie einfach nicht dabei haben. Sie war für ihn wohl überflüssig geworden. Ich denke nicht, dass der sich für jemand anderen als sich selbst interessiert. Wer weiß, was der sich für ein Luxus und was für Sicherheiten er sich für die Station erkauft hat."

„Lass es uns den anderen sagen!"

„Warum sollten wir das? Es ist vorbei! Kapier das, es ist alles aus! Wir werden sowieso untergehen. Was bringt es uns, ihnen auch noch die letzte Hoffnung zu nehmen?"

„Ich finde, jeder hat die Wahrheit verdient. Vor allem über die Schweine, die sich aus dem Staub machen wollen."

„Wenn wir schon von Wahrheit reden, ich muss dir noch was sagen. Es quält mich. Ich weiß, zwischen uns ist es aus, aber ich muss dir noch eine Sache sagen", ich war mir nicht bewusst, was ich da eigentlich tat. Ich befand mich in einer Art Blase, die mich umgab, sodass ich mich in einem benebelten Zustand befand. Es war komisch, dass ich redete, ohne mir Gedanken über das Gesagte zu machen. Es kam einfach und ohne Vorwarnung aus mir heraus.

„Was musst du mir denn sagen?", sein Gesichtsausdruck zeigte

Verletzlichkeit, als wüsste er was kommt.

„Ich habe mit Robert geschlafen. Es hat mir nichts bedeutet, aber ihm. Seitdem reden wir kaum noch miteinander. Ich dachte nur, du solltest es wissen."

Daniel schnaubte wütend und sah weg. Dann schüttelte er den Kopf und fragte tonlos: „Wann?"

„Kurz vor der CT-Tagung."

Wieder schnaubte er.

„Eiskalt!"

„Es tut mir leid, ich hab es von Anfang an bereut."

„Ich meine nicht dich! Was dich angeht... da weiß ich gerade noch gar nicht, was ich denken soll. Aber Robert, mein *bester* Freund! Er wusste die ganze Zeit, dass ich dich noch geliebt habe und dann hat er mir auch noch so frech ins Gesicht gelogen. Es gab ein Gespräch nach der Tagung, da hat er behauptet, er empfände nichts für dich und es wäre auch nie was gelaufen."

Er hat mich geliebt... damit ist es wohl endgültig vorbei.

„Es tat ihm sehr leid, dass er dir das antut."

„Sicher! So ein Heuchler! Aber es spielt ja sowieso keine Rolle mehr, stimmt´s? Wir sterben ja sowieso alle bald."

„Wenn man bedenkt, dass schon seit über 20 Jahren diese Raumstation gebaut wurde, da vergeht es einem richtig", meinte Stella, als ich die ganze Meute zusammenrief, um ihnen die Sache zu erläutern.

Ich erklärte, dass die Organisation, die offiziell als WNSO bekannt war, eine Station bauten, die man bei bestimmten Wetter sogar mit bloßem Auge sehen konnte. Meelin hatte gemeint, es gäbe Unterkünfte für etwa 10.000 Menschen, welche dort leben konnten, ohne je wieder auf die Erde zu müssen.

Als ich fertig mit Erklären war, musste Michael zugeben, dass er das alles auch gewusst hatte.

„Es tut mir auch leid, dass ich es euch verschwiegen hab. Und Nina! Ich bin unendlich sauer, dass du uns belauscht und auch noch Meelins Nummer aus meinem Handy geklaut hast. Aber das ist alles nun mal nicht mehr zu ändern", sagte er.

„Tut mir auch leid. Ich hätte dich ja erst einmal fragen können...", *hätte ich natürlich nicht!*

„Egal! Jedenfalls wussten wir lange Zeit nicht, was wir tun sollen. Doch jetzt haben wir uns was überlegt. In den nächsten Tagen hätte ich euch sowieso eingeweiht. Es gibt nämlich einen Plan... Sie haben uns hintergangen! Uns alle! Und jetzt sind wir dran... das wollen wir nicht mit uns machen lassen. Wenn sie uns hier sterben lassen wollen, dann werden wir ihnen einfach zuvorkommen."

„Was meinst du denn damit... *ihnen zuvorkommen*? Du meinst doch nicht, dass wir uns selbst...", Emily schien entsetzt.

„Quatsch! Was sollte das denn nützen? Nein!", Michael machte eine Pause und als er den folgenden Satz sagte, zuckte ein eigenartiges

Lächeln in seinem Mundwinkel und er flüsterte: „Wir werden sie sterben lassen!"

Wir starrten ihn alle an. Keiner sagte ein Wort.

„Es gibt einen Plan... für einen Anschlag. Wir benötigen absolute Verschwiegenheit und Professionalität. Von unseren Informanten wissen wir, dass am 23.08. der geplante Start für die Raketen ist. Dann werden wir zuschlagen! Es gibt 5 Sammelstellen, an denen sich all die Feiglinge mit den Tickets zusammenfinden. Doch es gibt nur eine, von der wirklich abgeflogen wird. Die anderen vier sind für die Idioten, die von der WNSO verarscht und benutzt wurden. Die haben sich für die Tickets prostituiert und werden so dafür belohnt. Tja, sag ich da nur."

„Du bist krank! Das ist absolute Scheiße", sagte Daniel und ich empfand das genauso.

„Das stimmt! Damit wären wir doch noch schlimmer als die WNSO selbst", ich konnte Daniel nicht anschauen, aber ich war froh, dass er dachte wie ich.

„Die lassen die ganze Menschheit im Stich und ihr findet das schlimmer? Ich finde das genau richtig! Das haben die doch verdient", sagte Robert.

„Nicht dein Ernst! Klar, diese Leute überlassen uns unserem Schicksal, aber die bringen nicht absichtlich irgendjemanden um. Die wollen nur ihren eigenen feigen Arsch retten", man hörte den wütenden Unterton in Daniels Stimme.

Der Kerl war verrückt. Nichts ist eben wie es scheint. Michael kam mir immer so einigermaßen normal und vernünftig vor. Doch das war glatter Wahnsinn! Nach langem hin- und her Diskutieren bildeten sich zwei Lager. Dass Lina und Robert da auch noch so ohne weiteres mitmachen wollten, haute mich fast um. Wenigstens waren Daniel, Stella und ich einer Meinung. Emily sagte keinen Ton. Entweder sie wusste was oder sie war einfach nur entsetzt. Im Grunde stand es drei zu drei und es war klar, dass es zu keiner Einigung kommen würde. „Burning Dawn" war nun auf jeden Fall Geschichte.

Am Abend nach dem Gespräch bekam ich eine Nachricht von Emily: „Hey Nina, treffen uns 20:30 bei Daniel. Bitte komm! LG Emily"
Ich kam nicht umhin, mir bevor ich losging mit ein paar Schlucken Schnaps Mut anzutrinken. Da mussten wir uns ausgerechnet bei Daniel treffen. Nach meiner Beichte musste ich auf sein Terrain. Das war mir eigentlich überhaupt nicht recht, aber da musste ich nun einmal durch.
Auf dem kompletten Weg hatte ich Herzklopfen und das Gefühl, mich übergeben zu müssen. Ich konnte keinen klaren Gedanken mehr fassen und ich wusste, das sollte ich nachdem, was Michael uns offenbart hatte, eigentlich tun.

Zum Glück war ich nicht die Erste, die bei Daniel ankam. Emily und Stella waren schon da. Stella machte mir die Tür auf und dieser Umstand machte es mir etwas leichter, das Haus zu betreten. Den ganzen Abend vermied Daniel es, mich anzuschauen oder mich direkt anzusprechen. Es war so unendlich unangenehm. Allerdings waren wir vier uns einig, dass wir den Plan um jeden Preis verhindern mussten. Allein der Gedanke, dass mein Vater sich dort befinden könnte, ließ mich schaudern. Ich hasste ihn zwar, doch ich wollte nicht, dass er so stirbt. Immerhin war er doch mein Vater.

In den darauffolgenden Tagen versuchten wir, mit den anderen zu reden und sie zu überzeugen, das sein zu lassen. Keiner zeigte sich einsichtig. Am meisten war ich von Lina schockiert. Nie hätte ich ihr eine solche Gehässigkeit zugetraut. Ihre Worte: „Meinst du nicht, wenn wir sowieso bald abtreten, dass die das nicht auch verdient hätten?!"
„Ich mache mit, weil ich das für richtig halte! Sie haben es nicht verdient zu überleben", das war die Erklärung Roberts. Auch das stimmte mich traurig, denn in ihm hatte ich immer eine gute Seele gesehen. Bei Michael versuchte ich es nicht, das war Emilys und Daniels Aufgabe. Doch auch sie blieben ohne Erfolg. Emily war am Boden zerstört. Sie konnte und wollte so nichts mehr mit Michael zu tun haben. Sie weinte ständig und war untröstlich. Ihr Blick wurde von Tag zu Tag verschwommener. Ihr Herz war zerbrochen und es brach mir das Herz, sie so zu sehen.

Der nächste Versuch war, diejenigen zu warnen. Ich versuchte meinen Vater zu erreichen, doch das war vergeblich. „Guten Tag und herzlich Willkommen, das ist die Mailbox von Ben Winter". *Was für ein Scheiß!* Natürlich versuchten wir auch irgendwie an Jemanden zu kommen, der etwas mit der Raumstation zu tun hatte. Nur wie? Ich rief Meelin an und erzählte ihr das Vorhaben. Doch auch sie war informiert und involviert.

In meinem Kopf fanden heftige Diskussionen statt. War es Mord, sie machen zu lassen? Wie ist das, wenn man nichts tut und weiß, dass andere einen Anschlag planen? Aber wir taten ja etwas, nur war es eben nicht genug. War es falsch aufzugeben, wenn wir anderen ja sowieso keine Chance hätten? Sollten wir unsere Freunde zu Mördern werden lassen? Sollten wir versuchen, sie direkt dort davon abzuhalten, auch wenn wir dabei Gefahr liefen, selbst dabei ums Leben zu kommen? Was hatte überhaupt noch einen Sinn?

Allein der Wind streicht meine Haut und spielt mit meinem Haar. Keine Wolke schwimmt im Blau. Tannenduft umhüllt meinen warmen Körper, der im Schatten des Grünes die Weiten von oben beschaut. Auf einem Berg steh ich und sehe in die sonnige Ferne. Am Horizont tanzen leuchtende Farben über der Silhouette der Stadt.

Als ich die Dämonen von dem Berg betrachtete, kamen sie mir wunderschön und sanft vor, mächtig und liebevoll. Waren sie das wirklich? Mehrere Stunden betrachtete ich das Schauspiel. Das Wetter war so klar, dass ich aus dem Wald am Horizont die Stadt sehen konnte. Ich sah die wunderbaren Farben der Dämonen, die sich dort zu Hauf tummelten. Die Menschen in der Stadt waren zum großen Teil geflohen und besetzten die Dörfer, in denen es weniger Dämonen gab. Wir befanden uns in der Apokalypse und ich musste einfach mal da raus. Wir mussten unsere Häuser verbarrikadieren, damit man uns nicht ausraubte, doch auch das war ja schon geschehen. Ich schlief mit meiner Mutter meistens in einem Bett, weil wir Angst hatten. Messer lagen unter unseren Kopfkissen und eine Kommode versperrte die Tür. Das Essen wurde knapper. Wahnsinn!

Ich saß bei Stella auf dem Sofa und sie reichte mir eine Tasse Kaffee. „Es ist nur Instantkaffee. Tut mir leid, aber vielleicht besser als nichts", sie zog eine Augenbraue hoch.
„Scheiße, hab ich lange keinen Kaffee mehr getrunken." Als ich einen Schluck nahm, musste ich mir ein paar Tränen verkneifen. „Der schmeckt so scheiße!", sagte ich und musste lauthals anfangen zu lachen.
„Tut gut oder?"
„Du glaubst gar nicht wie", und ich nahm gleich einen weiteren größeren Schluck, auch wenn er unendlich heiß war.
„Wir werden uns den Plan besorgen!"

Im Grunde war die Aufgabe leicht. Wir mussten eigentlich nur so tun, als ob wir uns doch dazu entschieden hatten, mitzumachen. Dann würden wir in den Plan eingeweiht und konnten hinter Michaels Rücken einen Vereitlungsplan schmieden. Doch Emily meinte, sie könne das nicht. Sie könnte nicht so tun als ob. Natürlich verstanden wir das. Außerdem könnte es auch sein, dass Michael skeptisch würde, wenn wir alle angekrochen kämen. Also entschieden wir uns dafür, dass wir das zu zweit erledigten. Wir einigten uns darauf, dass Stella und ich diese Aufgabe bewältigen sollten. Das war auch gut so. Wir konnten von uns Vieren sicher am überzeugendsten handeln. Wir mussten das so geschickt anstellen, dass alles logisch klang. Und falls einer von uns aufflog, musste der andere immer noch im Plan sein. Wir mussten für alle Eventualitäten abgesichert sein.

Michael kaufte es uns ab, denn wir waren selbstsicher und authentisch. Er weihte uns ein und wir taten so, als ob es uns begeisterte. In Wahrheit waren wir schockiert, irritiert und angewidert. Auch Robert und Lina nahmen uns unsere Rolle ab. Im Grunde waren sie dumm und leichtgläubig. Ich verstand das alles nicht. Aber wahrscheinlich dachte keiner mehr in einem normalen, moralischen, menschlichen Maß. Verständlich, denn die Umstände waren ja auch alles andere als normal. Wir wurden eingeweiht und wurden zum Teil des Planes. Was ich wirklich schlimm und traurig fand war, dass Michael nicht einmal nach Emily fragte. Es war, als hätte sie nie für ihn existiert.

„Wir haben Kontaktpersonen, die in unseren Plan eingeweiht sind. Die Sorgen auch dafür, dass wir auf das Gelände kommen. Jeder von uns bekommt einen Pass und ein Ticket, damit der Plan läuft."

Michael erklärte uns nun den vollen Plan und wir taten begeistert. Ohne den genannten Kontaktpersonen waren wir zu acht: Robert, Lina, Michael, Stella und ich, dazu noch Valerie, die Tante, die bei der Versammlung der CT die Rede gehalten hatte und die ich dann noch mit Michael belauscht hatte. Dazu kamen noch zwei Männer namens Vincent und Constantin, die Stella und ich nur liebevoll die Schränke nannten. Das war ihrer Größe, Breite und Muskulösität geschuldet. Die waren Sprengstoffexperten, die darauf achten mussten, dass die Bomben richtig positioniert waren und dass das mit dem Zünden funktionierte. Michael und Valerie waren die, die den Ton angaben und wir Restlichen waren für das Verteilen der Bombe zuständig. Meelin hatte sich durch korrupte, notgeile Freunde ihres Mannes Informationen und mitwissende Kontaktpersonen für den Plan erkaufen können. Die Kontaktpersonen würden dafür Sorge tragen, dass wir rechtzeitig an einem sicheren Platz ankamen und schnell verschwinden konnten.

Zum ersten Mal in der ganzen Zeit gab es eine unerwartete Wendung, die mich erfreute... wirklich erfreute. Ich konnte einfach nicht fassen, was passiert war. An dem Abend, als Stella, Emily, Daniel und ich unseren Gegenplan entwerfen wollten, wurden wir heimlich belauscht. Im Grunde ist so etwas nicht erwünscht, aber dieses Mal war es anders.

Denn es eröffnete uns neue, ungedachte Chancen und Möglichkeiten.

Wir saßen bei Daniel im Wohnzimmer. Daniel war in den letzten Monaten immer allein gewesen. Es tat mir leid, dass ihn seine Eltern so ausgrenzten, seit er sich von der WNSO abgewendet hatte. Sie waren in New York, Tokio (wo die Dämonenrate mit am höchsten war) oder in Berlin oder in anderen großen Städten unterwegs gewesen. Daniel wusste nicht einmal, ob sie ein Ticket hatten oder nicht. Sie meldeten sich kaum. Schon einige Male hatte Daniel das gesamte Haus auf den Kopf gestellt, um irgendwelche Anhaltspunkte zu finden. Doch gefunden hatte er nie etwas. Vielleicht wusste er nicht einmal, nach was er suchen sollte.

„Sie haben wahrscheinlich auch Tickets... vielleicht sogar die richtigen."

„Glaub nicht, dass sie ohne dich fliegen würden!", sagte Emily und legte tröstend ihre Hand auf Daniels Rücken.

„Nett von dir! Aber Nina hätte auch nicht gedacht, dass ihr Vater so etwas machen würde oder?", er schaute mir direkt in die Augen und es fühlte sich an wie ein Stich ins Herz.

„Nein! Sicher nicht", antwortete ich scharf, stand auf und wollte gehen. Natürlich hätte ich diese Herzlosigkeit niemals von meinem Vater erwartet, aber das musste Daniel mir doch nicht auf so rücksichtslose Art und Weise unter die Nase reiben. Niemand hielt mich auf, als ich davon stürmte, außer der Zusammenprall mit einer großen und kräftigen Person. Ich sah graue Augen und schwarze Haare, ich sah einen ungepflegten Bart.

Daniel stand auf und kam auf uns zu: „Vater!?"

„Ähm, ich würde sagen, wir gehen erst mal nach Hause ja?!", sagte Stella und wollte gehen.

„Nein! Ihr könnt ruhig bleiben... aber was meinen Vater angeht! Der kann sofort wieder verschwinden. Ihr wollt doch sicher sowie so nur eure letzten Sachen abholen und dann wieder abhauen oder!?"

„Daniel hör mir bitte erst mal zu! Wir sind..."

„Das weiß ich doch längst alles. Ihr habt Tickets oder? Für diese beschissene Raumstation...", Daniel wurde richtig wütend.

„Daniel... bitte bleib ruhig und lass ihn doch erst mal reden", ich versuchte meinen Ärger von vorher hinunter zuschlucken und gelassen zu wirken.

„Wo... woher weißt du von der Raumstation?", fragte Daniels Vater sichtlich verwirrt. Seine Mutter war nun ebenfalls dazu getreten: „Du weißt davon?"

„Ihr habt mich wohl unterschätzt. Seit ich von der WNSO ausgetreten bin, habt ihr mich doch sowieso nicht mehr mit dem Arsch angeschaut."

„So ist das nicht... wirklich. Wir werden es dir erklären. Vielleicht, wenn es euch Mädchen nichts ausmacht würden wir gerne mit Daniel alleine sprechen", Daniels Mutter war sehr höflich wie immer, doch wie auch Paul wirkte sie abgespannt und müde. Ich verstand das und auch Stella und Emily schickten sich an, zu gehen. Doch Daniel hatte etwas dagegen: „Tut mir leid, aber sie waren mir in den letzten Wochen viel mehr Familie als ihr. Darum: Wenn ihr etwas mit mir zu besprechen habt, dann könnt ihr es genauso gut auch vor ihnen sagen." Ich war geschockt und erstaunt zugleich, denn erst jetzt erkannte ich das Ausmaß von Daniels Einsamkeit, in der er seit einiger Zeit stecken musste. Warum war ich nur so ignorant gegenüber den Problemen meiner Mitmenschen?

„Was haltet ihr davon, wenn ich uns erst mal einen Kaffee koche und wir uns alle hinsetzten und beruhigen und dann in Ruhe wie normale Menschen miteinander reden?", schlug Daniels Mutter vor.

„Das mit dem ähm Kaffee übernehme ich Cindy... okay?", bot ich mich an und hoffte, dass Stella und Emily den Wink verstanden.

„Wir helfen dir. Wir kommen dann gleich wieder", sagte Stella und sie und Emily folgten mir in die Küche.

Stella saß auf der Küchenzeile. „Puh... so können die erst mal alleine reden. Auch wenn ich glaube, dass wir Daniel damit keinen großen Gefallen getan haben", meinte Stella.

„Ich glaube schon, so kann er sich erst mal bei den beiden Luft machen und wir sind ja da, wenn er uns braucht. Sind ja nicht weit weg", meinte Emily, die gerade ein paar Tassen aus dem Schrank holte.

„Es ist kein Kaffee mehr da und mit Tee sieht es auch eher schlecht aus", sagte ich.

„Ich glaube zu diesem Anlass wird es Paul nicht stören, wenn wir ein gutes Tröpfchen aus dem Keller holen!", Stella rutschte von der Küchenzeile herunter, „Am besten ihr tut die Tassen zurück in den

Schrank und holt die schönen Weingläser heraus.! Ich bin gleich wieder da."

Als sie zurückkam, hatte sie zwei Flaschen Rotwein in den Händen. „Auf in die Höhle der Löwen?"

„Meinst du? Wollen wir sie nicht noch ein wenig in Ruhe lassen?", fragte ich, unsicher über die Situation.

„Ich gehe mal vorfühlen und rufe euch dann?"

Stella ging und klopfte an der Wohnzimmertür. „Können wir rein kommen oder braucht ihr noch etwas Zeit für euch?"

Ich hörte nur ein leises „Schon okay".

Als wir das Wohnzimmer betraten entschuldigten wir uns dafür, dass es statt Kaffee Wein geworden war. Niemand wunderte sich oder sagte etwas dagegen. Daniel war nicht mehr so aufgebracht, aber er wirkte leicht verstört. Den Grund erfuhren wir, nachdem jeder ein Glas Cabernet Sauvignon in der Hand hatte. Daniel wandte sich zunächst an uns und erklärte, dass seine Eltern zwar offiziell für die WNSO arbeiteten, aber in Wirklichkeit schon jahrelang als Maulwürfe für die CT tätig waren. Sie wollten Daniel schützen und aus der Sache heraushalten, um glaubwürdiger zu sein, um nicht aufzufallen. Als Daniel sich der WNSO abwandte, mussten sie sich von ihm distanzieren, damit sie ihre Rollen weiterhin glaubhaft spielen konnten. Uns fielen die Kinnladen herunter. Und in meinem Kopf ratterte es. Lange wussten sie nichts von der Raumstation, bis sie von der WNSO in die Regierungsarbeit eingeweiht und als Hilfskräfte eingeteilt wurden, um an einer der Startpositionen Aufsicht zu führen. Allerdings selbst ohne Tickets. Die Gegenleistung waren Vorräte und die Aussicht nach zu rutschen, falls jemand mit einem Ticket aus irgendwelchen Grünen ausfallen würde.

„Ihr seid die Kontaktmänner von Michael... stimmt´s?" Daniels Mutter verschluckte sich fast. Und ihr Blick verriet, dass meine Vermutung der Wahrheit entsprach.

„Also ja!"

„Wovon redest du bitte?", Paul versuchte die Situation zu retten, aber er brauchte mir nichts vorzumachen.

„Du weißt ganz genau, wovon ich rede!", mit dem Dutsen lehnte ich mich weit aus dem Fenster, aber ich war aufgebracht. Im Grunde konnte mich so gut wie nichts mehr schockieren. Es war so viel passiert, dass mich diese Wendung nur geringfügig erstaunte. Andererseits konnte ich nicht verstehen, wie man bei so etwas nur mitmachen kann. Andererseits regierte der Wahnsinn überall.

Es herrschten einige Sekunden des Schweigens. Ich merkte, wie alle nach Worten suchten, nur ich nicht. Ich wartete auf eine Reaktion.

„Ja, Nina. Du hast recht.", sagte Cindy schließlich, „was hast du denn zu dieser Sache zu sagen?"

„Wir würden lieber eure Meinung dazu hören", mischte sich jetzt Daniel ein. Es war eine verfahrene Situation. Denn wir durften unseren Plan nicht verraten, wenn Daniels Eltern wirklich mit einbezogen waren. Dann würden sie unsere Sabotage an Michael verraten und wir hätten verloren. Andererseits könnten wir sie dazu bringen, uns Einzelheiten zu erzählen, wenn wir sie überzeugen konnten, dass wir auch zu Michael dazu gehörten. Wir wussten ja nur nicht, wie viel sie wussten. Vielleicht hatte ihnen ja Michael erzählt, dass wir uns von ihnen abgewandt hatten. Ich war nicht clever genug, meine Worte so zu wählen, dass ich ihnen das entlocken konnte, was ich wissen wollte, ohne mich selbst zu verraten.

„Das ist jetzt echt doof, würde ich mal sagen! Am besten, wir stoßen erst mal an", Stella nahm ihr Glas und erhob es. Nach und nach hoben wir unsere Gläser, zuletzt Daniel und stießen an. *Auf was eigentlich? Keine Ahnung.* Aber es funktionierte.

„Wir wissen, dass Daniel nicht zu Michaels Plan gehört", sagte Paul.

„Ich schließe jetzt einmal daraus, dass ihr ebenfalls nicht dabei seid?", fügte Cindy hinzu.

„Also ich schon und Nina auch", meinte Stella.

„Aber ihr wisst alle genau, wovon hier geredet wird!?", Daniels Vater schaute fragend zu seinem Sohn.

„Ganz genau", bestätigte dieser, „Emily und ich halten uns nur heraus, weil wir das als zu brutal und unnötig ansehen. Deshalb können wir ja trotzdem noch mit den anderen befreundet sein."

„Ich muss dir aber recht geben. Ich finde es auch nicht in Ordnung", Cindy schaute aus dem Fenster. Die Stimmung hatte sich auf mir unerklärlicher Weise mit einem mal gedreht. Das Unbehagen war einer anderen Atmosphäre gewichen. War es Verständnis? Oder Schauspiel?

„Mädchen, seid ihr sicher, dass ihr eure Seelen mit einer solchen Schuld beladen wollt?", meinte Paul. Meiner Menschenkenntnis konnte ich nicht mehr vertrauen, aber trotzdem sagte mir mein Bauch, dass er es ernst meinte. Sie wollten es beide auch nicht.

„Ihr macht euch doch selbst schuldig. Ihr könnt niemanden verurteilen, wenn ihr es selbst nicht anders wollt", ich wollte mich so gerne neben Daniel setzen und ihn in meine Arme nehmen. Er liebte seine Eltern. Zwar hatten sie ihn verletzt, doch er hasste sie nicht dafür.

„Wollt ihr, dass diese Menschen sterben? Auch wenn sie sich schuldig gemacht haben, wollt ihr wirklich, dass sie sterben?", fragte Emily vorsichtig.

„Wir haben uns alle schuldig gemacht und wir müssen alle dafür zahlen. Das steht fest. Aber wir dürfen nicht zum Richter über andere werden", ergänzte Daniel, „denn wir wissen auch gar nicht, wer überhaupt wie viel Schuld trägt."

„Manche bereuen, manche nicht, wie sollen wir da entscheiden können. Und schon gar nicht dürfen wir zum Henker werden, weil...", sagte ich und brach sofort meinen Satz ab. *Oh nein!* Jetzt war ich aus der Rolle gefallen und hatte mich verraten. Stella sah mich erschrocken an und ich schaute verlegen auf dem Boden. In meinem Kopf suchte ich nach Worten und Erklärungen. Doch er war völlig leer. Cindy zog eine Augenbraue hoch. Paul hingegen schien meine Aussage völlig kalt zu lassen. Er überging sie einfach.

„Allerdings geht es bei der Raumstation nicht einmal um den Fortbestand unserer Rasse. Nein! Sie wollen nur ihre eigene Haut retten und am Leben bleiben. Das weiß ich, weil Kinder bekommen auf der Station nicht erlaubt ist. Alle Männer, die ein Ticket hatten, mussten sich vorher nachweislich kastrieren lassen. Es ist keine nachhaltige Maßnahme."

„Mein Vater!", flüsterte ich, „Er war ein stark humanistisch denkender Mensch. Dachte ich zumindest. Und jetzt lässt er sich kastrieren und verlässt seine Familie, damit er seinen Arsch retten kann." Am Ende überschlug sich meine Stimme. „Und trotzdem kann ich nicht zulassen, dass er durch den Anschlag getötet wird. Das lasse ich nicht zu! Obwohl ich nicht einmal weiß, ob er ein richtiges Ticket hat. Wahrscheinlich nicht, sonst hätte er von Anfang an nur eines gehabt und nicht drei. Tut mir leid... tut mir leid Stella: Ich bin raus!", der letzte Satz war nur geschauspielert.

Daniels Eltern verließen den Raum und blieben lange fort. Wir sprachen in der Zeit kaum miteinander. Jeder nippte ab und zu an seinem Glas und es wurde einmal nachgeschenkt. Nach einiger Zeit kamen die beiden wieder in zurück und baten um ein Gespräch mit Daniel. Das dauerte wiederum nicht lang und als sie zurückkamen, war wurden alle Karten auf den Tisch gelegt: Daniels Eltern hatten ihren Teil der Aufgabe schon erfüllt und Michael Ausweise zukommen lassen, die für Security und Helfer waren, die aber keine Tickets für den Flug zur Raumstation hatten. So würden wir durch die ersten Sperrungen gelangen bis in die

Bereiche, in denen die Bomben deponiert werden sollten. Außerdem war noch ein gefälschtes Ticket dabei, für Michael selbst und die Bescheinigung des Arztes, der für die Kastration zuständig war. [Anscheinend war dieser auch bestechlich und mich hätte brennend interessiert, wie viele Männer zeugungsfähig ins All fliegen konnten.] So konnte er bis zu den Raketen vordringen und dort die letzte Bombe deponieren, wodurch der größte Schaden erreicht werden konnte. Sofern die Fälschung nicht aufflog. Doch Daniels Eltern versicherten. Die ersten Prüfungen, um durch die Schranken zu kommen waren nur oberflächlich. Die genaue Prüfung der Tickets würde erst beim Eintreten in die Rakete stattfinden. Aber soweit musste er es ja gar nich schaffen. Soweit sollte es ja gar nicht erst kommen. Daniels Eltern waren mit ihrer Tat nicht besonders glücklich und waren sich nicht mehr sicher, ob es das Richtige war, dass sie Michael und den anderen von CT geholfen hatten. Ihnen gefiel es nicht und sie waren bereit uns zu helfen. Daniel hatte ihnen nach ihrem Geständnis erklärt, dass Stella und ich nur zum Schein auf Michaels Seite waren.

Zwar verstand ich diesen plötzlichen Sinneswandel nicht, denn das hätten sie sich auch vorher überlegen können. Aber es spielte uns nur in die Karten, denn nun kannten wir den vollen Plan.

Daniels Eltern besorgten Emily und Daniel ebenfalls die Ausweise. Wir bekamen sie ja von Michael.

Ich verstand nun auch, warum so vieles hier in Winnis passierte. Dass so viele Menschen aus Winnis zur WNSO gehörten und zur CT. Im

Grunde hatten fast alle in dieser Stadt etwas damit zu tun. Von wenigen wusste man es und von den meisten wusste man nichts. Die Regierung setzte hierhin wichtige hohe Tiere der geheimen Abteilung, der WNSO und dann auch der CT. Erst offizielle und später auch verdeckte (so wie meinen Vater), damit sich fernab der Stadt und weit weg, der offiziellen Hauptquartiere eine nicht leicht zu findende Außenstelle befand. Eine verdeckte offiziell inoffizielle Brutstätte der bewussten und unbewussten Rettungsversuche der Menschheit entstand und alle bauten irgendwie nur Mist. Wir waren unwahrscheinlich wichtig und verdammt unwichtig.

Nichts desto trotz: Jetzt hatten wir auch einen Plan.

Eines in den ganzen Irrungen und Wirrungen, gab mir allerdings Hoffnung, dass nicht alle Menschlichkeit und Moral verschwunden war. Daniels Eltern entschuldigten sich bei mir. Sie entschuldigten sich dafür, uns damals auseinander gebracht und Daniel so sehr beeinflusst zu haben. Es war für sie Teil der Tarnung.
Zunächst verabscheute ich sie noch mehr dafür als vorher. Wie konnten sie unsere Beziehung also so unwichtig und zerbrechlich ansehen? Doch mittlerweile war ich so abgestumpft, dass das kaum noch eine Rolle spielte. Es mussten andere Prioritäten gesetzt werden, als dumme Mädchengefühle. Außerdem war es nie zu spät für ehrliche Reue.

Jeder hatte seine Aufgabe. Stella und ich hatten heimlich den Zünder fotografiert. In der Stadt gab es einen Mann, der uns zwei identische Kopien beschaffen konnte. Paul kannte ihn, denn der hatte seine Dienste schon des Öfteren für Fälschungen gebraucht. Der Mann arbeitet unter anderem für die WNSO und war im Bereich Waffenbau tätig. Er war an der Entwicklung der DK beteiligt, die später zum Verkauf für Zivilisten freigegeben wurde. Das waren exakte Nachbildungen, die die anderen verwirren sollten und als Ablenkung dienten. So konnten wir uns um den richtigen Zünder kümmern und verhindern, dass dieser gezündet wurde. Die Kopien unterschieden sich in einem Punkt von dem Original: Sie hatten ein kleines, unsichtbares Kreuz an ihrer Unterseite. Dieser wurde nur mit Schwarzlicht sichtbar. Jeder von uns bekam also eine Uhr, in der eine Schwarzlichtleuchte eingebaut war. Das war ein alter Spickertrick, den ich noch aus meiner Schulzeit kannte, bevor ich nach Winnis kam.

Soweit ahnten Michael, Lina, Robert und die anderen nicht, dass Stella und ich ein falsches Spiel spielten. Auf dem Flug mit dem Helikopter wurde mir heiß und kalt zugleich vor Angst. Ich hoffte, dass auch Daniel, Emily und Paul gut ankamen. Sie waren mit dem Auto unterwegs. Wir mussten nur Emily und Daniel hineinschmuggeln ohne, dass Michael etwas mitbekam. Cindy war die zweite Fahrerin. Sie war dafür da, Emily abzuholen, die einen anderen Weg, als Daniel, Stella und ich nehmen musste. Stella sollte heimlich Michaels Ticket entwenden, damit dieser die Bombe in der Nähe der Raketen gar nicht erst platzieren konnte. Und Emily hatte im Grunde die wichtigste und gefährlichste Rolle, sie musste den echten Zünder rausbringen und durfte dabei nicht erwischt werden. Sie hatte einen besonderen Weg zu gehen, der auch Teil des Fluchtplanes von Michael war. Das Gute daran war, wenn sie diesen Weg nahm, konnte sie hinter sich eine Luke zuklappen, durch die dann so schnell kein Zweiter kam. Diesen Weg durch die Luftschächte einer der Lagerhallen, hatten Daniels Eltern als Insider ursprünglich für Michael organisiert. Doch dieser hatte Dank uns nie davon erfahren. Wir alle studierten den Plan des Geländes, die Lagerhallen, die Gebäude und den Platz. Denn wir mussten alle Ausgänge und Wege kennen, damit wir die anderen verwirren und entwischen konnten. Damit waren nicht nur Michael und die anderen gemeint, sondern auch die Leute der WNSO, die mit Sicherheit keine Eindringlinge duldeten.

Stella drückte meine Hand, als wir das Gelände betraten und unsere Ausweise den Sicherheitsleuten der WNSO gaben und so taten, als gehörten wir zu ihnen. *Lasst uns nur durch, wir retten euer Leben ihr Wichser!* Es war sehr beruhigend, wie sie mich ansah. Doch wenn ich Robert und Lina betrachtete, dann musste ich Tränen herunterschlucken. Die ganze Zeit musste ich mit ihnen reden, als wären wir einer Meinung. Doch eigentlich hätte ich es ihnen so gerne erzählt, sie davon überzeugt, dass es falsch war, was sie taten. Doch das ging nicht. Zu groß war die Gefahr, auch vor Michael aufzufliegen und dann wäre alles vergebens. Von etwa 50 Meter Entfernung sah ich die sich vergrößernde Menschenmasse vor den Sicherheitsschranken, durch die man durch musste, um zu den Raketen zu gelangen.

Mein Herz klopfte. Daniel und Emily waren angekommen und kamen ebenfalls durch den gleichen Eingang wie wir. Paul hatte sie begleitet und dann eine Ausrede erfunden, um wieder raus zu können. Er meinte, er hätte etwas Wichtiges in seinem Auto gelassen. Widerwillig wurde er noch einmal heraus gelassen. Wir hatten alle einen Pieper, ohne Ton, mittels denen wir uns Bescheid geben konnten. Sie warteten in einer nahegelegenen Lagerhalle auf unser Zeichen. Die Schränke brachten gerade mit Lina und Valerie die Bomben an ihre Bestimmungsorte. Lina und Valerie mussten dabei jeweils Schmiere stehen, damit die Schränke in Ruhe ihrer Arbeit nachgehen konnten. Michael würde auch gleich losmachen, um seine Bombe anzubringen. Das konnte einige Stunden dauern, da er sich erst anstellen musste, um durch die Schranke zu kommen. Aber so weit sollte es ja gar nicht erst kommen. Robert war für den Zünder zuständig und ich war seine Nachfolgerin, falls er aus irgendwelchen Gründen nicht dazu in der Lage war. Stellas Aufgabe war, den Kontakt zu allen zu halten (durch Walke-Talkies) und die Sachlage im Allgemeinen zu überwachen und zu koordinieren. Eigentlich hätten Valeries und Stellas Rollen anders herum sein sollen, was im Grunde auch sinnvoller gewesen wäre, da sie mehr Ahnung und auch mehr zu sagen hatte. Aber dann wäre der Gegenplan nicht aufgegangen und Stella und ich mussten große Überzeugungsarbeit leisten. Wir hatten versucht zu erklären, dass es besser war, wenn auch sie die Bombeneinsetzung mit bewachte. Damit im Zweifelsfall jeweils einer derjenigen, die die Sache leiteten (Michael und Valerie) draußen und jeweils der andere beim Zünder waren.

Michael sollte deshalb auch nicht eher losmachen, bis Valerie wieder da war. Das leuchtete den beiden sogar ein. Sie waren schlau! *Aber nicht schlau genug!*

„Scheiße!", sagte er und kramte in seiner Öko-Hippster-Ledertasche. Jetzt hatte er das fehlende Ticket bemerkt. Stella musste es ihm irgendwie aus der Tasche geklaut haben. Ich selbst hatte das gar nicht mitbekommen. *Gut gemacht!* Jetzt war er abgelenkt und ich konnte mich Robert widmen.

„Sag mal Robert? Darf ich nochmal bitte den Zünder sehen. Will mich für den Fall der Fälle nur darauf einstellen können", fragte ich schnell.

„Ja, aber sei ja vorsichtig", er holte den kleinen silbernen Koffer und gab die Kombination in das Schloss. Er nahm ihn vorsichtig heraus und gab mir das kleine schwarze, ovale Ding mit dem grauen Knopf. Er sah mich an. „Ich brauch nur kurz Zeit für mich. Bitte versteh das, es ist immerhin eine große Verantwortung und wird vielen Menschen das Leben kosten. Mir geht das sehr nahe. Ich weiß ja nicht, wie es dir dabei geht." Er wandte sich ab. Ohne weiter auf ihn zu achten nahm ich ein paar

Schritte Abstand und piepte heimlich Daniel an. Sie würden jetzt etwa 3 Minuten bis zum Eintreffen brauchen. Wenn wir Glück hatten, kamen die anderen bis dahin nicht wieder. Dann waren wir in der Überzahl. Meine Hände waren schwitzig und ich versuchte den Zünder nicht zu doll zu drücken, noch ihn fallen zu lassen.

Michael fluchte weiter und Stella tat ganz besorgt: „Was ist denn los Michael? Alles okay?"

„Nichts ist okay!"

„Was ist denn?", fragte Robert.

„Lasst mich mal kurz!"

Oh oh!!! Da wird aber einer nervös...

Leider traf nun Valerie ein. „Dieses Arschloch!", fluchte sie, „Er sagte ich solle gehen, da ich sowieso nichts von seinem Job verstand und wir zu zweit zu auffällig wären."

„Egal...", Michael wurde nun immer hektischer, „...sag mir mal lieber, wo ich das Scheiß-drecks-Ticket hin hab? Fuck!" *So ein verrückter Spinner! Da will er auf eigene Faust tausende von Leuten in die Luft sprengen und kann nicht mal auf seine Sachen richtig Acht geben.*

Glücklicherweise betraten in diesem Moment Daniel und Emily den Raum. Und dann ging alles ziemlich schnell.

„Wa... was macht ihr denn hier?"

„Was ist denn jetzt los?"

„Was soll das?"

In diesem Moment schmiss ich den Zünder zu Emily. „Fuck! Was soll das?", schrie Michael. Er griff unter sein Shirt und zog eine Pistole heraus.

Mist Mist Mist!!! Wie konnte ich nur so dumm sein, nicht mit so was zu rechnen.

Michael richtete die Waffe auf Emily, die zitternd den Zünder in der Hand hielt. Sie schmiss ihn zu Daniel. Ich holte meinen falschen Zünder aus meinem BH und schmiss ihn ebenfalls zu Daniel. Als Michael sich zu ihm wenden wollte, stieß Stella ihn von der Seite gegen die Wand. „Valerie", schrie er und schmiss ihr die Pistole zu.

Ich sah, dass Daniel und Robert um die Zünder kämpften, wobei einer der Zünder bei Emily landete. Der Plan war, dass sie mit dem echten floh, aber so, dass es die anderen nicht mitbekamen und Stella und ich jeweils mit einem falschen. Die anderen durften somit immer nur zwei Zünder zu Gesicht bekommen, damit sie glaubten, es gäbe nur einen falschen. Daniel war dazu da, so lange wie möglich so viele wie möglich abzulenken.

Stella deutete Emily, sich bei den beiden Jungs einzumischen. Sie rannte zu ihnen und im Handgemenge konnte sie einen ergattern. Ich hoffte, dass es der echte war. Valerie war nicht beherzt genug, um zu schießen. Sie richtete die Waffe nur zitternd auf die rangelnden Männer. Stella kämpfte immer noch mit Michael, sie schrie und biss und trat, wo sie nur konnte. Die Schränke waren nirgends zu sehen. Sie waren wahrscheinlich noch damit beschäftigt, diverse Bomben zu platzieren.

Emily, die immer noch einen falschen Zünder in der Innenseite ihrer Jacke versteckt hatte, rannte zu mir. Sie musste also den echten Zünder von Robert und Daniel entwendet haben. Das erkannte Daniel und schrie: „Stella!!!" Sie ließ sofort von Michael ab und Daniel konnte ihr den Zünder zuwerfen. Sie fing und rannte davon. Michael war ihr dicht auf den Fersen. In der Zeit musste Emily den echten Zünder mit dem falschen in ihrer Jackentasche ausgetauscht haben. Sie übergab ihn mir und das war nun der Punkt, an dem auch ich abhauen musste. Mich traf Valeries Schuss am linken Arm. Der Zünder war immer noch fest in meiner rechten Hand. Es brannte wie Hölle, aber es war nur ein Streifschuss. Sie war also doch in der Lage dazu. Sie musste mir jetzt unbedingt folgen, dann konnte Emily entkommen. Und der Plan ging wirklich auf, Valerie lief mir hinterher.

Jetzt war meine Aufgabe nur noch wegzurennen. *Bitte Emily, bring dich schnell in Sicherheit! Dich und den echten Zünder!* Ich betete, dass alles weiterhin nach Plan verlaufen und niemand ernsthaft zu Schaden kommen würde. *Bitte Robert, hör auf, mit Daniel zu kämpfen und hau ab! Bitte Daniel, pass auf dich auf und verschwinde!* Auf meinem Weg aus dem Raum kam mir Lina entgegen gerannt. Sie drehte sich verwirrt nach mir um. Kurz schnappte ich ihren verwirrten Blick auf, doch ich musste rennen. Hinter ihr war Schrank Nummer 1. Valerie schrie, dass sie mich verfolgen sollten. *Bitte Lina! Dreh um und verfolge mich nach draußen, wo ich dich wieder zur Vernunft bringen kann, dir alles erklären kann!* Ich hoffte, dass Emily schon verschwunden war. Ich schaute hinter mich und suchte Daniel. Er müsste den gleichen Weg gehen wie ich, aber ich sah ihn noch nicht. Kämpfte er immer noch mit Robert? Sie hatten doch gar keinen Zünder mehr. Aber ich konnte auch nicht warten.

Ich rannte. Ich rannte und rannte. Immer weiter vorwärts durch die Gänge, zwischen den Hallen, in Richtung der wartenden Massen.

Als ich mich in Mitten all dieser Menschen befand, sah ich sie nicht an. Sie hielten alle ihre Tickets in der Hand und wollten durch die Schranken zu den Raketen. Ich verachtete sie und doch verstand ich sie auch. Valerie und der eine Schrank waren mir dicht auf den Fersen. Ich hatte Angst vor ihren Waffen und hoffte, dass ich einfach schnell genug war. Ich drückte den falschen Zünder fest an meine Brust. *Ablenkung, Ablenkung... das ist meine Aufgabe.* Immer wieder blickte ich nach hinten. Sie kamen näher, ich war zu langsam. Sie waren zu schnell. Etwa vier Meter hinter mir, war der Schrank und ein Meter dahinter war Valerie.

Sie schnitten mir so den Weg ab, dass ich einen anderen als geplant nehmen musste. Das war nicht gut. Eigentlich sollten Stella, Daniel und ich an dem Punkt raus, an dem wir auch reingekommen waren, denn dort wartete Paul auf der anderen Seite. Er sollte dann der Security sagen, dass er noch einmal drei Mitarbeiter gebeten hatte, herauszukommen.

Ich musste schneller sein als meine Verfolger. Jetzt war die Zeit gekommen, eine Rauchbombe zu zünden. Ich schmiss sie hinter mich und als sie los ging, brannten mir Nase und Augen. Schnell setzte ich die zusammengeknüllte Schildmütze auf, die ich auch in der Innenseite meiner Weste verstaut hatte. Schüsse wurden abgefeuert. Doch ich sah sie nicht. Sie hatten mich verloren. Allerdings entdeckte ich ein Tor, aus dem ich auch irgendwie herauskommen konnte.

Die erste Rakete startete. *Jetzt schon?* Es war so unendlich laut, dass ich zu Boden ging. Es dröhnte in meinem Kopf und ich konnte keinen klaren Gedanken mehr fassen. Ich weiß nicht wie viel Zeit verging, bis ein älterer Mann mich fest am Arm packte und mich auf meine Beine zog.

Ich versuchte wieder, klar denken zu können und holte eine weitere Rauchbombe aus meiner Jackentasche und schmiss sie weit weg über die Massen, dass ein Außenstehender geglaubt hätte, ich wäre ein paar Meter weiter in der Mitte. Dann schnell noch eine in eine andere Richtung. Die anderen waren noch perplex vom Raketenstart und den Rauchbomben und mussten die Situation erst verstehen, da war ich schon über die Absperrung gesprungen und rannte in Richtung des Tores, an dem zwei Wachmänner mit Schlagstöcken standen. Der Start konnte so nicht geplant gewesen sein. Der Großteil der Menschen war ja noch nicht einmal durch die Schranken gekommen. Die Wachmänner waren irritiert und ich bekam den einen von hinten zu fassen.

Ich hielt dem Mann mein Messer an die Kehle und schrie: „Der Code...

aufmachen!" Ich hörte mich selber kaum, aber der Mann verstand und sagte mir den Code. Doch auch den konnte ich nicht verstehen. Da drehte ich seinen Körper um, hatte das Messer immer noch an seine Kehle gerichtet und sagte: „Nicht reden, machen!" Schnell tippte er die Zahlen in das Display ein. Daraufhin öffnete sich das Tor. Mehrere Menschen hatten die Schranken ebenfalls überwunden und kamen auf das Tor zu. Ich rannte hinaus. Immer weiter zurück zum eigentlichen Treffpunkt. Wie verabredet saß Paul im Auto, bereit zur Abfahrt. Fast angekommen sah ich: Stella saß drin. Sie hatte es geschafft. „Wo kommst du denn her? Emily ist vor einer Minute bei Cindy angekommen. Sie sind schon unterwegs. Wir haben es geschafft!"

„Ich hatte Schwierigkeiten und musste woanders raus. Daniel fehlt noch! Wie bist du Michael losgeworden?"

„Ich hab ihm kräftig in die Eier getreten und Pfefferspray gesprüht, dann konnte er nicht mehr so schnell aufstehen."

„Daniel kommt bestimmt gleich", meinte Paul.

Wir warteten und warteten. Wo blieb Daniel nur? Ich musste zurück. Stella stieg aus dem Auto und wollte mich festhalten und zurück ins Auto zerren, doch ich riss mich los. Sie schrie mich an, doch ich konnte sie nicht verstehen. Meine Gedanken waren nur noch wirr. Wo war Daniel bloß? Ich rannte zu dem Tor, aus dem Daniel herauskommen müsste und wo die Menschen jetzt heraus strömten. Was war da bloß passiert? Warum wollten sie alle weg?

Es war einfach kein Durchkommen. Ich musste rein... ich musste ihn doch finden. Stella war nun wieder bei mir und versuchte mich wegzuziehen. Paul konnte auch nicht ewig warten, sonst würden die Menschen das Auto erreichen und er müsste ohne uns fahren. Jetzt strömten die ersten an mir vorbei und da war es so oder so zu spät. Stella zerrte immer noch heftig an meinem Arm. Sie schrie mich an, doch ich hörte nichts. Der Zug ließ nach und Stella war weg. Vielleicht schaffte sie es noch zum Auto, wenn sie schnell genug rannte und Paul gut reagierte.

Ich versuchte mich durch die Massen zu drängen, doch es war vergebens. Panik und Wut trieb mich an. Verzweiflung ließ mich die Ausweglosigkeit übersehen.

Dann sah ich, was die Menschen zur Flucht antrieb. Ein riesiger Dämon erhob sich hinter der Mauer in der Nähe der Raketen. Er war der größte, den ich je gesehen hatte. Die Menschenmasse wurde nun noch panischer und drängten und schubsten. Ich drehte mich hektisch im Kreis und sah, dass das Auto verschwunden war. Die anderen Wagen auf dem Parkplatz hupten und versuchten unkontrolliert davon zu fahren. Doch das war vergeblich. Es war ein komplettes Chaos. *Reiß dich zusammen! Knick jetzt nicht ein!... Amy?* Waren das meine eigenen Gedanken? War das ihre Stimme in meinem Kopf? *Amy, hilf mir! Was soll ich machen?*

Langsam ließ der kräftige Strom nach und die herausströmenden Menschen wurden weniger. Ich konnte mich hineinzwängen und versuchte immer noch, Daniel zu entdecken. Wo war er nur? Was war passiert? Ich hatte solche Angst um ihn. Es tat mir alles so unendlich leid, obwohl ich selbst gar nichts dafür konnte.

Und dann sah ich ihn. Er stand hinter der Mauer und stützte Robert. Sie starrten den Dämon an und ich rannte auf die beiden zu, als sich die Massen genug gelichtet hatten, um endlich durchzukommen. Beinah stieß ich sie zu Boden, als ich sie stürmisch umarmte: „Scheiße! Scheiße! Scheiße! Ich hab euch so lieb...", ganz apathisch schlossen sie mich in ihre Mitte und starrten immer noch zu dem riesigen Ungetüm, das begann, sich die Raketen einzuverleiben. „Was machen wir jetzt?", fragte ich, ohne eine Antwort zu erwarten.

„Keine Ahnung", antworteten beide gleichzeitig.

Wir standen eine Weile wie versteinert da und beobachteten den leuchtenden Giganten. Ich war so unendlich froh, dass Daniel nichts passiert war und dass er und Robert sich nicht gegenseitig umgebracht hatten. Wie auch immer ihre Beziehung zueinander jetzt aussah und egal, wie die Beziehungen zu mir aussahen, das war nun vorerst nicht wichtig. Wir waren zusammen und nicht allein. Das war alles, was noch zählte. Denn vollkommen alleine zu sein wäre noch unerträglicher, als die Vorstellung zu sterben. Und als wäre das nicht schon genug gewesen, stießen Stella und Paul ebenfalls zu uns.

„Ihr seid nicht gefahren?", fragte Daniel entsetzt.

„Ich kann doch meinen Sohn nicht in so einer Situation zurücklassen! Auch wenn es so geplant war, ihr hättet doch niemals hier weg gefunden."

„Ohne euch wegzufahren, was hätte das gebracht?", ergänzte sie. Sie weinte. Wenigstens waren Cindy und Emily in Sicherheit.

„Was ist mit Lina?", Stellas Stimme war nun nicht mehr als ein Flüstern. Und auch wenn es rundherum sehr laut war, verstanden wir sie alle. Robert schüttelte den Kopf.

„Als Daniel und ich miteinander kämpften... Sie wollte, dass wir aufhören. Wir stritten alle und... dann ...dann machte es Klick. Ich begriff, dass es der falsche Weg gewesen wäre, alle Leute in die Luft zu sprengen. Ich weiß nicht, was sie dachte aber...", er schaute zu Boden. Roberts Gesicht war geschwollen und seine Nase blutete.

„Und...?", fragte ich.

Keiner sagte etwas.

„Wir hörten auf zu kämpfen. Die Zünder waren eh weg und es machte keinen Sinn. Also sagte Daniel, dass wir mit euch abhauen konnten und das einfach vergessen... also gingen wir. Wir vertrugen uns. Lina auch... wir gingen und Daniel führte uns und dann sahen wir Michael am Boden liegen. Er sagte uns, wir sollen doch nicht „rumalbern"...lieber helfen, den Zünder zurückzuholen... er schrie uns an und krümmte sich auf dem Boden herum. Wir wollten ihn einfach ignorieren. Dann...", er schluckte. Daniel legte seine Hand auf Roberts Schulter und übernahm das Reden: „... er zerrte sich an Robert hoch, packte ihn und schrie ihn an. Robert bot ihm an, er könnte doch einfach mit uns verschwinden. Doch Michael war... er war so... wie ein Monster und trat auf Robert ein, wie ein Blöder. Lina und ich wollten dazwischen gehen. Als Michael sie weg stieß, stolperte sie und fiel nach hinten. Sie schlug mit dem Hinterkopf auf."

Robert meldete sich wieder zu Wort: „Das Blut! Es war schrecklich. Ich knallte Michael eine und dabei hab ich mir glaub ich die Hand gebrochen. Daniel war schon bei Lina und wollte helfen und... und..."

„Es war leider zu spät. Michael sah sie ganz entsetzt an und dann ist der Feigling davon gestolpert. Als dann die allgemeine Panik ausbrach, wollten Robert und ich Lina mitnehmen und versuchen zu verschwinden. Doch Robert hat sich das Bein verletzt und ich konnte nicht den einen stützen und Lina tragen. Es tut mir so leid.... aber wir ... wir mussten sie zurücklas..."

„Oh Gott!", schrie Stella und brach zusammen.

In uns allen schien etwas zu sterben. Um mich wurde es dunkler. Ich sah die Schatten, die mich immer wieder verfolgten. Sie waren jetzt allgegenwärtig. Es war der Tod! Sie waren die Todesbringer... dessen war ich mir ganz sicher. Der Dämon und die Schatten waren nun eins und die schlimmsten Befürchtungen wurden nun wahr. Wir mussten uns auf unser aller Ende gefasst machen.

Amy... was soll ich tun? Hilf uns... bitte!

Wir traten zu dem Schauspiel des Dämons. Auch einige andere hatten sich dazu gesellt. Schaulustige? Das war nun doch das Ende... all die Mühen, all die Tränen. Der Kampf. Umsonst?

Erst als ich erkannte, wie absurd die Situation war und wie ausweglos sie zu sein schien, wusste ich, dass nur eine absurde Aktion uns alle retten konnte. Was wurde erwartet? Kampf? Was wurde nicht erwartet? Ein freiwilliges Opfer vielleicht?

Wer kann gewinnen? Wer wird verlieren?

Ich wollte eine Lösung finden, bei der Mensch und Natur sich einig würden... einen Kompromiss. Die Situation war anders als in meinem Traum: Keiner sah mich erwartend an und keiner erwartete von mir den alles entscheidenden Patriotismus. Ich trug nicht Daniels Waffe, wie in meinen Träumen damals. Und wir standen auch nicht auf einem Hügel. Sie Situation war vollkommen anders als in meinem Traum und doch so ähnlich. Komischerweise waren viele geblieben. Vielleicht sahen sie keinen Sinn mehr in irgendwelcher Flucht.

Ich suchte Daniels Blick. Es dauerte nicht lange, bis er zu mir sah. In seinem Blick stand so viel: Sorge, Reue, Angst, Traurigkeit, Versöhnung, Wünsche, Fragen...

Dann plötzlich verstand ich:

Sie sind missverstanden. Wir machen die Fehler und nicht sie. Wir denken falsch! Wir sind törichte, dumme, einfältige Menschen! Ich muss es tun! Ich muss aufhören zu leugnen, ich muss erkennen! In der falschen Wahrnehmung liegen falsche Schlüsse. Die Beweise liegen klar auf der Hand. Doch die Vernunft fehlt. Es wird alles zu Grunde gehen oder wir werden zu Grunde gehen. Nur ein Weg kann uns retten. Ein Weg, den ich gehen werde. Nun erkenne ich, verstehe ich, mache ich. Sie werden leben! Unsere Seelen sind die Schlüssel und nicht der

Verstand. Sie werden verstehen, wenn wir verstehen. Sie werden uns lassen, wenn wir sie lassen. Ich darf nicht dumm sein und muss verstehen und lassen, damit wir gerettet werden können. Wir werden nicht jämmerlich sterben!

„Nina", seine Stimme klang schwach und heißer.

„Daniel.. ich..."

„Ich weiß."

„Ich liebe dich!"

„...Ich weiß...auch wenn ich es eine Zeit lang nicht geglaubt hatte."

„Ich weiß...kannst du mir verzeihen?"

„Jetzt in dieser Situation?... Ich glaube es wäre unklug...es nicht zu tun. Wenn wir sowieso sterben müssen, dann wenigstens zusammen", er sagte das so leicht vor sich hin, da konnte ich mir sogar ein kleines Lächeln abringen.

„Liebst du mich, Daniel?"

„Ich habe nie damit aufgehört."

Wir küssten uns, zum ersten Mal seit langer Zeit und es war ein schmerzhafter Kuss. Es tat weh, weil wir beide wussten, dass es unser Letzter sein könnte.

„Was hast du vor? Du hast doch was vor?", sagte er, während er mich ganz fest an sich drückte.

Dann löste ich mich aus seinem Griff und ging.

…

Als ich in es ging brannte und verätzte meine Haut, meine Haare, meine Augen... alles. Es war dieser schreckliche Alptraum, der nun wahr zu werden schien.

Doch etwas war anders. Es tat nur einen kurzen Moment lang weh. Es war vorbei...

Ich war kaputt... verbrannt... tot... Ende!

Irgendwann merkte ich, dass ich doch noch da war...

In meiner Verwirrung versuchte ich meine Augen zu öffnen, obwohl sie verbrannt waren und ich hätte blind sein müssen. Doch ich sah Licht und ich sah meinen Körper, meine Haut. Ich schwebte nackt und unversehrt in einem hellen Licht.

Bin ich tot?

Ich fing an, mich aufzulösen. Meine Finger, mein Gesicht, mein ganzer Körper wurde zu leuchtenden Tentakeln. Auch wenn ich zunächst versuchte, es durch Schütteln und um mich her schlagen aufzuhalten, konnte ich mich schließlich nur noch diesem Schicksal hingeben.

Doch dann hörte ich Stimmen. Ich begann sie zu verstehen. Es waren die Stimmen der Blätter, die mir ihr Geheimnis mitteilen wollten. Es waren die Stimmen der Winde, des Regens, der Sonne, des Mondes, der Erde, der Wolken...

Nicht mehr nur hören... verstehen konnte ich sie. Nun gehörte ich zu ihnen...

Ich war nichts Besonderes, niemand Auserwähltes, niemand der einer

Bestimmung folgte. Ich war einfach nur ein Mensch, der ihnen freiwillig und nicht feindlich begegnete. Nicht nur der Natur selbst, sondern auch ihren Rächern...den „Dämonen".

Nahmen sie mich zu ihnen auf? War ich nun unwiderruflich ein Teil von ihnen? Konnte ich versuchen, mit ihnen zu verhandeln? Meine Gedanken verschwammen...

Wind, Sommer, Wiese, Bäume, Blumen, Rauschen, weich, warm, leicht, tanzen, lachen, atmen, leben... alle Begriffe, die ich kannte, wurden zu Gefühlen und Farben, zu Musik und zu einer Wahrheit... es wurde zu etwas, dass mit der menschlichen Sprache nicht auszudrücken ist. Ich nahm alles auf, ich sog es in mich hinein. Mir wurde etwas geschenkt und das einzige Wort, dass es einigermaßen, dennoch längst nicht ausreichend beschreiben konnte war: Schönheit. Nicht die äußerliche Schönheit eines Menschen. Die Schönheit, die in allem liegt, was es schon immer gab... Leben, Sterben. Wahrscheinlich war ich längst tot und wenn es das war, was nach dem Sterben auf einen wartet, dann hoffte ich, dass es ewig so bleiben würde.

Ich sagte ihnen in Gedanken, dass wenn sie mich unversehrt zurückgeben würden, als Mensch, dann würden die Menschen das sehen und alles tun, was ich ihnen sage. Alles was sie wollten... Was da genau passierte, ist mit Worten nicht zu beschreiben. In einem Augenblick, der eine Ewigkeit zu dauern schien, wurde alles anders...

Ich war nicht tot.

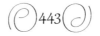

Mein ganzer Körper schmerzte, als ich begann aufzuwachen. „Sie atmet!" Die Augen ließen sich nur schwer öffnen. „Sie lebt!" Ich war umringt von jeder Menge Gesichtern. „Um Himmels willen, bedeckt doch das arme Mädchen!" Nur eines davon konnte ich klar und deutlich erkennen: Amy: Sie lächelte mich an und nickte mir zu, dann verschwand sie. „Holt einen Arzt!" „Nina!?" , „Sie braucht Wasser!" Da wusste ich, dass es geschafft war. „Wach doch bitte auf!" Ich hatte das Richtige getan. Ich musste es ihnen sagen: „Ihr müsst das Gleiche tun!", es war nur ein leises Flüstern, aber ich wurde verstanden. Der erste Mensch, der es mir gleichtat, war Daniel... und es folgten weitere.

Jeder Mensch der sich auf sie einließ... ihnen mit der Absicht entgegentrat, sie zu verstehen, sich mit ihnen zu vereinen, war gerettet. Wir einten uns mit der Natur.
Die Menschheit musste sich umorientieren. Der größte Umschwung in der Geschichte der Menschheit stand uns bevor. Nachhaltige Entwicklung musste zu 100 Prozent umgesetzt werden. Themen wie erneuerbare Energien und Treibhausgase waren jedem bekannt. Doch nun musste es bei jedem einzelnen auch Wirklichkeit werden. Zusammenbruch von Industrie und Wirtschaft. Doch es war okay, denn die Menschen hatten erkannt. Wir sahen nun mit anderen Augen. Jeder besann sich auf das Erlebte. Was ich im Inneren des Dämons gespürt hatte, was mir die Natur erzählte, war unbeschreiblich. Das Notwendige war geschehen und niemand durfte das je wieder vergessen.

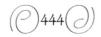

Epilog

Viele wollten meine Manager werden. Man wollte meine Geschichte veröffentlichen. Denn in der westlichen Welt war ich wohl die erste, die erkannte. Man wollte wissen, wie ich darauf kam. Doch um ehrlich zu sein, konnte ich das kaum erklären. Ich wurde zu dem Dämonenmädchen. Bei mir war es anders, als bei denen, die mir nachfolgten. Ich hatte etwas zurückbehalten. Keine Narben von Verätzungen oder Verbrennungen. Es waren meine Augen. Sie hatten nicht mehr die Farbe von hellem Grün, zumindest nicht immer. Meine Augen schimmerten seit jenem Tag in verschiedenen leuchtenden Farben. Nicht so intensiv, wie es die Dämonen taten. Aber dennoch waren die Leute geschockt, wenn sie mich ansahen. Erst recht, wenn sie bemerkten, dass das Himmelblau sich nach einer halben Stunde plötzlich in ein seichtes Rosa verwandelte. Das war bei fast niemandem geschehen. Außerdem spürte ich die Natur. Ich war vielmehr ein Teil davon, als viele andere Menschen es jemals sein würden. Aber ich war nicht ganz alleine. Es gab in den verschiedensten Ecken der Erde noch andere, die ähnliches getan oder erlebt hatten. Wahrscheinlich war es das, was die Erde wieder besänftigen konnte... dass es Menschen gab, die von sich aus wussten, was zu tun war und bereit waren, den Schritt zu gehen, dieses Risiko auf sich zu nehmen.

Stella, Emily und Robert versuchten, so gut es ging, ein normales Leben zu führen. Was mit Michael war, wusste keiner. Er war verschwunden.

Meine Mutter blieb Zuhause und holte Max wieder zu sich. Max war glücklich. Er war nun ruhiger und irgendwie sah man ihm an, dass sein Geist zufrieden war. In den Momenten, in denen ich mit ihnen zusammen war, fühlte ich mich wohl. Mutter strengte sich sehr an, keine Angst vor mir und meinen Augen zu haben. Manchmal fiel es ihr schwer, mich nicht anzustarren. Max störte es gar nicht. Unser aller Verhältnis besserte sich, wir redeten mehr miteinander.

Eines Tages fasste ich allen Mut zusammen und sprach mit meiner Mutter über Amy. Ich erzählte ihr alles, was ich erlebt hatte. Meine Mutter weinte und erzählte mir von den Schwierigkeiten in der Schwangerschaft. Die Ärzte hatten damals gesagt, dass zu 60 Prozent nur einer der beiden überleben würde. Sie war dankbar gewesen, dass Max es geschafft hatte. Natürlich war sie auch traurig über den Verlust ihrer Tochter. Aber um es sich selbst nicht zu schwierig zu machen, gab sie dem toten Kind keinen Namen und versuchte, die Sache zu vergessen. Ich war damals noch zu klein um irgendetwas bewusst mitzubekommen. Als die Diagnose von Max´ Autismus kam, war das ein absoluter Tiefschlag für meine Eltern und der Grund für die psychischen Probleme meiner Mutter. Ich konnte sie nun viel besser verstehen, da sie mir endlich alles erzählte. Ich verzieh meiner Mutter ihre jahrelange Unterkühltheit. Sie versicherte mir, dass sie mich und Max und sogar Amy immer geliebt hatte. Ich glaubte ihr.

Amy erschien mir nicht mehr und teilte mir auch nichts mehr mit, aber in meinem Herzen war sie immer bei mir.

Ich hatte keine Ahnung, was mit meinem Vater geschehen war. Wo er war, wie es ihm ging, ob er überhaupt noch lebte? Ich versuchte jegliche Gedanken an ihn aus meinem Kopf zu verbannen, denn es machte mich unendlich wütend und traurig. Niemals würde ich verstehen, warum er so gehandelt hatte. Ein Mensch, der doch so liebevoll erschien und so kalt im Herzen war. Dafür hasste ich ihn.

Die anderen Menschen strengten mich an und ich musste all dem Rummel um mich entgehen. Deshalb floh ich gemeinsam mit Daniel. Wir packten wenige Sachen zusammen und fuhren einfach los. Sobald uns jemand erkannte, zogen wir weiter. Ich gewöhnte mir an, grüne Kontaktlinsen zu tragen, um mich unkenntlich zu machen. Nach und nach verblasste meine Bekanntheit und es interessierte sich kaum noch einer für mich. Das war das gute an einer postapokalyptischen Welt: Es gab wichtigeres als ein Mädchen mit bunten Augen. Sie fanden andere, die redeten und öffentlich auftraten.

Mein Weg führte mich überall hin. Reisen ist so angenehm, wenn man es sich angenehm macht. Leider hatte ich dadurch immer noch keine Zeit für das Gewächshaus... vielleicht nächstes oder übernächstes Jahr.

Eine Szene am Ende eines Filmes...

...aber auch eine Szene mitten aus einem Leben:

Ich sitze mit ihm an einem uns unbekannten See irgendwo in Kanada. Es ist sonnig, aber nicht heiß. Ich habe meinen Kopf auf seine Schulter gelegt. Wir starren auf das Wasser und hören den leisen Geräuschen der Natur zu.

Daniel entführt mich immer wieder... ganz heimlich – als ob es jemanden groß interessieren würde. Er schafft es immer wieder, egal wo wir sind, abgeschiedene und wunderschöne Plätze zu finden. Dort stört uns niemand. Wir sinnen über alles nach. Vergangenheit, Gegenwart, Zukunft, Glauben, Gefühle... Denn das, was wir erlebt hatten, war ziemlich absurd und wer kann schon sagen, was es noch alles gibt oder was noch alles passieren kann? Wer kann sagen, welche Dinge es gibt, von denen wir in diesen Tagen nichts wissen? Am wichtigsten ist aber für uns, dass wir an diesen Orten wir sein können... ganz normal sein können und miteinander reden... einen Moment lang Ruhe, einen Moment die Welt und einfach uns selbst genießen.

Danksagung

Danke Gott für Kraft, Mut, Ausdauer und Segen

Danke Erik für Ermutigung und Hoffnung

Danke Mama und Papa für Liebe und Zuspruch

Danke Charlotte, dass es dich gibt

Danke Hanni, Jana und Sandra für Kritik

Danke Nina für deinen Namen

Danke Anne, Lisa, Ari, Flo und Katrin für Inspiration

Danke Jessy und Anna

Danke Frau König